Druckprodukt mit finanziellem
Klimabeitrag
ClimatePartner.com/11017-2005-1002

Impressum

Verlag: Einfach Lesen, Bern
Gestaltung und Layout: Rosmarie Bernasconi
Lektorat: Doris von Wurstemberger
Umschlaggestaltung: Jürg Gilgen
Korrektorat: Beatrice Müller
Druck: Printgraphic AG, Bern

ISBN 978-3-906860-34-3
Erste Auflage, Juni 2024

Regine Frei

Ein neues Leben
Kriminalroman

Personenliste

Marius Holmbach	Unternehmensberater
Lena Gyser	seine Partnerin
Tobias Holmbach	sein Bruder

Mieter am Dalmazirain

Louisa Ackermann mit Tochter Tabea

Bernhard und Ursina Bill mit Sohn Jan

Lukas Hunziker

Ernst und Margrit Krähenbühl

Das Ermittlerteam bei der Kantonspolizei

Heinz Gygax	
Christian Fischer	
Stefan Blaser	
Andrea Schaffer	
Simon Glauser	Kriminaltechniker
Therese Marti	Staatsanwältin
Peter Schürch	Rechtsmediziner

Das Kleeblatt vom Burgfeld

Adrian Murer

Max Bäschi

Toni Ducroix

Edi Balsberger

Weitere:

Irene Schöpfer	Personalchefin Tierpark
Ehepaar Schluchter	Inhaber von Schluchter Elektro
Marie-Louise Sträubi	Hausbesitzerin mit grossem Garten
Kaspar Muntwiler	ihr Nachbar
Iris Dahinden	Masseurin
Nora Künzler	Coiffeuse

Prolog

Tanja öffnet das Küchenfenster, stellt die bauchige Tasse auf den Fenstersims und atmet tief durch. Wieder ist sie kurz nach Mitternacht aufgewacht und hat auf Laute aus dem Kinderzimmer gehorcht. Obwohl der Kleine seit einer Woche durchschläft, tickt ihre innere Uhr noch immer so, wie sie es sich während der letzten Monate angewöhnt hat. Manchmal gelingt es ihr, gleich wieder einzuschlafen, aber heute ist sie leise aufgestanden, hat sich einen Kräutertee gemacht und geniesst, am offenen Küchenfenster stehend, die nächtliche Ruhe.

Sie nippt an ihrer Tasse und lässt den Blick schweifen. In den Häusern gegenüber sind alle Fenster dunkel, aber das Licht der Strassenlampen schimmert in den Pfützen, die sich im Laufe des Nachmittags gebildet haben. Immer wieder hat es leicht geregnet, aber seit ein paar Minuten giesst es richtig. Ein Blitz zuckt über den Himmel und nur Sekunden später folgt der Donner. Sie mag Gewitter und will sich das Schauspiel nicht entgehen lassen.

Schräg gegenüber löst sich eine Gestalt aus dem Schatten der Hecke und tritt in den Lichtkegel der Strassenlampe. Es ist der freundliche Mann, der weiter vorne an der Strasse wohnt. Wenn sie ihm mit dem Kinderwagen begegnet, winkt er Leo immer zu und freut sich, wenn das Kind reagiert. Jetzt bleibt er stehen, zieht die grosse Kapuze zurecht und schickt sich an, die Strasse zu überqueren.

Wieder blitzt und donnert es und Tanja schaudert in der kühlen Luft. Wenn sie weiter am offenen Fenster stehen will, braucht sie eine Jacke. Sie stellt die Tasse auf den Fenstersims und geht zum Küchentisch, wo ihr roter Hoodie über der Stuhllehne hängt. Gerade als sie die Hand danach ausstreckt, lässt sie das Aufheulen eines Motors herumfahren.

Mit einem Schritt ist sie wieder am Fenster und sieht, wie der Mann, der die Mitte der Strasse erreicht hat, von einem heranrasenden Auto erfasst und zur Seite geschleudert wird. Trotz des Motorenlärms glaubt sie ein Knacken zu hören, als der Körper am Strassenrand aufschlägt. Das Auto verschwindet in der Dunkelheit. Ihr eigener Schrei weckt sie aus ihrer Schockstarre. Sie stürzt ins Schlafzimmer, knipst das Licht an und greift nach ihrem Handy. Patrick schreckt hoch.

«Was ist?», fragt er verwirrt. «Etwas mit Leo?»

«Nein. Alles gut mit ihm. Unten auf der Strasse liegt einer. Hilf ihm!», bittet sie und wählt den Notruf.

Gleich darauf nennt sie dem Beamten am Telefon ihre Adresse. «Wir brauchen die Sanität! Ein Unfall», stammelt sie, verbessert sich aber gleich wieder. «Nein, kein Unfall. Das war Absicht. Die Polizei. Wir brauchen die Polizei!»

Dann zieht sie ihre Regenjacke über den Pyjama und folgt ihrem Mann hinunter auf die Strasse.

«Aha, der neue Nachbar! Ich habe schon gehört, dass die Wohnung im ersten Stock heute bezogen wird. Willkommen im Haus.»

Edi Balsberger drehte sich um und sah einen sehnigen älteren Mann auf sich zukommen. Er ging etwas schief und humpelte leicht. Schnell stellte Edi den Karton auf den Boden und nahm die Hand, die ihm entgegengestreckt wurde.

«Balsberger», stellte er sich etwas verlegen vor.

Aber der andere lachte nur und schüttelte den Kopf. «Ach was, wir sagen doch einfach du. Ich bin der Adi, Adrian Murer, und wohne im Parterre. Ist auch besser so, weil ich mir auf dem Bau den Rücken ruiniert habe. Treppen sind nichts mehr für mich. Aber du bist noch gut zwäg. Gross und kräftig. Bist ja noch jung und hast sogar noch Haare auf dem Kopf. Nicht so wie ich.» Mit Schwung zog er die Mütze vom Kopf. «Der Coiffeur verdient nichts mehr an mir.»

Balsberger fuhr sich grinsend durch den dichten, braunen Schopf. «Ja, da habe ich Glück, aber ich bin auch schon über Fünfzig. Dann bin ich also der Edi. Auf gute Nachbarschaft.»

«Adi und Edi, das passt.» Murer lachte. «Ich muss dich gleich warnen. Ich höre nicht mehr gut und vielleicht stelle ich manchmal den Fernseher oder das Radio zu laut. Dann kommst du einfach runter und sagst es mir, gell.»

«Mach ich», versprach Balsberger. «Den Tag über bin ich eh meistens bei der Arbeit.»

«Gut, dann will ich nicht weiter stören. Gehen wir hinein in die Wärme. Du willst sicher noch auspacken. Aber wenn du magst, dann komm heute Abend zu mir zum Essen. Ich habe zwei Freunde aus dem Quartier zum Raclette eingeladen. Am Mittwoch kochen wir regelmässig füreinander und sitzen zusammen. Und mit dir wären wir vier und könnten jassen.» Er runzelte die Stirn. «Du kannst doch jassen? Oder töggelst du auch nur noch auf dem Handy herum und nennst das Spielen?»

Edi grinste verlegen. «Beim Jassen bin ich etwas aus der Übung, aber wenn ihr Geduld mit mir habt, komme ich gerne dazu. Kann ich etwas mitbringen?»

«Ach was, keine Umstände. Komm einfach um sieben. Toni und Max werden sich freuen und so lernst du gleich noch mehr Leute kennen.»

Edi Balsberger summte vor sich hin, als er später seine Habseligkeiten in die Schränke räumte und anschliessend duschte. Nachdem er diese Krise hinter sich gebracht hatte, ging es wieder aufwärts mit ihm. Und dass er einen so freundlichen Nachbarn hatte, sah er als gutes Zeichen. Hier stimmte alles für seinen Neustart.

«Kommst du endlich? Wir müssen fahren!»

Erschrocken fuhr sie zusammen. Schon wieder hatte sie zu viel Zeit vor dem Spiegel verbracht und sich bemüht, die Augen dezent zu schminken, so wie er es mochte. Schnell warf sie den Lidschatten in die Schublade, knöpfte die Manschetten ihrer Bluse zu und rannte hinunter. Er wartete schon bei der Tür, den Autoschlüssel in der Hand.

«Was machst du denn die ganze Zeit! Ich muss zu einem Kunden.»

«Ich hätte ja auch allein zur Arbeit gehen können. An der Aare entlang ist es gar nicht so weit. Ich …»

«Unsinn. Ich bringe dich hin und hole dich ab. Ich will

nicht, dass du allein unterwegs bist. Das verstehst du doch?»

«Ja, natürlich. Entschuldigung. Danke.»

Einen Moment hielt er inne, musterte die dunkelblauen Markenjeans, die hellblau schimmernde Bluse, die flachen Schuhe, ihre sorgfältig gekämmten Haare, das Make-Up. Sie wagte kaum zu atmen. Aber dann schenkte er ihr ein Lächeln. «Sehr schön. So gefällst du mir.»

«Danke!» Wärme breitete sich in ihr aus. Heute war ein guter Tag.

Während der Fahrt legte er ihr einmal kurz die Hand auf den Oberschenkel. Sie lächelte ihn dankbar an und genoss den Augenblick. Dass er ihr Bestes wollte und sie beschützte, war ihr klar. Es war nur manchmal sehr schwer, seine Erwartungen zu erfüllen.

Auf dem Parkplatz hielt er kurz an und liess sie aussteigen.

«Sei pünktlich heute Abend!»

Sie nickte, bedankte sich nochmals und blieb stehen, bis der Wagen nicht mehr zu sehen war.

Als sie nun mehrere Monate später zitternd auf der Dachterrasse stand und sich einen Eisbeutel an die Wange presste, dachte sie sehnsüchtig an jenen Morgen zurück. Die guten Tage waren in letzter Zeit immer seltener geworden. Der heutige hatte schlecht angefangen. Wie hatte sie so dumm sein können, einen Satz mit «Aber» zu beginnen? Sie wusste doch, wie er es hasste, wenn sie ihm widersprach. Die Konsequenzen musste sie jetzt tragen.

«Wir haben Theaterkarten für heute Abend», hatte er wütend gezischt, bevor er aufgebrochen war. «Und anschliessend treffen wir Geschäftsfreunde im Kornhauskeller.» Angewidert hatte er sie angesehen, wie sie elend auf der Treppe kauerte, den Tränen nahe. «Du weisst genau, wie wichtig gute Kontakte sind. Also werden wir hingehen und du wirst schön sein! Kümmere dich darum!»

Bis heute Abend würde sie das schaffen. Sie kannte das schon. Er schlug nie so hart zu, dass die Haut aufplatzte. Sie musste jetzt nur die Schwellung zum Verschwinden bringen. Der Rest konnte mit Schminke abgedeckt werden. Und sie durfte auf keinen Fall weinen. Verschwollene Augen konnte sie heute Abend nicht hinter einer Sonnenbrille verstecken. Sie musste sich jetzt zusammenreissen und an schöne Dinge denken.

Sie atmete tief durch und liess den Blick über die grossen Terracottatöpfe gleiten. Die meisten Pflanzen waren noch klein, aber im Laufe des Sommers würde ein buntes Paradies entstehen. Ein Paradies für sie allein, denn er kam nie auf die Dachterrasse. Ihm war der wunderbare Blick aufs Bundeshaus und das Marzilibad bis hin zum Gurten gleichgültig.

Auch dass sie den Gartenanteil pflegte, hatte er gestattet. Einen Sitzplatz wollte er dort unten nicht und verwildern lassen kam ebenfalls nicht in Frage. Also durfte sie Kräuter und Gemüse anbauen. Der kleine Rosmarinbusch, Majoran und Lavendel waren gut angewachsen und das Gemüse hatte sie auch ausgesät. Es machte ihr Freude, etwas zu pflegen und wachsen zu sehen.

Ohne den Eisbeutel von der Wange zu nehmen, begann sie, aus der grünen Giesskanne Wasser zu verteilen. Nicht zu viel und vor allem nicht direkt auf die Blätter. So, wie es ihr die Frau auf dem Markt geraten hatte. Im grossen Topf, in dem sie einfach eine Blumensamenmischung ausgestreut hatte, zeigten sich schon die ersten grünen Spitzen. Sie lächelte, zuckte dann aber zusammen. Nein, lächeln ging noch nicht. Aber bis heute Abend würde sie alles im Griff haben. Das Gesicht geschminkt, ein Lächeln auf den Lippen und sie im schönsten Abendkleid. Das, welches er ihr für ihren ersten Abend im Stadttheater geschenkt hatte. Und alles würde gut sein.

«Na komm schon, nicht aufgeben, mein Alter! Nicht hier an der Ampel!»

Tatsächlich, der Motor des hochbetagten VW Golf sprang gerade noch rechtzeitig wieder an, die Ampel wechselte auf Grün und Edi Balsberger konnte weiterfahren.

Es war schon recht spät, als er das Burgfeld erreichte, aber er hatte Glück und fand gleich einen Parkplatz in seiner Strasse. Die Zeit drängte, denn heute Abend traf sich das Kleeblatt zum Abendessen. Diesmal war Max der Gastgeber.

Gerne dachte Edi daran zurück, wie er am Tag seines Einzugs Adi, Max und Toni kennengelernt hatte. Sie nannten sich das Kleeblatt vom Burgfeld und hatten ihn gleich am ersten Abend in die Runde aufgenommen. «Dann sind wir jetzt sogar ein vierblättriges Kleeblatt», hatte Toni fröhlich erklärt und darauf wurde angestossen.

Seither war mehr als ein Jahr vergangen und Edi freute sich jede Woche auf den gemeinsamen Abend.

Für heute hatte er versprochen für ein Dessert zu sorgen und eine grosse Packung Vanille-Glacé eingekauft. Nicht sehr einfallsreich, aber da er als einziger der Gruppe berufstätig war, erwarteten die anderen nicht viel von ihm. Daheim duschte er, zog sich um, holte das Glacé aus dem Tiefkühlfach und machte sich auf den Weg.

Max wohnte nur zwei Strassen entfernt. Als Balsberger eintraf, duftete es nach Fleisch. Adi und Toni sassen schon am Tisch. Max rief ihm aus der Küche einen Gruss zu.

Wie immer hatte sich Toni, die einzige Frau in der Runde, ein wenig herausgeputzt. Sie trug eine grünschimmernde Bluse und um die grauen Haare hatte sie ein gleichfarbiges Stirnband gewickelt. Ihre Augen strahlten hinter dem roten, wuchtigen Brillengestell.

«Komm, Edi, setz dich zu mir.» Sie lächelte und zeigte auf den leeren Stuhl neben sich. «Max hat sein wunderbares Gulasch gemacht.»

Wie aufs Stichwort stellte Max den grossen Topf auf den Tisch.

«Grossartig!», freute sich Edi. Ich muss nur noch schnell das Dessert verstauen. Ich hoffe, es hat Platz im Eisfach.»

Max hatte schon als Kind gerne gekocht und vom eigenen Restaurant geträumt. Zwar hatte er die Lehre absolviert und immer eigene Rezepte ausprobiert, aber es war ihm nie gelungen, sich den Traum zu erfüllen. Bis zu seiner Pensionierung war er Kantinenkoch geblieben.

Auch an diesem Abend lobten alle Max' Kochkünste, genossen das Gulasch und den Rotwein, den Adi mitgebracht hatte, und assen eine Portion von Edis Dessert.

Nach dem Essen wurde gejasst. Seit ihn die drei in ihren Kreis aufgenommen hatten, war Edi ein guter Spieler geworden, aber heute wollte es einfach nicht klappen. Immer wieder unterliefen ihm Fehler.

«Ach, Edi!», schimpfte Adi nach einiger Zeit. «Jetzt hast du schon wieder nicht aufgepasst. Wenn du so weitermachst, können wir gleich aufgeben. Du bist heute nicht bei der Sache.»

«Ja, man könnte meinen, er will, dass Max und ich gewinnen», stimmte Toni zu. «Was ist denn, Edi? Hast du Probleme?»

Balsberger warf die Karten auf den Tisch und entschuldigte sich bei den Freunden. «Nein. Es ist nichts. Ich habe nur bei der Arbeit etwas beobachtet, das mir Sorgen macht. Jemand scheint in Schwierigkeiten zu sein.»

«Wie kommst du darauf?», fragte Max. «Hat er etwas gesagt?»

«Es ist eine junge Frau und nein, gesagt hat sie nichts», antwortete Edi zögernd. «Ich habe so etwas schon mal gesehen. Vor vielen Jahren. Meine Schwester war damals auch so seltsam.»

«Deine Schwester?» Toni war neugierig geworden. «Was war mit ihr? Erzähl!»

«Christine war ausgezogen. Sie war einige Jahre älter als ich und lebte mit ihrem ersten Freund zusammen. Sie wohnte noch im Dorf und kam hin und wieder bei uns daheim vorbei. Zuerst oft, dann immer seltener. Meine Mutter begann, sich Sorgen zu machen und dann fiel ihr auf, dass Chrigi auch im Sommer langärmelige Pullover und Blusen trug. Sie stellte sie zur Rede und es kam heraus, dass ihr Freund sie regelmässig schlug. Immer, wenn ihn bei der Arbeit etwas genervt hatte, kam er heim und liess den Frust an Chrigi aus.»

Die drei Freunde hingen an seinen Lippen.

«Aber warum ist sie dann nicht weg von ihm?», fragte Max. «Heim zu den Eltern?»

«Das haben wir auch nicht begriffen.» Edi fuhr sich durch die struppigen Haare. Noch heute brachte ihn die Geschichte aus dem Gleichgewicht. «Wir haben auf sie eingeredet und die Mutter hat sie kurzerhand in ihr altes Zimmer gebracht und gesagt, sie bleibe jetzt einfach hier bei uns. Mein Vater rief meinen Onkel an und der kam mit seinen beiden Söhnen. Zu fünft sind wir dann in Chrigis Wohnung. Wir haben ihre Sachen zusammengepackt und alles in die beiden Autos geladen. Mein Vater hat ihrem Freund auf dem Tisch eine Nachricht hinterlassen. Er solle nie mehr in Christines Nähe kommen.»

«Hat er sich darangehalten?», wollte Adi wissen.

Edi lächelte schwach. «Wie man es nimmt. Wir, also mein Onkel, die Cousins, mein Vater und ich sind am Abend in die Dorfbeiz gegangen, um etwas zu trinken und zu besprechen, was wir tun sollen. Ob man ihn anzeigen kann und so. Jedenfalls sassen wir da, als der Kerl mit zwei Kumpanen hereinkam und anfing, uns zu beschimpfen. Wir hätten ihn bestohlen und was uns einfalle, Christine zu entführen.»

«So ein Unsinn!» Toni war empört. «Wie habt ihr reagiert?»

«Ja, wie wohl», mischte sich Adi Murer ein. «Sie werden sie verprügelt haben.»

«Stimmt.» Edi lächelte verlegen. «Das war wirklich spektakulär. Unsere Nerven lagen blank und wir hatten Freunden am Nebentisch schon von der Sache erzählt. Also wussten alle Bescheid und als diese Idioten anfingen, herumzuschreien, da eskalierte die Lage. Zuerst versuchte es mein Vater mit Worten, aber dann schlug ihn einer ins Gesicht und da ...» Er hob die Schultern. «Ihr könnt es euch ja vorstellen.»

«Wie ging die Sache aus?»

«Die Wirtin rief die Polizei. Aber bis die kam, waren die drei Typen schon mit einem Auto über alle Berge. Wir gaben zu Protokoll, was geschehen war und ersetzten der Wirtin natürlich die zerbrochenen Gläser und sonstige Schäden.»

«Wow!» Max und Adi waren sichtlich beeindruckt, Toni hingegen entsetzt. «Furchtbar! Hatte das ein Nachspiel?»

«Nein. Man hat nie mehr was von dem Mistkerl gehört. Bei Nacht und Nebel holte er seine Sachen und verschwand.»

Toni atmete auf. «Dann ist das ja gut ausgegangen. Aber jetzt sind wir von der aktuellen Geschichte abgekommen. Was hat dich heute an deine Schwester erinnert?»

«Die Frau, die ich meine, trägt auch jetzt noch, bei den warmen Temperaturen, langärmelige Blusen. Neulich hatte sie bei bedecktem Himmel eine Sonnenbrille auf der Nase und heute humpelte sie leicht. Wirklich, es kommt mir vor wie bei Chrigi damals.»

«Wirkt sie vernachlässigt?»

«Nein, gar nicht. Sie ist immer sehr schön angezogen. Ich kenne mich da nicht so aus, aber ich denke, was sie trägt, ist nicht billig. Auch sonst ist sie sehr attraktiv.»

«Du solltest sie darauf ansprechen. Vielleicht wäre sie froh, mit jemandem reden zu können.»

Edi lachte. «Ausgerechnet mit mir? Ich bin jetzt wirklich nicht ihr Typ.»

«Darum geht es gar nicht. Du bist ein guter Kerl. Das sieht man dir doch an», mischte sich Adi ein. «Dir würde ich auch meine Enkel anvertrauen, wenn ich welche hätte.»

«Stimmt genau.» Toni überlegte. «Aber vielleicht würde sie eher mit einer Frau reden. Wenn du ein Treffen arrangierst, könnte ich es versuchen.»

«Ja, Frauen müssen manchmal mit Frauen reden.» Adi schmunzelte. «Meine Frau hat auch immer stundenlang mit ihrer Schwester telefoniert.»

«Auf jeden Fall musst du dir heute Abend die Sache aus dem Kopf schlagen und dich aufs Spiel konzentrieren», verlangte Max. «Oder wollen wir das Spiel abbrechen und Tonis Kuchen anschneiden?»

Der Vorschlag wurde einstimmig angenommen. Toni stellte einen Zitronenkuchen auf den Tisch, Max machte Tee und Kaffee und dann sassen sie alle um den Tisch und versuchten, Edi auf andere Gedanken zu bringen. Schliesslich warf dieser einen Blick auf die Uhr und seufzte. «Tut mir leid, Leute, aber ich muss gehen. Morgen habe ich frei, aber ihr wisst ja …»

«Ja, dein Nebenjob. Wir Pensionierten haben es schon gut; können jeden Tag ausschlafen.» Toni griff zum Kuchenmesser. «Aber du musst wenigstens ein zweites Stück mitnehmen.»

«Warum hast du eigentlich diesen Job angenommen?», wollte Max wissen.

«Es hat sich so ergeben.» Dankend nahm Edi das grosse Kuchenstück entgegen, wickelte es in seine Papierserviette und steckte es in seinen Rucksack. «Ihr wisst, ich bin gelernter Gärtner und habe für einen Liegenschaftsdienst gearbeitet, bevor ich umgeschult wurde», erklärte er. «Als ich letztes Jahr einer ehemaligen Kundin aus Muri begegnet bin, ist sie auf mich zugekommen und hat gefragt, ob ich ihr hin und wieder helfen könne. Früher sind wir nur zwei- oder dreimal im Jahr vorbeigekommen, denn ihr Mann hat sich um den Garten gekümmert. Aber er ist gestorben und allein wurde es ihr zu viel.»

Edi warf sich den Rucksack über und ging zur Tür. «Ihr kennt ja mein altes Auto. Früher oder später muss ich es ersetzen. Auch wenn ich ein gebrauchtes kaufe, wird das ein Loch in mein Budget reissen. Daher verdiene ich mir gerne etwas dazu. Die Kundin zahlt gut und ausserdem bekomme ich immer ein Mittagessen und Kaffee à discrétion. Eine sogenannte Win-Win-Situation.» Er hob grüssend die Hand. «Also, einen schönen Abend noch und bis nächste Woche.»

Rosa Socken, blaue Socken, Socken mit Tupfen oder gestreifte. Dazu eine unglaubliche Menge von bunten T-Shirts und Pullovern, Jäckchen und Jeans. Eigentlich hatte er nur noch kurz die Wäsche aufhängen wollen, aber Stefan Blaser musste wieder einmal feststellen, dass sich Hausarbeit nicht nebenbei erledigen liess. Da Luna sich gesträubt hatte, den einzigen noch sauberen und den herbstlichen Temperaturen angemessenen Pullover anzuziehen, war Pia heute verspätet mit den Kindern in Richtung Kindergarten und Kita aufgebrochen und es blieb ihm überlassen, die Wäsche aus der Maschine zu nehmen und neben dem Gartensitzplatz aufzuhängen. Der Himmel war blau und es wehte ein leichter Wind. In den letzten Tagen hatte es so oft geregnet, dass man sich dieses ideale Wetter nicht entgehen lassen konnte.

«Stefan! Hast du dir das gut überlegt? Vielleicht regnet es später noch.» Der Ruf eines Nachbarn aus dem ersten Stock liess ihn aufschauen. Er seufzte innerlich. So gerne er in der neuen, grösseren Wohnung mit Gartensitzplatz wohnte, das Ehepaar Hauser war gewöhnungsbedürftig.

«Kein Problem», antwortete er leichthin. «Pia kommt am Mittag heim. Sie arbeitet am Nachmittag im Homeoffice und kann schnell reagieren, sollte das Wetter umschlagen.»

«Aha, dann ist es ja gut.» Hauser zog an seiner Zigarette. Seine Frau gestattete ihm das Rauchen nur auf dem Balkon und so bekam er oft mit, was sich im Garten tat. «Rosa benützt immer den Tumbler. Das geht schneller.»

«Braucht aber Strom. Wenn es möglich ist, nutzen wir

Sonne und Wind.» Blaser nahm den leeren Wäschekorb. «So, ich muss zur Arbeit.»

«Ja, die Beamten. Ein warmes Büro und flexible Arbeitszeiten.» Hauser drückte seine Zigarette in einem der Blumentöpfe aus. «Dann also einen schönen Tag!»

«Danke, Bruno, dir auch!»

Dass er nicht Beamter in der Stadtverwaltung, sondern Fahnder bei der Kantonspolizei in der Abteilung Leib und Leben war, hatte er dem Nachbarn nicht gesagt. Wahrscheinlich hätte er sich sonst vor neugierigen Fragen nicht mehr retten können.

Einige Minuten später sass er im Tram Richtung Bahnhof. Kurz nach der Haltestelle Viktoriaplatz brummte sein Handy.

«Wo bist du?», erkundigte sich sein Kollege Gygax.

«Guten Morgen, Heinz.» Blaser grinste. Heinz war kein Morgenmensch, aber so viel Zeit musste einfach sein. «Ich bin im Tram. Schon fast beim Kursaal.»

«Ideal. Steig am Zytglogge aus und nimm den Bus in Richtung Zentrum Paul Klee. Wir haben einen Einsatz in der Matte.»

«Okay. Wo dort?»

«Wasserwerkgasse. Kennst du die?» Als Blaser schwieg, sprach er weiter. «Die Beschreibung, die ich erhalten habe, ist: Gegenüber vom Restaurant Mühlirad an der Gerberngasse, durch einen Durchgang in die Wasserwerkgasse.»

Das Tram hatte die Haltestelle Zytglogge erreicht und Blaser stieg aus.

«Okay, dann kenn ich mich aus. Das Mühlirad ist am Fuss der Nydeggtreppe, nicht wahr?»

«Genau. Wenn du durch diesen Durchgang gehst, bist du

schon fast am Fundort. Es gibt da eine Schleusenanlage und der Tote liegt ganz in der Nähe, hinter einer Mauer am Ufer der Aare.»

Blaser warf einen Blick auf den überfüllten 12er-Bus, der in diesem Moment an ihm vorbeifuhr und verzichtete aufs Einsteigen. «Sind die Kollegen schon vor Ort?»

«Ja, Rechtsmedizin und Kriminaltechnischer Dienst sind bereits im Einsatz und die Staatsanwaltschaft ist informiert. Andrea habe ich auch erreicht. Sie kommt direkt zum Tatort. Christian und ich machen uns jetzt auf den Weg. Bis gleich.»

Blaser steckte das Handy ein und eilte die Kram- und dann die Gerechtigkeitsgasse hinunter. Mit seinen langen Beinen kam er schneller voran als der Bus, da an jeder Haltestelle viele Fahrgäste aus- und einsteigen wollten. Schon bald hatte er den Abgang zur Nydeggtreppe erreicht. Er hastete die lange Holztreppe hinunter und dachte im Vorübergehen an den Fall des Toten, der hier vor einigen Jahren gefunden worden war. Dann erreichte er den letzten, steinernen Teil der Treppe und stand vor dem Mühlirad, das um diese Zeit noch nicht geöffnet hatte.

Gerade, als er die Gerberngasse überqueren wollte, sah er Andrea Schaffer, die in halsbrecherischem Tempo mit dem Velo auf ihn zuschoss. Als sie ihn entdeckte, bremste sie ab und kam direkt neben ihm zum Stehen. Ihre Wangen waren gerötet und die blonden Locken quollen unter dem Helm hervor.

«Morgen, Stefan! Mist, ich dachte, ich schaffe es als Erste zum Tatort. Hat dich Heinz im Tram erreicht?»

«Genau. Weisst du Details?»

«Nein. Nur, dass ich wegen eines Tötungsdelikts an die Wasserwerkgasse kommen soll.»

Sie nahm ihren Helm ab und hängte ihn ans Lenkrad.

«Neues Velo?», fragte er mit einem bewundernden Blick auf das Zweirad, das sie nun schob.

«Ein Mountainbike», verbesserte sie ihn mit einem breiten Grinsen. «Letzte Woche konnte ich es abholen.»

Sie bogen in die Wasserwerkgasse ein. Hier standen schon einige Passanten hinter dem rotweissen Absperrband und beobachteten, wie sich zwei Kollegen vom KTD die weissen Schutzanzüge überstreiften. Auch aus den rückwärtigen Fenstern und von den Balkonen der Wohnhäuser an der Gerberngasse schauten die Bewohner dem ungewöhnlichen Treiben zu. Es wurde eifrig mit den Handys fotografiert und gefilmt.

Blaser und Schaffer zeigten dem uniformierten Kollegen ihre Ausweise und wurden durchgelassen. Andrea stellte ihr Fahrrad zwischen einem Polizeifahrzeug und einem mit Efeu umrandeten Fenster ab. Der Kriminaltechniker Simon Glauser kam ihnen entgegen.

«Guten Morgen, ihr beiden. Der Tote liegt direkt hinter der Mauer, auf den Steinstufen, die hinunter zum Wasser führen. Der Gerichtsmediziner ist an der Arbeit und wir sind dabei, alle Spuren zu sichern. Es ist sehr eng da unten. Die Sanitäter sind schon wieder abgezogen.»

«Wer hat den Toten gefunden?», fragte Schaffer und sah sich um. Oft brauchte die betreffende Person medizinische Betreuung, aber heute schien das nicht der Fall zu sein.

«Ein Mitarbeiter des Tiefbauamts.» Er zeigte auf ein orangenes Fahrzeug der Stadtreinigung, das etwas weiter vorne am Strassenrand stand. Ein junger Mann in Arbeitskleidung sprach mit einem Polizeibeamten. «Er wollte kontrollieren, ob dort unten Abfall liegt und hat einen Blick über die Mauer geworfen. Er hat die leblose Gestalt gesehen und sofort den Notruf gewählt.»

«Von der Strasse aus war der Tote nicht sichtbar?»

«Nein, er liegt direkt hinter der Mauer. Entweder muss man darüber schauen oder das kleine Gittertor öffnen und hinuntergehen. Das Tor stand offen, als wir eintrafen.»

Er verschwand durch besagtes Tor aus ihrem Sichtfeld. Blaser blickte sich um. Von hier aus sah man an einer Schleusenanlage vorbei durch den eleganten Bogen der Nydeggbrücke direkt auf die Untertorbrücke und … ja, auf was eigentlich?

«Warum heisst das Gebäude dort hinten eigentlich Felsenburg?», fragte er seine Kollegin. «War das früher eine Burg?»

Sie lachte. «Man nennt es einfach die Felsenburg, aber eigentlich ist das der Untertorturm. Wie die Nydeggbefestigung stammt er aus dem 13. Jahrhundert und war Teil der Stadtverteidigung. Mein Vater hat einen alten Kupferstich, auf dem man die Stadt um 1800 sieht. Da steht der Turm neben einem alten Torbogen und dahinter geht es über die Untertorbrücke in die Stadt. Der Turm ist über die Jahre immer wieder umgebaut worden. Heute sind Wohnungen drin.»

«Was du alles weisst!» Blaser war beeindruckt.

«Ach, ich kenne mich eigentlich nicht besonders gut aus mit der Stadtgeschichte. Aber als Wim vor zwei Wochen hier war, haben wir einen Spaziergang durch die Matte gemacht und er will immer alles wissen. Wir lesen die Infotafeln und schauen auch mal was im Internet nach. Der Blick vom Ländtetor hinüber auf den Untertorturm hat ihm besonders gefallen.»

«Ach so. Wie geht es deinem Holländer eigentlich? Zieht er bald nach Bern?»

Bevor Andrea antworten konnte, trafen Heinz Gygax und Christian Fischer ein. Beinahe gleichzeitig stiess auch die Staatsanwältin Therese Marti zu ihnen. Während Fischer es übernahm, mit dem Mann von der Stadtreinigung zu sprechen, warteten die anderen darauf, den Tatort in Augenschein nehmen zu dürfen.

«Hatten wir nicht vor einigen Jahren hier schon einmal einen Fall?», erkundigte sich die Staatsanwältin und schaute sich um.

«Ja, bei der Nydeggtreppe», bestätigte ihre Nichte Andrea. «Mein erster Fall in diesem Team.»

Fischer kam von der Befragung zurück. «Leider hat er wirklich nur zufällig über die Mauer geschaut», berichtete er. «Er sagt, das kleine Tor sei offen gewesen, und er hat den Toten nicht angefasst, sondern sofort den Notruf gewählt. Seine Fingerabdrücke hat er bereits zum Ausschluss abgegeben und ich habe mich vergewissert, dass er keine Fotos gemacht hat. Sollte ihm noch etwas einfallen, wird er uns anrufen. Aber das ist eher unwahrscheinlich.»

«Und sonst gibt es keine Zeugen?»

«Bei den Kollegen, die als erste vor Ort waren, hat sich noch niemand gemeldet.» Er wies auf die Rückseite der fünfstöckigen Wohnhäuser an der Gerberngasse, wo einige Anwohner zu ihnen hinunterschauten. «Von diesen Fenstern und Balkonen aus hätte man wahrscheinlich etwas beobachten können. Ob jemand zur Tatzeit am Fenster stand, werden die Tür-zu-Tür-Befragungen zeigen.»

«Wann kam der Notruf rein?», fragte Andrea.

«Um halb acht.»

Endlich gestattete ihnen Glauser, den Tatort zu sehen. Da auf den Steinstufen, wo der Leichnam lag, nur wenig Platz war, liess er sie nur von der Strasse aus einen Blick auf den Toten werfen und vertröstete sie auf detaillierte Fotos, die bereits aufgenommen worden waren.

Der Tote trug schwarze Hosen und ein gelbes Shirt und lag mit dem Gesicht nach unten, den Kopf der Strasse zugewandt. Um den Kopf hatte sich eine Blutlache gebildet.

«Was wissen wir schon?», erkundigte sich die Staatsanwältin bei Rechtsmediziner Peter Schürch, der jetzt zu ihnen trat.

«Eine männliche Leiche um die Vierzig. Er wurde mit einem harten Gegenstand niedergeschlagen.» Er gab Gygax eine kleine Plastiktüte. «Hier, das war in der kleinen Innentasche der Laufhosen. Die Mitgliederkarte eines Fitnessclubs. Die war wohl schon mehrmals in der Waschmaschine, aber der Name ist noch lesbar.»

Gygax entzifferte den Namen auf der Karte. «Marius Holmbach», las er vor. «Schaust du mal, ob du ihn findest, Christian?» Fischer nickte und zog sein Tablet aus dem Rucksack.

«Habt ihr sonst noch etwas bei ihm gefunden? Ein Handy?»

«Nein. Aber er hatte eines dabei. Er trägt ein neongrünes Joggingsportarmband am Oberarm und ein AirPod steckt noch in seinem Ohr. Den anderen haben wir neben der Leiche gefunden.

«Der Täter oder die Täterin wollte verhindern, dass wir ihn gleich identifizieren können», vermutete Schaffer. Sie warf einen Blick auf den Fluss. «Vielleicht liegt das Handy in der Aare.»

«Ich habe einen Treffer für Marius Holmbach», meldete sich Fischer zu Wort. «Ein Unternehmensberater mit eigener Webseite. Hier ist ein Foto.»

Der Rechtsmediziner verglich das Bild mit einem Foto des Toten auf seinem Handy. «Das ist er.»

«Hast du eine Adresse?», fragte Gygax.

«Nein, zur Kontaktaufnahme sind E-Mail und Mobilnummer angegeben.»

Blaser zückte sein Telefon. «Ich rufe seine Nummer an. Vielleicht liegt das Handy irgendwo in der Nähe.» Alle lauschten, doch es war kein Klingelton zu hören. Nach kurzer Zeit schüttelte Blaser den Kopf. «Nicht erreichbar.»

Fischer hatte in der Zwischenzeit weiter recherchiert. «Gemeldet ist er am Dalmazirain.»

«Ich führe jetzt die Legalinspektion durch», kündigte der Rechtsmediziner an. «Bleibt ihr alle hier?»

«Ich kann bleiben», bestätigte die Staatsanwältin.

«Andrea, kommst du von hier aus mit dem Velo an den Dalmazirain?», fragte Gygax die Kollegin.

«Ja sicher. Durchs Mattequartier, über die Dalmazibrücke und noch ein Stück flussaufwärts. Kein Problem.»

«Gut, dann fährst du zur Wohnung des Opfers. Er hat keinen Hausschlüssel dabei, also ist wahrscheinlich jemand daheim. Bring es der Familie schonend bei.» Schaffer nickte mit ernstem Gesicht. Diese Aufgabe übernahm niemand gerne.

«Stefan, du fährst mit dem Dienstwagen hin.» Er reichte ihm den Wagenschlüssel. «Befragt Familie und Nachbarn. Christian und ich nehmen an der Legalinspektion teil. Wir treffen uns später wieder im Büro.»

Als Blaser mit dem Auto das moderne Haus am Dalmazirain erreichte, stand Schaffers Mountainbike schon vor der Tür. Sie selbst sass auf einer langen, steilen Treppe, die zu einer höhergelegenen Strasse führte, und genoss die Sonnenstrahlen.

Als er den Wagen geparkt hatte, kam sie zu ihm geschlendert.

«Bei Holmbach ist niemand daheim», erklärte sie. «Ich habe zweimal geläutet. Die Haustüre ist abgeschlossen. Ich dachte, ich warte auf dich, bevor ich anfange, bei den anderen Hausbewohnern zu klingeln.»

Blaser sah sich um. «Eine schöne Gegend», meinte er. «Sonnig, mit Blick auf die Aare und aus den oberen Stockwerken wahrscheinlich auch aufs Bundeshaus.»

«Ja, super Lage», bestätigte ihn die Kollegin. «Ideal, um von hier aus der Aare entlang in Richtung Bärenpark und Matte zu joggen. Vielleicht hat er das regelmässig gemacht.»

«Ziemlich sicher sogar. Die Ausrüstung sah professionell aus. Kein Gelegenheitsjogger.» Sie standen jetzt vor der Haustüre und studierten die Namensschilder.

«Im Erdgeschoss gibt es nur eine Partei, im ersten und zweiten Stock jeweils zwei Wohnungen», sagte Andrea. «Für den dritten Stock gibt es keine Klingeln. Ich vermute, dass die oberen Wohnungen auf zwei Stockwerken liegen.»

Zur Sicherheit läuteten sie ein weiteres Mal bei Holmbach. Als alles ruhig blieb, versuchten sie es im Erdgeschoss. Durch die Gegensprechanlage kam bald ein fragendes «Ja?».

«Kantonspolizei Bern. Guten Morgen. Wir hätten einige Fragen zu einem Ihrer Nachbarn.» Es blieb einen Moment still. «Ha, ha! Witzig!», schnaubte dann eine empörte Jungenstimme.

«Da müsst ihr euch etwas anderes ausdenken. Ich mache sicher nicht auf.» Es knackte wieder, dann herrschte Stille.

Blaser schmunzelte. «Eigentlich ist es ja gut, wenn die Kinder die Türe nicht aufmachen. Ich hoffe, meine beiden verhalten sich auch mal so, wenn sie allein daheim sind.»

«Stimmt.» Schaffer studierte das Klingelbrett. «Dann probieren wir es eben im ersten Stock.» Sie hatten Glück. Herr und Frau Krähenbühl, beide im Pensionsalter, waren zu Hause und nach gründlicher Prüfung der Dienstausweise bereit, mit der Polizei zu sprechen.

«Warum wollen Sie denn über Herrn Holmbach reden?», fragte Ernst Krähenbühl besorgt. «Hat er sich etwas zu Schulden kommen lassen?»

«Ihr Nachbar ist heute Morgen tot aufgefunden worden.» Schaffers Worte sorgten für ungläubiges Erstaunen.

«Das kann nicht sein!» Frau Krähenbühl schüttelte vehement den Kopf. «Da haben Sie den falschen Holmbach erwischt. Unser Nachbar ist putzmunter. Heute Morgen ist er, wie immer, schon vor halb sieben zu seiner Joggingrunde aufgebrochen. Er müsste jetzt eigentlich wieder daheim sein. Läuten Sie doch einfach.»

«Wir haben geläutet, Frau Krähenbühl», versicherte ihr die Fahnderin. «Es macht niemand auf. Da wir beim Toten keinen Hausschlüssel gefunden haben, hofften wir, ein Familienmitglied anzutreffen.»

«Die Frau ist in den Ferien», erklärte der alte Herr. «Im Sommer habe ich sie mit dem Koffer in ein Taxi steigen sehen. Ich war gerade auf dem Balkon und habe mitbekommen, wie sie zum Fahrer sagte, sie müsse den Zug zum Flughafen Zürich unbedingt erreichen.»

«Und seither war sie nicht mehr im Haus», ergänzte seine

Frau. «Das sind sehr lange Ferien, wenn Sie mich fragen.»

«Hat denn jemand im Haus einen Schlüssel zur Wohnung von Holmbachs?», erkundigte sich Blaser. «Für Notfälle gibt man doch oft einen bei den Nachbarn ab.»

«Also uns hat er nie einen gegeben.» Frau Krähenbühl wirkte etwas verletzt. «Er ist sehr reserviert und natürlich auch noch nicht lange im Haus. Erst Anfang Jahr sind sie in diese riesige, neu renovierte Duplex-Wohnung eingezogen. Wir dachten ja, da kommt eine grosse Familie aber nein, nur zwei Personen. Eine Verschwendung von Wohnraum ist das!»

«Er arbeitet ja auch daheim», beschwichtigte sie ihr Mann. «Und vielleicht hat er bei Frau Ackermann einen Schlüssel hinterlegt. Am besten, Sie fragen dort. Sie ist vorhin mit dem Hund raus, kommt aber bestimmt bald wieder. Stella ist alt und mag nicht mehr weit laufen.»

Wie aufs Stichwort erklang aus dem Treppenhaus Hundegebell.

«Das sind sie.» Frau Krähenbühl ging zur Wohnungstür. «Stella bellt immer, wenn sie in den Lift steigen soll.» Sie trat ins Treppenhaus und als sich weiter oben die Lifttür öffnete, rief sie hinauf. «Louisa! Die Polizei will mit dir reden. Bist du jetzt daheim?»

«Ja, ich bin da. Aber auf jeden Fall unschuldig», klang es fröhlich von oben herunter.

Blaser und Schaffer verabschiedeten sich von dem Ehepaar und gingen die Treppe zum zweiten Stock hinauf. Dort erwartete sie eine Frau um die Vierzig in Jeans, bunter Bluse und Turnschuhen. Ihr dunkelblondes Haar war kurzgeschnitten und ähnlich struppig wie das des Mischlingshundes, der neben ihr sass und den beiden Besuchern schwanzwedelnd entgegensah. An der Wohnungstüre, die sie einladend offenhielt, klebte das bekannte Picasso Bild mit den Händen und dem Blumenstrauss. Frau Ackermann warf einen Blick auf die Dienstausweise und bat sie herein. «Setzen Sie sich doch. Ich muss nur noch schnell dem Hund frisches Wasser geben.»

Anders als ihre Nachbarn, schenkte ihnen Louisa Ackermann sofort Glauben, als sie ihr von Holmbachs Tod berichteten.

«Dann hat ihn also der Schlag getroffen», sagte sie. «Ich habe immer geahnt, dass so etwas mal passiert. Wie der jeden Morgen bei Sonne, Sturm oder Regen losgerannt ist und dann völlig ausgepumpt und verschwitzt wieder heimkam, das war wirklich nicht gesund. Manche joggen ganz entspannt, aber bei dem hatte ich immer das Gefühl, er will seine Aggressionen loswerden.»

«Tatsächlich ist es während seiner Joggingrunde passiert», bestätigte Blaser. «Von Krähenbühls haben wir erfahren, dass Frau Holmbach in den Ferien ist. Wir müssten aber in die Wohnung und …»

«Ach so, der Schlüssel.» Frau Ackermann lächelte. «Da kann ich Ihnen helfen. Ich habe mal beobachtet, wie er das Schlüsseletui beim Heimkommen aus seinem Paketfach genommen hat. Wahrscheinlich deponiert er es immer dort.»

Während sich Blaser zum Briefkasten aufmachte, erkundigte sich seine Kollegin nach dem Verhältnis zwischen den Nachbarn.

«Ach, ein Verhältnis können Sie das nicht nennen», winkte Louisa Ackermann ab. «Er war absolut nicht an guter Nachbarschaft interessiert. Als er Stella zum ersten Mal gesehen hat, sagte er gleich, er hoffe, sie sei kein Kläffer. Auch bei

Familie Bill im Erdgeschoss soll er sich negativ über Hunde ausgelassen haben. Sie haben einen Golden Retriever, der oft im Garten ist. Aber da beide Hunde sehr gut erzogen sind, konnte Herr Holmbach sich nie beschweren. Auch Kinder scheint er nicht zu mögen. Meine Tochter Tabea ist dreizehn und findet ihn mit ihren eigenen Worten voll creepy.»

«Frau Krähenbühl sagte, Holmbachs seien erst dieses Jahr eingezogen.»

«Stimmt. Im Januar oder Februar, würde ich sagen. Aber eben, es kam selten zu Kontakt. Nur Frau Holmbach habe ich gelegentlich im Treppenhaus oder im Garten angetroffen. Aber sie ist sehr schüchtern.» Frau Ackermann hob die Schultern. «Ich nehme an, in der Partnerschaft hat sie nicht viel zu sagen. Im Gegensatz zu ihm mag sie jedenfalls Tiere. Sie hat Stella immer gestreichelt, wenn sich eine Gelegenheit ergab.»

«Dann wissen Sie auch nicht, wohin sie in die Ferien gereist ist?»

«Nein, keine Ahnung.»

Blaser kam zurück, ein kleines Lederetui in der Hand. «Der Schlüssel war tatsächlich im Paketfach», sagte er. «Danke für den Hinweis, Frau Ackermann, so müssen wir nicht den Schlüsseldienst rufen.»

«Ich bin froh, dass ich helfen konnte.» Die Nachbarin streichelte ihren Hund, der jetzt neben ihren Füssen auf dem Boden lag. «Kommen Sie jederzeit, wenn ich noch etwas für Sie tun kann. Aber eben, wirklich gekannt habe ich den Mann nicht.»

Da die Legalinspektion aus Platzgründen nicht am Fundort der Leiche durchgeführt werden konnte, wurde die Fundsituation mit Fotografien detailliert dokumentiert, die Totenstarre vor der Lageveränderung geprüft und der Tote danach auf die Strasse gebracht, wo bereits ein weisses Zelt aufgestellt worden war.

Zur ursprünglichen Lage des Toten hatte der Rechtsmediziner eine Vermutung:

«Es sieht so aus, als sei er mit seinen Schuhen beschäftigt gewesen. Einer der Schnürsenkel sitzt sehr locker, der andere ist mit einem Doppelknopf gebunden. Jedenfalls muss er am Boden gekniet oder sich gebückt haben, als ihn der Schlag auf den Kopf traf.»

«Dann können wir in diesem Fall die Grösse des Täters nicht einschätzen», seufzte Gygax.

«Leider nicht», bestätigte Schürch. «Sogar ein Kind hätte ihn in dieser Position auf den Scheitel schlagen können. Wobei der Schlag so kraftvoll ausgeführt wurde, dass der Mann mit dem Gesicht auf dem Boden aufschlug.»

«Und die Tatwaffe? Was vermuten Sie?», erkundigte sich die Staatsanwältin.

«Ein Stock oder ein Knüppel, würde ich sagen. Vielleicht werden wir in der Wunde und den Haaren Spuren finden. Jedenfalls hat der Täter oder die Täterin die Waffe mitgenommen.»

«Oder einfach in die Aare geworfen.» Das kam von Fischer.

«Auf einer der unteren Stufen liegen einige Äste und Stücke von alten Holzlatten», mischte sich Glauser ein. «Es sieht so aus, als habe jemand alles für ein Feuer vorbereitet. Aber gebrannt hat es nicht. Vielleicht wurde der Mann mit einer

Latte oder einem dicken Ast niedergeschlagen. Wir werden jedenfalls alles sicherstellen.»

Der Rechtsmediziner begann, das Opfer zu entkleiden. Jeder Schritt wurde dokumentiert, und fotografiert. Am ganzen Körper fanden sich keine Hinweise auf einen Kampf. Keine Hämatome, Kratz- oder Schnittwunden. Auch Einstichstellen oder Hinweise auf eine Vergiftung oder auf Drogenkonsum waren keine zu finden.

«Ganz sicher können wir erst nach der Obduktion sein», sagte Schürch schliesslich. «Aber es sieht so aus, als sei er an Blut und Erbrochenem erstickt.»

«Es ist also möglich, dass die Täterschaft gar nicht die Absicht hatte, den Mann umzubringen?», fragte Therese Marti.

«Ja. Wie gesagt, der Schlag war kräftig, aber ob er auch tödlich war, kann ich erst nach der Obduktion sagen.»

«Wie auch immer.» Die Staatsanwältin wandte sich an Gygax und Fischer. «Es handelt sich eindeutig um ein Delikt und ich erteile den Auftrag zu ermitteln. Die nötigen Unterlagen erhalten Sie so schnell wie möglich. Wir treffen uns heute um sechzehn Uhr zu einer ersten Besprechung.»

Sie verabschiedete sich und auch Gygax und Fischer machten sich auf den Rückweg ins Büro. Die Schaulustigen hatten sich zerstreut, der Tatort blieb aber weiterhin abgesperrt. Der KTD würde noch eine Weile damit zu tun haben, alle Spuren zu sichern.

Von Blaser war eine Nachricht eingegangen. Sie hatten den Wohnungsschlüssel gefunden und würden nun die Wohnung in Augenschein nehmen.

«Dann wollen wir mal sehen, was wir über den Mann herausfinden können», sagte Fischer, als sie die Altstadt hinaufgingen. «Webseite, soziale Medien … ich werde mich nachher gleich dransetzen. Manchmal frage ich mich, wie wir das früher ohne Internet gemacht haben.»

«Langsamer», antwortete Gygax. «Es hat viel länger gedauert, alle Daten zusammenzutragen. In dieser Beziehung ist das Internet ein Segen. Aber auf die Kriminalität, die es verursacht und ermöglicht, könnte ich gerne verzichten.»

«Du sagst es. Das Wort Cybercrime kannte vor ein paar Jahren noch niemand. Hoffen wir, dass unser Opfer nicht in solche Geschäfte verwickelt war.»

Auf dem Waisenhausplatz zögerte Gygax. «Hast du dir den Fitnessklub notiert?», fragte er Fischer. «Ist das einer in der Stadt?»

«Ja, habe ich aufgeschrieben. Das ist einer der Fitnesstempel mit Sauna und allem Drum und Dran.» Fischer suchte auf seinem Smartphone die Adresse. «Das ist nicht weit von hier. Soll ich vorbeigehen und fragen, ob ihn jemand näher kannte?»

«Gerne. Und ich schaue mich mal auf Holmbachs Webseite um.»

«Nicht schlecht!» Andrea Schaffer sah sich um.

Wie sie bereits von den Krähenbühls erfahren hatten, war Holmbachs Wohnung zweistöckig und frisch renoviert. Sie befanden sich im Wohnzimmer, das sich über die ganze Breite des Hauses erstreckte und durch den Kamin unterteilt wurde. Im vorderen Bereich standen ein schwarzes Ledersofa und ein grosser Fernseher. Hinter einer breiten Fensterfront lag der Balkon. Der hintere Teil des Raumes wurde als Esszimmer genutzt und beinahe vollständig von einem schwarzen Holztisch und sechs Stühlen ausgefüllt. Auf der gleichen Ebene befanden sich Küche, WC, ein Abstellraum sowie ein geräumiges Zimmer, in dem ein Schreibtisch stand. Links von der Eingangstüre führte eine Treppe nach oben.

«Das kann man wohl sagen. Billig ist das an dieser Lage bestimmt nicht.»

Sie streiften sich Handschuhe über und Blaser ging ins Büro. «Ich schau mich mal hier um.»

«Dann gehe ich rauf.» Schaffer erklomm die Treppe und stand in einem riesigen, hellen Raum. Ein grosses Doppelbett, zwei Nachtkästchen, eine verspiegelte Schrankwand; mehr stand hier nicht. Hinter einer beinahe unsichtbaren weissen Schiebetüre befand sich ein Badezimmer mit Eckbadewanne und einem Duschbereich mit mehreren Düsen. Die ovalen Waschbecken schienen zu schweben, darüber waren ebenfalls ovale Spiegelschränke angebracht. Wände, Boden und die gesamte Einrichtung erstrahlten in Weiss, die schwarzen Textilien bildeten einen Kontrast dazu. Es gab kaum Wasserspritzer auf den Spiegeln, keine Falte im Duschtuch und die Fenster wirkten, als seien sie erst kürzlich geputzt worden.

In einer mit einem Paravent abgetrennten Nische befand sich ein Waschturm; der Wäschekorb daneben war zur Hälfte gefüllt.

Die Fahnderin, die ihre eigene gemütliche, aber oft etwas chaotische Wohnung vor Augen hatte, war beeindruckt. Entweder war heute Morgen bereits die Putzfrau dagewesen oder Marius Holmbach war ein Ordnungsfanatiker. Sie ging zurück ins Schafzimmer. Nur das zum Lüften noch aufgeschlagene Bett war ein Zeichen dafür, dass Holmbach hier geschlafen hatte. Sie öffnete die zweite Türe. Sie führte in ein etwas kleineres Zimmer, das bis auf einen Crosstrainer leer war.

«Doch zu viel Wohnraum für zwei», murmelte sie und öffnete die Fenstertür, die auf eine grosse Dachterrasse führte.

«Wow!» Der Ausblick direkt aufs Bundeshaus war atemberaubend. Hier sollte man sitzen können, mit einem Kaffee oder einem Glas Wein. Die Fahnderin schaute sich um. Ein zusammengeklappter Liegestuhl und ein kleines Tischchen zeigten, dass hier jemand genau das getan hatte. Eigentlich ein Paradies, aber was die zahlreichen Blumentöpfe anging, ein Trauerspiel. Offensichtlich hatte jemand Blumen gepflanzt und bis zu einem gewissen Zeitpunkt auch gepflegt. Aber dann waren die armen Dinger sich selbst überlassen gewesen. Einzig ein Semper Vivum machte in einem der grossen Töpfe seinem Namen alle Ehre, der Rest war eingegangen. Wahrscheinlich hatte Frau Holmbach vergessen, ihrem Mann von den Pflanzen zu erzählen. Der Regen der letzten Tage hatte den trockenen, heissen Sommer nicht wettmachen können. Hier war nichts mehr zu machen. Mit einem bedauernden Schulterzucken ging die Fahnderin wieder hinein.

Auf der verspiegelten Schrankwand im Schlafzimmer war nur an der linken Seite ein schwacher Fingerabdruck zu sehen. Vorsichtig öffnete sie die Schiebetür und stand vor einer Reihe ordentlich aufgehängter Hosen, Hemden und Sakkos. Darunter reihten sich sauber geputzte Schuhe in verschiedenen Farben aneinander und in einigen langen Schubladen entdeckte sie Krawatten, Socken und Unterwäsche. Freizeitbekleidung wie Jeans und Poloshirts waren ebenfalls vorhanden und von bester Qualität. Auch hochwertige Laufkleidung fand sich in einer der Schubladen. Die Hosen alle schwarz, die Shirts in leuchtenden Farben, wie orange, grün oder rot.

«Dann bin ich ja mal gespannt, wie Frau Holmbach unterwegs ist», murmelte Schaffer und öffnete die zweite Schiebetür. Erst war sie überrascht, dass der Schrank nur zur Hälfte gefüllt war, aber dann erinnerte sie sich, dass die Frau in den Ferien war und daher einen Teil ihrer Garderobe dabeihatte. Was noch da war, passte perfekt zu den Kleidern ihres Mannes. Elegante Hosen, Röcke und Blusen in dezenten Farben und Schuhe mit kleinen Absätzen. Unterwäsche und praktische Kleider wie Jeans, T-Shirts oder Pullover fehlten. «Die hat sie wahrscheinlich mitgenommen», überlegte die Fahnderin laut. Einem Impuls folgend ging sie zurück ins Badezimmer und öffnete die Spiegelschränke. Im linken fand sie Holmbachs Rasierapparat und einige wenige Kosmetikartikel, der rechte war beinahe leer. Verbandsmaterial, Pflaster und Desinfektionsmittel befanden sich auf der höchsten Ebene, Wattestäbchen und eine angebrochene Packung mit Kosmetiktüchern ganz unten. Dazwischen lagen zwei leere Tablare. Stirnrunzelnd ging Andrea ins Schlafzimmer und öffnete die Schubladen der Nachtkästchen. In Holmbachs lagen eine Taschenlampe und Kondome. Auf der anderen Seite fand sie lediglich eine ungeöffnete Packung Papiertaschentücher.

«Und?», fragte Blaser, als sie wieder nach unten kam. Er kniete vor einem Schubladenmöbel im Wohnzimmer. «Was gefunden?»

«Wenn du mich fragst, ist Frau Holmbach nicht in den Ferien, sondern ausgezogen», antwortete sie.

«Wie kommst du darauf?»

«Ihr Spiegelschrank im Bad und das Nachtkästchen sind beinahe leer.»

«Na und? Sie hat eben alles eingepackt, als sie verreist ist.»

«Aber man nimmt doch nicht alles mit. Ich schmeisse meine Gesichtscreme, Zahnpasta, Zahnbürste, ein paar Wattepads und Hygieneartikel in den Koffer. Aber der ganze Kram, der sich sonst noch ansammelt, bleibt da. Es gibt da oben keine Nagelschere, keinen Kamm oder Bürste, keinen Lippenstift, keine Tampons … einfach nichts von dieser Frau. Nur die elegante Kleidung, die zu der ihres Mannes passt, ist noch da.»

Blaser wirkte nicht überzeugt. «Wenn sie monatelang weg ist, finde ich es trotzdem nicht abwegig, dass sie sehr viel mitnimmt. Wäre sie ausgezogen, hätte sie die Schränke doch leergeräumt.»

«Ausserdem hat ihr Mann die Pflanzen auf der Dachterrasse nicht gegossen. Hätte er das nicht getan, würde er sie zurückerwarten?»

«Vielleicht hat er es ja einfach vergessen.»

Andrea zuckte die Schultern. «Und du? Hast du etwas gefunden?»

«Bis auf eine Mappe mit ein paar Quittungen und Lieferscheinen nichts. Der Computer ist passwortgeschützt und ich habe keine schriftlichen Unterlagen gefunden. Keine Adresslisten oder Telefonnummern. Die werden alle in seinem Handy gespeichert sein. Ich dachte, ich stosse hier vielleicht auf Fotoalben, Familienpapiere oder dergleichen. Aber leider Fehlanzeige.»

«Das passt zu ihm. Oben gibt es auch so gut wie nichts Persönliches. Schauen wir uns mal in der Küche um.»

Sie fanden Milch, Toastbrot und Honig. Das Frühstücksgeschirr hatte Holmbach in den Geschirrspüler geräumt, bevor er zu seinem letzten Morgenlauf aufgebrochen war. Im Kühlschrank lagen Aufschnitt, Käse und eingelegte Gurken. Andrea öffnete die Vorratsschränke und stiess auf Reis, Teigwaren, Mehl, Zucker, Backpulver und Vanillezucker.

«Jedenfalls wurde hier früher gekocht und gebacken», meinte sie schliesslich. «Aber in letzter Zeit hat er wohl eher kalt gegessen oder ist ins Restaurant gegangen.»

«Wenn seine Frau daheim ist, kocht sie», folgerte Blaser. «Wann sagte Herr Krähenbühl, sei sie abgereist?»

«Im Sommer. Ein Datum hat er nicht genannt. Ich läute nochmals bei Frau Ackermann und frage, ob sie Genaueres weiss. Schliesslich wohnt sie Tür an Tür mit den beiden.»

Mit einem müden Seufzer klappte Robert Hofer den Prospekt zu und warf ihn auf den Boden neben seinem Lehnstuhl. Dort stapelte sich bereits eine ganze Menge ähnlicher Reisebroschüren, die ihm seine Tochter Karin am Wochenende mitgebracht hatte.

«Such dir was aus, Paps», hatte sie ihn gebeten. «Wir wollen dir gerne eine schöne Reise schenken.»

Asien, Australien und Neuseeland, Nordamerika, Südafrika, Indien ... alles wunderschön und verlockend. Aber allein der Gedanke, mehrere Stunden im Flugzeug zu verbringen, liess ihn erschaudern. Da waren ihm die dünneren Prospekte, die Städtereisen anboten, wesentlich sympathischer. Aber eigentlich konnte ihm das alles gestohlen bleiben.

«Rossini, ich bleibe einfach hier», murmelte er und streichelte den Kater, der sich vor mehr als einer Stunde auf seinem Schoss zusammengerollt und seither kaum bewegt hatte. Nur weil er das Tier nicht stören wollte, hatte er sich durch die Unmengen von Reiseinformationen gearbeitet, die in seiner Reichweite auf dem Beistelltisch gelegen hatten. Jetzt war der Tisch leer und das Altpapier, wie er das Zeug in Gedanken nannte, lag auf dem Boden.

Hofer bewegte sanft seine Beine, um der Katze anzuzeigen, dass er aufstehen wollte. Rossini nahm seinen Wunsch etwas ungnädig zur Kenntnis, erhob sich und setzte sich auf die Armlehne, während Hofer aufstand.

«Besten Dank, alter Freund. Wir sind ein gutes Team, gell», murmelte er und streckte sich. Rossini stimmte zu, indem er sich auf dem vorgewärmten Sessel niederliess, kurz seine linke Vorderpfote leckte und anschliessend entspannt die Augen schloss.

Katze sollte man sein, überlegte sich Hofer nicht zum ersten Mal. Da beschränkten sich die Probleme auf Rivalitäten mit jüngeren Katern im Quartier oder Abwesenheit der Futtergeberin. Wie aufs Stichwort quietsche die alte Haustüre, die er seit Wochen ölen wollte, und zeigte ihm Lisas Rückkehr an.

Lisa Zünd, seine Vermieterin und offizielle Besitzerin von Rossini, war die ganze letzte Woche bei Freunden im Wallis gewesen und hatte ihm immer wieder atemberaubende Fotos geschickt. So schön war es gewesen, dass sie den Aufenthalt um einen Tag verlängert hatte, und erst heute, am Montag, heimkam.

Sein erster Impuls war, gleich zu ihr hinunterzugehen, doch dann hielt er sich zurück. Nein, sicher war sie müde und wollte erstmal ankommen und sich ausruhen. Doch kaum hatte er in der Küche den Wasserkocher gefüllt, klopfte es und seine Wohnungstür wurde geöffnet.

«Robert, ich bin wieder da! Darf ich reinkommen?»

«Natürlich!», rief er erfreut. «Ich habe gerade Wasser aufgesetzt. Trinkst du einen Tee mit mir?»

«Sehr gerne.» Strahlend kam Lisa Zünd in die Küche. Sie trug eine bunte Bluse, die er noch nie an ihr gesehen hatte, und streckte ihm eine flache Schachtel entgegen. «Ich habe sogar das passende Mitbringsel dazu. Eine Aprikosen-Galette, die ich in Visp beim Bäcker gekauft habe. Silvia und Hermann haben sie mir sehr empfohlen.»

Wenig später sassen sie auf der Terrasse in der Nachmittagssonne und genossen das ausgezeichnete Gebäck. Rossini hatte seine Besitzerin kaum beachtet und schlief weiter in Hofers Sessel. Man ging nicht ungestraft eine Woche in die Ferien.

Robert hörte zu, wie Lisa von den schönen Wanderungen und Besichtigungen erzählte, die sie mit den Freunden unternommen hatte. «Und dieses Wetter, einfach ein Traum!», schwärmte sie. «Schade, dass die beiden in der Ferienwohnung in Saas-Fee nur ein schmales Gästesofa haben, sonst hättest du wirklich mitkommen können. Vielleicht können wir nächstes Jahr gemeinsam Ferien im Wallis machen, was meinst du?»

«Ach, Ferien! Ich mag das Wort gar nicht hören!»

«Wieso? Was ist denn los?» Lisa musterte ihn besorgt. «Hat deine Stimmung etwas mit diesen Hochglanzprospekten zu tun, die ich vorhin im Wohnzimmer auf dem Boden gesehen habe?»

«Gut kombiniert, Watson!», lachte er. «Stell dir vor, meine Familie will mir eine grosse Reise schenken. Karin, Michael und die Kinder haben mir gestern einen ganzen Sack mit Informationen gebracht. Ich soll mir etwas aussuchen. Eine Fotosafari in Südafrika ist Merets Favorit und Karin und Michael haben eine Reise quer durch Kanada im Visier.»

Lisa blinzelte verwirrt. «Aber warum denn, um Himmelswillen? Du bist doch gar nicht der grosse Reisende? Wieso sollst du jetzt …» Sie unterbrach sich, überlegte, nickte dann wissend.

«Ach so, der runde Geburtstag naht. Jetzt verstehe ich!»

«Genau.» Hofers Miene verdüsterte sich noch mehr. «Sie meinen es sicher gut.»

«Daran besteht kein Zweifel.» Lisa schenkte Tee nach und schnitt nochmals zwei Stück von der Galette ab. «Sie wollen dir etwas Grosses schenken und sehen nicht, dass man mit einem grossen Geschenk die Leute auch erschlagen kann.»

«Stell dir vor: ich in Südafrika, Indien oder Australien. Dabei ist es mir schon hier in der Schweiz im Sommer zu heiss. Und diese ganze Fliegerei ist doch gar nicht mehr zeitgemäss.» Eine Weile hingen sie schweigend ihren Gedanken nach. Plötzlich hellte sich Lisas Gesicht auf.

«Du, ich habe doch vor einigen Jahren diese wunderbaren Wanderferien auf den Channel Islands gemacht.»

«Ja, ich erinnere mich. Meinst du, ich soll dort hin?»

«Das ist eine Möglichkeit. Aber was ich eigentlich sagen wollte, ist, dass ich damals diese patente Reiseleiterin kennengelernt habe. Sie war so nett, gut informiert und hatte immer alles im Griff. Die sollte dir etwas raten können. Wie hiess sie nur? Ach, mein Gedächtnis. Gleich morgen suche ich die Fotos von der Reise raus und dabei fällt es mir sicher wieder ein.»

«Das wäre eine gute Lösung.» Hofer atmete auf. Kaum war Lisa wieder da, sah die Welt schon besser aus. «Es eilt ja nicht. Mein Geburtstag ist erst nächstes Jahr und ich bin auch nicht an ein Datum gebunden.»

«Gut.» Lisa lehnte sich entspannt zurück. «Dann kümmere ich mich in den nächsten Tagen darum. Notfalls rufe ich beim Reiseunternehmen an und bitte, mir die Kontaktdaten der Reiseleiterin von damals zu geben. Ich weiss noch, dass sie auch im Raum Bern wohnte. Wir sind vom Flughafen

Zürich gemeinsam nach Bern gefahren. Sie war so nett …» Sie stutzte.

«Netti hiess sie! Eine Abkürzung für Jeanette, glaube ich. Aber der Familienname?»

«Wie gesagt, ich habe Zeit mit meiner Entscheidung», versicherte ihr Hofer. Als er sah, wie Lisa ein Gähnen unterdrückte, legte er ihr die Hand auf den Arm. «So, meine Liebe, jetzt gehst du nach unten und ruhst dich aus. Diese wunderschöne Wanderwoche war doch sicher sehr anstrengend.»

«Ja, da hast du recht.» Lisa stand auf. «Aber ich helfe dir noch beim Abräumen.»

«Unsinn. Das kann ich allein.» Er atmete tief durch. «Bin ich froh, dass du wieder da bist!»

«**D**as ging ja schnell», kommentierte Gygax das Eintreffen seines Kollegen, als dieser bereits eine halbe Stunde nach ihm das gemeinsame Büro betrat. «Dann war im Fitnesscenter also nicht viel zu holen?»

«Stimmt.» Fischer liess sich auf seinen Stuhl fallen und startete den Rechner. «Marius Holmbach war zwar Mitglied, aber das liegt schon eine Weile zurück. Er war das letzte Mal am 30. Dezember dort und hat bei dieser Gelegenheit mitgeteilt, dass er sein Abonnement nicht erneuern wird.»

«Sonst hatten sie nichts über ihn zu sagen?»

«Nein. Er war nur ein Name im Computer. Das ist ein riesiger Komplex mit Trainingsraum, Sauna, Solarium und Lounge. Sogar eine Kinderbetreuung gibt es. Solange man da lediglich sein Training absolviert und den Jahresbeitrag überweist, wird man nicht weiter wahrgenommen.» Fischer holte sein Notizbuch aus dem Rucksack und blätterte darin. «Nur ein Detail ist mir aufgefallen. In der Kundendatei war eine Adresse an der Gutenbergstrasse angegeben.»

«Dann ist er wahrscheinlich Anfang des Jahres umgezogen und hat sich ein Fitnesscenter in der Nähe gesucht», folgerte Gygax.

«Kann sein. Vielleicht hat er auch beschlossen, sich die Mitgliederbeiträge zu sparen und jeden Morgen eine Runde an der Aare zu drehen. Schliesslich hatte er am Dalmazirain eine ideale Strecke direkt vor der Haustüre. Beneidenswert.»

Gygax gab ein neutrales Brummen von sich. Nie im Leben wäre er jeden Morgen freiwillig joggen gegangen. Selbstverständlich absolvierte er sein Krafttraining und achtete darauf, fit zu bleiben und sich gesund zu ernähren, aber man musste es ja nicht übertreiben. Zum Glück war seine Frau Antonia ebenfalls kein Fitnessfan. Die Buchhändlerin ging gerne spazieren, besuchte seit einigen Monaten am Montagabend einen Yogakurs und fand, Bücher auszupacken und einzuräumen müsse ebenfalls als Fitnesstraining angerechnet werden.

«Hast du dir Holmbachs Webseite schon näher anschauen können?», wollte Fischer wissen.

«Ja, das sieht nach einem seriösen Geschäftsmann aus. Er hat sich darauf spezialisiert, kleine und mittlere Unternehmen zu beraten. Ist man finanziell in Schieflage oder will grundsätzlich den Betrieb neu überdenken, bietet Holmbach Beratung und teilweise auch gleich Ausführung an. Es gibt eine Seite, auf der seine Kunden zu Wort kommen. Offenbar gelingt es ihm sehr gut, KMUs wieder in Schwung zu bringen.»

Fischer rief ebenfalls die Webseite auf und las die betreffenden Kommentare. «Ja, klingt gut», meinte er nach einer Weile. «Aber da findest du natürlich nur die zufriedenen Kunden. Was ist mit denen, die er schlecht oder falsch beraten hat? Nach denen müssen wir suchen.»

«Stimmt. Dazu brauchen wir Holmbachs Geschäftsdaten. Vorhin hat Stefan angerufen. Er hat den Laptop, aber der ist passwortgeschützt. Er bringt ihn mit.»

«Keine anderen Unterlagen?»

«Nein.» Gygax schnitt eine Grimasse. «Alles digitalisiert.»

Fischer grinste. «Immer noch besser als Hunderte Ordner, die man durchsehen muss. Sobald wir das Passwort geknackt haben, werden wir alles finden, was wir suchen.»

«Hoffentlich. In der Zwischenzeit nehme ich Kontakt mit den Kunden auf, die auf der Webseite zitiert werden.»

«Gut. Und ich schaue, ob ich Familienangehörige auftreiben kann. Schliesslich muss jemand den Mann noch offiziell identifizieren. Habe ich recht verstanden, dass Andrea und Stefan in der Wohnung niemand angetroffen haben?»

«Ja. Sie haben mit Hilfe der Nachbarin den Schlüssel gefunden und schauen sich jetzt um. Offenbar ist die Wohnung unberührt. Sie haben den KTD nicht zur Spurensicherung aufgeboten.»

«Gut. Vielleicht stossen sie auf Adressen von Angehörigen. Ich mache mich aber auf jeden Fall an die Recherche.»

«Sorry wegen vorhin. Ich habe wirklich gedacht, das sei ein blöder Witz.» Jan, der Sohn der Familie Bill, grinste verlegen.

«Du hast das völlig richtig gemacht», versicherte ihm Stefan Blaser. Er hatte die Mutter des Jungen vor der Haustüre angetroffen, angesprochen und seinen Ausweis vorgewiesen.

Erstaunt hatte ihn die Frau hereingebeten. Nun sassen die drei im Wohnzimmer, denn der Teenager wollte natürlich auch hören, um was es ging. Jan, der sich von einer Grippe erholte, sass auf dem Boden neben einem grossen Golden Retriever.

Der Ermittler erklärte sein Anliegen.

«Tot?» Frau Bill reagierte genau wie Krähenbühls. «Sind Sie sicher? Er ist heute Morgen noch joggen gegangen. Ich habe ihn gesehen, als ich die Zeitung aus dem Briefkasten geholt habe. Da ging es ihm gut. Er hat kurz gegrüsst und wirkte so wie immer.»

«Wir sind sicher.» Blaser verzichtete auf Details. «Können Sie mir etwas über ihn sagen? Hatten Sie oft Kontakt?»

«Nein, kaum. Ich hätte auch nie gehört, dass er sich im Haus mit jemandem unterhalten hat. Er kam und ging. Wenn man ihm begegnet ist, hat er gegrüsst, aber das war alles.»

«Am Anfang hat er wegen Zola blöde Fragen gestellt.» Das kam von Jan. Die Hündin, die ihren Namen gehört hatte, hob den Kopf.

«Ja, das stimmt», bestätigte die Mutter. «Er wollte gleich wissen, ob wir das Tier im Griff haben.» Sie runzelte die Stirn. «Man soll ja nichts Schlechtes über die Toten sagen, aber er war mir unsympathisch. Er hatte etwas Militärisches an sich. Immer so einen Befehlston.»

«Wie steht es mit seiner Frau? Hatten Sie zu ihr mehr Kontakt?»

Erschrocken sah sie ihn an. «Meine Güte, an das arme Ding habe ich gar nicht gedacht! Konnten Sie sie schon benachrichtigen?»

«Leider nicht. Von ihren Nachbarn haben wir erfahren, dass sie verreist ist. Wissen Sie, wo sie die Ferien verbringt?»

Auch Frau Bill konnte ihm dazu keine Auskunft geben. «Kurz nachdem sie abgereist war, hatte ich sogar das Gefühl, dass er nichts davon wusste.»

«Ach ja?» Blaser öffnete sein Notizbuch.

«Ja, er wirkte verärgert.» Sie schüttelte den Kopf. «Nein, mehr noch. Er wurde richtig aggressiv, als ich ihn auf das Gemüsebeet angesprochen habe.»

«Welches Gemüsebeet?»

«Nun, jede Wohnung hat einen Anteil am Garten. Zu unserer Erdgeschosswohnung gehört der Teil direkt vor unserer Terrasse. Die anderen haben jeweils ein Stück, auf dem sie entweder einen Sitzplatz einrichten oder etwas anpflanzen können. Herr Hunziker nutzt seinen Teil gar nicht und hat ihn uns überlassen. Er sagt, der Balkon reiche ihm völlig aus. Krähenbühls haben das Gartenhäuschen ganz hinten und den oberen Teil am Hang mit einem kleinen Sitzplatz pflegt Frau Ackermann. Der Abschnitt, der zur Duplexwohnung gehört, war früher ein Gemüsegarten. Man sah es ihm noch ein wenig an und Frau Holmbach hat im Frühling angefangen, Kräuter und Gemüse zu pflanzen. Thymian, Majoran, Schnittlauch und Peterli. Und dazu einige Salatköpfe, Broccoli und Rüebli. Sie kam jeden Abend herunter und hat die Pflanzen bewässert. Weil sie das nicht mehr getan hat, ist mir überhaupt aufgefallen, dass sie weg war. Ich fing an, das Beet zu giessen und als ich ihrem Mann im Treppenhaus über den Weg gelaufen bin, habe ich natürlich gefragt, ob seine Frau länger wegbleibt.»

«Wie hat er reagiert?»

«Gereizt. Warum ich das wissen wolle, hat er mich angefahren. Erst als ich es ihm erklärte, wurde er freundlicher. Er hat sich bedankt, dass ich das Giessen übernommen habe.

Aber wann seine Frau wieder heimkommt, hat er nicht gesagt und ich wollte nicht nachfragen.»

«Dann haben Sie Frau Holmbach bis zu ihrer Abreise regelmässig gesehen?»

«Ja. Meistens abends. Wenn wir draussen sassen, hat sie immer gegrüsst und ein wenig gelächelt. Aber gesagt hat sie nicht viel. Ich hatte den Eindruck, sie sei sehr schüchtern.»

«War sie tagsüber daheim oder hat sie auswärts gearbeitet?»

«Manchmal habe ich mitbekommen, wie die zwei am Morgen gemeinsam weggefahren sind. Aber wie oft, weiss ich natürlich nicht. Die Autos stehen in der Tiefgarage und von dort kommt man mit dem Lift direkt nach oben. Ein paar Mal traf ich sie an, als sie nachmittags allein mit Einkäufen nachhause kam.» Frau Bill hob die Schultern. «Tut mir leid, mehr weiss ich nicht.»

«Sie haben mir auf jeden Fall sehr geholfen», versicherte ihr Blaser. «Und du, Jan: Ist dir mal etwas bei Holmbachs aufgefallen?»

Der Junge schüttelte nur den Kopf.

Seine Mutter lachte. «Von einem Teenager zu erwarten, dass er sich um die Nachbarn kümmert, ist etwas viel verlangt. Ich bin froh, wenn er überhaupt wahrnimmt, wie es seinen Eltern geht.» Jan wurde rot. «Nur weil ich mal nicht gemerkt habe, dass du den Arm eingebunden hattest!»

«Genau. So ein Detail fällt ja nicht auf, solange das Essen rechtzeitig auf dem Tisch steht», neckte ihn seine Mutter.

Blaser grinste. «Ich denke, in dem Alter habe ich mich auch vor allem um mich und die Schulfreunde gekümmert.» Er legte seine Karte auf den Couchtisch. «Falls Ihnen noch irgendetwas zu Holmbachs einfällt, rufen Sie mich unbedingt an», bat er. «Das gleiche gilt natürlich für Ihren Mann.»

«Ja, natürlich. Ich frage ihn, sobald er heute Abend nach Hause kommt.»

Plötzlich hob Jan die Hand. «Ich weiss doch etwas über Frau Holmbach. Sie hatte immer Flecken an den Armen.»

«Was für Flecken?», fragte seine Mutter erstaunt.

«Wenn sie am Abend die Giesskanne geschleppt hat, hat sie die Ärmel hochgeschoben. Und wenn sie wieder raufgegangen ist, hat sie Zola auf der Terrasse gestreichelt. Sie hat nämlich Hunde sehr gern. Jedenfalls habe ich dann manchmal gesehen, dass sie blaue und grüne Flecken an den Armen hatte.»

Seine Mutter sah ihn betroffen an. «Da habe ich dir wohl unrecht getan», sagte sie leise. «Ja, jetzt wo Jan es erwähnt, fällt mir ein, dass sie immer lange Ärmel trug. Auch noch im Mai, als es schon sehr warm war.»

Blaser nickte und notierte sich Jans Beobachtungen. «Und seit Juni ist sie also weg.»

«Ja. Seither pflege ich das Gemüsebeet. Während unserer Sommerferien hat Frau Krähenbühl es übernommen. Frau Holmbach hat alles wild durcheinander angepflanzt, nicht in Reihen, wie man das sonst macht. Es sah völlig chaotisch aus, aber die Mischung hat den Pflanzen offenbar gutgetan und alles ist prächtig gediehen.»

Der Fahnder klappte sein Notizbuch zu und stand auf. «Sehen Sie, mit der Zeit kommen doch einige Informationen zusammen. Wie gesagt, rufen Sie mich an, falls einem von Ihnen noch etwas einfällt.»

«Schluchter Elektro, Astrid Schluchter am Apparat. Wie kann ich helfen?»

Heinz Gygax atmete auf. Endlich hatte er von Anfang an jemand aus der Geschäftsleitung am Telefon und musste sich nicht verbinden lassen, bevor er seine Fragen stellen konnte.

«Guten Morgen Frau Schluchter. Hier ist Gygax von der Kantonspolizei Bern. Auf der Webseite von Holmbach Unternehmensberatung bin ich auf einen Kommentar Ihrer Firma gestossen. Sie haben also mit Herrn Holmbach zusammengearbeitet. Ist das korrekt?»

«Ja, das stimmt.» Astrid Schluchter klang überrascht. «Das ist aber schon mehr als ein Jahr her.»

«Wie haben Sie die Zusammenarbeit mit Herrn Holmbach erlebt?»

«Es tut mir leid, Herr Gygax, aber bevor ich Ihnen dazu etwas sagen kann, müsste ich schon wissen, warum Sie fragen. Hat sich jemand über ihn beschwert?»

«Leider ist Herr Holmbach unter noch ungeklärten Umständen verstorben und wir suchen nun Menschen, die mit ihm näheren Kontakt hatten.»

«Ach.» Eine Weile war es still in der Leitung. «Zu ihm als Mensch kann ich nicht viel sagen. Aber als Geschäftsmann war er korrekt, hat sich von unserem Betrieb ein Bild gemacht, Vorschläge und Lösungen ausgearbeitet und uns geholfen, diese umzusetzen.»

«Sie waren also zufrieden und sind es auch heute noch?»

«Ja. Natürlich gab es damals Veränderungen und Unruhe in der Firma, aber heute bin ich froh, dass wir uns an Herrn Holmbach gewendet haben. Manchmal ist so ein Blick von aussen wichtig.»

«Wurde er Ihnen empfohlen?»

«Nein, mein Mann ist auf dem Internet auf seine Webseite gestossen.»

«Ihre Firma ist ein Familienbetrieb?»

«Ja, in der dritten Generation. Und wir werden den Betrieb auch noch unseren Kindern übergeben können.» In Astrid Schluchters Stimme klang Stolz mit. «Übrigens hatte mein Mann mehr mit Herrn Holmbach zu tun als ich. Aber er ist heute auf einer Baustelle und schwer erreichbar. Soll er Sie am Abend oder morgen anrufen?»

«Gerne.» Gygax hinterliess seine Nummer und legte auf.

Die Bürotür öffnete sich und Fischer kam herein, zwei Becher Kaffee in der Hand.

«Hier, du siehst aus, als könntest du auch einen brauchen. Kommst du nicht weiter?»

«Danke.» Gygax trank einen Schluck und fasste das Gespräch mit Astrid Schluchter zusammen.

«Es ist mehr oder weniger genau das, was mir drei andere Kunden schon gesagt haben. Marius Holmbach hat sich die Betriebe angeschaut, hat Vorschläge zur Optimierung der Abläufe und zur Personalstruktur gemacht und bei der Umsetzung geholfen. Jemand sagte, er habe emotionslos, aber völlig korrekt gehandelt.»

«Dann können wir nur hoffen, dass wir sein Passwort knacken und möglichst schnell an seine Daten gelangen können. Er muss auch Feinde gehabt haben. Ich kann mir schwer vorstellen, dass jemand am Aareufer sitzt und wahllos einen Jogger niederschlägt, der dort zufällig eine Pause einlegt. Da muss ein Konflikt dahinterstecken.»

«Ja, das denke ich auch.» Gygax warf einen Blick auf die Uhr. «Andrea und Stefan haben angerufen. Sie warten noch auf einen Hausbewohner, der über Mittag regelmässig nach Hause kommt. Sobald sie mit ihm geredet haben, machen sie Mittagspause und kommen dann hier her.»

Fischer setzte sich wieder an seinen Schreibtisch und öffnete den Laptop. «Gut, dann schaue ich mal, was ich auf den sozialen Netzwerken von und über Marius Holmbach finde.»

Eine Stunde später öffnete Andrea Schaffer schwungvoll die Türe zum Büro von Gygax und Fischer und liess sich auf einen Besucherstuhl fallen. «So, da sind wir endlich. Wenigstens hat es sich gelohnt, auch noch auf den letzten Hausbewohner zu warten.»

«Stimmt nicht ganz», korrigierte sie Stefan Blaser, der nun ebenfalls das Büro betrat. «Herr Bill und die Tochter von Frau Ackermann fehlen noch.»

«Ja, okay. Aber die meisten haben wir.»

«Der Reihe nach», bat Gygax. «Was könnt ihr über die Wohnung sagen? Wie gross ist das Haus? Mit wem konntet ihr reden und was habt ihr erfahren?»

Schaffer und Blaser holten beide ihre Notizen hervor.

«Den Schlüssel hatte Holmbach in seinem Paketfach deponiert. Wir fanden ihn durch den Hinweis einer Nachbarin», rapportierte Blaser. «Die Wohnung war sehr sauber und aufgeräumt. Den Laptop habe ich sichergestellt. Wie schon berichtet, ist er passwortgeschützt, und ich habe ihn vorhin bei den Kollegen in der Technik abgegeben. Da es keine schriftlichen Geschäftsunterlagen in der Wohnung gibt, müssen wir warten, bis sie an die Daten kommen. Sein Mobiltelefon haben wir nicht gefunden. Aber er trug ja dieses Joggingsportarmband und hatte die AirPods in den Ohren.

So können wir davon ausgehen, dass er es dabei hatte und es gestohlen oder vernichtet wurde.»

Jetzt fasste Andrea Schaffer zusammen, was sie von den anwesenden Nachbarn erfahren hatten. Dabei merkte sie gar nicht, wie Fischer und Gygax immer wieder irritierte Blicke wechselten.

«Im ersten Stock, gegenüber von Krähenbühls, wohnt Lukas Hunziker», kam sie schliesslich zum Ende. «Er ist Lehrer und kommt, laut Frau Krähenbühl, in der Mittagspause nach Hause. Wir haben auf ihn gewartet, um alle Gespräche mit den Nachbarn hinter uns zu bringen», erklärte sie. «Auch er hatte wenig Kontakt zu Holmbach, konnte uns aber sagen, dass dieser im Juni mit einigen Leuten telefoniert und nach seiner Frau gefragt hat. Er hat die Gespräche teilweise auf dem Balkon geführt und Hunziker sass ebenfalls draussen.» Sie lächelte triumphierend. «Das stützt meine These, dass Frau Holmbach nicht in die Ferien gefahren, sondern ausgezogen ist. Stefan wollte mir das anfangs nicht glauben, weil ein Teil der Kleider noch da ist, aber es fehlt wirklich alles Persönliche von der Frau.»

«Das will nichts heissen», konterte Blaser. «Immerhin ist auch von Holmbach selbst kaum etwas Persönliches zu finden.»

Erst jetzt bemerkten die beiden, dass die Kollegen bisher nicht reagiert hatten.

«Was ist denn?», fragte Schaffer in die nun folgende Stille hinein. «Was schaut ihr so kritisch? Haben wir etwas vergessen?»

Christian Fischer räusperte sich. «Nun ja. Eher das Gegenteil, würde ich sagen. Ich habe den familiären Hintergrund von Marius Holmbach durchleuchtet, um jemanden aufzutreiben, der ihn offiziell identifizieren kann. Gefunden habe ich einen Bruder, der in Cham wohnt. Er wird heute Nachmittag um halb drei hier sein und mit mir in die Rechtsmedizin gehen.»

«Ja, und?» Blaser runzelte die Stirn. «Was hat das mit unseren Ermittlungen zu tun?»

«Tobias Holmbach ist der nächste Angehörige», erläuterte Fischer. «Tut mir leid, ihr zwei. Aber eine Frau Holmbach gibt es nicht.»

«Ach ja?» Schaffer zuckte die Schultern. «Dann ist oder war sie eben seine Lebenspartnerin. Aber für das ganze Haus sah es so aus, als ob die beiden verheiratet waren. Auch am Briefkasten und an der Klingel steht nur ein Name.»

«Wer ist denn ausser Marius Holmbach an der Adresse gemeldet?», fragte Blaser.

Fischer suchte und fand die Daten schnell. «Ackermann, Louisa und Tabea. Bill, Bernhard, Ursina und Jan. Hunziker, Lukas. Krähenbühl, Ernst und Margrit», zählte er auf. «Also alle, die ihr auch erwähnt habt. Wie heisst denn diese fiktive Frau Holmbach mit Vornamen? Wusste das jemand?»

Schaffer ging ihre Notizen nochmals durch, schüttelte dann den Kopf. «Nein. Ein Vorname wurde nie erwähnt. Das waren offenbar keine Leute, die sich sofort mit jedem duzen. Aber ich kann Herrn Hunziker anrufen. Während er diese Telefonate mitgehört hat, könnte er auch einen Namen mitbekommen haben.» Sie warf einen Blick auf die Uhr. «Jetzt ist wieder Unterricht, aber ich schreibe ihm eine Nachricht, damit er mich so bald wie möglich anruft.»

«Gut. Und ausserdem brauchen wir eine Personenbeschreibung von der Frau», sagte Gygax.

«Kontaktiert also auch die anderen Hausbewohner. Vor allem diesen Krähenbühl, der mitbekommen hat, wie die Frau abgereist ist. Vielleicht kann er sich an das genaue Datum erinnern. Wurde ein Arbeitsplatz der Frau erwähnt?»

«Nein. Aber laut Frau Bill sind die beiden manchmal morgens zusammen losgefahren. Er könnte sie irgendwo abgesetzt haben, oder sie war seine Assistentin.»

«Das eher nicht», meinte Gygax. «Keiner der Kunden, mit denen ich bis jetzt gesprochen habe, erwähnte eine Assistentin. Auch auf der Webseite gibt es keinen Hinweis auf eine zweite Person.»

«Gut, dann fragen wir nochmals bei allen nach.» Schaffer stand auf. «Ich fange bei Frau Ackermann an.»

«Und ich versuche mein Glück bei den Krähenbühls.» Blaser hielt der Kollegin die Tür auf und die beiden verliessen das Büro.

«Also, genauer kann ich es jetzt wirklich nicht … Moment schnell, Herr Blaser, meine Frau sagt gerade noch etwas. Was meinst du, Gritli?»

Blaser hörte, wie im Hintergrund Frau Krähenbühl eine Hochzeit erwähnte und schöpfte Hoffnung. Bis jetzt hatte der alte Herr sich nur auf einen Vormittag im Juni festlegen lassen.

«Also, da bin ich wieder, Herr Blaser. Meine Frau hat sich gerade erinnert, dass am folgenden Wochenende unsere Enkelin geheiratet hat. An dem Tag, an dem meine Frau mit unserer Tochter und der Braut zur letzten Anprobe gegangen ist, habe ich ihr abends erzählt, Frau Holmbach sei mit einem grossen Koffer abgereist.»

Blaser schmunzelte. «Das ist ja wunderbar, Herr Krähenbühl. Kann Ihre Frau auch noch herausfinden, welches Datum das war?»

«Sie holt gerade ihre Agenda. Moment noch.» Er hörte, wie die beiden sich unterhielten. «So, jetzt wissen wir es. Die

Anprobe war am Dienstag der ersten Juniwoche. Aber ob ich ihr gesagt habe, Frau Holmbach sei heute oder gestern abgereist, weiss sie nicht mehr genau.»

«Dann war es entweder am Montag oder Dienstag der ersten Woche im Juni», fasste Stefan Blaser zusammen.

«Ja. Und zwar am Morgen zwischen neun und zehn Uhr. Da bin ich mir auch sicher.»

«Ja, das erwähnten Sie schon. Dann danke ich Ihnen und Ihrer Frau sehr herzlich für die Hilfe, Herr Krähenbühl. Einen schönen Tag noch.»

Blaser legte auf und sah zu Andrea Schaffer hinüber, die mit einem zufriedenen Lächeln auf ihrem Smartphone herumtippte.

«Gute Neuigkeiten?», erkundigte er sich.

«Ja, allerdings. Hunziker hat auf meine Nachricht geantwortet. Er kann gerade nicht telefonieren, aber er schreibt, er habe den Namen Lea mehrmals gehört. Er ruft mich in der Pause noch an.»

«Okay, das ist schon mal ein Anfang. Dann brauchen wir jetzt noch eine Beschreibung der Frau und wenn möglich den Arbeitsplatz. Ich versuche es bei Familie Bill.»

«Gut.» Schaffer scrollte sich durch ihre Kontakte. «Mal sehen, ob ich Frau Ackermann erreiche.»

Die Identifikation des Toten war eigentlich nur eine Formsache, denn bereits, als er Tobias Holmbach vor dem Eingang der Rechtsmedizin in Empfang nahm, war Fischer klar, dass es sich um den Bruder des Opfers handeln musste. Tobias war im Gegensatz zu seinem Bruder Brillenträger, aber die Ähnlichkeit war unverkennbar. Mit der hohen Stirn, den blonden Haaren und dem schmalen Gesicht sah der Mann, der jetzt vor ihm stand, beinahe so aus wie das Foto auf Holmbachs Webseite.

Tobias Holmbach brachte die Identifikation mit bemerkenswerter Ruhe hinter sich. Neben dem Leichnam seines Bruders schluckte er schwer, räusperte sich und bestätigte dann mit fester Stimme, dass es sich um Marius Holmbach handelte.

Nachdem alle Papiere unterschrieben waren und er sich Bedenkzeit für das Vorgehen nach der Freigabe der Leiche erbeten hatte, erklärte Holmbach sich bereit, Fischers Fragen in einem der Büros zu beantworten. Er selbst war es allerdings, der die erste Frage stellte.

«Sie sind von der Kriminalpolizei. Dann war das also kein Unfall? Jemand hat ihn umgebracht.»

«Wir gehen davon aus.» Fischer beobachtete, wie sich das Gesicht seines Gegenübers veränderte. Der Mann war erschüttert, aber keineswegs überrascht.

«Hat ihr Bruder Ihnen gegenüber je Feinde oder Spannungen mit Geschäftspartnern erwähnt?»

«Es tut mir leid, Herr Fischer, ich werde Ihnen nicht viel helfen können.» Holmbach wirkte verlegen. «Ich habe meinen Bruder das letzte Mal vor zwei Jahren bei der Beerdigung meiner Mutter, beziehungsweise ein paar Wochen später beim Aufteilen des Erbes getroffen. Wir standen uns nicht nahe.»

«Obwohl Sie sich so ähnlich sahen?»

Holmbach lächelte traurig. «Manchmal haben uns die Leute für Zwillinge gehalten. Aber das war nur äusserlich. Wir waren sehr verschieden im Denken und Handeln.»

«Ich verstehe. Dann wissen Sie auch nichts über sein Privatleben.»

«Nein, auch da muss ich Sie enttäuschen. Ich weiss, dass er Unternehmensberater war und als solcher erfolgreich. Er hat mir damals, als wir das Erbe aufteilten, klar zu verstehen gegeben, dass er es nicht nötig hatte, sich um ein paar Tausender zu streiten. Meine Frau bat um zwei wertvolle, antike Möbelstücke und er hat sie uns mit einem Achselzucken überlassen.»

«Sie hatten also keinen Streit mit ihm? Erbstreit oder anderen?»

«Nein. Als wir Kinder waren, hat er sich oft über mich lustig gemacht, weil ich mit Menschen und Tieren Mitleid hatte und immer helfen wollte. Er nannte mich eine Memme und ein Weichei und diese Einstellung hat er sich erhalten. Er nutzte die Schwächen der anderen gerne zu seinem Vorteil, ich half, wo ich konnte. Er wurde Geschäftsmann, ich studierte Veterinärmedizin. Er war der harte Typ, ich der weiche und es gab nach dem Tod der Eltern keine Berührungspunkte mehr.»

«Haben Sie Familie?»

«Ja, Eine Frau und zwei Töchter. Sie sind zehn und sieben Jahre alt und ich bin froh, dass sie sich sehr gut verstehen.»

«Haben Sie je eine Partnerin ihres Bruders kennengelernt oder von ihr gehört?»

Holmbach lachte. «Da gab es viele. Als wir uns früher im Elternhaus begegnet sind, am Muttertag, zu Weihnachten oder an den Geburtstagen der Eltern, da hatte er meistens eine schöne Frau dabei. Aber es war nie zweimal dieselbe und mit der Zeit sah auch meine Mutter ein, dass sie sich die Namen der Damen nicht zu merken brauchte. Ich weiss nicht, ob Marius die Frauen nach einigen Monaten satthatte oder ob sie merkten, dass er ihnen nicht guttat.»

«Wir haben die Aussagen der Nachbarn, dass er einige Monate mit einer Frau zusammengelebt hat.»

«Ach ja? Nein, wie gesagt, seit dem Tod meiner Mutter hatte ich keinen Anteil mehr an Marius' Leben.» Er zögerte. «Trotzdem ist das hier natürlich ein Schock. Ein Verkehrsunfall hätte mich nicht überrascht. Er hatte immer schon einen aggressiven Fahrstil. Aber ein Mord – das ist furchtbar. Er muss irgendwem sehr weh getan haben.»

«Sie könnten sich also vorstellen, dass er jemanden verletzt hat?»

«Ja, allerdings. Marius wollte immer dominieren und gewinnen. Es war ihm egal, wer für seine Ziele auf der Strecke blieb. Die Gefühle anderer Menschen waren ihm gleichgültig.»

Er zögerte, schien zu überlegen, ob er weitersprechen sollte. Fischer schwieg und liess ihm Zeit.

«Etwas ist mir gerade eingefallen. In Bezug auf Frauen.»

«Ja?»

«Irgendwann wurde er aus seinem Tennisklub ausgeschlossen. Er hatte eine Frau, die ihn besiegt und sich über sein fehlerhaftes Spiel lustig gemacht hatte, sehr grob beschimpft. Meine Mutter hörte es von einer Freundin, die an dem Tag ebenfalls dort war, und hat sich schrecklich geschämt. Mein Vater schäumte vor Wut und ich erinnere mich, dass er Marius geraten hat, seine Gefühle besser in den Griff zu bekommen.»

«Wissen Sie noch, wann das war?»

Holmbach schüttelte den Kopf. «Nein. Es kann gut zwanzig Jahre her sein. Eine uralte Geschichte, die mir nur eingefallen ist, weil Sie vorhin nach Frauen im Leben meines Bruders gefragt haben.»

«Ich verstehe.» Fischer lächelte ihn ermunternd an. «Alles, was Sie uns über ihn sagen können, kann uns helfen, das Leben Ihres Bruders und die Hintergründe seines Todes zu verstehen. Melden Sie sich bitte, falls Ihnen in den nächsten Tagen noch etwas einfällt.»

«Das werde ich. Ich nehme an, ich muss noch mehrmals nach Bern kommen, um den Haushalt und die Firma aufzulösen.»

«Es gibt also keine anderen Verwandten?»

«Nur den älteren Bruder meiner Mutter, und dessen Tochter mit Familie. Aber die Arbeit wird wohl an mir hängenbleiben. Wissen Sie, ob mein Bruder einen Anwalt hatte?»

Fischer verneinte. «Es ist uns noch nicht geglückt, an seine Daten zu kommen und in der Wohnung scheint es keine Unterlagen zu geben. Meinen Sie, er könnte ein Testament gemacht haben?»

Tobias Holmbach zuckte die Schultern. «Marius hat sich immer für unverwundbar gehalten. Ich denke nicht, dass er mit zweiundvierzig schon an seinen Tod gedacht hat.»

«Ja, das tut man in dem Alter selten», bestätigte Fischer. «Dann ist das vorläufig alles, Herr Holmbach. Sie hören von uns, sobald der Leichnam freigegeben wird.»

Holmbach dankte, las und unterschrieb das Protokoll und verliess dann gemeinsam mit Fischer das Gebäude.

«Sind wir vollzählig?», fragte Therese Marti, als sie auf dem Gang vor dem Besprechungsraum Gygax begegnete.

«Fischer kommt ein paar Minuten später», antwortete er und liess ihr an der Türe den Vortritt.

«Er war bei der Identifizierung dabei und hat mit dem Bruder gesprochen.»

Die Staatsanwältin setzte sich an den Tisch, grüsste und liess den Blick über die Anwesenden schweifen. Ihre Nichte Andrea und Stefan Blaser verglichen einige Notizen, der Kriminaltechniker Glauser hatte seinen Laptop dabei und blickte mit gerunzelter Stirn auf den Bildschirm.

«Von der Rechtsmedizin ist niemand hier?», erkundigte sie sich bei Gygax.

«Doktor Schürch ist zu einem anderen Tatort gerufen worden. Die Obduktion konnte erst für morgen Vormittag angesetzt werden und seine vorläufige Einschätzung haben wir ja heute morgen schon gehört. Er hat sie auch schriftlich allen zugestellt.»

«Gut. Dann fangen wir an. Bis Fischer eintrifft, können Sie mir erzählen, was Sie über den Hintergrund des Toten herausgefunden haben.»

Gygax fasst zusammen, was er über Holmbachs Werdegang und Geschäftstätigkeiten in Erfahrung gebracht hatte.

«Was ist mit den sozialen Netzwerken?», wollte die Staatsanwältin wissen, als er geendet hatte.

«Da war er kaum aktiv. Nur auf LinkedIn hat er ein Profil, aber das ist rein geschäftlich. Privates ist nicht zu finden. Leider ist es den Kollegen noch nicht geglückt, das Passwort des Laptops zu knacken und so können wir vorerst nur mit den Daten von der Webseite arbeiten», erklärte er bedauernd. «Herr Holmbach hat keine schriftlichen Unterlagen aufbewahrt.»

«Gibt es eigentlich keine Sicherungskopie, keine USB-Sticks irgendwo in der Wohnung?», erkundigte sich Glauser. «Wenn jemand gar nichts ausdruckt, müsste doch wenigstens irgendwo ein externer Speicher liegen.»

«Wenn ja, dann hat er ihn gut versteckt», antwortete Blaser. «Wir haben alle Schubladen geöffnet, auch im Wäscheschrank und im Backofen habe ich nachgesehen. Wahrscheinlich hat er alles nur in einer Cloud gespeichert.»

«Hat die Wohnung einen Keller?», fragte Gygax. Schaffer und Blaser wechselten einen betroffenen Blick.

«Mist, das haben wir nicht überprüft», ärgerte sich Andrea. «Das Haus hat eine Tiefgarage, aber natürlich könnten auch Kellerräume vorhanden sein.»

Sie wurden von Christian Fischer unterbrochen, der nach kurzem Klopfen eintrat, grüsste und sich neben Gygax auf einen Stuhl gleiten liess.

«Dann sind wir ja vollzählig. Können wir gleich hören, was der Bruder zu sagen hatte?», bat ihn die Staatsanwältin.

Fischer berichtete, was er von Tobias Holmbach erfahren hatte. «Auch wenn die Brüder seit Jahren keinen Kontakt mehr hatten, können wir davon ausgehen, dass sich Marius Holmbach nicht grundlegend geändert hat», erklärte er abschliessend. «Er war immer darauf aus, zu gewinnen und ist nicht davor zurückgeschreckt, andere zu verletzen, um an sein Ziel zu kommen. Er war dominant und ich nehme an, das wird auch die Beziehungen zu Frauen beeinflusst haben. Dass er nie zweimal mit der gleichen Freundin bei den Eltern auftauchte, spricht ja Bände.»

«Was uns zu der Frau bringt, die alle Nachbarn als Frau

Holmbach kannten.» Gygax wandte sich an Blaser und Schaffer. «Hattet ihr Erfolg bei den Hausbewohnern? Kannte jemand wenigstens den Vornamen?»

«Den Vornamen haben wir», antwortete Andrea Schaffer. «Herr Hunziker, der direkt unter Holmbach wohnt, hat im Sommer auf dem Balkon mitgehört, wie Holmbach einige Telefongespräche führte. Er war offenbar auf der Suche nach seiner Partnerin.»

«Dann hat sie ihn also verlassen», kommentierte die Staatsanwältin.

«Es war wohl eher eine Flucht. Sie scheint eines Tages einfach verschwunden zu sein. Jedenfalls hatte Lukas Hunziker diesen Eindruck. Weil Holmbach auf seinem Balkon während des Gesprächs auf und ab ging, hat der Nachbar nur Bruchstücke mitbekommen. Er ist aber ziemlich sicher, dass der Name Lea mehrmals fiel.»

«Das ist wenigstens ein Anfang», meinte Gygax. «Was hatten die Leute sonst noch über die Frau zu sagen? Gibt es eine brauchbare Beschreibung von ihr?»

«Wir haben zwei Aussagen.» Blaser nahm seine Notizen zur Hand. «Frau Bill und Frau Ackermann haben die vermeintliche Frau Holmbach übereinstimmend beschrieben. Sie ist ungefähr einen Meter siebzig gross, sehr schlank und hat schulterlange, blonde Haare. Frau Ackermann meint, sie seien gefärbt, Frau Bill hält das für die natürliche Farbe.» Er wandte sich an seine Kollegin. «Was hat Frau Ackermann genau gesagt, Andrea?»

«Sie meinte, die Haare seien mal heller, dann wieder etwas dunkler gewesen. Jedenfalls haben aber beide Frauen die Augenfarbe mit braun oder hellbraun beschrieben.»

«Frau Bill und ihr Sohn Jan haben schon heute Morgen ausgesagt, dass die Frau immer lange Ärmel trug», erklärte

Blaser. «Laut dem Teenager hatte sie manchmal blaue Flecken oder Druckstellen an den Unterarmen.»

«Das klingt nicht gut.» Therese Marti runzelte die Stirn. «Gab es andere Hinweise auf häusliche Gewalt?»

«Scheinbar nicht. Wobei sie offenbar kaum mit den Nachbarn gesprochen hat. Sie galt als schüchtern. Aber beide Zeuginnen sagen übereinstimmend aus, dass die Frau immer sehr gut gekleidet war.»

«Ich habe in ihrem Kleiderschrank viele elegante Kleidungsstücke gefunden», mischte sich Schaffer ein. «Freizeitkleidung hat sie aber mitgenommen. Laut Frau Ackermann waren auch die Alltagskleider von bester Qualität. Entweder hat Holmbach sie so teuer eingekleidet oder sie hat einen gut bezahlten Job.»

«Konnte jemand etwas über den Arbeitsplatz sagen?», fragte Therese Marti.

«Nein, leider nicht. Aber beide Frauen sind bereit, mit einem Zeichner ein Phantombild zu erstellen», schloss Blaser den Bericht ab.

«Sobald wir an die Daten auf dem Laptop kommen, könnten wir dort Fotos von ihr finden», warf Glauser ein. «Vielleicht schon morgen.»

«Gut, dann warten wir noch mit dem Phantombild.» Die Staatsanwältin wandte sich an Gygax.

«Was ist mit den Verbindungsdaten für das Mobiltelefon? Sind die angefordert?»

«Ja, die Anfrage läuft. Aber das kann ja bekanntlich dauern.»

«Wissen wir, wann genau die Frau abgereist ist?»

Blaser nannte die beiden möglichen Daten. «Ob am Montag oder Dienstag, ist nicht klar, aber Herr Krähenbühl konnte sich an die ungefähre Uhrzeit und die Farbe des

Taxis erinnern. Die Anfrage beim Taxiunternehmen läuft.»

Schaffers Telefon brummte. Sie warf einen Blick auf das Display. «Das ist Frau Ackermann», erklärte sie und stand auf. «Ich nehme draussen ab.»

Die Tür schloss sich hinter ihr und man ging zum nächsten Thema über. Simon Glauser zählte auf, was an Spuren am Tatort gefunden worden war. Auf den Steinstufen und am Aareufer waren eine Fastfood-Verpackung, mehrere leere Bier- und zwei Coladosen, eine zerknüllte Papierserviette und ein ausgespuckter Kaugummi eingesammelt worden. «Bei der improvisierten Feuerstelle haben wir auch zerknüllte Seiten aus einem Schulheft gefunden», berichtete Glauser grinsend. «Schulkinder, die Würste braten oder einfach ein kleines Lagerfeuer machen wollten, nehme ich an. Aber es ist nicht dazu gekommen.»

«Sie sind von Erwachsenen entdeckt und weggescheucht worden», vermutete Blaser.

«Stammen die Fingerabdrücke auf den Dosen von Kindern?»

«Nein, da haben klar Erwachsene getrunken. Wahrscheinlich waren zuerst die Jugendlichen da, dann kamen die Biertrinker und die Kids sind auf und davon.» Glauser zuckte die Schultern.

«Aber das wird sich alles gestern abgespielt haben und nicht heute Morgen, als der Mann getötet wurde. Fussspuren gibt es auf den Steinstufen leider keine, aber wir haben diverse Haare gefunden und an allen Fundstücken Fingerabdrücke und DNA sichergestellt. Falls ihr also einen Verdächtigen habt, könnten wir einen Abgleich machen.»

«Gut zu wissen», brummte Gygax. «Aber so weit sind wir noch lange nicht. Es fehlt uns immer noch ein Motiv.»

«Nicht unbedingt», kam es von Fischer. «Vielleicht hat sich die ehemalige Partnerin gerächt oder jemand hat es für sie getan.»

«Was haben die Tür-zu-Tür-Befragungen bei den Anliegern ergeben?», fragte die Staatsanwältin. «Gibt es schon hilfreiche Aussagen?»

Fischer schüttelte den Kopf. «Nichts zum Tathergang. Aber ein Hausbewohner namens Schnider, der am Morgen gegen sieben Uhr auf dem Balkon immer die erste Zigarette raucht, hat sich gemeldet. Er sagt aus, er habe den Jogger mit dem neongrünen Täschchen am Oberarm oft gesehen. Offenbar hat er gerne an die Mauer gelehnt eine Pause gemacht und telefoniert oder sich sonst mit seinem Handy beschäftigt. Im Sommer sind da schon früh Schwimmer unterwegs, aber wenn der Zugang frei war, sei der Mann auch mal zur Aare hinunter gegangen und nach ein paar Minuten wieder raufgekommen. Bei Regen sei er vorbeigelaufen. Heute war dieser Schnider allerdings spät dran. Er hat um halb acht mitbekommen, wie der Mann vom Tiefbauamt angehalten und kurz darauf telefoniert hat. Erst als der Rettungswagen eintraf, ist ihm klargeworden, was da los war.» Er warf einen Blick auf seine Notizen. «Die Kollegen haben aber noch nicht mit allen Anwohnern sprechen können. Sie bleiben dran.»

«Gut. Ich werde auch einen Zeugenaufruf in den lokalen Medien veranlassen.» Die Tür ging auf und Schaffer kam mit einem Lächeln auf den Lippen zurück.

«Gute Neuigkeiten?», fragte Gygax.

«Allerdings. Tabea Ackermann ist gerade aus der Schule gekommen. Sie sagt, Frau Holmbach habe im Tierpark gearbeitet.»

«Ach ja? Wie kommt sie darauf?», fragte Blaser irritiert. «Die elegante Kleidung scheint mir gar nicht zu einer Tierpflegerin zu passen.»

Seine Kollegin verdrehte die Augen. «Erstens zieht sich eine Tierpflegerin um, bevor sie mit der Arbeit beginnt, und zweitens arbeiten im Tierpark bestimmt auch Leute in der Administration.»

«Trotzdem würde es mich interessieren, wie das Mädchen den Arbeitsort der offenbar sehr zurückhaltenden Nachbarin erfahren hat», mischte sich die Staatsanwältin ein.

«Tabea war irgendwann mit ihrem Hund und den beiden Holmbachs im Lift. Der Hund hat wie verrückt an den Schuhen der Frau geschnüffelt und Holmbach herrschte das Kind an, sie solle den Köter bei sich behalten. Daraufhin sagte die Frau etwas wie: «Ach, der riecht nur die Zwergziegen. Ich habe im Vorbeigehen gesehen, dass ein Spielzeug im Gehege lag und habe es herausgeholt.» Worauf er sagte, das sei doch wirklich nicht ihre Aufgabe, dazu habe es genügend Tierpfleger.»

«Aber das heisst doch nicht, dass die Frau dort arbeitet. Sie könnte einfach als Gast im Streichelzoo gewesen sein und das Spielzeug entdeckt haben», wandte Blaser ein.

«Tabea war sich sicher und ihre Mutter meinte, sie könne solche Gespräche gut interpretieren. Wir müssen auf jeden Fall im Tierpark nachfragen, ob eine ihrer Mitarbeiterinnen mit Vornamen Lea heisst und auf unsere Beschreibung passt.»

«Dann ist das deine Aufgabe für morgen, Andrea», sagte Gygax. «Stefan schaut sich nochmals in der Wohnung um und findet heraus, ob es einen Keller gibt.»

«Kommst du mit, Heinz?», fragte Blaser. «Vier Augen sehen mehr als zwei. Und so kannst du dir auch ein besseres Bild von Holmbachs Lebensumständen machen.»

«Gute Idee. Aber jemand muss an der Obduktion in der Rechtsmedizin teilnehmen.»

«Das kann ich übernehmen», schlug Fischer vor. «Und anschliessend werde ich mich mit Holmbachs Vergangenheit beschäftigen. Dieser Zwischenfall im Tennisklub in seiner Jugend könnte kein Einzelfall gewesen sein. Es besteht immerhin die Möglichkeit, dass er nochmals auf diese Weise aufgefallen ist. Bis jetzt bin ich noch nicht fündig geworden, aber ich bleibe dran.»

«Ein guter Ansatz», lobte die Staatsanwältin. «Bis wir die aktuellen Geschäftsdaten haben, müssen wir uns auf die Vergangenheit konzentrieren. Wurden die Kunden, die sich auf der Webseite positiv geäussert hatten, telefonisch kontaktiert?»

Gygax bestätigte es. «Ich warte noch auf ein oder zwei Rückrufe, aber eigentlich hatte niemand etwas Schlechtes über den Mann zu sagen.»

«Gut.» Die Staatsanwältin nahm ihre Unterlagen und stand auf. «Dann bedanke ich mich für heute und hoffe, dass wir morgen mehr Erkenntnisse haben.» Sie wünschte allen einen schönen Abend und verliess den Raum.

«Somit ist für morgen alles klar.» Gygax warf einen Blick auf seine Notizen. «Stefan und ich fahren an den Dalmazirain, finden heraus, ob es einen Keller gibt, und suchen nochmals nach Datenspeichern und Hinweisen auf Holmbachs Kontakte. Andrea geht in den Tierpark und Christian in die Rechtsmedizin. Spätestens am Mittag treffen wir uns wieder hier.»

Da seine Frau am Montagabend neuerdings einen Yogakurs besuchte, musste sich Heinz Gygax selbst um sein Abendessen kümmern. Antonia ging nach dem Kurs jeweils mit den anderen Teilnehmerinnen essen und kam erst später heim. Natürlich gönnte er ihr den entspannenden Abend von Herzen, aber es fehlte ihm, sich mit ihr zu unterhalten und so die Arbeit hinter sich lassen zu können.

Im Kühlschrank fand er Reste eines Kartoffelauflaufs, eine Scheibe Schinken und ein Ei. Während alles zusammen in der Bratpfanne schmorte, holte er seinen Laptop und recherchierte am Küchentisch nach weiteren Unternehmensberatern. Schliesslich war Holmbach nicht der Einzige, der sich um kleine und mittlere Unternehmen bemüht hatte. Vielleicht war er einem Konkurrenten in die Quere gekommen. Wie er sich gedacht hatte, brachte seine Google-Suche diverse Ergebnisse. «Beratung für Familienbetriebe», «Seit 20 Jahren erfolgreiche Beratung von KMUs», «Umfassende KMU-Beratung aus einer Hand», die Liste der Links war lang. Er klickte eine Firma an, die im Raum Bern angesiedelt war. Bald hatte er sich so in die Webseite vertieft, dass ihn erst der Geruch von angebranntem Essen von der Arbeit aufschreckte.

Fluchend sprang er auf und riss die Bratpfanne vom Herd. Als er alles auf einen Teller geschabt hatte, sah sein Abendessen so unappetitlich aus, dass er eine grosse Portion Parmesan darüber streute und schliesslich zu essen begann. Zugegeben, es schmeckte nicht besonders, aber es machte satt und das war die Hauptsache. In der einen Hand hielt er die Gabel und schaufelte sich das Essen in den Mund, mit der anderen klickte er sich durch weitere Angebote auf dem

Bildschirm und stellte fest, dass die Konkurrenz in dieser Branche tatsächlich recht gross war.

«Sag mal, was ist denn hier los? Ist etwas angebrannt?»

Antonias Stimme liess ihn herumfahren. Beschämt klappte er den Laptop zu und schob den Teller beiseite.

«Na ja, ich habe nur kurz etwas nachgeschaut ...»

Schweigend öffnete sie das Küchenfenster und die Terrassentüre im angrenzenden Wohnzimmer, um Durchzug zu erzeugen. Dann kam sie zurück und küsste ihn zur Begrüssung.

«Ehrlich, HG, wenn du schon dein Essen anbrennen lässt, könntest du wenigstens gleich lüften. Dich kann man wirklich nicht alleine daheimlassen. Wenigstens etwas Wasser hättest du in die Pfanne geben können, um sie einzuweichen. Nächste Woche stelle ich dir ein kaltes Nachtessen auf den Tisch. Da kann nichts schiefgehen.»

«Also, so schlimm ist es jetzt auch wieder nicht!» Heinz lachte verlegen. «Ich war beim Kochen etwas abgelenkt und abgewaschen hätte ich schon noch. Du bist früher daheim als sonst.»

Sie räumten gemeinsam die Küche auf und machten anschliessend Tee. Dazu servierte Antonia ein mit Aprikosen gefülltes Gebäck. Heinz kaute genüsslich.

«Das schmeckt ja grossartig. Woher hast du das?»

«Ein Mitbringsel von Lisa. Sie war zehn Tage bei Freunden im Wallis und hat für Robert und für uns einen dieser Kuchen mitgebracht.»

«Ach, darum war Rossini in den letzten Tagen so oft bei uns.» Heinz schob sich den letzten Bissen in den Mund und reckte den Hals. «Hat es noch mehr davon?»

«Morgen wieder», versprach seine Frau und schenkte ihm

Tee nach. «Man muss es ja nicht übertreiben mit dem Süssen.» Ihr Blick fiel auf den Laptop, der jetzt neben Heinz auf dem Sofa lag. «Sag mal, was hattest du denn so Wichtiges zu arbeiten, dass du das Essen hast anbrennen lassen?»

«Ach, nichts.» Er zuckte die Schultern. «Nur etwas im Zusammenhang mit einem neuen Fall. Aber das kann bis morgen warten.»

«Das finde ich auch.» Sie runzelte die Stirn. «Ich hoffe, die Ermittlungen werden dich nicht Tag und Nacht beschäftigen. Ich habe nämlich Lisas Einladung für Freitagabend für uns beide angenommen.»

«Was am Freitag ist, kann ich dir jetzt noch nicht sagen. Gibt es einen besonderen Anlass für die Einladung?»

«Nein, wir waren einfach schon lange nicht mehr bei ihr und Robert, und beide würden sich freuen.»

Innerlich seufzte der Fahnder, denn Robert Hofer, der väterliche Freund seiner Frau, hatte die Tendenz, sich etwas zu sehr für Polizeiarbeit zu interessieren. Er hatte Antonia und ihre Freunde vor einigen Jahren kennengelernt, als Lisas Mann auf tragische Weise ums Leben gekommen war und er im Quartier hatte ermitteln müssen. Seither hatten ihn Robert und Lisa schon mehrmals mit ihrem Wissen und ihren Verbindungen unterstützt und sich manchmal auch mehr eingemischt, als ihm lieb war. Aber diesmal bestand in dieser Hinsicht natürlich keine Gefahr. Mit einem Unternehmensberater waren die beiden bestimmt noch nie in Berührung gekommen.

«Ich komme gerne», versicherte er daher lächelnd. «Und wer weiss, vielleicht ist der Fall bis Freitagabend schon gelöst.»

Als Gygax am Dienstagmorgen einen Rundgang durch Holmbachs Wohnung machte, war auch er beeindruckt.

«Er muss wirklich erfolgreich gewesen sein», sagte er zu seinem Kollegen. «So viel Platz an dieser Lage kann sich nicht jeder leisten.»

«Stimmt. Und vor allem braucht kein Mensch so viel Wohnraum für sich allein. Auch zusammen mit einer Partnerin ist das völlig übertrieben.»

Gemeinsam durchsuchten sie nochmals Holmbachs Arbeitszimmer, aber bis auf die wenigen Lieferscheine für Sportartikel fanden sie keinerlei schriftliche Unterlagen.

«Wie ich dir gesagt habe», meinte Blaser achselzuckend.

«Wenigstens wissen wir jetzt, dass er die Laufschuhe erst letzte Woche erhalten hat.» Gygax tippte auf den Lieferschein eines Onlineversands. «Wahrscheinlich waren die Schuhbändel noch steif und sind daher aufgegangen. Er hat sich hinuntergebückt und war somit ein leichtes Opfer für den Angreifer.»

«Gut möglich.» Blaser überlegte. «Vielleicht war das alles nicht geplant, sondern der Täter war nach einem Gespräch wütend, hat spontan ein Stück Holz von dieser improvisierten Feuerstelle genommen und zugeschlagen.»

Sie suchten weiter und im Schlafzimmer wurde Gygax fündig. In einer der Anzugtaschen fand sich ein USB-Stick.

«Wenigstens etwas», meinte er zufrieden.

Blasers Handy läutete. «Die Hausverwaltung. Ich habe denen gestern Abend noch wegen der Kellerräume geschrieben.»

Während sein Kollege telefonierte, schaute sich Gygax das Badezimmer und den Raum mit dem Crosstrainer an. Von dort aus gelangte er auf die Dachterrasse und bewunderte den Ausblick, bis Blaser neben ihn trat.

«Gute Neuigkeiten. Tatsächlich gehört ein Keller zur Wohnung. Der Haus- und Wohnungsschlüssel öffnet auch die Kellertür. Offenbar war es nur ein Holzverschlag, aber Holmbach hat auf einen gemauerten Raum bestanden, in den man von aussen keinen Einblick hat.»

«Aha!» Gygax nickte zufrieden. «Dann könnte sich die Durchsuchung lohnen. Gehen wir gleich runter. Du weisst, wie du den Raum findest?»

«Ja, ich habe genaue Instruktionen. Die Verwaltung hat angeboten, jemanden vorbeizuschicken, aber das hätte nochmals zwanzig Minuten gedauert und so habe ich es mir beschreiben lassen.»

Der Lift brachte sie direkt ins Untergeschoss, wo sich die Tiefgarage, die Heizungsräume und die Kellerabteile für die Wohnungen befanden. Im Vorbeigehen sahen sie durch die Holzlatten alte Matratzen, aufgestapelte Kartons, Snowboards, Schlitten, Langlaufskis und einen ausgeblichenen Sonnenschirm. Am Ende des Gangs blieb Blaser stehen und schloss eine solide Holztüre auf.

«Die Frau von der Verwaltung sagte, eigentlich habe Holmbach eine Stahltüre verlangt, aber als man ihm mitteilte, die müsse er selbst bezahlen, hat er verzichtet.»

Die Türe schwang auf und Blaser betätige den Lichtschalter.

Da der Tierpark erst um neun Uhr öffnete, liess Andrea Schaffer den Tag langsam angehen. Natürlich hätte sie sich telefonisch anmelden können, um früher eingelassen zu werden, aber sie wollte das Überraschungsmoment ausnutzen. Auf diese Weise hatten die Angestellten des Tierparks keine Zeit sich abzusprechen, sollte es im Zusammenhang mit dieser Lea etwas zu verheimlichen geben.

Nach dem Frühstück notierte sie sich das Wenige, was sie bis jetzt über Lea wussten, und rief in der Kriminaltechnik an, um zu fragen, ob es schon gelungen war, an Holmbachs Daten zu gelangen. Ein Foto der Frau wäre sehr nützlich gewesen.

Leider musste der Kollege sie enttäuschen. «Aber ich schicke dir sofort eines aufs Handy, falls wir das Passwort heute Morgen noch knacken», versprach er.

«Danke, das wäre super.» Während sie sprach, versuchte sie, die Katze von ihren Beinen zu schieben, was dieser gar nicht gefiel. «Nun mach schon», murmelte sie und musste lachen, als Glauser mit einem gereizten «Wir arbeiten so schnell es geht», antwortete.

«Nicht du, Simon. Sorry. Ich rede mit Miss Marple. Sie denkt, es sei Sonntag und wir könnten den ganzen Morgen auf dem Sofa verbringen.»

«Ach so. Hättest dich eben gar nicht dorthin setzen sollen», meinte der Kollege amüsiert. «Jetzt hast du ein Problem.»

«Richtig. Autsch, lass das! Tschau Simon, bis später!»

Als sie wenig später die Wohnung verliess, schlief die weisse Katzendame bereits völlig entspannt auf dem Sofa und zuckte nur leicht mit den Ohren, als ihr Andrea über das flauschige Fell streichelte. Durch die Katzenklappe konnte Miss Marple jederzeit in den Garten und von dort auf die Terrasse ihres Elternhauses gelangen. So wusste die Fahnderin das Tier immer gut versorgt.

Da sie anschliessend an den Dalmazirain fahren wollte, stellte Schaffer ihr Velo beim Streichelzoo ab und ging vorbei am Spielplatz und dem Restaurant Dählhölzli hinauf zum Eingang des Vivariums. Die Flamingos, seit ihrer Kindheit ein vertrauter Anblick, machten wie immer viel Lärm und wurden bereits von einigen Besuchern bewundert. Obwohl es gerade erst neun Uhr war, stand schon eine Schlange von Eltern und Kindern vor der Kasse und Andrea ärgerte sich, nicht doch angerufen zu haben. Da es sich nicht um einen Notfall handelte, verzichtete sie darauf, sich mit ihrem Polizeiausweis vorzudrängen. Zum Glück ging es zügig voran.

«Guten Tag. Schaffer von der Kantonspolizei», sagte sie, als sie an die Reihe kam. «Ich würde gerne mit jemandem von der Personalabteilung sprechen.»

Die ältere Frau hinter dem Schalter zog erstaunt die Brauen hoch, liess sich aber sonst nichts anmerken. «Einen Moment bitte, ich rufe jemanden», sagte sie nach einem prüfenden Blick auf den Ausweis. «Gehen Sie bitte schon durch und warten sie links, bei der Info-Wand zu den Papageientauchern.»

Die Fahnderin folgte der Aufforderung. Die schwülheisse Luft des Vivariums schlug ihr entgegen. Sie öffnete ihre Jacke und studierte die Informationen zu den faszinierenden Wasservögeln an der Wand, in die eine Tür eingelassen war. Schon nach wenigen Minuten öffnete sich diese und eine dunkelhaarige Frau um die Vierzig in Jeans und gelber Bluse trat heraus.

«Irene Schöpfer, ich bin für Personal und Finanzen zuständig», sagte sie mit einem zurückhaltenden Lächeln. «Sie sind von der Polizei, wie mir die Kollegin an der Kasse sagte. Was kann ich für Sie tun?»

Die Fahnderin stellte sich vor und zeigte ihren Ausweis.

«Die Kantonspolizei? Dann geht es also nicht um Lärmbelästigung oder falsch abgestellte Fahrzeuge?»

«Nein, ich habe eine Frage zum Personal. Ist oder war bei Ihnen eine junge Frau namens Lea beschäftigt? Sie ist schlank und hat blonde, schulterlange Haare.»

Innert Sekunden zuckte eine ganze Bandbreite von Gefühlen über das Gesicht von Irene Schöpfer. Erstaunen, Freude, Erleichterung, Sorge.

«Ich sehe, der Name sagt Ihnen etwas. Können wir irgendwo in Ruhe reden?»

«Selbstverständlich. Entschuldigen Sie. Bitte, kommen Sie in mein Büro, Frau Schaffer.» Einladend hielt die Personalchefin die Türe auf und gab den Weg frei.

Zur Linken sah die Fahnderin auf den Arbeitsplatz der Kassiererin, die noch immer einen steten Strom von Besuchern abfertigte. Geradeaus ging es vier Betonstufen hinauf in einen schmalen Gang, an dessen Ende eine Türe offenstand.

Frau Schöpfer ging voran in ein Büro zur Rechten. Drei weitere Türen lagen dicht beieinander, in zweien konnte Andrea Frauen an Schreibtischen arbeiten sehen. Alle sahen auf, als sie vorbeigingen.

«Bitte, nehmen Sie Platz.» Irene Schöpfer schloss die Türe. «Die Direktorin ist heute nicht im Haus, aber ich habe alle Personalunterlagen bei mir.» Sie wartete, bis die Fahnderin sass, liess sich dann auf ihren Stuhl sinken und schob nervös einige Papiere auf ihrem Schreibtisch zur Seite. «Wie kann ich Ihnen helfen? Wie kommt die Polizei auf Lena?»

«Lena also.» Schaffer zückte ihr Smartphone. «Ich nehme unser Gespräch als Gedächtnisstütze auf, Frau Schöpfer. Sind Sie damit einverstanden?» Die Frau nickte und Schaffer aktivierte die

Aufnahmefunktion. «Wir sind im Zuge einer Ermittlung auf eine Frau gestossen, die im Tierpark gearbeitet haben soll und seit Juni nicht mehr gesehen wurde. Sie ist ungefähr einen Meter siebzig gross, schlank, hat helle, schulterlange Haare und braune Augen. Passt diese Beschreibung auf eine Ihrer Mitarbeiterinnen?»

Irene Schöpfer nickte. «Auf eine ehemalige Mitarbeiterin. Lena Gyser. Sie hat von Januar bis Mai bei uns in der Buchhaltung gearbeitet. Es handelte sich um eine Schwangerschaftsvertretung. Nach der Geburt des Kindes zog die Kollegin dann aber um und kündigte. So konnten wir Frau Gyser kurzfristig ab Juni eine Festanstellung anbieten.»

«Und sie hat abgelehnt?»

«Nein. Im Gegenteil. Sie strahlte, als ich ihr das Angebot machte, meinte allerdings, sie müsse es noch mit ihrem Mann besprechen. Es ging wohl um Ferien, die er bereits gebucht hatte. Ich versprach ihr, dass wir da auf jeden Fall eine Lösung finden würden. In der folgenden Woche sagte sie zu.»

«Wann war das?»

«Anfang Mai. Sie gab mir ihre Zusage am Ende der Woche. Weil ich in der folgenden Woche krank war und anschliessend Ferien hatte, kam es zu einer Verzögerung. Aber der Arbeitsvertrag lag Anfang Juni am Montagmorgen, dem ersten Tag ihrer Festanstellung, auf ihrem Schreibtisch, bereit zur Unterzeichnung.»

«Sie kam nicht?»

Irene Schöpfer nickte und hob ratlos die Schultern. «Lena war sehr pflichtbewusst und ihre mündliche Zusage war bestimmt auch für sie bindend. Wir versuchten sie zu erreichen, aber die Telefonnummer war ausser Betrieb. Ich hatte auch ihre Festnetznummer, aber da nahm niemand ab. Wir befürchteten, sie habe einen Unfall gehabt und warteten darauf, dass ihr Partner uns informieren würde. Aber nichts geschah.»

«Ich verstehe. Haben Sie danach noch etwas unternommen, um sie zu finden?»

«Nein, denn wir erhielten am Mittwoch einen Brief von ihr.»

Schaffer stutzte. «Einen Brief? Also mit der Post zugestellt?»

«Genau. Er war von Hand geschrieben. Frau Gyser schrieb, sie habe wegen eines Notfalls in der Familie dringend ins Ausland reisen müssen. Es tue ihr leid, dass sie die Stelle nicht antreten könne und sobald alles vorbei sei, melde sie sich wieder.»

«War das der genaue Wortlaut?»

Die Personalchefin begann, auf ihrem Schreibtisch verschiedene Mappen zu durchsuchen. «Ich denke schon. Er muss hier noch sein. Zusammen mit dem nicht unterschriebenen Arbeitsvertrag.» Sie hielt inne und überlegte kurz. «Nein, ich habe die Mappe abgelegt.

Moment.» Aus einer Hängeregistratur förderte sie schliesslich das Gesuchte zu Tage. «Hier ist der Brief. Das Kuvert habe ich auch aufbewahrt.»

Der Brief war zu Händen von Frau Schöpfer adressiert und im Briefzentrum Härkingen abgestempelt worden. Der Wortlaut entsprach dem, was ihr Irene Schöpfer gesagt hatte.

Liebe Kolleginnen. Ich muss leider dringend ins Ausland reisen. In meiner Familie gibt es einen Notfall. Es tut mir sehr leid, dass ich die Stelle nicht antreten kann. Sobald alles ausgestanden ist und ich wieder nach Hause kommen kann, melde ich mich. Ich habe mich im Tierpark immer sehr wohl gefühlt und werde euch alle vermissen.

Viele Grüsse, Lena

«Ist das Frau Gysers Handschrift? Daran bestand für Sie kein Zweifel?»

Die Personalchefin sah sie irritiert an. «Wir haben das nie angezweifelt. Wir kannten ihre Schrift von Notizzetteln und diese ordentliche, gleichmässige Schrift sah für uns echt aus. Aber auf den Inhalt des Briefes konnten wir uns absolut keinen Reim machen. Lena hatte nie Familie erwähnt und schon gar keine im Ausland. Aber sie hat eigentlich selten etwas Persönliches erzählt.»

«Hat sie von ihrem Partner gesprochen?»

«Ja. Wir wussten alle, dass er sie abends abholt. Er wartete unten beim Streichelzoo und Lena durfte sich auf keinen Fall verspäten. Sie ist zum Beispiel nie mit Kolleginnen abends etwas trinken gegangen. Manchmal hatte man den Eindruck, als fürchte sie sich vor ihm.»

Schaffer nickte und liess die Frau weitersprechen. «Mir ist aufgefallen, dass sie von ihrem Mann sprach, als sei sie verheiratet. Dabei wusste ich aus ihrer Personalakte, dass sie ledig war.»

«Haben Sie sie je darauf angesprochen?»

«Nein. Das war ihre Privatsache. Vielleicht wollten sie bald heiraten und sie fand es unzeitgemäss, von ihrem Verlobten zu sprechen.»

«Und sonst? Hat sie sich in den Monaten, in denen sie hier arbeitete, irgendwie verändert?»

«Als sie nicht mehr auftauchte, haben wir natürlich über sie geredet, haben gerätselt, was vorgefallen war. Eine Kollegin, Frau Schindler, meinte, Lena habe in letzter Zeit sehr abgenommen. Ihr Schreibtisch steht so, dass sie Lena von der Seite sehen konnte und ihr fiel auf, dass Lena immer dünner wurde und sehr wenig ass.»

«Essen alle gemeinsam?»

«Wer möchte, kann das tun. Drunten, in der Ökonomie, aber Lena hat, wenn immer möglich, draussen gegessen. Frau Schindler fiel aber auf, dass die Dose nach der Pause meistens noch zur Hälfte gefüllt war. Wir haben uns gefragt, ob sie sich schon länger Sorgen um eine nahe Verwandte machte und daher keinen Appetit mehr hatte.»

Schaffer konnte sich immer besser vorstellen, unter welchem Druck die Frau gestanden hatte. Entweder hatte ihr die Angst vor Holmbach den Appetit verdorben, oder er verlangte von ihr, die perfekte Figur zu haben. Diese vielen eleganten Kleider im Schrank waren alle für eine elegante Frau an seiner Seite ausgesucht und gekauft worden.

«Ist Ihnen in Bezug auf ihre Kleidung etwas aufgefallen?», fragte sie, als ihr die langen Ärmel einfielen, die Jan Bill und seine Mutter erwähnt hatten.

«Sie war immer sehr gut angezogen. Markenjeans, Shirts mit Krokodil oder ähnlichen Emblemen. Sie verstehen, was ich meine? Und sie trug immer lange Ärmel, manchmal sogar noch eine Jacke darüber. Als ich sie Anfang Mai, bei fast zwanzig Grad, darauf ansprach, erklärte sie, ihr sei immer kalt. Es liege am niedrigen Blutdruck.»

«War sie je krank?»

«Nein, sie hatte in den fünf Monaten keine einzige Absenz. Einmal kam sie sogar mit geschwollener Backe zur Arbeit. Ein Weisheitszahn machte ihr zu schaffen. Aber nach dem Wochenende war das zum Glück wieder vorbei.» Irene Schöpfer gab sich einen Ruck. «Aber jetzt müssen Sie mir bitte sagen, was passiert ist, Frau Schaffer. Wir alle machen uns seit Monaten Gedanken um unsere Kollegin. Sie sagen, Sie suchen Lena im Zuge einer Ermittlung. Ihr ist also nichts zugestossen?»

«Soweit wir wissen, nicht. Ein Nachbar hat sie mit einem Koffer abreisen sehen. Das Datum stimmt mit Ihren Aussagen überein. Bei unseren Ermittlungen geht es um Frau Gysers Lebenspartner. Mehr kann ich leider nicht sagen.»

«Ich verstehe.» Die Frau runzelte die Stirn. «Er rief ja noch bei uns an …»

«Ach ja? Das hatten Sie bis jetzt nicht erwähnt. Wann war das?»

«Nun, ich hatte am Montag auf den Anrufbeantworter seines Festnetzapparates gesprochen und Lena um Rückruf gebeten. Am Dienstag meldete er sich und wollte wissen, wo Lena sei. Ich hatte den Brief noch nicht erhalten und konnte ihm nur sagen, dass sie nicht zur Arbeit erschienen war. Daraufhin legte er kommentarlos auf.»

«Haben Sie ihn angerufen, als der Brief ankam?»

«Nein. Ich ging davon aus, dass Lena ihm in der Zwischenzeit geschrieben oder ihn angerufen hatte. Den Kolleginnen habe ich den Brief selbstverständlich gezeigt und wir waren daraufhin etwas beruhigt. Obwohl uns die Geschichte bis heute beschäftigt. Wir reden immer wieder über Lena. Es sah ihr nicht ähnlich, ohne ein Wort zu verschwinden. Wenigstens eine Postkarte hätte sie uns doch geschrieben, dachten wir uns.»

Schaffer nickte verständnisvoll. «Sobald wir sie gefunden haben, sage ich ihr, dass sie sich bei Ihnen melden soll», versprach sie. «Aber dazu brauche ich von Ihnen alle Daten von Frau Gyser. Sie haben doch bestimmt noch ihre Bewerbungsunterlagen mit Lebenslauf und Empfehlungen früherer Arbeitgeber. Auch ihre Mobilnummer und E-Mail-Adresse brauche ich.»

«Natürlich. Gerne.» Irene Schöpfer suchte die Personalakte heraus und reichte sie der Fahnderin. «Eine Bewerbung habe ich von Lena aber nie erhalten. Sie hörte von der freiwerdenden Stelle, noch bevor diese ausgeschrieben war und rief bei uns an. Bei unserer Kollegin hatten sich Komplikationen bei der Schwangerschaft ergeben und sie musste den Schwangerschaftsurlaub schon früher antreten. Daher suchten wir dringend Ersatz und als Frau Gyser sich vorstellte, machte sie einen so guten Eindruck, dass ich sie auf Probe einstellte. Lebenslauf und Empfehlungsschreiben wollte sie nachreichen, aber dazu kam es irgendwie nie.»

Tatsächlich war die Akte Gyser sehr dünn. Schaffer blätterte darin und fand lediglich ein Formular mit Geburtsdatum, Zivilstand, Adresse, Krankenkasse und ähnlichen Angaben. «Sie kennen also keine früheren Arbeitgeber?»

«Ich weiss, dass sie öfters temporär gearbeitet hatte. Beim Einstellungsgespräch erwähnte sie eine andere Schwangerschaftsvertretung und einmal sprang sie für einen Mann ein, der sich von einer Operation erholen musste. Auch an Messen wie der BEA hatte sie schon gearbeitet. Jedenfalls war es für sie kein Problem, nur für einige Monate angestellt zu werden. Ich hatte den Eindruck, dass ihr Partner wohlhabend war und sie das Geld nicht unbedingt brauchte. Wie ich schon sagte, sie war immer sehr teuer und geschmackvoll gekleidet.»

«Würden Sie mir bitte alle Unterlagen kopieren? Ich brauche auch die Bankverbindung, auf die der Lohn von Frau Gyser überwiesen wurde. Und den Brief möchte ich gerne mitnehmen.» Als die Fahnderin sich wenig später von Irene Schöpfer an der Türe zum Vivarium verabschiedete, war der ganze Eingangsbereich voll von Besuchern. Kleine Kinder beobachteten gebannt die Affen, die geschickt auf den Bäumen herumturnten, ein kleines Mädchen zerrte seine Mutter an der Hand in Richtung der Aquarien, während der grössere Bruder zu den Leoparden wollte. Ein anderer Bub jammerte, weil er die Fütterung der Seehunde verpasst hatte. Andrea schlängelte sich durch die Menge, vorbei an den Terrarien zum Ausgang in den offenen Bereich. Von den

Seehunden war hier hinten nur einer zu sehen, die anderen tummelten sich wohl im grossen Becken. Ein Moschusochse lag zufrieden in der Sonne, und liess sich von einem Vogel auf seinem Rücken nicht stören.

Vorbei am Pavillon der Papageientaucher gelangte Andrea zum eisernen Drehkreuz und stand schon bald wieder auf dem Tierparkweg. Noch immer strömten Besucher in Richtung Eingang. Gerade kam eine Kita-Gruppe an ihr vorbei. Unglaublich, wie viele Menschen an einem ganz normalen Werktag den Weg in den Tierpark fanden. Auch sie selbst und ihr Bruder hatten als Kleinkinder manchen Tag mit der Mutter oder Grossmutter hier verbracht. Und wenn heute die Kinder ihres Bruders zu Besuch waren, gingen ihre Eltern mit den Enkeln gerne in den Tierpark. Es gab eben Orte, die über die Jahre hinweg ihren Zauber nicht verloren und das Dählhölzli, ob Tierpark oder die Anlagen am Aareufer, war einer davon.

«An dieser Verletzung wäre er also nicht gestorben?», vergewisserte sich Christian Fischer und warf einen Blick auf die Kopfwunde, deren Auswirkungen ihm der Rechtsmediziner gerade erläutert hatte.

«Richtig. Der Schlag hat ihn wegen seiner gebückten Haltung von oben, direkt auf den Scheitel getroffen und kam wahrscheinlich völlig überraschend. Der Mann ist ungebremst mit dem Kopf auf der Steinstufe aufgeschlagen und war mit hoher Wahrscheinlichkeit sofort bewusstlos. Er ist dann an seinem Blut erstickt, ohne das Bewusstsein wiedererlangt zu haben.»

Fischer schluckte. «Der Täter oder die Täterin hätte ihn

also nur in Seitenlage bringen müssen, um ihn zu retten?»

«Das und den Notruf wählen», bestätigte der Rechtsmediziner.

«Hm. Was kannst du mir über die Waffe sagen?» Schürch zeigte ihm einige Fragmente in einem Beutel.

«Wir haben mehrere winzige und einen grösseren Holzsplitter in der Wunde und im Haar gefunden. Entweder hatte der Täter einen dicken Holzprügel dabei, oder es lag einer beim Brennholz am Ufer. An den Wundrändern kann man klar erkennen, dass es sich um ein Rund- und nicht um ein Kantholz gehandelt hat.»

«Die Wahrscheinlichkeit, das Ding noch zu finden, ist gering», seufzte Fischer. «Egal, ob die Tat geplant oder spontan war, der Täter wird es anschliessend in die Aare geschleudert haben.»

«Davon würde ich auch ausgehen. Aber sollte es notwendig werden, können wir die Splitter für einen Vergleich analysieren.»

«Gut, danke.» Fischer trat zurück. Er hatte genug gesehen.

«Ansonsten war der Mann topfit. Die Lunge war die eines Nichtrauchers und auch alle anderen inneren Organe zeigen keine krankhaften Veränderungen. Ich würde sagen, er hat regelmässig Sport getrieben und sich gesund ernährt. Bevor er am Morgen losgelaufen ist, hat er ein wenig Brot, Orangensaft und Kaffee zu sich genommen.» Schürch zog das Tuch wieder über den Toten. «Ich schicke euch den schriftlichen Bericht noch vor dem Mittag.»

Auf dem Weg zur Polizeiwache gingen Fischer die Worte des Rechtsmediziners nicht aus dem Kopf. Holmbach hätte nicht sterben müssen, wäre er in Seitenlage gebracht und rechtzeitig ärztlich versorgt worden. Es sah so aus, als habe der Täter zugeschlagen und sei dann in Panik davongerannt. Ein kaltblütiger Mörder wäre kein Risiko eingegangen, hätte festgestellt, dass sein Opfer noch lebte und ein zweites Mal zugeschlagen. Sie suchten also jemanden, der aller Wahrscheinlichkeit nach spontan nach einem Stück Holz gegriffen hatte. Wen mochte Marius Holmbach dermassen gereizt haben?

Kurz darauf betrat Fischer das Büro. Die Kollegen waren noch nicht vom Dalmazirain zurück und so konnte er in Ruhe mit Nachforschungen zu Holmbachs Vergangenheit anfangen. Wenn er Tobias Holmbach richtig verstanden hatte, war sein Bruder mit Anfang zwanzig auf dem Tennisplatz gegen seine Gegnerin ausfällig geworden. Damals war es zu keiner Anzeige gekommen. Seiner letzten Partnerin war offenbar die Flucht gelungen, aber vielleicht hatte es andere Frauen gegeben, die es gewagt hatten, sich zu wehren.

Kaum hatte er mit seiner Recherche angefangen, wurde er von einem Anruf unterbrochen. Einer der Kollegen, die im Mattequartier weiterhin von Haus zu Haus gingen, um Zeugen zu finden, hatte einen weiteren Treffer gelandet.

«Frau Ruefer wohnt in Sichtweite des Tatorts», berichtete er. «Sie frühstückt in der Küche und hat dabei Aussicht auf den fraglichen Teil der Wasserwerkgasse. Sie sagt aus, das Opfer habe regelmässig am Morgen zwischen halb sieben und sieben hier eine Pause eingelegt, und sei nach ein paar Minuten weitergelaufen. Ihre Angaben decken sich also mit dem von Herrn Schnider.»

«Sehr gut! Was hat sie gestern beobachtet?»

«Nichts! Frau Ruefer arbeitet im Verkauf und hat am Montag frei. Daher war sie später dran mit dem Frühstück. Sonst hätte sie den Täter wohl beschreiben können.»

Fischer unterdrückte einen Fluch. «Jetzt haben wir schon zwei Leute, die Holmbach regelmässig am Morgen gesehen haben, aber ausgerechnet gestern nicht auf ihrem Platz waren. Schick mir bitte trotzdem die Kontaktdaten der Frau, damit wir sie erreichen können, falls sich Fragen ergeben», bat Fischer den Kollegen und legte auf.

Schon zwei Mal hatte Andrea Schaffer bei Holmbachs Wohnung vergeblich geläutet. Da der Dienstwagen noch vor dem Haus stand, musste wenigstens einer ihrer Kollegen noch hier sein. Sie nahm ihr Mobiltelefon aus der Tasche, aber bevor sie Blaser anrufen konnte, ging eine Nachricht von Fischer bei ihr ein. Er wollte wissen, ob sie in der Zwischenzeit mehr über Holmbachs Partnerin erfahren hatte. Sie rief ihn an.

«Hallo Christian. Ich habe Neuigkeiten. Die Frau heisst Lena Gyser und hat tatsächlich bis Ende Mai im Tierpark in der Buchhaltung gearbeitet. Arbeitsvertrag und Lohnkonto habe ich bekommen.»

«Endlich mal gute Nachrichten», freute sich der Kollege. «Wo bist du jetzt? Auf dem Rückweg?»

«Ich stehe vor Holmbachs Haus. Eigentlich wollte ich nochmals einen Blick in den Kleiderschrank von Frau Gyser werfen. Aber Stefan und Heinz machen nicht auf.»

«Die werden im Keller sein. Das war doch eines ihrer Ziele.»

«Stimmt, das hatte ich vergessen. Und wie steht es bei dir?»

Fischer berichtete von der weiteren Zeugin, die Holmbach regelmässig am Morgen beobachtet hatte.

«Okay. Dann war es definitiv jemand, der seine Gewohnheiten kannte.»

«Scheint mir auch so. Gibst du mir bitte das Geburtsdatum von Frau Gyser, damit ich mich schon auf ihre Spur machen kann?»

«Kommt gleich. Tschüss, bis später!» Sie fotografierte den Arbeitsvertrag und schickte ihm das Foto. Dann wählte sie Blasers Nummer. Es dauerte eine Weile, bis er abnahm.

«Wo seid ihr?», fragte sie ungeduldig. «Ich stehe seit Ewigkeiten vor dem Haus.»

«Wahrscheinlich hatten wir im Keller keinen Empfang. Moment, ich mache dir auf.»

Wenige Sekunden später summte der Türöffner. Als Andrea aus dem Lift trat, erwartete sie Gygax an der Wohnungstüre.

«Warst du im Tierpark erfolgreich?», wollte er wissen.

«Ja. Sie hat tatsächlich dort gearbeitet. Und ihr? Habt ihr im Keller etwas gefunden?»

«Nichts!» Gygax war sichtlich verärgert. «Holmbach hat von der Hausverwaltung einen stabilen Keller verlangt, darin aber nichts gelagert.»

«Vielleicht ist er noch nicht dazu gekommen.» Andrea sah sich um. «Wo ist Stefan?»

«Am Telefon. Das Taxiunternehmen hat zurückgerufen. Sieht so aus, als könne sich der Fahrer erinnern an die Fahrt mit …Wie heisst sie eigentlich?»

«Lena Gyser. Ich habe Christian den Namen schon durchgegeben.»

Sie gingen ins Wohnzimmer, wo Blaser sich gerade von seinem Gesprächspartner verabschiedete.

«Die Frau scheint tatsächlich zum Flughafen Zürich gefahren zu sein», sagte er, nachdem er die Kollegin begrüsst hatte. «Der Fahrer erinnert sich, weil sie sehr nervös wirkte. Sie hat mehrmals betont, wie wichtig es sei, dass sie den Zug zum Flughafen erreicht. Es war aber genug Zeit und er hat ihr das mehrfach versichert.» Er warf einen Blick auf seine Notizen. «Sie machte den Eindruck, als sei sie schon lange nicht mehr geflogen», zitierte er den Taxifahrer.

«Sie war sich nicht sicher, wie viele Stunden vor Abflug sie dort sein musste.»

«Hat sie ihr Reiseziel erwähnt?», fragte Gygax.

«Nein. Er ist sich nicht sicher, meinte aber, sie könne etwas von einem Notfall gesagt haben.»

«Das passt.» Andrea zog ihre Unterlagen aus dem Tierpark heraus und zeigte den beiden den Brief von Lena Gyser an ihre Arbeitskolleginnen. «Auch hier schreibt sie, sie müsse ins Ausland wegen eines Notfalls in ihrer Familie.»

«Seither hat sie sich nicht mehr gemeldet?», fragte Blaser.

«Nein.» Andrea berichtete, was sie von der Personalchefin erfahren hatte. «Da der neue Arbeitsvertrag noch nicht unterschrieben war, hat sie dort offiziell nicht mehr gearbeitet. Und der Brief hat bewirkt, dass sie nichts weiter unternommen haben. Es gab keinen Anlass mehr zur Sorge.»

«Und warum bist du hergekommen?», fragte Blaser.

«Nur so eine Idee. Ich dachte, ich werfe nochmals einen Blick in den Kleiderschrank.» Sie stand auf, um nach oben zu gehen.

«Wir sind hier fertig und fahren zurück ins Büro», sagte Gygax und warf ihr den Wohnungsschlüssel zu. «Hier. Schliess ab, wenn du gehst! Bis später.»

Robert Hofer stand in der Bibliothek am Vereinsweg vor dem Regal mit englischen Büchern, als sein Mobiltelefon den Eingang einer Nachricht meldete. Seine Tochter Karin bat ihn, sie so schnell wie möglich anzurufen. Das konnte nichts Gutes bedeuten. Spontan entschied er sich für einen Roman von Jeffrey Archer, einem Autor, der ihn noch nie enttäuscht hatte, und ging damit zur Theke. Noch vor dem Eingang stehend, wählte er kurz darauf Karins Nummer.

«Paps, danke dass du so schnell anrufst.» Es war erst kurz nach elf, aber sie klang schon erschöpft. «Du weisst, ich bitte dich nicht gerne.»

«Unsinn. Sag einfach, was du brauchst.» Hofer wich einer Frau mit zwei kleinen Kindern aus, die strahlend in die Bibliothek stürmten. «Ist etwas mit Meret oder Lino?»

«Nur indirekt. Es geht ihnen gut», versicherte ihm seine Tochter. «Aber ich bin heute über Mittag in einer Besprechung und die Kinder sollten bei einer Freundin von Meret essen. Aber dort geht es gerade drunter und drüber, weil die ältere Tochter …»

Als erprobter Grossvater erfasste Hofer die Situation sofort.

«Alles klar. Meret und Lino kommen zu mir zum Essen.» Er warf einen Blick auf die Uhr.

«Spaghetti habe ich noch daheim und Hackfleisch und Tomaten kann ich schnell einkaufen. Wie erfahren sie, dass sie zu mir kommen sollen?»

«Ich rufe die beiden Klassenlehrerinnen an.» Karin klang erleichtert. «Bist du sicher, dass es so spontan geht?»

«Natürlich. Ich habe heute nichts mehr vor. Und schliesslich sind es keine Kleinkinder, die man betreuen muss.» Hofer setzte sich in Bewegung in Richtung Migros.

«Stimmt!» Karin lachte schon wieder. «Das waren noch

Zeiten. Aber trotzdem vielen Dank, Paps. Es ist nicht selbstverständlich. Sie kommen dann also um zwölf zu dir und müssen beide um halb zwei wieder anfangen. Schick sie rechtzeitig auf den Weg. Und Lino hat in der ersten Nachmittagslektion Sport. Schau bitte, dass er seinen Turnsack mitnimmt.»

«Ich passe auf», versprach er ihr. «Ruf du jetzt die Lehrerinnen an, und ich sorge für ein gutes Mittagessen. Tschau, Karin.»

Seine zentrale Wohnlage machte es möglich, dass er innert kürzester Zeit einkaufen, nach Hause gehen und kochen konnte, ohne in Zeitnot zu geraten. Als seine Enkelkinder eintrafen, goss er gerade die Spaghetti ab.

«Hallo Gropa! Cool, Spaghetti! Soll ich noch den Tisch decken?», fragte Meret eifrig. «Mama hat gesagt, wir sollen dir keinen Stress machen.»

«Dabei hast du doch nie Stress», kam es vom neunjährigen Lino, der an ihr vorbei in die Küche drängte. «Wir Schachspieler sind immer ruhig und fokussiert.»

«So ist es!» Hofer lachte und zog die Schürze aus. «Der Tisch ist gedeckt. Sobald ihr die Hände gewaschen habt, kann Lino den Süssmost aus dem Kühlschrank nehmen und du, Meret, trägst die Spaghetti hinüber. Ich bringe die Sauce.»

«Hast du denn selbst mit der Mama gesprochen?», fragte Hofer seine Enkelin, als sie wenig später am Tisch sassen. «Ich dachte, sie ruft die Lehrerin an.»

«Ja, aber die hat mir das Telefon dann weitergegeben.» Meret stöhnte genervt. «Es ist wirklich Zeit, dass ich ein eigenes Handy bekomme. Ich bin doch schon zwölf! Fast alle in der Klasse haben eines.»

«Das kommt schon noch.» Hofer ging nicht weiter auf das heikle Thema ein.

«Hast du die Reiseheftli schon angeschaut?», wollte Lino jetzt wissen und zeigte auf die Prospekte, die noch immer auf dem Boden lagen. «Wo willst du Ferien machen?»

Als der Grossvater nicht gleich antwortete, nickte er verständnisvoll. «Gell, du willst gar nicht so weit weg? Das habe ich Mama auch gesagt.»

«Stimmt.» Hofer lächelte. Lino, den er hin und wieder zu mehrtägigen Schachturnieren begleitete, wusste, wie schlecht er in Hotelbetten schlief. «Mich zieht es nicht nach Afrika oder Australien. Aber vielleicht kann ich ja auch eine kürzere Reise machen.»

«Oder zwei kurze statt einer langen.» Dieser Vorschlag kam von Meret.

«Einmal ans Meer und einmal in die Berge», ergänzte Lino sofort.

«Gute Idee!» Hofer war gerührt, wie ernst die Kinder das Problem nahmen. «Lisa kennt eine Reiseleiterin, die mich vielleicht beraten kann.»

«Ist die immer unterwegs?», wollte Meret wissen. «Das würde mir auch gefallen.»

«Ich dachte, du willst Polizistin werden, oder Ärztin.»

«Manchmal sagt sie auch Tierärztin», warf Lino ein. «Sie kann sich nicht entscheiden.»

«Das muss ich ja auch noch nicht», verteidigte sich seine Schwester. «Erst in der Sekundarschule.»

«Viel später», versicherte ihr Hofer. «Ihr habt beide noch lange Zeit. Aber jetzt sofort müsst ihr entscheiden, ob ihr ein Stück Aprikosenkuchen aus dem Wallis zum Dessert möchtet.»

«Ich kann nichts mehr essen, sonst mag ich im Turnen noch weniger als sonst mitmachen», seufzte Lino.

«Dann nehme ich auch keines.» Meret stand auf und begann den Tisch abzuräumen. «Aber ich helfe dir noch die Küche aufzuräumen, Gropa.»

«Ach was. Das hat Zeit», wehrte Hofer ab. Aber das Mädchen liess sich nicht vom ihrem Vorhaben abbringen. So verging die Mittagspause wie im Flug und schon bald war es Zeit für den Nachmittagsunterricht.

«Lino, hast du den Turnsack?», rief Hofer den beiden nach, als sie die Treppe hinunter polterten. Zu spät. Die Tür fiel drunten schon krachend ins Schloss.

Aber dann klang eine andere Stimme zu ihm herauf. «Ja, er hat ihn. Ich habe ihn gesehen», rief Lisa lachend. «Meine Güte, hattest du gleich beide zum Mittagessen da? Kommst du auf einen Kaffee zu mir herunter, Robert? Ich muss dir etwas erzählen.»

Im Laufe des Vormittags hatte das ganze Team Informationen über Marius Holmbach und seine Partnerin Lena Gysser zusammengetragen. Nun ging es darum, die Spuren auszuwerten und weiterzuverfolgen. Ein grosser Schritt war den Kollegen von der Technik gelungen; sie hatten sich Zugang zu Holmbachs Laptop verschafft. Gygax, der sich auf die berufliche Seite des Opfers konzentrierte, war so auf weitere ehemalige Kunden gestossen, die er jetzt überprüfte. Es waren einige darunter, die nach einem oder zwei Gesprächen die Zusammenarbeit mit dem Unternehmensberater abgebrochen hatten. Die Gründe dafür interessierten den Fahnder besonders.

Er steckte mitten in der Arbeit, als ein Anruf von einer unbekannten Nummer einging.

«Andreas Schluchter. Meine Frau sagt, Sie wollten mit mir sprechen», meldete sich ein Mann mit heiserer Stimme.»

Es dauerte einen Moment, bis Gygax klar war, mit wem er sprach.

«Ach ja, von Schluchter Elektro, nicht wahr? Ich habe gestern mit Ihrer Frau über Ihre Zusammenarbeit mit Marius Holmbach gesprochen.»

«Genau.» Schluchter nieste so laut ins Telefon, dass Gygax zusammenzuckte.

«Entschuldigung. Ich habe mir gestern irgendwo etwas eingefangen. Kam am Abend mit Fieber nach Hause. Darum hat meine Frau vergessen, mir von Ihrem Anruf zu berichten.» Der Mann hustete heftig und entschuldigte sich abermals. «Sie sagte mir vorhin, Herr Holmbach sei ums Leben gekommen. Das tut mir leid. Wie kann ich Ihnen helfen?»

«Wir möchten uns ein Bild von seiner Arbeitsweise machen. Ihre Frau erzählte, die Zusammenarbeit habe sehr gut funktioniert und die Firma davon profitiert. Sehen Sie das auch so?»

«Absolut. Er hat einen guten Job gemacht. Hat uns aufgezeigt, wo wir etwas verändern und einsparen können. Manchmal braucht es einfach den Blick von aussen. Zum Beispiel ist meine Frau jetzt wieder in der Firma aktiv und sehr glücklich. Als vor zwanzig Jahren unsere Tochter mit einem Herzfehler geboren wurde, hat sie sich nur noch auf die Betreuung konzentriert und wir haben jemanden fürs Büro eingestellt. Das blieb so, denn es kamen noch zwei weitere Kinder. Aber jetzt sind sie gross und es brauchte die Anregung von Holmbach, um uns sehen zu lassen, dass Astrid wieder voll einsteigen kann.» Schluchter nieste wieder und schnäuzte sich vernehmlich. «Excusé! Ja, also, das war einer der Punkte. Auch bei den Lieferanten, beim Lager und anderem hat Herr Holmbach viel geholfen. Wir sind sehr zufrieden.»

«Hat er Ihnen auch einmal etwas Persönliches aus seinem Leben erzählt?»

«Persönliches? Nein, es ging immer um die Arbeit. Das war nicht einer, der von Frau und Kindern erzählt hat.»

Gygax wollte sich schon verabschieden, da fiel ihm eine weitere Frage ein. «Haben Sie Herrn Holmbach weiterempfohlen?»

«Ach so, ja. Nicht direkt, aber ich habe einem Kollegen von ihm erzählt und der hat es seinem Cousin gesagt, der sich später an Holmbach gewendet hat. Aber da ist nichts draus geworden.»

«Wissen Sie warum?»

«Nein. Näheres habe ich nicht mitbekommen.»

«Verstehe. Können Sie mir den Namen der Firma geben? Ich würde gerne mit dem Inhaber sprechen.»

«Tut mir leid.» Schluchter hustete rasselnd. «Den habe ich nicht präsent. Aber ich glaube, es war ein Gärtnereibetrieb. Ich finde es heraus und rufe Sie wieder an. Geht das? Ich sollte jetzt noch auf die Baustelle, aber heute Abend kann ich den Kollegen anrufen.»

Gygax hatte den Eindruck, sein Gesprächspartner gehöre eher ins Bett als auf eine Baustelle. Er versicherte Schluchter, es sei nicht dringend, wünschte ihm gute Besserung und verabschiedete sich.

Fischer, der das Gespräch mitbekommen hatte, schaute ihn fragend an.

«Kommst du weiter?»

«Geht so. Bis jetzt habe ich noch keinen auftreiben können, der einen Grund hätte, Holmbach zu hassen. Und bei dir?»

Fischer lächelte zufrieden. «Sieht aus, als hätte ich recht gehabt mit der alten Geschichte im Tennisklub. Du erinnerst dich: Holmbach hat damals eine Frau beschimpft, die sich über seine Fehler lustig gemacht hat. Die Geschichte hatte offenbar ein Nachspiel. Ich warte noch auf den Bescheid der Zuger Kollegen.»

«Klingt vielversprechend, auch wenn es lange her ist.» Gygax blickte auf die Uhr. «Ich bin froh, wenn wir in drei Stunden der Staatsanwältin etwas zu rapportieren haben. Hast du mitbekommen, wie es bei Andrea und Stefan läuft?»

«Keine Ahnung. Aber ich habe mir die Daten, die Andrea heute im Tierpark bekommen hat, kurz angeschaut und denke, sie sollten gut vorwärtskommen.»

Wie aufs Stichwort klopfte es, und die Kollegin betrat den Raum.

«Andrea, hast du die Frau gefunden?», erkundigte sich Fischer.

«Im Gegenteil.» Die Fahnderin wirkte ratlos. «Ich fürchte, Lena Gyser ist verschwunden.»

«Ich habe die Fotos von dieser wunderbaren Reise auf die Chanel Islands herausgelegt.» Lisa Zünd zeigte auf ein schmales Fotoalbum auf dem Sofa. «Schau doch mal rein. Ich mache in der Zwischenzeit Kaffee. Oder magst du lieber einen Tee?»

«Kaffee wäre wunderbar. Danke.»

Hofer setzte sich aufs Sofa, blätterte das Album durch und

achtete dabei auch auf die Mitglieder der Reisegruppe, die hin und wieder auf den Landschaftsaufnahmen auftauchten. Auf der letzten Seite befand sich eine Gruppenaufnahme, in deren Zentrum eine kleine, etwas rundliche Frau mit Schlapphut und Hornbrille stand. Alle lachten in die Kamera. Hofer schätzte das Durchschnittsalter auf siebzig. Nun ja, es waren die Pensionierten, die Zeit für Gruppenreisen hatten.

«Mich wirst du auf dem Bild nicht finden», sagte Lisa und stellte zwei Tassen Kaffee auf den Tisch. «Ich habe es gemacht.»

«Dachte ich mir. Und wer ist nun die Reiseleiterin? Die Frau mit dem Schlapphut?»

«Genau. Das ist Netti. In der Zwischenzeit ist mir auch eingefallen, dass sie Mosimann heisst. Aber leider habe ich sie nicht im elektronischen Telefonregister gefunden.»

«Und das Reiseunternehmen?»

«Ich habe heute Vormittag dort angerufen und behauptet, ich wolle ein Treffen der Gruppe von damals organisieren, könne die Reiseleiterin aber nicht erreichen. Die Frau hat meine Nummer notiert und wird sie, wenn möglich, an Frau Mosimann weiterleiten.»

«Immerhin.» Hofer trank einen Schluck Kaffee und blätterte wieder im Fotoalbum. «Du, das sieht wirklich sehr schön aus. Vielleicht könnte ich tatsächlich so eine Reise machen. Karin und Magdalena werden sicher verstehen, dass ich keine Lust auf eine Fernreise habe. Es gibt genügend schöne Orte in Europa. Würdest du mich begleiten?»

Das Klicken der Katzenklappe liess die beiden aufschauen. Rossini, der seiner Besitzerin in der Zwischenzeit die Ferienabwesenheit vergeben hatte, sprang aufs Sofa, quetsche sich zwischen seine beiden Lieblingsmenschen und schlief leise schnurrend ein.

«Der Gute!» Lisa kraulte ihn im Nacken. «Zum Glück hat er noch Antonia, sollten wir gemeinsam verreisen.»

«Ja, Antonia gehört auch zu seiner Familie. Nur mit Heinz hat er etwas Mühe», schmunzelte Hofer. «Oder besser gesagt, Heinz mit ihm.»

«Wenn du mich fragst, sind die beiden eifersüchtig aufeinander.» Lisa zuckte zusammen, als das Telefon im Gang läutete. «Meine Güte, ich erschrecke schon richtig, wenn der Festnetzanschluss läutet. Man ist es gar nicht mehr gewöhnt. Kann das schon Netti sein?»

Es handelte sich tatsächlich um die Reiseleiterin, wie Hofer schon nach zwei Sätzen mitbekam.

«Du bist es tatsächlich! Netti, wie schön, von dir zu hören! Hast du die Nachricht von … ja, genau. Ein Treffen der Gruppe?» Lisa lachte. «Ja, das habe ich gesagt und das wäre sicher schön. Auch wenn es schon einige Jahre her ist, dass wir auf den Chanel Islands waren. Nicht mehr alle am Leben? Wer ist denn gestorben? Nein, du meine Güte! Das habe ich gar nicht mitbekommen. War er krank?»

Das konnte dauern! Hofer trank seinen Kaffee aus, legte die Hand auf Rossinis Rücken und lehnte sich gemütlich zurück.

Als Lisa eine Viertelstunde später zurück ins Wohnzimmer kam, empfing sie ein Gemisch aus Schnurren und Schnarchen.

«Was soll das heissen, Lena Gyser ist verschwunden?» Mit gerunzelter Stirn sah Therese Marti ihre Nichte an. Sie hasste es, wenn die Sitzung mit einer negativen Meldung anfing. «Gerade sagtest du, dass in den Unterlagen des Tierparks sowohl Krankenkasse als auch Bankkontonummer enthalten sind. Anhand dieser Daten wird die Frau doch zu finden sein. Und was ist mit der Mobilnummer? Notfalls kann man ihr Handy orten.»

«Eben nicht», antwortete die Fahnderin und begann, ihre Misserfolge aufzuzählen. «Bei der Krankenkasse hat sie ihre Rechnung im Januar für das laufende Jahr beglichen. Ihre dort gespeicherte Adresse ist die am Dalmazirain. Dass die nicht mehr stimmt, ist niemandem aufgefallen, denn bis jetzt wurde weder eine Arztrechnung noch ein Rezept eingereicht. Ihr Bankkonto ist bis auf fünfhundert Franken leergeräumt. In den Wochen vor ihrer Abreise hat sie immer wieder grössere Bargeldbeträge abgehoben. Seit Anfang Juni kam es zu keinen weiteren Kontobewegungen und eine Kreditkarte hat sie nicht. Ihr Mobiltelefon hat sie bei der Swisscom abgemeldet, die letzte Rechnung wurde umgehend bezahlt. Seither ist Lena Gyser, wie gesagt, verschwunden.»

«Sie ist wohl tatsächlich für längere Zeit ins Ausland gereist», interpretierte Fischer die Resultate der Kollegin.

«Jedenfalls ist es das, was Holmbach glauben sollte», warf Blaser ein. «Wie steht es mit Instagram und anderen sozialen Plattformen?»

«Nichts. Facebook, Instagram, LinkedIn, TikTok und wie sie alle heissen – sie ist nirgends aktiv.»

«Im Brief an die Arbeitskolleginnen hat sie von einem Notfall in der Familie geschrieben», hakte die Staatsanwältin wieder ein. «Wie steht es damit? Was ist mit ihren Eltern? Wo ist die Frau eigentlich aufgewachsen?»

«Lena Gyser ist neunundzwanzig Jahre alt und stammt aus Olten», berichtete Schaffer. «Sie ist ein Einzelkind und lebte die ersten Jahre mit den Eltern Salome und Eugen in der Nähe von Solothurn. Als Lena vier war, starb ihr Vater.

Zwei Jahre später heiratete ihre Mutter wieder und sie zogen zum neuen Ehemann nach Olten. Lena besuchte die Primar- und Sekundarschule und machte dann die Kaufmännische Ausbildung bei einer Firma in Olten. Nach Beendigung der Lehre arbeitete sie ein weiteres Jahr im Lehrbetrieb. Danach liess sie sich von einem Temporärbüro anstellen. Ich habe durch die Krankenkasse drei alte Adressen erhalten. Bei der einen handelte es sich um eine grosse WG in Bremgarten, später wohnte sie in einer Einzimmerwohnung in Köniz. Letztes Jahr im September zog sie an die Gutenbergstrasse in Bern und schon im Januar meldete sie der Krankenkasse die Adressänderung an den Dalmazirain.»

«An der Gutenbergstrasse hat auch Holmbach gewohnt», warf Fischer ein. «Damals ist sie bei ihm eingezogen.»

«Und was ist nun mit der Familie, also der Mutter und dem Stiefvater?», kam Therese Marti auf den ersten Teil ihrer Frage zurück. «Konntest du sie kontaktieren?»

«Nur der Stiefvater, Alfred Meier, lebt noch», erklärte Schaffer. «Salome Gyser, die nach der Hochzeit auch Meier hiess, starb vor zehn Jahren. Damals zog die Tochter in diese WG. Der Stiefvater lebt noch an der alten Adresse. Auf seinen Namen ist nur eine Festnetznummer angemeldet und ich habe ihn bis jetzt nicht erreicht.»

«Wenn wir von einem Flug ins Ausland ausgehen, wie steht es mit Flügen an besagtem Tag ab Zürich? Taucht der Name Lena Gyser auf einer Passagierliste auf?», fragte Gygax.

«Bis jetzt nicht», antwortete Blaser. «Aber die Anfrage läuft. Es gehen jeden Tag hunderte Flüge ab Zürich und wir wissen nicht, wohin die Frau gereist ist.»

«Und wie steht es mit der Bezahlung eines Flugs einige Tage oder Wochen vor der Abreise?»

«Auch da haben wir kein Glück», erklärte diesmal Schaffer. «Sie hat nur Bargeld abgehoben. Natürlich ist es ungewöhnlich, dass man einen Flug bar bezahlt, aber ich nehme an, wenn sie über ein Reisebüro gebucht hat, ist es möglich.»

«Sie muss die Buchung gar nicht selbst vorgenommen haben», gab Fischer zu bedenken.

«Angenommen, eine Tante in Brasilien oder Kanada ist krank und braucht Unterstützung. Könnte nicht die Tante oder ein Cousin den Flug gebucht und bezahlt haben?»

«Auch das ist möglich», stimmte Gygax zu. «Trotzdem wäre sie auf einer Passagierliste zu finden.»

«Wie gesagt, die Anfragen laufen», versicherte ihm Blaser. «Und ich sage es nochmals: Es kann auch sein, dass sie gar nicht abgereist ist und sich in der Schweiz versteckt.»

«Dann müsste ihr aber langsam das Geld ausgehen», warf Schaffer ein.

«Schwarzarbeit.» Blaser zuckte die Schultern «Sie könnte gegen Bargeld putzen. Oder sie wohnt gratis bei einer Freundin.»

«Mit Vermutungen kommen wir nicht weiter», schaltete sich die Staatsanwältin ein. «Wir brauchen Fakten. Wie steht es mit dem Zahlungsverkehr von Marius Holmbach? Gibt es irgendwelche Auffälligkeiten? Wer hat sich das angeschaut?»

«Ich.» Gygax schüttelte bedauernd den Kopf. «Alles ganz normal. Mit seiner Kreditkarte ist früher oft in Boutiquen bezahlt worden. Seit Ende Mai nicht mehr. Er hat also die mehrfach erwähnten, teuren Kleider seiner Partnerin bezahlt.» Er runzelte die Stirn. «Da fällt mir ein, Andrea, was wolltest du eigentlich heute Vormittag in Frau Gysers Kleiderschrank überprüfen?»

«Es ging um die Grössen», erklärte die Kollegin. «Im Tierpark habe ich erfahren, dass Frau Gyser vor ihrem Verschwinden auffällig an Gewicht verloren hat. Ich habe mir daraufhin ihre Sachen nochmals angeschaut. Das meiste ist in Grösse 38 gekauft worden, es hat aber auch Kleider in Grösse 36 und ein sehr schönes, noch ungetragenes Sommerkleid in XS, was Grösse 34 entspricht. Für mich sieht das so aus, als habe sie versucht abzunehmen, um Holmbachs Ansprüchen zu genügen.»

«Haben wir eigentlich schon ihre Handydaten erhalten, Christian?»

«Nein, wir kennen die Nummer ja erst seit heute Morgen. Viel wird ohnehin nicht dabei herauskommen, da wir nur die Daten der letzten sechs Monate verlangen können. Und die letzten vier war sie ja abgemeldet. Aber die von Holmbach habe ich durchgearbeitet.» Fischer zog eine Liste aus seinen Unterlagen hervor. «Das meiste sind Geschäftspartner. Seit Juni hat er auch oft am späteren Nachmittag bei guten Restaurants angerufen. Ich habe drei Stichproben gemacht: Er hat jeweils für den Abend einen Tisch reserviert, und zwar für eine Person. Anfang Juni, als er nach seiner Partnerin suchte, gab es Anrufe bei einer Masseurin und einem Coiffeursalon. Bei beiden war Frau Gyser Kundin. Ich habe die Frauen kontaktiert und sie können sich an Holmbachs Anrufe erinnern. Er wollte wissen, wann der nächste Termin seiner Partnerin sei und verlangte, dass sie ihm Bescheid geben, sobald sie dort auftaucht.»

«Unglaublich!», empörte sich Andrea. «Wie haben sie reagiert?»

«Genau wie du. Für beide kam das nicht in Frage.»

«Ich gehe davon aus, dass Frau Gyser bei diesen Frauen keine weiteren Termine hatte», sagte die Staatsanwältin.

«Richtig. Wenn sie nicht ins Ausland gereist ist, hat sie jedenfalls in Bern alle Kontakte abgebrochen.» Fischer warf einen Blick auf seine Notizen. «Erwähnenswert ist noch, dass Holmbach jeden Morgen gegen sieben auf seine eigene

Festnetznummer angerufen hat. Es gab Tage, an denen er später noch mehrmals auf den Apparat angerufen hat, an anderen gar nicht. Seltsam, findet ihr nicht?»

«Überhaupt nicht», widersprach Schaffer. «Das passt genau ins Bild. Denk doch mal nach, Christian. Er hat seine Partnerin überwacht. Ich bin sicher, die Tage mit den häufigen Anrufen sind die, an denen sie frei hatte und daheim war.»

«Du könntest recht haben!» Fischer sah sie betroffen an. «Er hat kontrolliert, ob sie daheim ist. Aber warum dieser Anruf morgens um sieben?»

Es war einen Moment still, dann sah Blaser die Zusammenhänge. «Die Schleuse an der Wasserwerkgasse! Schon zwei Anwohner haben ausgesagt, dass er dort immer eine Pause gemacht hat. Bestimmt hat er während dieser Zeit seine Partnerin angerufen, um sicher zu sein, dass sie …»

«… aufgestanden ist und sein Frühstück auf dem Tisch steht, wenn er heimkommt», ergänzte Schaffer wütend. «Ehrlich Leute, ich verstehe immer besser, warum die Frau geflohen ist und alle Spuren verwischt hat.»

«Wir müssen Personen finden, die sie während der letzten zwei Jahre gekannt haben.» Therese Marti klang gereizt. «Wenn ich das richtig sehe, sind wir nicht viel weiter als gestern. Wir haben zwar den Namen von Holmbachs Partnerin, aber von der Frau fehlt jede Spur. Es ist geglückt, an Holmbachs Geschäftsdaten zu kommen, aber dort gibt es keine Auffälligkeiten. Dasselbe gilt für seine Telefonkontakte und seine Bankkonten.» Sie sah Gygax fragend an. «Oder gibt es Hinweise darauf, dass er erpresst wurde oder jemanden erpresst hat?»

«Nichts in dieser Art», versicherte ihr der Fahnder. «Er hat auch seine Steuererklärung immer korrekt ausgefüllt und die Steuern bezahlt. Ich sollte heute noch die Kontaktdaten eines unzufriedenen Kunden erhalten. Aber viel weiterbringen wird uns das wohl nicht.»

«Aber die alte Geschichte aus dem Tennisklub, der ich nachgehen wollte, könnte etwas sein», meldete sich Fischer zu Wort. «Ich bin da auf etwas gestossen.»

«Und das wäre?» Die Staatsanwältin sah ihn hoffnungsvoll an.

«Es ist zwar schon mehr als zwanzig Jahre her, aber es scheint mir trotzdem relevant. Erinnert ihr euch? Marius Holmbach hat eine Frau auf dem Tennisplatz beschimpft, weil sie sein Spiel verspottet hat. Danach wurde er aus dem Klub ausgeschlossen.»

Alle nickten. Die Geschichte war bekannt.

«Ich habe mit den Kollegen in Zug Kontakt aufgenommen und nachgefragt, ob es damals zu einer Anzeige kam. Tatsächlich gab es eine, aber viel später und sie wurde zurückgezogen.» Fischer suchte in seinen Unterlagen und fand das betreffende Papier. «Margaretha Herrscher-von Burg, die Frau, um die es damals ging, wurde etwa ein Jahr nach dem Zusammenstoss im Tennisklub von zwei Unbekannten angegriffen. Sie war abends auf dem Heimweg, wurde hinterrücks in eine Parkanlage gezerrt und mit Faustschlägen und Fusstritten malträtiert. Ein Passant hörte ihre Schreie und kam ihr zu Hilfe. Die beiden Täter verschwanden in der Dunkelheit.»

«Und Frau Herrscher-von Burg hat dann Holmbach beschuldigt?», fragte Blaser.

«Ja. Sie sagte aus, einer der beiden habe sie von hinten gepackt und ihr ins Ohr gezischt, sie solle von jetzt an ihr grosses Maul halten. Die Verbindung zu Holmbach lag nahe.»

«Wurde ermittelt?»

«Ja, aber Holmbach hatte ein Alibi. Er war bei einem Freund und dessen Eltern eingeladen. Die drei sagten aus, er sei den ganzen Abend am Tisch gesessen. Das Haus war vom Tatort weit entfernt und an der Kleidung von Frau Herrscher-von Burg waren keine verwertbaren Spuren zu finden. Nur einige schwarze Fasern. Die beiden Angreifer trugen Sturmkappen und wahrscheinlich auch Handschuhe. Natürlich ist es möglich, dass Holmbach jemanden für den Überfall bezahlt hat. Aber eine Verbindung zu irgendwelchen üblen Burschen war ihm nicht nachzuweisen.»

«Wurde die Frau bestohlen?», fragte Therese Marti.

«Die Täter nahmen die Handtasche mit. Sie wurde Tage später leer am Ufer des Zugersees gefunden. Es hatte vorher heftig geregnet, so dass keine Spuren mehr sichergestellt werden konnten. Der Fall wurde nie geklärt, und Frau Herrscher hat die Anklage gegen Holmbach schliesslich zurückgezogen. Wahrscheinlich erschien ihrem Anwalt die Sache aussichtslos.»

«Interessant. Ich werde Verbindung zur Staatsanwaltschaft in Zug aufnehmen. Vielleicht kann ich dort noch mehr erfahren.» Therese Marti machte sich eine Notiz. «Finden Sie heraus, ob es noch weitere solche Ereignisse gab. Auch wenn Holmbach irgendwann einfach nur falsch geparkt hat, ich will es wissen!» Sie stand auf. «Morgen habe ich den ganzen Tag über Termine. Sollte sich aber etwas Wichtiges ergeben, möchte ich sofort informiert werden.»

Nachdem sie den Raum verlassen hatte, atmeten alle auf.

«Wenigstens du hattest etwas vorzuweisen, Chrigu», sagte Gygax und fuhr sich durch die Haare. «Auch wenn es nur eine alte Spur ist.»

«Ich bleibe an Lena Gyser dran.» Schaffer warf einen Blick auf die Uhr. «Ihr Stiefvater muss ja irgendwann wieder nach Hause kommen.»

«Sobald wir ihre Handydaten haben, finden wir bestimmt auch noch andere Kontaktpersonen», tröstete sie Blaser. «Sie muss Freundinnen gehabt haben.»

«Vielleicht nicht mehr.» Schaffer runzelte die Stirn. «Wenn Holmbach sie dauernd überwacht hat, wird er dafür gesorgt haben, dass sie ihre alten Verbindungen abgebrochen hat. Ich habe den Eindruck, sie war ganz allein und ihm völlig ausgeliefert.»

«Ich denke, es gibt zwei Möglichkeiten», sagte Gygax. «Entweder wurde Holmbach aus beruflichen Gründen umgebracht, oder die Tat hat mit seinem gestörten Verhältnis zu Frauen und seiner letzten Partnerin zu tun. Am besten wird sein, wir teilen die Ermittlungen in Gyser und Holmbach auf. Christian und ich schauen uns weiterhin Holmbachs geschäftliches Umfeld an und ihr zwei», er nickte Schaffer und Blaser zu, «sucht nach Familie und Freunden von Lena Gyser.»

«Okay.» Blaser stand auf. «Christian, schickst du mir bitte die Nummern der Frauen, bei denen Holmbach nach seiner Partnerin gesucht hat? Vielleicht lohnt es sich, dort nachzufragen. Könnte doch sein, dass sie ihrer Coiffeuse mal das Herz ausgeschüttet hat.»

«Oder der Masseurin sind irgendwelche Verletzungen oder Prellungen aufgefallen», ergänzte Schaffer und folgte ihrem Kollegen aus dem Zimmer.

«Wann werden wir uns mit ihr treffen, sagtest du?»

«Also wirklich, Robert, du hörst mir ja gar nicht zu.» Lisa Zünd schüttelte ungeduldig den Kopf. «Ich habe keinen Termin genannt, sondern erzählt, dass sie jetzt geschieden ist und nicht mehr Mosimann heisst. Wahrscheinlich konnte ich sie darum nicht finden. Wobei sich die Leute heutzutage oft gar nicht mehr ins Telefonregister eintragen lassen. Aber sag, möchtest du noch einen Kaffee?»

«Besser nicht. Eher ein Glas Wasser, damit ich wieder in Schwung komme. Ich war gerade ein bisschen eingenickt.»

«Nein, mein Lieber, du hast tief und fest geschlafen, als ich nach dem Gespräch mit Netti zurückkam. Du und Rossini habt um die Wette geschnarcht.»

Lisa stand auf und kam bald mit einer Flasche Mineralwasser und zwei Gläsern zurück. Sie schenkte ein und wartete, bis Hofer ein paar Schlucke getrunken hatte.

«So, jetzt bin ich wieder klar im Kopf. Erzähl mir nochmals, was dir die Reiseleiterin erzählt hat.»

«Gut, also nochmals von Anfang an. Das Wichtigste ist, dass Netti nicht mehr als Reiseleiterin arbeitet, aber gerne bei der Planung behilflich ist. Sie ist umgezogen, wohnt aber zum Glück noch immer im Raum Bern. Diese Woche hat sie morgen Vormittag oder Donnerstagnachmittag Zeit. Ich habe gesagt, ich bespreche es mit dir und rufe sie zurück.»

Hofer kraulte Rossini den Nacken und überlegte. «Das ist jetzt etwas ungünstig. Morgen habe ich am Vormittag einen Termin bei der Dentalhygienikerin und am Donnerstag bin ich bei Ruedi und Erika zum Mittagessen eingeladen. Könntet ihr für nächste Woche etwas verabreden?»

«Ja, das ginge sicher.» Lisa lächelte verschmitzt. «Vielleicht ist es sogar besser, wenn nur ich mich mit ihr treffe. Weisst du, wir haben uns ja seit der Reise damals nicht mehr gesehen. Es wird viel zu erzählen geben.»

«Du meinst ich würde stören?»

«Das nicht, aber du könntest dich langweilen. Ich werde ihr für morgen Vormittag zusagen, einen Kaffee mit ihr trinken und die ganze Sache erklären. Sicher finden wir dann für nächste oder übernächste Woche einen Termin, der für alle drei passt.»

Hofer atmete auf. Nicht dabei sein zu müssen, wenn die beiden Frauen sich über gemeinsame Bekannte und ihr Privatleben unterhielten, war ihm sehr recht. «Das klingt gut. Ich gebe dir eine Liste mit Daten, an denen ich nichts vorhabe und ihr macht etwas ab. Sicher kann sie dir morgen schon ein paar Anregungen geben.»

«Ja, sie ist ein richtiger Profi. Hat über Jahrzehnte Reisen organisiert.»

«Ach, wie alt ist sie denn? Auf dem Foto sah sie recht jung aus.»

«Ich hätte sie auf Anfang sechzig geschätzt, aber da sie nicht mehr arbeitet, hat sie wohl das Pensionsalter bereits erreicht. Andererseits machte sie eine Andeutung, sie sei nicht mehr ganz gesund. Vielleicht musste sie daher früher aufhören.» Lisa zuckte die Schultern. «Egal. Ich werde es morgen sicher erfahren.» Sie griff nach dem Telefon. «Eigentlich ist es ganz wunderbar, dass dir deine Familie eine Reise schenken möchte. So kann ich diese Bekanntschaft wieder auffrischen. Ich freue mich richtig darauf.»

«Wenn er jetzt nicht abnimmt, gebe ich es für heute auf», seufzte Andrea Schaffer und drückte auf die Wahlwiederholung.

«Der Stiefvater?», fragte Blaser, erhielt aber nur ein Nicken zu Antwort, denn diesmal hatte seine Kollegin mit ihrem Anruf Erfolg.

«Hier ist Schaffer, von der Kantonspolizei Bern. Spreche ich mit Alfred Meier?» Sie lauschte in den Hörer und betätigte den Lautsprecher, so dass Blaser mithören konnte.

«Ja, von der Kantonspolizei», wiederholte sie laut und deutlich. «Herr Meier, ich bin auf der Suche nach Ihrer Tochter.»

«Da sind Sie bei mir falsch.» Alfred Meier klang gereizt. «Ich habe keine Tochter.»

«Ach, entschuldigen Sie, ich meine natürlich Ihre Stieftochter, Lena Gyser.»

«Ach die.» Es klang tatsächlich, als erinnere sich der Mann erst jetzt an die junge Frau, die immerhin dreizehn Jahre unter seinem Dach gewohnt hatte. «Was ist mit ihr?»

«Hat sie in letzter Zeit Kontakt zu Ihnen aufgenommen?»

«Lena? Sicher nicht!» Es waren klirrende Geräusche zu hören. Wahrscheinlich schenkte sich der Mann gerade etwas zu trinken ein. «Und überhaupt, was will denn die Polizei von ihr? Von wo sind Sie, sagten Sie?»

«Von der Kantonspolizei Bern», wiederholte die Fahnderin ruhig. «Ich müsste Frau Gyser in Zusammenhang mit einem Fall ein paar Fragen stellen, kann sie aber nicht erreichen. Ich hatte gehofft, sie habe Kontakt zu ihrer Familie.»

«Familie!» Meier spie das Wort geradezu in den Hörer. «Die gehört nicht zu meiner Familie! Als sie kam, musste ich ihr erstmal Manieren beibringen. Kein Wunder, bei der Vergangenheit! Als sie endlich gehorcht hat, hat sie kaum mehr den Mund aufgemacht. Und kaum war meine Frau tot, ist die junge Dame ausgezogen. War sich zu fein, mir den Haushalt zu machen. So sieht das aus! Familie – als ob ihr das Wort je etwas bedeutet hätte!»

Schaffer runzelte die Stirn. «Wie meinten Sie das mit der Vergangenheit? Lena war sechs Jahre alt, als Sie ihre Mutter heirateten.»

«Ja, sechs und völlig verwöhnt. Dauernd wusste sie alles besser und hat Widerwort gegeben. Erst nach einigen Ohrfeigen und einer Nacht im Keller hat sie verstanden, wer Meister im Haus ist.»

Schaffer und Blaser wechselten einen fassungslosen Blick. Die Fahnderin hatte Mühe, ruhig zu bleiben.

«Aha. Und die Vergangenheit, von der Sie sprachen, um was ging es da? Meinten Sie, dass sie schon früh ihren Vater verloren hatte?»

Meier bellte ein Lachen in den Hörer. «Verloren? Ja, verloren hat sie ihn allerdings. Erst bringt der Kerl eine unschuldige Frau um und dann sich selbst. Die Tochter eines Mörders, das ist sie! Eigentlich überrascht es mich nicht, dass die Polizei jetzt bei mir anruft. Aus der konnte nichts Rechtes werden.»

«Nur, um das nochmals richtigzustellen, Herr Meier. Wir suchen Frau Gyser lediglich als Zeugin.» Schaffer hatte Mühe, ruhig zu bleiben. «Es liegt absolut nichts gegen sie vor.»

«So, so. Wenn Sie das sagen.»

«Sie haben also in den letzten zehn Jahren keinen Kontakt mit Frau Gyser gehabt? Nicht von ihr gehört oder sie zufällig getroffen?»

«Richtig. Kaum war ihre Mutter unter der Erde, hat sie ihren Koffer gepackt und ist ausgezogen. Sie hätte ja dableiben und den Haushalt machen können. Aber nein, sie ist auf und davon. Es ist einfach nicht fair! Dieses Pech!»

«Wie meinen Sie das? Wer hatte Pech?»

«Ich natürlich.» Jetzt klang Meier weinerlich. «Die erste Frau stirbt an Krebs und die zweite bei einem läppischen Wanderunfall! Passt nicht auf und stürzt ab. So viel Pech hat doch sonst sicher niemand. Ich kenne jedenfalls keinen, der gleich zweimal seine Frau begraben musste. Wissen Sie, was so eine Beerdigung kostet? Und eine dritte habe ich dann nicht mehr gefunden. Jetzt muss ich eine Putzfrau bezahlen, und die kündigen immer wieder. Eine Schweinerei ist das!»

Ob sich die Schweinerei auf den Zustand seiner Wohnung oder seine Lebenssituation als solche bezog, wollte die Fahnderin gar nicht mehr wissen. Sie bedankte sich kurz für das Gespräch und legte auf.

«Auch ein Stück?» Blaser hielt ihr eine Tafel Schokolade hin.

Sie brach sich etwas ab und beide kauten eine Weile schweigend. Dann zeigte Blaser auf ihren Notizblock. «Sag mal, was hat er da von Lenas Vater erzählt? Ein Mörder soll er gewesen sein?» Die Kollegin beugte sich über den Block. «Ja, genau. Er habe eine unschuldige Frau umgebracht.»

«Und anschliessend sich selbst, oder?»

«Ja.» Schaffer seufzte tief. «Es wird wohl nichts mit dem Fall Holmbach zu tun haben, aber ich werde trotzdem nachforschen müssen.»

«Am einfachsten wird sein, wenn es über die Staatsanwaltschaft geht», meinte Blaser. «Da gibt es sicher irgendwo eine Akte.»

«Stimmt.» Andrea warf einen Blick auf die Uhr. «Vielleicht ist Tante Therese ja noch da. Ich rufe sie an.»

Das Gespräch dauerte nicht lange. Die Staatsanwältin versprach, gleich am nächsten Morgen Kontakt mit Solothurn aufzunehmen und wünschte einen schönen Abend.

«Gut, dann gehen wir jetzt auch heim», sagte Blaser und fuhr seinen Rechner herunter. «Komm, vergiss diesen widerlichen Kerl für heute und mach es dir daheim gemütlich. Deine Katze wartet sicher schon.»

Andrea lachte. «Allerdings. Mit grossen, hungrigen Augen vor dem leeren Futternapf. Und bevor sie nicht gegessen hat, kann ich mir nichts kochen.»

«Kommt denn Wim bald wieder, damit er dich bekochen

kann?» Blaser öffnete die Tür und liess der Kollegin den Vortritt.

«Ich hoffe es sehr.» Andrea lächelte. «Aber ein Datum habe ich noch nicht.»

«Kann er sich vorstellen, ganz nach Bern zu ziehen?»

«Er wollte sich erkundigen, ob er hier unterrichten könnte. Aber ich habe keine Ahnung, ob er das schon getan hat. Und drängen will ich ihn nicht.»

Sie hatten den Ausgang erreicht, nickten dem Beamten am Empfang zu und verliessen das Gebäude.

«Bei diesem Lehrermangel würde er sicher eine Stelle finden», meinte Blaser. «Sag ihm einen Gruss, wenn du heute mit ihm telefonierst. Schönen Abend!» Er ging in Richtung Bärenplatz davon.

Andrea sah ihm nach und beneidete ihn ein wenig. Auf ihn wartete nicht nur eine Katze. Aber dann vibrierte ihr Handy und Wims Name erschien auf dem Display.

«Wim? Wie schön, dass du anrufst! Gerade habe ich mit Stefan über dich geredet.»

Als sie sein Lachen hörte, ging es ihr gleich besser. «Ah, das höre ich gerne! Besser, als immer über Mord und Totschlag zu sprechen. Erzähl, Kommissarin, wie war dein Tag?»

«Und du kannst da wirklich nichts machen, Papi?»

Christian Fischer musste ein Schmunzeln unterdrücken. Seine Tochter wusste genau, wie sie etwas von ihm bekommen konnte, doch heute kam sie nicht zum Ziel.

Die junge Frau war spontan hereingeschneit, hatte sich zum Abendessen eingeladen und bei Tisch ganz nebenbei erwähnt, dass sie einen Busszettel für falsches Parken erwischt hatte. Nun hoffte sie, wie so oft, auf die Hilfe ihres Vaters.

«Nein, Nadine, wirklich nicht. Ich bin nicht bei der Verkehrspolizei, wie du sehr genau weisst, und selbst wenn … Keine Chance.»

Die Studentin rollte mit den Augen. «Ja, ich weiss, du fängst Mörder. Aber ich dachte, du kennst vielleicht jemanden.»

«So, jetzt ist es aber genug.» Martina Fischer hatte sich den Wortwechsel lange genug angehört.

«Um es auf den Punkt zu bringen, Nadine. Du hast bewusst falsch geparkt, wie du vorhin erklärt hast.»

«Ja, ich…»

Martina hob die Hand. «Lass mich ausreden. Du studierst noch und wirst von uns finanziell unterstützt. Wir zahlen dein WG-Zimmer, die Studiengebühren und die Krankenkasse. Für den Rest kommst du selbst auf. Und wenn du eine Busse bekommst, dann wirst du die auch bezahlen.»

«Wem gehört das Auto eigentlich?», wollte Fischer wissen. «Jemandem aus der WG?»

«Ja. Es gehört Leo. Ehrlich gesagt, konnte ich gar nicht fragen, ob ich es nehmen darf. Er war nicht daheim, aber er hatte mir das Auto schon öfters geliehen. Und der Autoschlüssel lag bei der Garderobe. Klar, war das nicht ganz korrekt, und jetzt ist er sauer. Aber weil ich doch schnell zu Sabrina musste, weil die Streit mit Yannick hatte und der …» Sie brach ab, als sie die Blicke ihrer Eltern sah und lachte verlegen. «Okay, ich hab's ja begriffen. Mein Fehler, mein Problem, mein Geld. Aber fragen darf man doch.»

«Denk einfach über die Frage nach, bevor du sie stellst», sagte ihre Mutter streng, wechselte dann aber in einen unbeschwerten Ton. «Aber es freut uns natürlich immer, wenn du zum Essen vorbeikommst. Hilfst du mir beim Dessert?»

Nadine stand sofort auf. «Klar, was gibt's denn?»

Fischer blieb sitzen und als Martina ihm später einen Kaffee und eine Portion Fruchtsalat mit Schlagrahm hinstellte, reagierte er kaum.

«Was ist denn?», fragte sie. «Du starrst Löcher in die Luft.»

«Ach, entschuldige», sagte er zerstreut. «Mir ist wegen unserer Diskussion etwas eingefallen, das ich morgen näher anschauen muss.»

«Cool, wenn ich dich auf gute Ideen bringe», grinste seine Tochter. «Und Papi, könntest du mich nachher noch mit dem Auto zum Bahnhof fahren?»

Meistens kam Heinz Gygax als Erster ins Büro. Nicht nur wegen des kurzen Arbeitswegs, sondern auch weil er kein Morgenmensch war und gerne noch ein paar Minuten allein war, bevor die anderen eintrafen.

Da Antonia bereits um acht Uhr zu einer Teamsitzung in der Buchhandlung erscheinen musste, hatten sie in einvernehmlichem Schweigen gefrühstückt und sich die Zeitung geteilt. Danach hatte er seine Frau bis vor den Personaleingang von Stauffacher begleitet und traf nur wenige Minuten später im Büro ein. Schwungvoll öffnete er die Tür und blieb überrascht stehen, als er den Kollegen bereits am Schreibtisch sitzen sah.

«Guten Morgen, Chrigu! Warum bist du denn heute so früh dran?»

Fischer sah von seinem Bildschirm auf und grüsste. «Ich konnte ohnehin nicht schlafen. Mir ist gestern Abend eingefallen, dass ich am Montag etwas im Zusammenhang mit unserem Opfer gelesen, aber nicht weiterverfolgt hatte. Es hat mir keine Ruhe gelassen.»

«Und was war das?» Gygax setzte sich und startete seinen Rechner.

«Es hatte mit seinem Auto zu tun.» Fischer scrollte sich durch Informationen auf seinem Bildschirm. «Gestern, als Frau Marti sagte, sie wolle es auch erfahren, wenn Holmbach nur falsch geparkt habe, ist es mir zum ersten Mal wieder eingefallen. Und gestern Abend … ach egal. Da, ich hab's!» Triumphierend sah Fischer auf. «Ende Juni hat ein Kaspar Muntwiler, wohnhaft an der Mannenriedstrasse in Muri behauptet, dass Holmbachs Wagen zweimal direkt vor seiner Auffahrt abgestellt war. Der Mann machte sich Sorgen, der Fahrer bereite einen Einbruch vor.»

«Ach ja? Das klingt gar nicht nach Holmbach. Was ist denn aus der Sache geworden?» Fischer zuckte die Schultern. «Nichts. Offenbar konnte er die Vorwürfe nicht beweisen.»

«Aber er hat Holmbach gesehen?»

«Scheinbar nicht. Sonst hätte er ihn ja identifizieren können. Die Kollegen sind nur durch die Autonummer auf Holmbach gekommen.»

«Hm. Am besten rufst du den an, der sich damals darum gekümmert hat.»

«Guten Morgen zusammen!» Blaser stand in der Tür. «Andrea hat gerade einen Anruf aus dem Tierpark bekommen und möchte nochmals dort vorbei. Ist es okay, wenn ich sie begleite?»

«Um was geht's denn?», fragte Gygax.

Schaffer, die jetzt hinter ihrem Kollegen auftauchte, konnte die Frage gleich selbst beantworten.

«Einer Mitarbeiterin ist eingefallen, dass sie Frau Gyser mehrmals mit einem Tierpfleger ins Gespräch vertieft gesehen hat. Mit dem muss ich unbedingt reden.»

Gygax nickte. «Und dieser Mann arbeitet heute?»

«Ja. Ich habe Frau Schöpfer aber gebeten, mich nicht anzukündigen. Ich möchte sehen, wie er spontan auf meine Fragen reagiert. Und Stefan hätte ich aus diesem Grund auch gerne dabei.»

«Dann los ihr beiden. Christian hat etwas entdeckt, dem wir beide jetzt nachgehen werden. Bis später.»

Als Blaser und Schaffer weg waren, kontaktierte Fischer den Kollegen, der sich im Sommer mit der Beschwerde des Hausbesitzers in Muri beschäftigt hatte. Eine Viertelstunde später wusste er mehr.

«Wie es scheint, ist Herr Muntwiler schon recht alt und sieht nicht mehr gut», berichtete er Gygax. «Kollege Zürcher kann sich noch gut an den Vorfall erinnern. Er hat selbst mit dem Mann geredet und ihn in dessen Haus aufgesucht. Der Blick vom Fenster auf die Einfahrt, wo das Auto stand, ist zwar gut, aber die Distanz zu gross, um Details zu erkennen.»

«Wie sind sie dann überhaupt auf Holmbach gekommen?»

«Muntwiler wollte den Fahrer zur Rede stellen. Aber bis er die Einfahrt erreicht hatte, war der Mann bereits wieder eingestiegen und startete den Wagen. Muntwiler sah das Auto nur noch von hinten und hat später die Nummer aus dem Gedächtnis bruchstückhaft aufgeschrieben.»

«Das ist doch keine Basis für Ermittlungen. Besonders wenn niemand zu Schaden gekommen ist», wunderte sich Gygax. «Warum wurde die Sache überhaupt verfolgt?»

«Weil sich etwas weiter vorne an der Strasse eine Botschaft befindet und man nichts verpassen wollte», erklärte Fischer. «Jedenfalls ergab die Kombination der aufgeschriebenen Zahlen, der Farbe und der Grösse des Wagens mehrere

Möglichkeiten. Sie wurden überprüft und einer davon war eben Holmbach. Der reagierte gelassen, sagte, er habe an dem Tag daheim gearbeitet und sein Auto sei in der Tiefgarage gestanden. Das Gegenteil war ihm nicht zu beweisen und dass er ein Attentat auf die Botschaft plante, war unwahrscheinlich.»

«Ich nehme an, danach wurde das Auto nicht mehr vor diesem Haus gesehen.»

«Stimmt.» Fischer kratzte sich am Kopf. «Nimm es mir nicht übel, aber ich finde, wir sollten dem nachgehen. Immerhin hat sich das alles im Juni zugetragen.»

«Du meinst, Holmbach war auf der Suche nach seiner Partnerin?»

«Könnte doch sein.»

«Nun gut. Wenn du meinst, dann ruf bei Muntwiler an. Wenn er daheim ist, können wir mit ihm reden und uns das Haus gleich näher anschauen.»

«Kommt ihr oft mit den Kindern in den Tierpark?», fragte Andrea Schaffer, als sie an den Vogelgehegen vorbei in Richtung Eingang gingen.

«Ja, aber im Sommer bleiben wir eher unten beim Streichelzoo, schauen die Gehege an der Aare an und essen im Restaurant ein Glacé. Im Winter ist dann das Vivarium aktuell. Luna ist von den Aquarien kaum wegzubringen und Jonas mag am liebsten die Seehunde.»

«Die liebe ich auch.» Andrea lachte. «Ich hatte sogar mal einen aus Stoff, den ich immer bei mir haben wollte. Lustig, an den habe ich seit Jahren nicht mehr gedacht.»

Blaser grinste. «Meine Mutter kommt aus Basel. Daher war ich als Kind oft mit den Grosseltern im Basler Zoo.

Dort sind die Dimensionen natürlich ganz anders.»

«Lass das nicht Frau Schöpfer hören», ermahnte ihn seine Kollegin streng.

«Klar. Das war auch nicht wertend gemeint.» Blaser schwieg, bis sie den Eingang erreichten und seine Kollegin wie abgemacht eine Nachricht an die Personalchefin schickte.

Kurz darauf öffnete ihnen Irene Schöpfer die Türe. Sie betraten die Eingangshalle und Andrea stellte ihren Kollegen vor.

«Könnten wir vielleicht als erstes mit der Frau sprechen, die beobachtet hat, wie Frau Gyser mit dem Tierpfleger geredet hat?»

«Ja, natürlich. Sie ist an ihrem Arbeitsplatz.»

Die Personalchefin öffnete die Türe zur Administration und bat sie in ihr Büro. Dann ging sie wieder hinaus, kam nach kurzer Zeit mit einer blonden, schlanken Frau um die Dreissig zurück und stellte sie ihnen als Zoopädagogin Susanne Schindler vor. Ein weiterer Stuhl wurde geholt. Schliesslich sassen alle in dem kleinen Büro und Blaser hatte die Aufnahmefunktion seines Smartphones aktiviert.

«Frau Schindler», begann Andrea Schaffer das Gespräch. «Wie Sie schon wissen, sind wir auf der Suche nach Lena Gyser, die früher hier gearbeitet hat. Frau Schöpfer meint, Sie hätten Beobachtungen in Bezug auf Frau Gyser gemacht.»

«Ja. Als Irene, also Frau Schöpfer, gestern von Ihrem Besuch erzählt hat, da haben wir natürlich in der Mittagspause wieder über Lena gesprochen.» Sie strich sich verlegen die Haare aus dem Gesicht. «Auch am Abend ist mir die Sache noch im Kopf herumgegangen und mir fiel ein, dass ich Frau Gyser ein paar Mal mit einem der Tierpfleger gesehen habe.»

«Privat oder hier im Tierpark?», fragte Blaser.

«Während der Mittagspause. Sie hat sich mit ihrer Lunchbox immer nach draussen gesetzt, auch wenn es kalt war. Ich habe die beiden mehrmals auf der Bank vor der Papageientaucherhalle gesehen.»

«Ein sehr schöner, sonniger Platz», warf die Personalchefin ein.

Schaffer nickte. «Okay. Haben die beiden miteinander gesprochen oder sassen sie eher zufällig nebeneinander auf der Bank?»

«Na ja, schwer zu sagen. Ich will jetzt nicht mehr hineininterpretieren, als wirklich war.»

«Natürlich nicht. Es geht uns nur darum, wie Sie die Situation empfunden haben.»

Die Zoopädagogin liess sich mit der Antwort Zeit. «Auf mich wirkte es freundschaftlich», sagte sie schliesslich. «Einmal hat Lena sogar gelacht. Und das tat sie nicht oft. Sie war immer sehr still. Nicht wahr, Irene?»

«Ja, das stimmt. Sie war still und höflich. Introvertiert, würde ich sagen.»

«Dann könnte es sein, dass sie sich diesem Tierpfleger gegenüber etwas geöffnet hat?»

«Ja, so sah es aus. Es hat mich gefreut, dass sie jemanden zum Reden hatte», ergänzte Susanne Schindler. «Aber mehr kann ich Ihnen wirklich nicht darüber sagen.»

«Dann danke ich Ihnen für unser Gespräch.» Schaffer wendete sich an die Personalchefin.

«Jetzt würden wir gerne mit dem Mann sprechen. Wo arbeitet er gerade? Kann er herkommen oder können Sie uns sagen, wo wir ihn finden?»

«Er ist Aquarianer. Sie können also problemlos im Haus mit ihm sprechen», antwortete Frau Schöpfer und wendete sich dann an ihre Kollegin. «Susi, ist der Schulraum heute Morgen frei?»

«Der Mann ist was?», erkundigte sich Blaser leise bei seiner Kollegin, während die beiden Frauen etwas besprachen.

«Aqua irgendwas», flüsterte sie. «Fische, nehme ich an.»

Frau Schöpfer wendete sich wieder ihnen zu. «Dann bringe ich Sie jetzt in den Schulraum. Dort haben Sie Ruhe für ein Gespräch. Bitte passen Sie auf. Die Treppe ist sehr steil.»

Der Schulraum im Untergeschoss war mit grossen grünen Tischen und Stapeln von Stühlen ausgestattet. Die Fensterwand gegenüber der Tür gab den Blick auf eine Terrasse und einen kleinen Teich frei. Auf den Regalen an den Wänden standen ausgestopfte Tiere, Schildkrötenpanzer, Schädel und Geweihe. Man konnte sich gut vorstellen, wie hier eine Schulklasse unterrichtet wurde.

«Nehmen Sie doch Platz», bat Irene Schöpfer und öffnete eine Nebentür. «Nur einen Moment, bitte. Ich hole Herrn Balsberger.»

Es war Kaspar Muntwiler anzusehen, dass ihn der Besuch der beiden Polizeibeamten freute. Der grosse, schlanke Herr warf einen kurzen Blick auf die Dienstausweise und bat Fischer und Gygax ins Wohnzimmer, wo er bereits eine Flasche Wasser und Gläser bereitgestellt hatte.

«Nehmen Sie bitte Platz», bat er. «Ein Schluck Wasser ist doch recht?»

Er schenkte ein, während sie sich setzten. Dann zeigte Muntwiler auf ein schwarzes Notizbuch, das auf dem Tisch lag.

«Nach Ihrem Anruf habe ich meine Notizen von damals herausgesucht. Ich hatte sie auch Ihrem Kollegen gezeigt, der mich im Juni befragt hat. Aber ich hatte den Eindruck, dass er mich nicht ernst nimmt.»

«Keineswegs», versicherte ihm Gygax «Der Kollege ist der Sache damals nachgegangen, hat aber den Fahrer des Wagens nicht ermitteln können. Die Angaben waren nicht exakt genug.»

«Wie ich befürchtet hatte.» Der alte Herr fuhr sich durch die schütteren, weissen Haare und seufzte. «Ich bin damals nicht schnell genug aus dem Haus. Ich habe gezögert. Das war dumm von mir.»

«Erzählen Sie uns einfach nochmal, was damals geschah», schlug Fischer vor. «Es interessiert uns im Zusammenhang mit einem anderen Fall. Ist es Ihnen recht, wenn ich unser Gespräch aufnehme?»

Muntwiler stimmte zu, rückte seine Brille zurecht und blätterte im Notizbuch. «Also, das erste Mal ist mir der Wagen am Donnerstag aufgefallen. Ich sass hier beim Frühstück und hörte laute Motorengeräusche. Ich habe mir nichts dabei gedacht. Kurz darauf hörte ich wieder ein Auto und als ich mein Geschirr in die Küche brachte, sah ich einen Wagen direkt vor meiner Ausfahrt stehen. Ich wollte nicht wegfahren und erwartete auch keinen Besuch, also regte mich das nicht weiter auf. Ich nahm an, der Fahrer habe kurz angehalten, um jemanden abzuholen. Etwa zwanzig Minuten später schaute ich wieder zum Fenster hinaus und der Wagen stand immer noch da. Ich war drauf und dran hinauszugehen, aber dann läutete das Telefon. Es ging um einen Termin beim Augenarzt, der verschoben werden musste. Erst als das erledigt war, kam ich dazu, nach dem Auto zu schauen. Es war weg.»

«Dann stand es also etwa eine halbe Stunde dort?», fragte Fischer.

«Ja, so ungefähr. Ich habe nicht mehr daran gedacht, bis am nächsten Tag wieder ein schwarzes Auto vor meiner Ausfahrt stand. Diesmal schon etwas früher, als ich zum Frühstück herunterkam.»

«War es derselbe Wagen?»

«Er war schwarz und gleich gross. Meine Augen sind nicht die besten und selbst mit Brille kann ich auf diese Distanz keine Details erkennen. Ich war noch im Pyjama, ging also gleich wieder hinauf, um mich anzuziehen. Vom Schlafzimmerfenster aus sah ich, wie der Fahrer ausstieg. Ich öffnete das Fenster, um besser sehen zu können, aber die Distanz war zu gross.»

«Haben Sie gerufen?»

«Nein. Ich schloss das Fenster, kleidete mich an und ging hinunter. Aber als ich aus dem Haus trat, stieg er gerade wieder ins Auto. Ich beeilte mich, aber als ich die Strasse erreichte, sah ich den Wagen nur noch von hinten. Es war ein Berner Kennzeichen. Ich versuchte, mir die Nummer einzuprägen, aber als ich wieder drin war, konnte ich mich nicht mehr ganz genau erinnern. Bei den ersten drei Ziffern war ich mir sicher und auch bei der letzten.»

«Ich verstehe.» Gygax stand auf und trat ans Fenster. «In welche Richtung fuhr er davon?», erkundigte er sich.

«Nach rechts.»

«Dann sass der Fahrer also auf der Strassenseite?»

«Ja, das stimmt. Sie denken, er hat gar nicht mein Haus beobachtet?»

«Es wäre möglich, dass er sich für etwas anderes interessiert hat und nur zufällig vor Ihrem Haus stand», bestätigte Gygax.

«Die Botschaft.» Muntwiler nickte. «Ich denke, das war

auch der Grund, warum sich Ihr Kollege damals damit beschäftigt hat. Unsereins ist ja nicht so wichtig wie ein Botschafter.»

«Die Sicherheit aller Bewohner liegt uns am Herzen», versicherte ihm Fischer. «Aber es gibt hier wirklich diverse Botschaften in der Nähe.» Jetzt stand auch er auf und trat zu seinem Kollegen ans Fenster.

«Wenn es Ihnen recht ist, schauen wir uns Ihre Ausfahrt und die umliegenden Häuser mal etwas näher an.»

«Das ist mir sehr recht und ich bin sicher, auch die Nachbarn haben nichts dagegen», sagte der alte Herr. «Mit einigen habe ich im Sommer am Quartierfest darüber geredet. Ich bin nicht der Einzige, der allein in seinem grossen Haus wohnt. Die Kinder sind ausgeflogen und bei einigen ist der Ehepartner bereits gestorben. Ein Umzug in eine kleinere Wohnung erscheint zu viel Aufwand, fürs Altersheim ist man noch nicht bereit und hofft, noch lange daheim leben zu können. Eine Option ist, sich Unterstützung ins Haus zu holen, so wie meine Nachbarin, die im Frühling einige Monate eine junge Frau bei sich wohnen liess. Auch ich bin seit zwei Jahren Witwer, aber so weit ist es bei mir noch nicht. Ich komme mit der Hilfe einer Putzhilfe gut zurecht.» Er begleitete seine Gäste zur Tür. «Also schauen Sie sich gut um. Wir sind froh, wenn sich jemand um unsere Sicherheit sorgt. Und falls sich noch Fragen ergeben, kommen Sie gerne auf mich zurück.»

«Das Gleiche gilt auch für Sie, Herr Muntwiler», sagte Fischer und reichte ihm seine Karte.

«Melden Sie sich bitte, sollten Sie nochmals etwas Ungewöhnliches beobachten.»

«Lisa, hier drüben bin ich!»

Lisa Zünd sah sich um und entdeckte ihre Bekannte an einem der Fenstertische. Netti kam ihr auf halbem Weg entgegen und nahm sie spontan in die Arme.

«Ach, es hat mich so gefreut, dass du so viel Aufwand betrieben hast, um mich zu finden», sagte die ehemalige Reiseleiterin und strahlte. «Viele Leute, die ich auf meinen Reisen kennengelernt habe, sind mir in Erinnerung geblieben, aber an dich habe ich besonders oft gedacht. Wir hatten die gleiche Wellenlänge.»

Sie setzten sich und als kurz darauf die Bedienung an den Tisch trat, bestellten sie Kaffee und zur Feier des Tages, wie Netti erklärte, zwei Gipfeli dazu. «Du bist natürlich eingeladen, Lisa. Wenn du dir schon die Mühe machst, zu mir zu kommen.»

«Papperlapapp!» Lisa lachte. «Das ist doch keine Mühe. Du hast mir den Weg gut erklärt. Entweder vom Bahnhof Ostermundigen ein paar Minuten zu Fuss oder mit dem 10er Bus bis Waldeck. Einfacher geht es nicht. Als ich aus dem Bus stieg, habe ich auch gemerkt, dass ich das Lokal kenne.»

«Bestimmt warst du nach einer Beerdigung auf dem Schosshaldenfriedhof hier.» Netti lächelte traurig. «Sie machen das sehr gut. Erst kürzlich habe ich selbst an so einer Trauerfeier teilgenommen.»

«Stimmt. Daher kenne ich das Waldeck. Aber sag, Netti, wie ist es dir in den letzten Jahren ergangen? Es ist so schade, dass wir nicht in Verbindung geblieben sind.»

«Also, als Erstes muss ich dir gestehen, dass ich meinen Namen geändert habe.»

«Ja, ich weiss. Du bist geschieden und hast den Mädchennamen wieder angenommen. Das hast du mir schon am Telefon gesagt.»

«Ja. Aber ich habe auch beschlossen, dass der Name Netti nicht mehr zu mir passt. Antoinette haben mich meine Eltern getauft und so will ich wieder heissen. Die meisten halten sich daran. Weisst du, Netti ist der Spitzname, den mir mein Mann gegeben hat und nun ja … ich war eben immer nett – zu nett. Das ist jetzt vorbei.»

Der Kaffee wurde serviert, beide tranken einen Schluck und Lisa Zünd liess etwas Zeit verstreichen, bis sie antwortete.

«Gut, dann also Antoinette. Übrigens ein wunderschöner Name! Es war demnach keine einvernehmliche Scheidung?»

«Nun ja … am Ende wohl doch. Ich war eben wieder nett und habe nicht so viel gefordert, wie ich hätte haben können. Du erinnerst dich, als wir damals von den Chanel Islands zurückkamen, erzählte ich dir im Zug, dass eine meiner nächsten Reisen eine Wandertour in Tunesien sein würde.»

«Stimmt! Ich habe dich sehr bewundert und auch ein wenig beneidet für diese Arbeit, bei der du die ganze Welt sehen konntest.»

«Ja, es war eine schöne Zeit. Aber man ist eben nicht viel daheim und gerade diese Reise war mein Verhängnis. Ich hatte einen Unfall. Trotz Wanderstöcken rutschte ich auf einem losen Stein aus und verstauchte mir den Knöchel.»

«Nein! So ein Pech! Da musstest du die Reise wahrscheinlich abbrechen.»

«Stimmt. Der Veranstalter schickte über Nacht einen Ersatz, ich übergab dem jungen Mann alle Papiere und sass im nächsten Flugzeug nach Hause. Beat, meinen Mann, rief ich nicht an, denn er war selbst mit einem Freund in den Ferien im Bündnerland, und ich wollte ihn nicht beunruhigen. Schliesslich konnte ich daheim auch allein meinen Fuss hochlegen und mich über meine Unachtsamkeit ärgern.» Sie trank einen Schluck Kaffee und sah zum Fenster hinaus. Lisa wartete. Sie merkte, dass Antoinette das Erzählen nicht leichtfiel.

«Wir wohnten damals in Rubigen und in der S-Bahn traf ich schon eine Nachbarin, die mich etwas verwundert anschaute. Ich erzählte ihr von meinem Pech und sie hörte zu, war aber sonst etwas wortkarg. Am Bahnhof nahm ich ein Taxi nach Hause und erwartete, das Haus leer vorzufinden. Aber Beat war daheim und nicht allein.» Antoinette seufzte. «Den Rest kannst du dir wahrscheinlich denken.»

«Eine Geliebte?», fragte Lisa und als Antoinette nickte, legte sie tröstend die Hand auf ihre.

«Das tut mir so leid!»

«Danke. Das Schlimmste war eigentlich, dass diese Frau schon mehrmals während meiner Reisen im Haus gewesen war. Und alle hatten es gewusst – auch die Nachbarin, die ich im Zug getroffen hatte.»

«Und niemand hat es dir erzählt?»

«Nein. Man wollte sich offenbar nicht einmischen. Beat sprach den Nachbarn gegenüber von einer Cousine, die immer wieder vorübergehend bei uns wohnte. Uns!»

«Eine Frechheit!» Lisa biss empört in ihr Gipfeli.

«Du sagst es. Danach ging alles sehr schnell. Wie gesagt: Ich war wieder einmal nett und wollte alles mit möglichst wenig Lärm hinter mich bringen. Die beiden sitzen jetzt im Haus und ich habe mir eine kleine, günstige Wohnung gesucht.»

«Und du arbeitest nicht mehr, hast du erzählt.»

«Ja, das war auch so eine Sache. Der Knöchel war in Tunesien nicht geröntgt, sondern lediglich bandagiert worden. Erst als die Schmerzen nicht aufhörten und die Schwellung nicht zurückging, merkte ich, dass etwas nicht stimmte. Es handelte sich um einen zweifachen Bruch und die Heilung dauerte sehr lange. Noch heute habe ich Schmerzen, wenn ich zu lange zu Fuss unterwegs bin. Also musste ich den Job unfreiwillig an den Nagel hängen. Ich hatte das Pensionsalter noch nicht ganz erreicht und fühlte mich fit. Ohne diesen Unfall wäre ich bestimmt noch einige Jahre aktiv geblieben.»

Die Bedienung ging an ihrem Tisch vorbei und sie nutzen die Gelegenheit, sich einen zweiten Kaffee zu bestellen.

«Das klingt alles sehr anstrengend», sagte Lisa, als der Cappuccino vor ihr stand. «Neue Wohnung, neuer Name, plötzlich pensioniert … Wie hast du das verkraftet?»

«Anfangs war es hart. Aber zum Glück habe ich einige neue Bekanntschaften geschlossen und fühle mich in meiner Wohnung und im Quartier sehr wohl», versicherte ihr Antoinette. «Das Reisen fehlt mir, aber ich zehre von den Erinnerungen. Und dass du mich als Beraterin angefragt hast, ist eine grossartige Sache. Erzähl, was für einen Anlass gibt es für die Reise und wie lange darf sie dauern? Soll es Europa sein oder lieber Übersee? Was für einen finanziellen Rahmen habt ihr euch vorgestellt? Ich habe mir da schon ein paar Gedanken gemacht.»

Während sie im Schulraum des Tierparks warteten, hatten Schaffer und Blaser Zeit, sich abzusprechen.

«Du führst das Gespräch und ich mache das Protokoll», sagte Blaser und klappte seinen Laptop auf. «Ich stelle aber auch Zwischenfragen. Okay?»

«Unbedingt. Wichtig ist, dass du ihn beobachtest, während er mit mir spricht. Wenn er Lena Gyser tatsächlich besser gekannt hat, kann er uns wirklich weiterhelfen. Er könnte wissen, wo sie ist und …»

Sie brach ab, als sich die Türe öffnete und Irene Schöpfer mit einem Mann in Arbeitskleidung eintrat. Er war gross und schlank und das blaugraue T-Shirt mit dem Emblem des Tierparks auf dem Ärmel spannte ein wenig um seine breiten Schultern. Die vollen, braunen Haare wurden von den ersten grauen Strähnen durchzogen und hätten einen Schnitt gebrauchen können.

«Das ist also Eduard Balsberger, unser Aquarianer, mit dem Sie sprechen wollten», stellte ihn die Personalchefin vor. «Frau Schaffer und Herr Blaser sind von der Polizei und haben einige Fragen.» Als die Augenbrauen des Tierpflegers erstaunt in die Höhe gingen, fügte sie schnell hinzu: «Mit mir haben sie schon gesprochen», und lächelte ihn beruhigend an.

«Danke, Frau Schöpfer.» Blaser trat zur Seite und gab damit den Weg zurück zu den Büros frei. Sie verstand den Wink, nickte Balsberger zu und verliess den Raum.

«Bitte, Herr Balsberger, nehmen Sie Platz», bat Schaffer und deutete auf den Stuhl ihr gegenüber. Blaser setzte sich ebenfalls und deute auf seinen Laptop. «Wir führen ein Protokoll», sagte er an den Tierpfleger gewandt. «Dann geht keine Information verloren.»

«Ich bin gespannt», meinte Balsberger ruhig und lehnte sich etwas vor. «Um was geht es? Wird mir etwas vorgeworfen?»

«Nein, absolut nicht. Wir befragen Sie nur als Zeugen. Wir sind im Zusammenhang mit einem Delikt auf der Suche nach Lena Gyser.»

Jetzt zogen sich die Augenbrauen besorgt zusammen. «Lena? Ist ihr etwas zugestossen?»

«Soweit wir wissen, nicht. Aber wir haben einige Fragen an Frau Gyser. Können Sie uns sagen, wo sie sich aufhält?»

«Sie arbeitet nicht mehr hier, aber das hat Ihnen Frau Schöpfer sicher schon gesagt. Sie wolle ins Ausland, stand in einem Brief. Ich denke mal, dann wird sie dort sein.»

«Sie haben hin und wieder die Mittagspause mit ihr verbracht.»

«Ja, das kam vor.»

«Haben Sie da auch über ihre Ferienziele gesprochen? Hat sie Verwandte im Ausland erwähnt?»

Der Mann überlegte gut, bevor er antwortete. «Nein. Von Familie hat sie nie gesprochen. Ferien in Südfrankreich hat sie mal erwähnt, aber das waren die im letzten Sommer, bevor sie hier gearbeitet hat. Aber Pläne? Nein. Ich war auch erstaunt, als sie plötzlich weg war.»

«Ist das so?», mischte sich Blaser jetzt ein. «Waren Sie nicht eher erfreut, dass Lena gegangen war? Haben nicht Sie ihr dazu geraten?»

Es war ein Schuss ins Blaue, aber er traf. Balsberger lehnte sich zurück, verschränkte die Arme vor der Brust und nickte. «Dann wissen Sie es?»

«Was?» Es war eine Minute still, bis sich der Tierpfleger dazu entschloss, zu sprechen.

«Ich denke, Sie wissen, dass Lena geschlagen wurde. Und ja, ich habe ihr geraten, fortzugehen und sich ein neues Leben aufzubauen.»

«Gibt es einen Grund, warum sie sich Ihnen anvertraut hat und nicht einer ihrer Arbeitskolleginnen im Büro?», wollte Schaffer wissen.

«Warum redet sie ausgerechnet mit einem Mann, wenn sie so viele Frauen um sich hat? Meinen Sie das?» Balsberger zuckte die Schultern. «Ich habe wahrscheinlich als Einziger gesehen, was los war und sie darauf angesprochen.»

«Einfach so?»

«Nein, einfach war das nicht. Aber sehen Sie, vor vielen Jahren war meine Schwester in der gleichen Situation. Ihr Freund hat sie misshandelt und sie gab es erst zu, als meine Mutter sie zur Rede stellte.» Balsberger räusperte sich. «Und genau das habe ich auch getan. Ich hatte die Anzeichen gesehen: Sonnenbrille, einen Schal und lange Ärmel, um blaue Flecken zu verstecken, und dann immer dieser unruhige Blick. Die schönen Kleider konnten nicht darüber hinwegtäuschen, dass es ihr schlecht ging.»

«Und was sagte Frau Gyser, als Sie sie darauf ansprachen?»

«Gar nichts. Ich hatte mich zu ihr auf die Bank gesetzt. Wir assen beide, wobei sie immer nur ein paar Bissen von ihrem Knäckebrot nahm. Und dann fragte ich sie geradeheraus, ob sie Hilfe brauche. Ich dachte, sie steht vielleicht auf und geht, aber sie blieb sitzen und schwieg. Also habe ich angefangen, ihr die Geschichte meiner Schwester zu erzählen. Ist ja schon ewig her. Damals hat man nicht so offen über häusliche Gewalt geredet wie heute. Sie hat mir zugehört und als die Pause um war, sagte sie nur leise Danke und ging.»

«Und wann hat sie Ihnen ihre Geschichte erzählt?», wollte die Fahnderin wissen.

«Oh, das ging lange. Immer, wenn ich es einrichten konnte, habe ich mich zu ihr gesetzt. Mit der Zeit hat sie gelächelt, wenn ich kam. Manchmal haben wir über die Tiere gesprochen. Meine Arbeit, die Aquarien haben sie interessiert. Oder ich habe ihr ein bisschen von mir und meinem Freundeskreis erzählt. Erst, als sie eines Tages eine geschwollene Backe hatte, sprach sie das Thema selbst an und gab es zu.»

«Dass ihr Partner sie schlug?»

«Ja. Sie sagte, sie habe etwas gesagt, das ihn ärgerte. Und er schlage dann halt manchmal zu. Er sei sehr streng, wenn sie einen Fehler mache. Solche Sachen.» Zum ersten Mal war Balsberger anzumerken, wie ihn die Erinnerung an Lena Gyser mitnahm. «Unglaublich war das. Diese Überzeugung, dass sie etwas falsch mache. Am liebsten hätte ich den Typ verprügelt. So wie wir es damals mit dem Freund meiner Schwester gemacht haben.» Seine grossen Hände ballten sich zu Fäusten. Er bemerkte Schaffers Blick, atmete tief durch und entspannte sich wieder. «Aber so einfach ging das nicht. Leider.»

«Wie ging es dann?», fragte die Fahnderin. «Was haben Sie unternommen, um ihr zu helfen?»

«Ich habe ihr geraten auszuziehen. Aber sie meinte nur, er würde das niemals zulassen. Er weiss immer, wo ich bin, hat sie gesagt. Und solange ich tue, was er will, behandelt er mich sehr gut. Aber ich darf keinen Fehler machen. Ich darf einfach keinen Fehler machen. Das hat sie immer wieder gesagt.» Er fuhr sich mit beiden Händen durch die Haare. «Ich dachte schon, ich muss aufgeben, aber dann kam die Wende und indirekt war ich schuld daran.»

«Wie meinen Sie das?»

«Es war irgendwann im April. Lena und ich gingen gemeinsam hinunter zum Parkplatz. Ich hatte mein Auto bei den Waschbären abgestellt und Holmbach wartete normalerweise auf dem Parkplatz hinter dem Streichelzoo auf sie. Aber an dem Tag kam er ihr entgegen und stand unten beim Restaurant. Er sah, wie wir nebeneinanderher gingen und uns ganz normal unterhielten. Er kam direkt auf uns zu und sprach sie an. Wer begleitet dich denn heute, hat er Lena mit eiskalter Stimme gefragt. Sie ist furchtbar erschrocken. Richtig gestottert hat sie, als sie uns einander vorstellte. Ich habe nur kurz gegrüsst, den beiden einen schönen Abend gewünscht und bin zu meinem Wagen gegangen. Damit er sehen konnte, dass wir einfach nur den gleichen Weg hatten.» Balsberger schloss für einen Moment die Augen. Als er sie wieder öffnete, sah er Schaffer gequält an. «Sie hat nie darüber gesprochen, aber ich glaube, er hat sie für diesen kurzen, unbeschwerten Moment mit mir schrecklich leiden lassen. Sie hatte keine Verletzungen, aber am nächsten Tag war sie leichenblass und hat mir zu verstehen gegeben, dass wir nur noch innerhalb des Gebäudes Kontakt haben konnten. Manchmal hat sie ihre Mittagspause in meinem kleinen Büro hinter den Aquarien verbracht, wo nur die Angestellten Zugang haben. Draussen waren wir nie mehr gemeinsam unterwegs. Darauf haben wir beide geachtet.»

«Sie sprachen von einer Wende», erinnerte ihn Blaser.

«Ja. Sie muss damals verstanden haben, dass sie bei ihm nie glücklich sein kann. Ich hätte gleich einhaken sollen, aber kurz darauf hatte ein guter Freund einen Unfall und ich kämpfte selbst mit Problemen.» Er hob die Schultern. «Plötzlich war ich es, der Trost brauchte und Lena hat mir zugehört. Sie hat unglaublich Anteil genommen und irgendwie hat sie sich damals auch verändert. Sie wirkte wacher und entschlossener. Oder es war umgekehrt; ich war so niedergeschlagen, dass sie mir stärker vorkam.» Plötzlich lächelte er wieder. «Damals haben wir auch herausgefunden, dass Holmbach eine Trackingapp auf ihrem Handy installiert hatte. Es kam mir seltsam vor, dass er immer wusste, was sie tagsüber gemacht hatte. Als sie es wieder einmal erwähnte, schauten wir uns ihr Handy genauer an und fanden die App. Vielleicht war das der Moment, in dem sie beschloss, ihn zu verlassen.»

«Wissen Sie noch, wann das war?»

«Im Mai. Kurz nachdem mein Freund diesen Unfall hatte. Plötzlich war sie wach. Aus diesem Albtraum aufgewacht, dachte ich. Und dann, von einem Tag auf den anderen, verschwand sie.» Balsberger hob die Schultern. «Und ja, Sie hatten recht», er nickte Blaser zu, «ich habe mich darüber gefreut.»

«Aber Frau Gyser hat sich doch bestimmt nochmals bei Ihnen gemeldet, um sich zu verabschieden», meinte Schaffer. «Hat sie nicht angerufen oder wenigstens eine Karte geschrieben?»

«Ich habe keine Post bekommen. Aber ich habe von dem Brief erfahren, den sie an den Tierpark geschrieben hat. So wusste ich, dass alles gut war.»

«Kein Brief, kein Anruf, keine SMS?» Blaser sah den Tierpfleger scharf an. «Sie wissen wirklich nicht, wo Frau Gyser jetzt ist?»

«Ich bin davon überzeugt, dass sie in Sicherheit ist und sich ein neues Leben aufbaut», antwortete Balsberger gelassen.

«Nun gut. Dann reden wir über Marius Holmbach. Was wissen Sie von ihm?»

«Nicht viel mehr als seinen Namen und dass er ein sadistischer Kontrollfreak ist.»

«Haben Sie ihn nach der Begegnung auf dem Parkplatz nochmals getroffen?», fragte Schaffer.

«Ja.» Balsberger kratzte sich am Kinn. «Eines Abends stand er bei meinem Auto. Er lehnte an der Fahrertüre und starrte mich an. Wollte wissen, wo Lena sei.»

«Er hat Sie ganz direkt nach ihr gefragt?»

«Ja. Es war ein paar Tage, nachdem Lenas Brief im Büro eingetroffen war. Und so sagte ich ihm, ich hätte gehört, sie sei im Ausland. Aber da wisse er ja sicher mehr als ich. Bestimmt eine Minute lang hat er mich wütend angestarrt, aber als ich seinem Blick standhielt, gab er schliesslich die Türe frei und ging.» Balsberger zögerte. «Was er am Schluss sagte, klang wie eine Drohung: Denk nicht, dass du nochmal davonkommst!»

«Aber danach hatten Sie keinen Kontakt mehr?»

«Ein- oder zweimal dachte ich, ich hätte ihn beim Einkaufen gesehen. Aber das kam schon vor Lenas Flucht mehrmals vor. Wahrscheinlich wohnt jemand im Quartier, der ihm ähnelt. Jedenfalls habe ich nicht mehr mit ihm gesprochen, wenn Sie das meinen.»

Balsberger schwieg abwartend. Als keine Fragen mehr kamen, richtete er sich etwas auf und räusperte sich. «Dann hätte ich jetzt eine Frage: Warum suchen Sie Lena?»

«Wie schon gesagt, im Zusammenhang mit einem anderen Delikt», antwortete die Fahnderin und sah Balsberger direkt in die Augen. «Es geht um Marius Holmbach. Wir suchen Frau Gyser als Zeugin. Sollte sie doch noch Kontakt zu Ihnen aufnehmen, sagen Sie ihr, dass sie sich unbedingt bei uns melden soll.»

«Bis auf das Wachhäuschen der Botschaft ist hier wirklich nichts Bemerkenswertes zu sehen», meinte Fischer enttäuscht, nachdem die beiden Fahnder sich Kaspar Muntwilers Nachbarschaft angeschaut hatten. «Von der Strasse aus sieht man nur Hecken, Zäune, Garagen und Gartentore. Und im Moment finde ich es geradezu erschreckend ruhig hier.»

«Nun ja, am Vormittag kann man im Quartier nicht viel erwarten», sagte Gygax. «Die Kinder sind in der Schule, die Erwachsenen arbeiten.»

«Trotzdem.» Fischer sah sich um. «Kein Mensch zu sehen.»

Wie aufs Stichwort fuhr der Lieferwagen eines Grossverteilers vor und hielt gegenüber von Muntwilers Haus. Der Fahrer stieg aus, öffnete die Schiebetür und ging dann mit zwei Tragtaschen zu einem der Häuser. Er verschwand aus ihrem Blickfeld, kam aber kurz darauf mit leeren Händen zurück, stieg ein und fuhr weiter.

«Na bitte. Offensichtlich ist jemand daheim», meinte Gygax.

Fischer grinste. «Ich wette, er hat die Taschen nur vor die Haustür gestellt. Wollen wir nachsehen?»

Sie öffneten das weisse Gartentor und folgten einem Steinplattenweg bis zur Tür, zu der vier Stufen hinaufführten. Es waren keine Einkaufstaschen zu sehen.

Mit Mühe entzifferte Fischer das verblichene Schild am Briefkasten. «F. und M. Sträubi», las er vor.

Sie sahen sich um. Weiter am Haus vorbei führte der Weg links in den Garten. Rechts befand sich ein kleiner Holzschuppen, in dem ein altes Klappvelo, ein Rasenmäher, einige Gartengeräte und ein Sack mit Blumenerde untergebracht waren.

«Dann wollen wir mal sehen, ob Herr und Frau Sträubi etwas von dem Fremden im schwarzen Auto mitbekommen haben», sagte Gygax. Fischer betätigte die Klingel.

Die Türglocke war aus dem Innern des Hauses zu hören, aber vorerst regte sich nichts. Gerade, als Fischer nochmals läuten wollte und Gygax versuchte, einen Blick durch das kleine Fenster in der massiven Holztüre zu werfen, wurde diese einen Spalt breit geöffnet. Eine zierliche, alte Dame blickte sie misstrauisch an.

«Ja. Was möchten Sie?»

Gygax stellte sich vor und reichte ihr seinen Dienstausweis. «Mein Kollege Fischer und ich würden gerne mit Ihnen über einen Vorfall sprechen, der sich im Juni zugetragen hat.»

Frau Sträubi sah sich den Ausweis gründlich an und gab ihn schliesslich zurück. «Im Juni sagen Sie. Ach, Sie meinen das Auto, das vor Herrn Muntwilers Einfahrt stand. Da kann ich Ihnen aber nicht weiterhelfen.»

«Dürften wir trotzdem kurz ins Haus kommen?», bat Gygax. «Wir werden Sie nicht lange aufhalten.»

«Nun gut.» Sie trat einen Schritt zurück und öffnete die Türe weit. «Aber ziehen Sie bitte die Schuhe aus. Meine Haushalthilfe hat gerade alles gesaugt und das Entrée gewischt. Hier sind Filzpantoffeln, die Sie anziehen können.» Sie zeigte auf einen Korb mit grauen Pantoffeln und die beiden Männer kamen ihrem Wunsch schmunzelnd nach. Anschliessend führte sie die Hausherrin durch den Eingangsbereich ins Wohnzimmer. Auf dem Weg kamen sie an der Treppe ins Obergeschoss vorbei und konnten auch einen Blick in die Küche werfen, wo die beiden soeben gelieferten Taschen standen.

Das helle, mit antiken Möbeln ausgestattete Wohnzimmer

zog sich über die ganze Breite des Hauses hin. Ein Sofa mit bunten Kissen, mehrere alte Lehnstühle, Bücherregale und am anderen Ende des Raumes ein Schreibtisch wirkten einladend. Alles war blitzsauber und aufgeräumt. Man konnte sehen und am Duft der Möbelpolitur riechen, dass die Putzfrau hier gerade fertiggeworden war. Aus dem oberen Stock war das Brummen eines Staubsaugers zu hören.

«Bitte, nehmen Sie Platz», bat die alte Dame und wies auf das Sofa. «Einen Augenblick noch. Ich sorge dafür, dass dieser Lärm aufhört.»

Bevor die beiden ihr versichern konnten, dass sie der Staubsauger absolut nicht störe, war sie schon wieder draussen im Gang und erklomm die Treppe. Sie hörten einen gedämpften Wortwechsel, dann wurde es oben still.

Frau Sträubi kam zurück, liess sich auf einen Sessel mit hoher Lehne sinken und lächelte freundlich. «So meine Herren, jetzt bin ich für Sie da. Was genau ist Ihr Anliegen?»

Gygax fasste kurz zusammen, was sie von Kaspar Muntwiler erfahren hatten, und erkundigte sich, ob Frau Sträubi an einem der beiden Tage der fremde Wagen auf der Strasse aufgefallen sei. Sie schüttelte missbilligend den Kopf.

«Also wenn Sie mich fragen, macht mein lieber Nachbar da aus einer Mücke einen Elefanten. Er hat schon am Quartierfest davon erzählt, aber niemandem sonst war etwas aufgefallen. Wenn Sie möchten, kann ich aber gerne meine Agenda holen und nachsehen, wo ich an diesen Tagen war. Vielleicht fällt mir jetzt etwas ein. Im Trubel des Festes hatte ich dafür keine Zeit.»

«Das wäre sehr nett von Ihnen», sagte Gygax. «Die Sache ist in Zusammenhang mit einem anderen Fall wieder aufgetaucht, und wir wollen sicher gehen, dass wir nichts übersehen.» Wenige Minuten später hatte Frau Sträubi ihre Agenda geholt und die fraglichen Tage überprüft.

«Am Donnerstag war ich hier. Mein Gärtner hatte sich angekündigt und da bleibe ich daheim. Früher haben wir den Garten selbst gemacht, aber jetzt brauche ich Hilfe. Ja, wie gesagt, ich habe das Haus nicht verlassen. Am Tag darauf hatte ich schon um acht Uhr einen Termin bei der Physiotherapeutin. Meine Schulter macht mir nach einem Sturz immer noch zu schaffen.» Sie runzelte die Stirn. «Wenn schon vor acht ein fremdes Auto auf der Strasse gestanden wäre, hätte ich das wahrscheinlich bemerkt. Aber mit Sicherheit kann ich es natürlich nicht sagen.» Sie schwieg und schien sich etwas durch den Kopf gehen zu lassen.

«Ist Ihnen denn etwas aufgefallen, als Sie von ihrem Termin zurückkamen?», versuchte Fischer ihrer Erinnerung auf die Sprünge zu helfen. «Laut Herrn Muntwiler ist der Fahrer ausgestiegen und über die Strasse gegangen. Damit wäre er vor ihrem Haus gestanden.»

«Nun ja. Nicht an dem Tag, aber am Samstag.» Die alte Dame tippte mit dem Finger auf einen Eintrag in ihrer Agenda. «Da kam nämlich meine Schwägerin zu Besuch. Sie ist wesentlich jünger als ich, die jüngste Schwester meines Mannes. Meine Schwiegermutter war schon über vierzig, als sich das vierte Kind ankündigte, und mein Mann, der älteste Sohn gerade zwanzig geworden! Er war mehr Vater als Bruder für Gaby. Eine sehr enge Verbindung. Daher hält sie auch heute, drei Jahre nach dem Tod meines Mannes, Kontakt zu mir.» Sie brach ab. « Ja, also, was wollte ich sagen?»

«Ihre Schwägerin besuchte sie am Samstag», half ihr Gygax.

«Genau. Gaby tat nur einen Schritt durchs Gartentor

und schon rief sie: «Was ist denn mit dem schönen Rhododendron passiert!?»

«Und was war geschehen?», fragte Fischer, als sie nicht weitererzählte.

«Nun, er war stark beschädigt! Kaum zu glauben, dass es mir nicht aufgefallen war. Aber man geht eben ein und aus und achtet nicht mehr auf alle Details. Ein grosser Ast war abgeknickt und es sah schrecklich aus.»

«Wo befindet sich denn dieser Busch?», erkundigte sich Gygax.

«Ich zeige es Ihnen. Kommen Sie, wir gehen durch die Gartenhalle.» Frau Sträubi stand auf und öffnete die Türe zu einer grossen, gemauerten Veranda, auf der ein Holztisch mit passenden Stühlen und diverse Pflanzenkübel standen.

«Für den Garten brauchen wir unsere Schuhe», sagte Fischer. «Ich hole sie. Nur einen Moment.» Als er den Eingangsbereich durchquerte, nahm er aus dem Augenwinkel eine Bewegung in der Küche wahr. Offenbar verstaute die Haushalthilfe die gelieferten Einkäufe. Als die Fahnder wenig später hinter der Hausherrin über eine Steintreppe auf den Rasen gelangten, erkannten sie erst, wie gross das Anwesen war. Ein riesiger Garten, begrenzt von einer Hecke und Zäunen breitete sich vor ihnen aus. Ein kleiner Teil wurde als Küchengarten genutzt. Zwischen Rosmarin und Thymian wuchsen noch Spinat und Nüsslisalat. Alles gedieh bestens.

«Sie haben einen grünen Daumen», lobte Fischer.

«Ach, es wächst nicht immer so gut», wehrte die alte Dame das Kompliment bescheiden ab.

«Das Wetter war ja dieses Jahr wirklich prächtig. Natürlich mussten wir viel giessen. Aber ich habe ja Hilfe.»

«Stimmt. Der Gärtner», erinnerte sich Fischer. «Wo ist

denn nun der Busch, um den es ging?» Mit sicherem Schritt ging Frau Sträubi voran. Sie gelangten auf einen schmalen Rasenstreifen zwischen Zaun und Haus, wo allerlei Sträucher und Blumen an der Hausmauer wuchsen. Vor dem Treppenabgang zum Keller blieb sie stehen und zeigte auf den Rhododendron, dem man tatsächlich auch Monate später noch ansah, wo ein dicker Ast abgebrochen war.

«Wir konnten es uns damals nicht erklären», sagte die alte Dame kopfschüttelnd. «Und als Kaspar am Quartierfest von diesem Auto anfing, habe ich den Zusammenhang auch nicht gesehen. Aber jetzt frage ich mich …» Sie zögerte. «Aber einbrechen würde man doch nicht bei Tageslicht und schon gar nicht auf der Vorderseite des Hauses.»

«Was ist das für ein Fenster direkt über dem Busch?», wollte Gygax wissen.

«Da ist die Küche.»

Fischer, der einen Kopf grösser als sein Kollege war, streckte sich und konnte im Innern nur eine Bewegung wahrnehmen. «Es ist zu hoch, um etwas zu erkennen. Wahrscheinlich hat sich jemand auf den dicken Ast gestellt, aber der war nicht stark genug.»

«Unglaublich!» Frau Sträubi wirkte jetzt sehr besorgt.

«Und seither ist Ihnen nie mehr jemand aufgefallen, der ihr Haus beobachtet hat?», vergewisserte sich Gygax.

«Nein. Nie. Im Juni war doch alles normal», murmelte sie kopfschüttelnd. «Und überhaupt gibt es bei mir nichts zu holen.»

«Nun ja, die vielen Villen könnten Einbrecher schon anlocken», sagte Gygax. Er zeigte nach oben, wo gut sichtbar ein Kästchen an der Fassade angebracht war. «Immerhin haben Sie eine Alarmanlage.»

«Die hat mein Mann vor dreissig Jahren installiert und sie ist noch nie losgegangen. Denn durch die Nähe zu den Botschaften ist hier immer viel Sicherheitspersonal unterwegs. Bei uns bricht niemand ein», war Frau Sträubi überzeugt.

Nach einem Einbruch sah das tatsächlich nicht aus. Schliesslich begleiteten die beiden Fahnder die alte Dame zurück ins Haus und verabschiedeten sich.

«Was hältst du von ihr?», fragte Gygax wenig später im Wagen und liess den Sicherheitsgurt einschnappen.

«In Bezug auf unseren Fall?» Fischer startete den Motor. «Ich sehe nicht, wie Frau Sträubi ins Bild passen könnte. Wir müssen wohl davon ausgehen, dass es doch nicht Holmbachs Auto war, das vor Muntwilers Haus stand. Er hat selbst zugegeben, dass er schlecht sieht und hatte nur kurz Zeit, sich das Nummernschild einzuprägen.»

«Stimmt. Es wird sich wohl um einen Zufall handeln.» Gygax' Handy meldete den Eingang einer SMS. Er warf einen Blick darauf und nickte zufrieden. «Schluchter schickt die Adresse der Firma, die mit Holmbach nicht zufrieden war. Eine Gärtnerei im Seeland namens Fischer & Bäumlin. Nicht mit dir verwandt, nehme ich an?»

«Nein. Den Namen Fischer gibt es wie Sand am Meer.»

«Gut. Ich rufe gleich mal dort an.»

Peter Bäumlin hatte den Anruf schon erwartet und kam sofort zur Sache. «Nein, mit dem wollte ich nicht zusammenarbeiten», erklärte er dem Fahnder. «Wissen Sie, wir beschäftigen Menschen mit Beeinträchtigungen, die etwas langsamer, aber sehr gut arbeiten. Dieser Holmbach hat einen Rundgang gemacht und gleich als Erstes erklärt, wenn wir finanziell besser dastehen wollten, müssten wir diese Leute loswerden.» Bei der Erinnerung an das Gespräch schnaubte der Mann jetzt noch vor Wut.

«Ich verstehe. Dann hatten Sie also nur einmal Kontakt zu ihm?»

«Genau. Ist das alles, was Sie wissen müssen? Mehr habe ich zu diesem Mann nicht zu sagen.» Gygax versicherte dem Gärtner, er habe ihm geholfen, sich ein besseres Bild von Holmbach zu machen und legte auf.

Fischer, der mitgehört hatte, seufzte. «Da kommen wir auch nicht weiter. Hoffen wir, dass Stefan und Andrea im Tierpark mehr Glück hatten.»

«Was hältst du von Balsberger? Hat er die Wahrheit gesagt?»

Stefan Blaser liess sich die Frage seiner Kollegin einen Moment durch den Kopf gehen. Die beiden waren zu Fuss auf dem Rückweg in die Stadt. Der Dalmaziquai entlang der Aare bot einen prächtigen Blick auf die Altstadt. Gerade spiegelten sich der Münsterturm und Teile des Mattequartiers im Wasser. Andrea nutzte die Bedenkzeit des Kollegen, lehnte ihr Velo an einen Baum und knipste mit dem Handy ein Foto, das sie umgehend an Wim schickte. Blaser schmunzelte. «Wenn er das sieht, kommt er mit dem nächsten Zug zurück nach Bern.»

«Das ist die Idee.» Andrea steckte ihr Handy wieder ein. «Aber sag, können wir Balsberger glauben?»

«Aus seiner Beziehung zu Lena Gyser hat er jedenfalls kein Geheimnis gemacht. Da glaube ich ihm jedes Wort. Aber dass er tatsächlich nicht weiss, wo sie sich jetzt aufhält, nehme ich ihm nicht ab.»

«Ja, da habe ich auch meine Zweifel» Sie gingen langsam weiter. «Er hat ehrlich Anteil genommen, hat sich bemüht, ihr zu helfen und sie ermutigt, aus dieser furchtbaren Beziehung zu Holmbach auszubrechen. Ich kann mir nicht vorstellen, dass danach wirklich alle Kontakte abgebrochen sind. Man müsste seine Handydaten haben. Ich wette, da würden wir fündig.»

«Keine Chance. Die Genehmigung bekommen wir nie. Er ist nicht tatverdächtig. Lediglich ein Bekannter von Frau Gyser, die wir als Zeugin suchen, weil sie uns über eventuelle Feinde ihres Partners Auskunft geben könnte. Aber es gibt keinen Hinweis darauf, dass Frau Gyser oder Balsberger während der letzten drei Monate Kontakt zu Holmbach hatten oder am Tatort waren.»

«Na ja, es gibt überhaupt keine verwertbaren Spuren am Tatort», seufzte Schaffer. «Obwohl die Stufen hinter der kleinen Tür gut verborgen sind, kennen doch sicher viele Anwohner diesen Platz und nutzen ihn. Ob als Ein- und Ausstieg beim Schwimmen oder einfach nur als ruhigen Ort. Wenn wir einen Verdächtigen haben, der sich oft in der Matte aufhält, kann er immer noch sagen, er mache dort gerne mal Rast.»

«Stimmt. Aber um auf Balsberger zurückzukommen; ich finde, wir müssen ihn überprüfen. Wenn wir mehr über seinen Hintergrund erfahren, ergibt sich vielleicht eine Spur zu Lena Gyser. Er könnte sie bei einer Freundin untergebracht haben.»

«Du glaubst also nach wie vor nicht, dass sie im Ausland ist?»

«Dagegen spricht, dass sie auf keiner der Passagierlisten aufgetaucht ist.»

«Sie könnte mit dem Zug nach Amsterdam, Frankfurt oder Paris gereist sein und von dort aus mit dem Flugzeug nach Nord- oder Südamerika. Vergiss nicht, sie hatte Angst, dass Holmbach sie ausfindig macht. Sie hätte doch nie eine so klare Spur hinterlassen, wie dem Taxifahrer zu sagen, sie müsse zum Flughafen. Im Gegenteil: Mit einem Flugticket in der Tasche, hätte sie dem Mann gegenüber behauptet, sie fahre mit dem Zug nach Mailand.»

«Stimmt.» Blaser kickte frustriert einen kleinen Stein ins Wasser. «Wahrscheinlich war das nur eine Masche, um ihre Spur zu verwischen.»

«Genau.» Schaffer blieb ein wenig zurück, um für einen Jogger und dessen Hund Platz zu machen. Als sie wieder zu ihrem Kollegen aufschloss, zeigte sie auf zwei Frauen in neongrünen Shirts, die auf der anderen Seite des Flusses rannten. «Wahrscheinlich sind wir hier auf Holmbachs täglicher Strecke. Hat eigentlich jemand gewusst, wo genau er unterwegs war?»

«Nein. Die Hausbewohner haben lediglich gesagt, dass er jeden Morgen losgerannt ist. Aber Frau Ackermann erwähnte doch, dass er immer völlig ausgepumpt zurückkam.»

«Ach ja, jetzt erinnere ich mich. Sie hatte den Eindruck, er renne, um Aggressionen loszuwerden.»

«Und das wird nach der Flucht seiner Partnerin noch nötiger geworden sein», vermutete Blaser.

«Es muss ihn wahnsinnig geärgert haben, dass er sie nicht finden konnte. Schauen wir uns mal die Möglichkeiten an.»

Sie befanden sich jetzt auf der Höhe von Holmbachs Wohnhaus am Dalmazirain. Blaser gab ihren Standort auf seinem Handy ein und sie beugten sich gemeinsam über das kleine Display.

«Entweder ist er von hier aus flussabwärts gerannt und über die Dalmazibrücke, der Aarstrasse entlang durchs Quartier. Wahrscheinlich ist er am Mühlenplatz in die Wasserwerkgasse abgebogen, hat an deren Ende eine Pause eingelegt und ist anschliessend über die Gerberngasse und die Mattenenge zur Untertorbrücke gelaufen. Er hat sie überquert, ist vorbei am Untertorturm hinauf zum Bärenpark. Dann kann er entweder am Fluss entlang oder auf dem Waldweg zum Schwellenmätteli gelangt sein und von dort wieder auf den Dalmaziquai.»

«Okay, sieht gut aus», nickte Schaffer. «Was meinst du mit 'entweder'? Was ist die andere Variante?»

«Am Anfang flussaufwärts bis zum Schönausteg, dort über die Aare und auf dem Aareweg bis zum Marzilibad. Dann wieder auf die erste Strecke, die ich vorgeschlagen habe.»

«Das wäre aber viel weiter.» Schaffer hob die Schultern. «Vielleicht hat er es von der Zeit abhängig gemacht. Ob er einen frühen Termin hatte oder im Homeoffice gearbeitet hat. Auf jeden Fall muss der Täter gewusst haben, dass er am Ende der Wasserwerkgasse immer eine Pause einlegte.»

«Genau. Und ausser einigen Anwohnern und Frau Gyser scheint das ja niemand gewusst zu haben.»

«Vielleicht hat Holmbach einem Kunden davon erzählt», warf Schaffer ein.

«Nein, denk daran, wie ihn die Nachbarn beschrieben haben. Er war nicht der Typ, der über Privates gesprochen hat.» Blaser hob bedauernd die Schultern. «Wenn du mich fragst, ist Lena Gyser eine der wenigen, die dort bei der Schleuse auf Holmbach gewartet haben könnte.»

«Oder jemand, dem sie von Holmbachs Angewohnheiten erzählt hat», hielt seine Kollegin dagegen. «Und da kommt Eduard Balsberger in Frage.»

«Dann meint ihr also, dass wir die Sache mit Holmbachs Auto nicht weiterverfolgen müssen?», fragte Blaser, nachdem Fischer und Gygax von ihren Ermittlungen am Vormittag berichtet hatten.

«Nun ja, natürlich ist es seltsam, dass jemand versucht hat, bei Frau Sträubi einen Blick in die Küche zu werfen», meinte Fischer achselzuckend. «Aber wir haben keinen Beweis dafür, dass es Holmbach gewesen ist. Der Nachbar sieht nicht mehr gut, hat das Nummernschild nur kurz gesehen und nur einige der Ziffern aufschreiben können.»

«Ausserdem ist seitdem nichts mehr vorgefallen. Kein fremdes Auto in der Strasse und bei Frau Sträubi wurde nicht eingebrochen.» Gygax schob seine Notizen zur Seite. «Aber jetzt seid ihr dran. Was habt ihr im Tierpark erfahren? Konntet ihr mit dem Mann reden?»

«Ja, das Gespräch mit diesem Tierpfleger war sehr aufschlussreich und hat uns bestätigt, was wir eigentlich schon wussten. Lena Gyser war Opfer häuslicher Gewalt und hatte Angst vor ihrem Partner.» Schaffer berichtete ausführlich, was sie von Balsberger erfahren hatten.

«Und obwohl er wahrscheinlich ihre einzige Bezugsperson ausser Holmbach war, bestreitet er zu wissen, wo sie ist?», fragte Fischer ungläubig, als sie geendet hatte.

«Das kommt uns auch seltsam vor», bestätigte Blaser. «Aber er blieb stur bei der Geschichte, dass er keine Ahnung hat, wo sie ist. Und Holmbach hat er seit der Konfrontation Anfang Juni nicht mehr gesehen.»

«Wobei er sich da nicht ganz sicher ist», warf Schaffer ein. «Er meinte doch, er habe Holmbach mal beim Einkaufen gesehen. Aber er könne sich auch getäuscht haben, denn

Holmbach könne einen Doppelgänger im Quartier haben.»

«Hm. Vielleicht hat ihn Holmbach beschattet, weil er ihm nicht abgenommen hat, dass er keinen Kontakt mehr zu Lena hatte», meinte Fischer.

Blaser nickte. «Das war auch mein Gedanke. Und eigentlich ist es auch das, was wir tun sollten.»

«Wie meinst du das?»

«Na ja, wir sollten Balsberger beschatten. Vielleicht führt er uns zu Lena Gyser.»

«Keine Sondertouren!», ermahnte ihn Gygax in harschem Ton. «Das hatten wir doch schon, Stefan. Du wirst nicht an deinem freien Tag …»

«Ja, ja, schon gut.» Blaser tat so, als habe er die Anspielung auf einen ihrer letzten Fälle nicht verstanden. «War nur so eine Idee. Aber Balsberger könnte uns zu ihr führen.»

«Wir suchen aber vor allem Holmbachs Mörder und nicht Lena Gyser», meinte Schaffer.

«Woher willst du wissen, dass das nicht ein und dieselbe Person ist?», konterte ihr Kollege.

«Wenn sie sich monatelang von diesem Typ hat tyrannisieren lassen, ohne sich zu wehren, warum sollte sie nach geglückter Flucht zurückkommen und ihn umbringen?», fragte die Fahnderin in herausforderndem Ton. «Verdammt, Stefan, die Frau hatte Angst vor ihm. Sie war nicht auf Konfrontation aus. Sie wollte weg und ein neues Leben anfangen.»

Beschwichtigend hob Gygax die Hände. «Ganz ruhig, ihr beiden. Es gibt keine Spuren von Frau Gyser am Tatort, es gibt eigentlich überhaupt keine Spur von ihr, seit Anfang Juni. Ihr Mobiltelefon ist abgemeldet und wahrscheinlich ist sie im Ausland untergetaucht.»

«Apropos Ausland», mischte sich Fischer ein. «Ich hatte

ganz vergessen euch zu sagen, dass die Frau bestimmt nicht ins Ausland geflogen ist.»

Gygax sah ihn irritiert an. «Ich hatte gar nicht mitbekommen, dass alle Antworten der Fluggesellschaften eingetroffen sind.»

«Sind sie nicht. Aber wir brauchen auch nicht mehr darauf zu warten.» Fischer genoss sichtlich die Verwirrung der anderen.

«Warum nicht?», fragte Andrea, als sie seine Spannungspause nicht mehr aushielt. «Nun sag schon, Christian!»

«Ich habe festgestellt, dass sie keinen Pass besitzt und ihre Identitätskarte bereits im März abgelaufen ist.»

«Wow!» Schaffer verzog das Gesicht vor Mitleid mit der Frau. «Das ist ein unglaubliches Pech. Da hat sie alles genau geplant, hat alles bedacht und dann macht sie so einen blöden Fehler! Sie hätte unbedingt die ID verlängern lassen sollen. Bei einer Kontrolle im Flughafen hätte sie keine Chance gehabt und für manche Länder braucht man einen Pass.»

«Aber sie könnte nach Deutschland, Österreich oder Italien gelangt sein. Im Zug werden die Ausweise selten kontrolliert», meinte Gygax.

Blaser sah plötzlich sehr zufrieden aus. «Ich sage es nochmals, die Frau ist noch in der Schweiz. Es ist genauso, wie Andrea es sagt: Lena hat alles bedacht. Sie hat überlegt gehandelt und wenn sie hätte ausreisen wollen, hätte sie auch an einen Ausweis gedacht. Die Tatsache, dass sie es vergessen hat, ist der Beweis dafür, dass sie noch im Land ist.»

«Stimmt.» Fischer nickte dem Kollegen zu. «Wir müssen jetzt alle Bezugspersonen befragen. Wolltet ihr nicht mit der Masseurin und der Coiffeuse reden?»

«Ja, das machen wir heute Nachmittag», bestätigte Schaffer. «Bei der Coiffeuse im Salon Nora habe ich mich schon für ein Gespräch angemeldet.»

«Und ich werde mit der Masseurin sprechen. Sie kommt um halb drei hierher», erklärte Blaser.

«Was ist mit dem Vater?», wollte Gygax wissen. «Du hast doch mit ihm telefoniert, Andrea. Könnte er sich zum Beispiel an den Namen einer Schulfreundin erinnern?»

Die Fahnderin schnaubte verächtlich. «Vergiss den Typ! Der hat sich ja kaum daran erinnert, dass er eine Stieftochter hat! Dort ist sie genauso geflüchtet, wie sie es jetzt bei Holmbach getan hat. Stefan, du hast doch das Gespräch mitgehört. Erinnerst du dich, wie er sich damit gebrüstet hat, das Kind in den Keller gesperrt zuhaben? Unglaublich!»

«Stimmt, ein schrecklicher …» Blaser stockte. «In den Keller», sagte er dann leise. «Meine Güte, Heinz, erinnerst du dich noch an Holmbachs Keller?»

Gygax zögerte, dann nickte er nachdenklich. «Leer, bis auf einen alten Stuhl.»

«Und eigentlich hatte er eine Stahltüre dafür verlangt», ergänzte Blaser. «Ich glaube, ich weiss, wofür er den Raum gebraucht hat!»

«Du meinst, er hat sie dort eingeschlossen?», fragte Schaffer entsetzt. «Sie muss doch ein Trauma aus der Kindheit gehabt haben!»

«Vielleicht hat er den Raum nur als Drohung benutzt», schlug Fischer vor. «Schon zu wissen, dass er sie einschliessen könnte, wird ausgereicht haben. Sie hat bestimmt alles getan, um ihn bei Laune zu halten.»

«Balsberger hat gesagt, an dem Tag, nachdem Holmbach ihn und Lena zusammen gesehen hat, sei sie äusserlich unverletzt, aber totenbleich zur Arbeit gekommen. Ob er sie ...?»

Es wurde still im Zimmer. Schliesslich stand Blaser auf. «Ich hole mir jetzt einen Kaffee. Sonst noch jemand?»

Alle nickten.

«Und ich bin wirklich verpflichtet, Ihnen Auskunft zu geben?», erkundigte sich Nora Künzler, die Coiffeuse, bei der Lena Gyser regelmässig einen Termin gehabt hatte. «Es ist mir gar nicht wohl bei dem Gedanken über Frau Gyser zu reden, ohne dass sie es weiss.»

Die beiden Frauen sassen im Wartebereich des Salons, zwischen sich ein Tischchen mit Zeitschriften.

«Ich befrage Sie als Zeugin und Sie sind auskunftspflichtig, ausser Sie würden sich selbst belasten oder es ginge um jemanden aus Ihrer nahen Verwandtschaft», erklärte die Fahnderin der schon etwas älteren Frau, die nervös an der Manschette ihrer Bluse zupfte. «Zu Ihrer Beruhigung: Wir suchen Frau Gyser nicht als Täterin, sondern ebenfalls als Zeugin. Wir möchten nur mit ihr reden, aber dazu müssen wir sie zuerst finden.»

«Okay, dann fragen Sie.»

«Ich würde das Gespräch gerne aufnehmen. Ist das für Sie in Ordnung?»

Die Frau stimmte zu und Schaffer nahm die Personalien auf, bevor sie die erste Frage stellte.

«Wie lange kennen Sie Frau Gyser schon?»

«Sie kommt schon mehrere Jahre zu mir. Fünf oder sechs, würde ich sagen. Früher hat sie in Köniz gewohnt, gar nicht weit von hier. Und als sie dann letztes Jahr in die Stadt zog, blieb sie mir treu. Sie kam alle sechs Wochen.»

«So regelmässig?»

«Ja. Früher nicht, aber dann war es ihrem Freund sehr wichtig, dass die Haare eine gewisse Länge nicht überschritten und ich musste regelmässig nachfärben. Alles musste so sein, wie es ihm gefiel und sie hat sich genau darangehalten.»

«Sie ist also nicht naturblond?»

«Nein, ihre natürliche Farbe ist hellbraun. Aber für ihn musste eine Frau blonde Haare haben, um schön zu sein.» Sie zuckte die Schultern. «Ich habe viele Kundinnen, die das auch so sehen.»

«Hat sie viel von ihrem Freund geredet?»

Nora Künzler wollte den Kopf schütteln, zögerte dann aber. «Am Anfang schon. Als sie ihn kennenlernte. Da hat sie ein bisschen von ihm geschwärmt. Das war … ich kann es nicht mehr genau sagen, aber sie hat ihn jedenfalls schon mehrere Monate gekannt, bevor sie bei ihm eingezogen ist. Er hat ihr Blumen geschenkt, hat sie ins Theater eingeladen und ist mit ihr ganz spontan ein Wochenende nach Paris gefahren.»

«Das klingt sehr romantisch.»

«Ja, das fand ich auch. Ich habe sie ein wenig beneidet. Meinem Mann fällt so etwas nicht mehr ein. Aber wir sind halt auch schon sehr lange zusammen.»

«Sie war also verliebt. Hat sie erzählt, wo sie Herrn Holmbach kennengelernt hat?»

Die Coiffeuse überlegte. «Ich bin mir nicht sicher. Vielleicht bei der Arbeit? War er dort temporär angestellt? Oder war sie für jemanden eingesprungen?» Sie schüttelte den Kopf. «Tut mir leid, ich weiss es nicht mehr. Ich höre viele Geschichten von meinen Kundinnen. Es kann auch sein, dass ich da etwas verwechsle.»

«Okay. Sie sagten, am Anfang hat sie von ihrem neuen Freund geschwärmt. Und später, als sie zusammengezogen waren? Was hat sie da berichtet?»

«Eigentlich nicht viel.» Das Telefon der Coiffeuse läutete. Mit einem entschuldigenden Lächeln stand auf, und ging damit zum Tresen, wo ihre Agenda lag. Es dauerte eine Weile, bis für die Kundin ein passender Termin gefunden war. «Tut mir leid», sagte sie, als sie der Fahnderin wieder gegenübersass. «Aber ich bin selbständig und kann mir nicht leisten, das Telefon nicht abzunehmen.»

«Kein Problem. Sie wollten mir gerade sagen, was Frau Gyser von ihrem Freund erzählte, nachdem sie bei ihm eingezogen war.»

«Ach ja. Also, ich weiss noch, dass sie es schön fand, eine richtige Küche zu haben. Sie hatte früher nur eine Einzimmerwohnung mit Kochnische und sie hat gerne gekocht. Und sie hatte plötzlich sehr schöne Kleider. Jeans, Pullover, Blusen, alles neu und bestimmt sehr teuer. Ich habe mal eine Bemerkung gemacht, eine Bluse bewundert, und da hat sie erzählt, ihr Freund lege viel Wert auf hochwertige Kleidung und kaufe gerne mit ihr ein. Von ihren alten Sachen habe sie viel in die Textilsammlung gegeben.»

«Sie wirkte also glücklich?»

«Ja, schon. Aber andererseits wurde sie schweigsamer und dann wollte sie plötzlich abnehmen. Das fand ich unnötig, weil sie schon schlank war. Sogar das Biskuit, das ich den Kundinnen immer mit einem Kaffee anbiete, lehnte sie ab.»

«Hat sie auch wirklich abgenommen?»

«Ja, ganz klar. Ihre Schultern waren richtig knochig, als ich ihr das letzte Mal das Handtuch umgelegt habe. Ich weiss noch, wie ich erschrocken bin. Jetzt reicht es aber mit dem

Abnehmen, habe ich zu ihr gesagt. Und sie hat mich so komisch angeschaut und hat gesagt: Ja, jetzt reicht es.»

«Was hat sie sonst erzählt?»

«Eigentlich nicht viel. Erst dachte ich, es ist bei allen Paaren gleich; der Alltag hat sie eingeholt. Aber dann sind sie in diese grosse Wohnung am Dalmazirain umgezogen. Sie hat mir Fotos gezeigt. Duplex, Dachterrasse, Blick aufs Bundeshaus und die Aare! Ich konnte es kaum glauben. Aber sie hat eigentlich nur gesagt, wie schön die Terrasse und der Gartenanteil seien. Die grosse Wohnung war ihr nicht wichtig. Sie ist immer stiller geworden und sie wirkte müde. Sie schlafe nicht gut, hat sie mal gesagt, als sie während des Haarewaschens eingenickt ist.»

«Frau Künzler, hatten Sie je den Verdacht, dass in der Beziehung etwas nicht in Ordnung war?» Die Coiffeuse rang sichtlich mit sich. «Es gab blaue Flecken», sagte sie schliesslich leise. «An den Handgelenken und einmal auch im Nacken. Als ich eine Bemerkung machte, sagte sie etwas von einem Sturz. Beim zweiten Mal hat sie meine Frage einfach überhört und vom Wetter geredet. Da wusste ich, ich muss den Mund halten. Schliesslich wollte ich sie als Kundin nicht verlieren.»

«Ich verstehe. Wann haben Sie Frau Gyser zum letzten Mal gesehen?»

«Ihr letzter Termin war Mitte Mai. Ich habe extra nochmal nachgesehen, als Sie sich angekündigt haben. Ein Donnerstag.»

«Und seither ist sie nicht mehr gekommen?»

«Nein. Ihr Freund rief an und fragte, wann ihr nächster Termin sei, und da ist mir aufgefallen, dass wir beim letzten Mal keinen abgemacht hatten. Sonst haben wir das immer gleich festgelegt. Aber diesmal eben nicht. Aber das habe ich

Ihrem Kollegen schon erzählt, als er gestern angerufen hat.»

«Stimmt. Und Sie haben später nichts mehr von Herrn Holmbach gehört?»

«Nein. Er wollte, dass ich mich melde, wenn ich von Frau Gyser höre. Aber so was geht gar nicht, finde ich. Ausserdem klang er so kalt. Irgendwie gefährlich.» Sie zögerte. «Das kommt Ihnen jetzt sicher blöd vor, aber an dem Donnerstag, an dem Frau Gyser normalerweise gekommen wäre, also Ende Juni, hatte ich den ganzen Tag ein komisches Gefühl. So, als ob ich beobachtet würde. Aber immer, wenn ich aus dem Fenster schaute, war alles normal.»

Die Fahnderin stand auf und ging zum grossen Schaufenster, in dem zwischen Topfpflanzen Haarpflegeprodukte ausgestellt waren. Gegenüber befand sich ein kleines Café. War Holmbach dort gesessen und hatte den Salon beobachtet?

«Bitte denken Sie genau nach, Frau Künzler. Hat Frau Gyser bei ihrem letzten Termin irgendetwas gesagt, was erklären könnte, warum sie nicht mehr gekommen ist? Sprach sie zum Beispiel von einer geplanten Reise?»

«Nein, kein Wort. Sie war sehr still, das weiss ich noch. Ach ja, als sie bezahlte, hatte ich den Eindruck, sie habe sehr viele Noten im Portemonnaie. Das ist heute bei jüngeren Leuten selten. Die meisten zahlen mit einer Karte.»

«Hat Frau Gyser normalerweise bargeldlos bezahlt?»

«Ja. Aber sie hat auch immer etwas in meine Trinkgeldkasse geworfen.» Sie zeigte auf einen Porzellanhund auf dem Tresen. «Sie hat dann immer gescherzt, sie wolle noch schnell den Hund füttern.»

«Sie war also noch stiller als gewöhnlich und hatte viel Bargeld bei sich», fasste Schaffer zusammen. «Ist Ihnen sonst noch etwas aufgefallen?»

«Sie hat mir die Hand gegeben, als sie gegangen ist.» Nora Künzler räusperte sich. «Erst als sie nicht mehr auftauchte und Herr Holmbach anrief, habe ich wieder daran gedacht. Ganz fest hat sie mir zum Abschied die Hand gedrückt. Ich denke, sie wusste, dass sie nicht mehr kommen wird.» Fast bittend sah sie die Fahnderin an. «Es ist ihr doch nichts passiert?»

«Wir haben keine Anzeichen dafür», versicherte ihr Andrea Schaffer. «Aber wir müssten sie wirklich dringend sprechen. Darum, bitte Frau Künzler, wenn Sie von Frau Gyser hören, melden Sie sich bei mir. Oder, noch besser, sagen Sie ihr, sie soll mich anrufen.» Sie fischte zwei ihrer Kärtchen aus ihrem Rucksack und legte sie auf den Tisch. «Richten Sie ihr bitte aus, sie brauche keine Angst zu haben.»

«Gut, das mache ich. Ich hoffe, sie ruft einfach wieder an und sagt: Nora, meine Haare sind zu lang. Haben Sie nächste Woche Zeit für mich?» Die Coiffeuse steckte die Kärtchen in ihr Handytäschchen und seufzte tief. «Sie ist so ein lieber Mensch.»

Die Ladentüre ging auf und eine Frau mit einem kleinen Mädchen an der Hand trat ein; für die Fahnderin der ideale Zeitpunkt, sich zu verabschieden. Draussen auf der Strasse beschloss sie, gegenüber im Café eine Pause einzulegen. Als sie wenig später an einem der Fenstertische auf ihren Kaffee wartete, stellte sie sich vor, wie Holmbach hier gesessen und die Tür des Coiffeursalon im Auge behalten hatte. Aber Lena Gyser war viel zu klug, um sich auf so einfache Weise erwischen zu lassen. Sie würde sich hüten, in ihre alte Routine zurückzufallen.

Schaffer rief Holmbachs Webseite auf und zeigte sein Foto dem jungen Mann, der ihr den Cappuccino brachte. Wie erwartet, erntete sie bei ihm und auch bei seiner Kollegin, die herbeigerufen wurde, nur Kopfschütteln. Einen Mann wiederzuerkennen, der hier vor mehreren Monaten wahrscheinlich ganz unauffällig gesessen und einen Kaffee getrunken hatte, erwies sich als unmöglich.

Ihr Handy vibrierte und meldete einen Anruf von Frau Ackermann. Holmbachs Nachbarin wirkte erleichtert, als sie sofort abnahm.

«Frau Schaffer, wie gut, dass ich Sie erreiche. Ich bin gerade heimgekommen und habe eine Frau vor dem Haus angetroffen, die zu Herrn Holmbach will. Was soll ich ihr sagen?»

«Sie hatte eine Verabredung mit Herrn Holmbach?», fragte die Fahnderin. «Geschäftlich?»

«Ja, gewissermassen. Sie ist von einem Reinigungsunternehmen und soll die Wohnung putzen. Man hat ihr gesagt, der Besitzer sei daheim und erwarte sie.»

Schaffer warf einen Blick auf die Uhr und bedeute dem Mann hinter dem Tresen, dass sie zahlen wollte. «Ich komme, so schnell ich kann, Frau Ackermann. Könnten Sie vielleicht die Frau in Ihre Wohnung einladen?»

«Moment bitte.» Sie hörte, wie sich die beiden Frauen kurz unterhielten, dann war Holmbachs Nachbarin wieder am Apparat. «Sie kommt gerne auf einen Kaffee zu mir», sagte sie fröhlich.

«Lassen Sie sich also ruhig Zeit, Frau Schaffer. Bis nachher.»

Gygax und Fischer sahen auf, als es klopfte und gleich darauf Stefan Blaser den Kopf hereinstreckte.

«Iris Dahinden, die Masseurin von Frau Gyser, ist eingetroffen. Ich hole sie am Empfang ab. Kann einer von euch das Protokoll übernehmen?», fragte er.

Fischer war am Telefon, aber Gygax stand auf und ging ins gegenüberliegende Büro, um auf Blaser und die Zeugin zu warten. Es dauerte ungewöhnlich lange, bis sich die Türe öffnete und der Kollege mit einer auffallend grossen Frau hereinkam. Als erstes fiel Gygax ihr buntes, wallendes Kleid auf, dann die langen, blonden Haare, von denen einige Strähnen zu dünnen Zöpfen geflochten waren.

«Bitte, nimm doch Platz.» Blaser bot der Frau einen Stuhl an. «Brauchst du ein Kissen?» Dann wendete er sich dem über so viel Fürsorge erstaunten Kollegen zu. «Heinz, das ist also Frau Dahinden. Wir kennen uns vom Sehen, da ihr Sohn in dieselbe Kita geht wie unsere Kinder.» Gygax verstand sofort. Er begrüsste die Zeugin und übernahm das Gespräch, während Blaser sich an seinen Rechner setzte, um das Protokoll aufzunehmen. Erst, als er der Frau direkt gegenübersass, begriff Gygax, warum der Kollege ein Kissen angeboten hatte. Frau Dahinden war schwanger, sehr schwanger.

«Danke, dass Sie gekommen sind», begann er die Vernehmung. «Sie wissen ja bereits, dass es um Lena Gyser geht. Wir suchen sie im Zusammenhang mit einem Fall als Zeugin und hoffen, dass Sie uns helfen können, sie zu finden.»

«Ich habe schon am Telefon gesagt, dass sie seit dem Frühling nicht mehr bei mir war.» Die Masseurin zuckte die Schultern. «Aber ich kann es gerne wiederholen. Frau

Gyser war Mitte Mai bei mir. Normalerweise kommt sie einmal im Monat. Aber im Mai sagte sie, ihre Arbeitszeiten würden wechseln und sie melde sich, sobald sie mehr wisse. Mir wäre wahrscheinlich erst Ende des Monats aufgefallen, dass sie keinen Termin hatte, aber dann rief dieser Holmbach an.» Sie schnaubte verächtlich. «Er wollte wissen, wann Lena das nächste Mal bei mir sei. Er wollte erst gar nicht glauben, dass nichts vereinbart war. Aber schliesslich herrschte er mich an, ich solle ihn unverzüglich benachrichtigen, wenn sich seine Frau bei mir melde.» Iris Dahindens Augen sprühten geradezu Funken vor Wut. «Unglaublich, dieser Typ! Ich habe geantwortet, das komme nicht in Frage und einfach aufgelegt.»

«Hatten Sie seither nochmals Kontakt zu Herrn Holmbach?»

Sie schüttelte vehement den Kopf. «Er hat sich nicht mehr gemeldet. Gleich nach dem Anruf habe ich die Nummer gespeichert, so dass ich es sofort gesehen hätte.»

«Und zu Frau Gyser gab es also auch keinen Kontakt mehr?»

«Leider. Aber eigentlich ist es gut. Ich hatte schon lange gehofft, dass sie ihn eines Tages verlässt.»

«Können Sie uns den Grund dafür nennen?»

«Nun ja. Ich weiss nicht, warum genau ich hier bin, aber ich nehme mal an, es geht um Holmbach. Der wird in Schwierigkeiten sein. Und dann wissen Sie wahrscheinlich auch, was das für ein gemeiner Typ ist. Lena hat es nie zugegeben, aber ich habe immer wieder die blauen Flecken gesehen und mit welcher Geschwindigkeit sie abgenommen hat, das war auch ein schlechtes Zeichen.» Die Masseurin schüttelte den Kopf. «Und dann die Ausreden; sie sei gestürzt, sie sei halt sehr ungeschickt, sie habe nicht aufgepasst. Man kennt das aus Filmen und Büchern, aber wenn man zum ersten Mal so eine Frau vor sich hat, ist das schon ganz anders.»

«Du meinst eine Frau, die unter häuslicher Gewalt leidet?», warf Blaser ein.

«Genau. Ich habe versucht, mit ihr darüber zu reden. Aber sie hat abgeblockt. Wollte sich einfach bei mir entspannen und dazu hatte sie natürlich jedes Recht. Also hielt ich den Mund. Aber als sie dann verschwand, habe ich mich sehr gefreut.»

«Hat sie irgendwann angedeutet, wohin sie gehen könnte? Freunde erwähnt, die sie besuchen möchte?», fragte Gygax.

«Nein, sorry. Keine Ahnung. Anfangs habe ich sie mal gefragt, ob sie Familie hat und sie sagte, sie habe gar keine.» Iris Dahinden war anzusehen, dass sie so etwas für beinahe unmöglich hielt. «Keine Eltern mehr, keine Geschwister, keine Cousins oder Cousinen. Ich habe zwei Schwestern und mein Mann ist das jüngste von vier Kindern. Gar keine Familie, das kann ich mir nicht vorstellen.»

Blaser nickte. «Ich weiss, was du meinst, Iris. Aber so wie's aussieht, hat Frau Gyser die Wahrheit gesagt. Es scheint keine Blutsverwandten zu geben. Daher suchen wir jetzt nach ihrem Freundes- und Bekanntenkreis.»

«Krass!» Die Frau dachte eine Weile nach. «Einmal hat sie erzählt, sie habe jemand von einem früheren Arbeitsplatz getroffen. Es war offenbar ein Zufall und ich war erstaunt, dass es sie so beschäftigt hat. Normalerweise hat sie höchstens übers Wetter geredet und dann erzählt sie mir, sie habe mit irgendjemandem einen Kaffee getrunken, als sei es ein Ereignis.»

«Wenn sie sonst keine Kontakte hatte, war es vielleicht tatsächlich etwas Besonderes für sie», meinte Gygax. «Hat sie erwähnt, wer das war?»

«Nein. Ich könnte jetzt nicht mal mehr sagen, ob es sich um eine Frau oder einen Mann handelte. Aber wohl eher um eine Frau. Sie hatte solche Angst vor ihrem eifersüchtigen Partner, ich denke nicht, dass sie sich mit einem anderen Mann in der Öffentlichkeit gezeigt hätte.»

«Er war also eifersüchtig?»

«Allerdings! Einmal dauerte die Behandlung der vorherigen Patientin etwas länger und Lenas Termin verschob sich um zwanzig Minuten nach hinten. Sie kam also später nach Hause und tatsächlich hat er noch nach Feierabend bei mir angerufen und wollte wissen, wann genau seine Frau bei mir gegangen ist. Unglaublich! Schon nur wie er 'meine Frau' gesagt hat. Dabei waren sie gar nicht verheiratet. Ich habe Lena extra beim nächsten Termin gefragt.»

«Was hat sie geantwortet?»

«Der Besitzer habe die grosse Wohnung nur an ein Ehepaar mit Kinderwunsch vermieten wollen und daher habe Holmbach behauptet, sie würden in wenigen Wochen heiraten. Und das behalte er jetzt so bei, damit es nicht kompliziert würde. Ihr Name stand darum auch nicht am Briefkasten. Grauenhaft, so etwas! Er hat sie in eine Art Spinnennetz gewickelt und ich dachte wirklich, sie kommt da nicht mehr raus.»

«Spinnennetz?», fragte Gygax nach. «Wie meinen Sie das?»

«Na ja. Die Luxuswohnung, die teuren Kleider, die Theaterbesuche. Mich könnte man damit nicht locken, aber für sie war das am Anfang wahrscheinlich schön. Wie gesagt, er hat sie eingefangen. Jedenfalls war das mein Eindruck.»

«Seit wann kam sie zu Ihnen? Kannten Sie sie schon vor dieser Beziehung?»

«Nein. Als sie das erste Mal kam, war sie noch sehr verliebt. Da hat sie mehr geredet. Aber Details hat sie nie erzählt.»

«Wissen Sie, wo die beiden sich begegnet sind?»

Iris Dahinden dachte eine Weile nach, bevor sie antwortete. «Vielleicht im Theater. Aber sicher bin ich mir nicht. Jedenfalls sind sie oft ins Stadttheater gegangen. Auch mal nach Zürich in die Oper oder nach Luzern ins KKL an ein Konzert. So was hat sie erzählt. Smalltalk. Aber woher die Druckstellen an den Armen oder die Beule am Kopf stammte, darüber hat sie geschwiegen.» Sie richtete sich etwas auf und stemmte die Hand ins Kreuz. «Also wenn Sie jetzt noch mehr wissen wollen, hätte ich doch gerne ein Kissen. Oder noch besser, ich stehe einfach auf und gehe ein wenig auf und ab. Okay?»

«Wir sind gleich fertig», versicherte ihr Gygax schnell. «Nur der Vollständigkeit halber, wo waren Sie am Montagmorgen, Frau Dahinden?»

Sie sah ihn mit grossen Augen an. «Wow – ein Alibi! Am Montag bin ich aufgestanden, habe meinen Sohn in die Kita gebracht und bin arbeiten gegangen», antwortete sie und lachte dann plötzlich. «Falls das jemand bezeugen muss, können sie Stefans Frau fragen. Mit der habe ich am Montag noch ein bisschen geplaudert.»

«Das trifft sich ja gut», meinte Blaser und lächelte sie beruhigend an. «Übrigens, Iris, wenn du von Lena Gyser hörst, dann richte ihr bitte aus, dass wir sie suchen. Sie soll sich unbedingt bei uns melden.» Er gab ihr eine seiner Karten und schrieb auch die Privatnummer dazu. «Sie kann mich jederzeit anrufen. Sagst du ihr das?»

Mit zweifelnder Miene nahm die Masseurin die Karte entgegen. «Und warum sucht ihr sie? Wird ihr etwas vorgeworfen?»

«Nein. Wir brauchen sie nur als Zeugin. Wie du schon vermutet hast, geht es um ihren ehemaligen Partner. Sag ihr auf jeden Fall, dass sie keine Angst zu haben braucht. Okay?»

«Na gut.» Iris Dahinden steckte die Karte in ihre Handtasche. «Aber ich kann mir nicht vorstellen, dass sie nach Bern zurückkommt, solange ihr Ex hier wohnt.»

Als Blaser sie später zum Ausgang begleitete, lachte sie plötzlich. «Dass Jonas' und Lunas Papa ein Polizist ist, hätte ich nie gedacht. Du seist Beamter, und könnest nicht gut Teilzeit arbeiten, hat Pia gesagt, als wir uns über Kinderbetreuung unterhalten haben.»

Blaser grinste. «Ich bin ja auch Beamter. Aber im Ernst, du brauchst jetzt nicht allen zu erzählen, dass ich bei der Polizei bin. Ich halte Arbeit und Privatleben gerne auseinander.»

«Schon klar!» Sie hatten den Ausgang erreicht. «Ich sage kein Wort. Und sollte sich Lena melden, rede ich ihr gut zu, dass sie dich anruft. Versprochen.»

«Dann bestätigen die Aussagen der beiden Frauen und des Arbeitskollegen das, was wir eigentlich schon wussten. Frau Gyser war Opfer häuslicher Gewalt und hatte lange nicht den Mut, sich zu wehren», fasste Therese Marti die Berichte des Fahndungsteams zusammen.

«Einzig dem Tierpfleger ist es gelungen, sie zum Sprechen zu bringen und eine Art Freundschaft mit ihr aufzubauen. Aber auch er weiss nicht, wo sie sich aufhält.»

«Ja, aber wir haben Zweifel an seiner Aussage», sagte Gygax. «Es ist wenig glaubwürdig, dass sich Frau Gyser so lange nicht wehrt und dann plötzlich ganz allein die Initiative ergreift, die Flucht plant und durchführt. Balsberger wäre der ideale Helfer gewesen.»

«Ich habe mich schon ein wenig mit dem Mann beschäftigt», warf Blaser ein. «Bin aber noch nicht weit gekommen. Vorbestraft ist er jedenfalls nicht.»

«Es kann nichts schaden, mehr über ihn zu wissen», bestätigte die Staatsanwältin. «Ich habe auch Neuigkeiten.» Sie suchte in ihren Unterlagen. «Die Staatsanwaltschaft Solothurn hat meine Frage beantwortet.» Sie wendete sich ihrer Nichte zu. «Es ging um eine Andeutung von Frau Gysers Stiefvater. Er hat dir gegenüber behautet, der leibliche Vater sei ein Mörder gewesen.»

«Ein Mörder und Selbstmörder», bestätigte Andrea. «Ist da was dran?»

«Der zweite Teil ist korrekt. Er hat sich in seinem Keller erhängt.»

«Was war der Grund dafür?»

«Er hat unter Alkoholeinfluss eine junge Fussgängerin überfahren. Sie trug dunkle Kleidung und schob ihr Velo, das einen Platten hatte. Das Ganze geschah kurz vor Mitternacht, bei Regen, als er vom Geburtstagsfest eines Kollegen zurückkam. Gyser hat angehalten, den Notruf gewählt und erste Hilfe geleistet, aber die Frau ist noch auf der Unfallstelle verstorben.»

«Dann war es das schlechte Gewissen, das ihn in den Selbstmord getrieben hat», folgerte Fischer.

«Ja. Er war geständig und es bestand keine Fluchtgefahr. Weil er so gefasst wirkte, hat es auch niemand kommen sehen. Er hat einen Abschiedsbrief hinterlassen.»

Andrea hakte eine ihrer Notizen ab. «Okay, dann ist das ein trauriges Erlebnis mehr im Leben von Lena Gyser. Aber es bringt uns nicht weiter. Mit dem Tod von Marius Holmbach hat dieser alte Fall nichts mehr zu tun. Vielen Dank fürs Abklären.»

«Was ist mir der Staatsanwaltschaft Zug?», erkundigte sich Fischer. «Gibt es da noch etwas zu Holmbach oder war die Auseinandersetzung auf dem Tennisplatz ein einmaliger Ausrutscher?»

«Im Kanton Zug hat er sich nichts mehr zuschulden kommen lassen. Ich habe erfahren, dass sein Vater, Gottlieb Holmbach, sehr vermögend war. Er hat seine Frau und die beiden Söhne gut versorgt zurückgelassen.»

«Und in der Zwischenzeit haben die Söhne auch noch die Mutter beerbt», ergänzte Fischer.

«Marius hat sein Geld gut angelegt und es vermehrt. Ich habe keine Schulden gefunden. Er hat jede Möglichkeit genutzt, seine Steuern zu optimieren, aber es war alles korrekt, wie mir die Kollegen nochmals versichert haben. In dieser Beziehung hat der Mann eine reine Weste.»

«Wie steht es mit den laufenden Geschäftsbeziehungen? Haben sich Kunden gefunden, die mit seiner Leistung nicht zufrieden waren?», wollte Marti wissen.

Gygax berichtete von dem Gespräch mit der Gärtnerei, die Menschen mit Beeinträchtigungen beschäftigte. «Es ist ja keine Überraschung, dass Holmbach der Firma geraten hat, diese Leute zu entlassen», sagte er. «Er hat nur die Zahlen gesehen; soziales Denken stand für ihn nicht zur Debatte.»

«Und genau da müssen wir ansetzen», verlangte die Staatsanwältin. «Er muss sich Feinde gemacht haben.»

Gygax verzog das Gesicht. «Er hat in den letzten Jahren Dutzende von Firmen beraten.»

«Dann müssen wir eben jede dieser Firmen anfragen. Irgendwo muss es zu Reibereien gekommen sein.»

«Wir gehen dem nach», versprach Gygax. «Die Frage ist aber, ob wir weiterhin Zeit darauf verwenden sollen, Frau Gyser zu finden. Es gibt keinen Hinweis darauf, dass ihr etwas zugestossen ist, und sie scheint in seine Geschäfte nicht involviert gewesen zu sein. Es ist wenig wahrscheinlich, dass sie uns bei den Ermittlungen unterstützen kann.»

«Alle ihre Bezugspersonen wissen Bescheid. Wenn sie auftaucht, wird sie unsere Nummer bekommen und sich hoffentlich bei uns melden», ergänzte Fischer. «Es wäre vielleicht sinnvoller, sich ganz auf Holmbach zu konzentrieren.»

Es war Schaffer anzusehen, dass ihr dieser Vorschlag gar nicht zusagte, und auch Blaser schüttelte den Kopf.

«Ich möchte da noch nicht aufgeben. Es könnte immer noch sein, dass sie sich an Holmbach für ihr Leiden gerächt hat. Oder dass es jemand in ihrem Namen getan hat. Zum Beispiel dieser Balsberger.»

«Nun gut, dann versuchen wir es noch einmal auf diesem Weg. Aber wenn auch das nichts bringt, konzentrieren wir uns auf Holmbachs Geschäftsbeziehungen.»

Gygax war mit dem Entscheid der Staatsanwältin zufrieden. «Andrea, was ist eigentlich mit der Putzhilfe?», fragte er nach einem Blick auf seine Notizen. «Du hattest mich doch angerufen und gesagt, sie sei am Dalmazirain aufgetaucht.»

«Ja, ich habe mit ihr geredet.» Schaffer zuckte die Schultern. «Aber da war nicht viel zu holen. Der Mann war so auf Ordnung und Sauberkeit versessen, dass es ihm keine Recht machen konnte. Mehr als zweimal wurde dort offenbar niemand eingesetzt. Er hat dauernd bei der Reinigungsfirma angerufen und eine bessere Putzkraft verlangt. Für die Frau wäre es das erste Mal gewesen und sie war vorgewarnt worden, dass der Kunde sehr schwierig sei. Darum war sie fast schon froh zu hören, dass sie diesen Auftrag nicht ausführen musste.»

«Also auch hier nichts Neues. Auch der KTD meldet keine

neuen Erkenntnisse.» Die Staatsanwältin verstaute ihre Papiere. «Ich habe gleich noch einen Termin und muss leider gehen. Verbleiben wir so, dass der Schwerpunkt morgen auf Holmbachs Geschäftskunden und auf diesem Balsberger liegt? Gut. Dann wünsche ich einen schönen Abend. Hoffen wir, dass uns morgen der Durchbruch gelingt.»

«Das hoffe ich allerdings auch», brummte Gygax, nachdem sich die Tür hinter der Staatsanwältin geschlossen hatte. «Andrea, ab morgen hilfst du Christian und mir bei Holmbachs Geschäftsverbindungen. Auch die zufriedenen Kunden werden nochmals telefonisch befragt oder hierher bestellt. Stefan, du schaust dir Balsbergers Leben an. Deine Theorie, dass er sich stellvertretend für Frau Gyser gerächt hat, ist nicht ganz abwegig.»

Mittwochabend, und er war spät dran. Schnell zog sich Edi Balsberger seine Alltagskleider über, schlüpfte in Schuhe und Jacke und knallte die Türe seines gelben Spinds zu. Er war heute der letzte, der den Bereich hinter den Aquarien verliess und so kontrollierte er, ob die Kaffeemaschine abgestellt war, löschte sorgfältig alle Lichter und schloss die Türen. Eigentlich liess er sich nach der Arbeit gerne noch etwas Zeit, aber heute hatte er es eilig.

Das Gespräch mit der Polizei hatte ihn noch lange beschäftigt, und er war mit seiner Arbeit nicht im üblichen Tempo fertig worden. Jetzt musste er sich beeilen, um rechtzeitig beim Treffen des Kleeblatts einzutreffen.

Er verliess das Gebäude und sog die kühle Abendluft ein. Innert weniger Tage war der Spätsommer in den Herbst übergegangen. Auf dem Weg zum Parkplatz machte er sich einen Spass daraus, das Laub mit den Schuhen aufzuwirbeln.

Er hatte sein Auto erreicht und als ob die alte Kiste wüsste, dass er heute keine Zeit für Spielchen hatte, sprang sie beim ersten Versuch an und machte auf dem ganzen Heimweg keine Probleme.

«Edi, hast du heute gar keinen Appetit?», fragte Toni später besorgt, als das Kleeblatt um ihren Esstisch versammelt war. «Ich gebe zu, es sind nur Spaghetti…»

«Was heisst da nur», unterbrach sie Max. «Dein selbstgemachter Pesto ist wie immer unübertroffen. Am Essen liegt es sicher nicht, dass er Löcher in die Luft starrt. Gell, Edi?»

«Was? Ich?» Edi schaute erstaunt auf seinen Teller, der noch immer halb voll war. «Tut mir leid, Toni. Du hast super gekocht. Es geht mir nur etwas im Kopf herum.» Er rollte eine grosse Portion auf seine Gabel, kaute genüsslich und strahlte sie dann an. «Prima, wirklich!»

Toni lächelte beruhigt. «Dann ist es ja gut. Und du brauchst dich nicht zu entschuldigen, wenn du mit den Gedanken wo anders bist. Nicht wahr, Max, es geht uns auch so.»

Auch als sie später die Spielkarten hervornahmen, wollte kein richtiges Gespräch in Gang kommen. Lediglich die Möglichkeit einer Fusion von Bern und Ostermundigen gaben etwas zu reden, aber auch dieses Thema war einmal ausdiskutiert. Als dann plötzlich Donnergrollen zu hören war und kurz darauf Regen an die Scheibe prasselte, wurde es sehr still am Tisch.

«Ich glaube, ich kann nie mehr Regen hören, ohne an jene Nacht zu denken», seufzte Toni und sprach damit aus, was alle dachten.

«Es war einfach ein verdammtes Pech. Regen, Dunkelheit, die zu grosse Jacke und dann auch noch keine Zeugen.» Edi griff nach seiner Kaffeetasse und leerte sie mit einem Zug.

«Wenigstens ging es schnell.» Max zerknüllte seine Papierserviette und warf sie auf den Tisch.

«Das haben sie doch gesagt. Es sei schnell gegangen. Wahrscheinlich nur eine Schrecksekunde, dann nichts mehr. Er ist nicht mehr aufgewacht.»

«Ja, das haben sie gesagt.» Toni schüttelte den Kopf. «Aber es war einfach zu früh. Er hätte noch viele Jahre leben können.»

Sie stand auf und begann, den Tisch abzuräumen. Edi wollte ihr helfen, aber sie hielt ihn mit einer Handbewegung zurück. Es dauerte eine Weile, bis sie mit einer Flasche Wein und Gläsern aus der Küche zurückkam.

«Die steht schon monatelang herum», sagte sie und schenkte ein. «Adi hat sie mir damals mitgebracht. Es wird Zeit, sie zu trinken. Kommt, stossen wir auf unser Kleeblatt an und auf die Gerechtigkeit, die jeden eines Tages einholt.»

«Er hat dich entlassen! Aber warum denn?»

«Nicht wirklich entlassen. Ich habe den Job noch. Aber er hat erwähnt, dass seine Neffen gerne bei ihm einsteigen wollen. Und es ist klar, dass ich dann gehen muss. Piet ist ein netter Kerl, er wollte es einfach nicht aussprechen.»

Andrea konnte kaum glauben, was ihr Wim gerade erzählte. Sie hatte ihn angerufen, um sich ihren Frust von der Seele zu reden und jetzt war er es, der Aufmunterung brauchte. Sie wusste, wie gern Wim im Fitnessstudio arbeitete und dass er seinen Chef sehr schätzte. Und nun wollte der ihn offenbar loswerden. Kaum zu glauben!

«Aber Piet ist dein Freund», wandte sie ein. «Und er hatte doch noch nie etwas an deiner Arbeit auszusetzen.»

«Ja, mein Freund. Ich dachte das auch. Aber weisst du,

Kommissarin, seine Neffen, die sind seine Familie. Die beiden sind jung, topfit und motiviert. Und mein Knie wird nie mehr so sein wie früher. Verstehst du?»

Wim klang traurig und es tat Andrea weh, ihn in diesem Augenblick nicht in die Arme nehmen zu können. Miss Marple, die neben ihr auf dem Sofa lag, schien zu merken, dass etwas nicht stimmte. Sanft legte ihr die Katze eine Pfote auf den Oberschenkel und sah sie fragend an. Andrea reagierte darauf, indem sie ihr über das weiche, weisse Fell streichelte und schon nach ein paar Sekunden fühlte sie sich besser.

«Weisst du was?», unterbrach sie ihren Freund. «Komm einfach her! Ich bin sicher, dass es hier genug Arbeit für dich geben wird. Schliesslich bist du nicht nur Fitnesstrainer, sondern ausgebildeter Sport- und Sprachlehrer. Du könntest hier Sport unterrichten und bestimmt auch Englisch.»

«Aber ich habe meine Ausbildung in Holland gemacht», wandte Wim ein.

«Du sprichst fliessend Hochdeutsch und verstehst Dialekt. Die Schulen suchen so dringend Lehrer, die nehmen einen ausgebildeten Pädagogen mit Handkuss», versicherte ihm Andrea.

«Komm nach Bern! Es wäre so schön, wenn wir zusammenleben könnten.»

«Meinst du, du hältst mich aus? Die ganze Zeit, nicht nur ein paar Tage oder eine Woche?» Andrea zögerte. «Natürlich», wollte sie sagen, sah sich dann aber in ihrer Wohnung um und seufzte. «Na ja, vielleicht müssten wir uns eine grössere Wohnung suchen. Du brauchst sicher einen eigenen Schreibtisch, einen Schrank …»

«Genau. Es wäre nicht einfach. Ich weiss doch, wie gerne

du in dieser kleinen Wohnung bist und Miss Marple …»

«Also das wäre das kleinste Problem. Miss M wäre bei meinen Eltern versorgt, auch wenn ich ausziehen müsste», sagte Andrea und versuchte, sorglos zu klingen.

Wim lachte und diesmal klang es wieder so ruhig und warm, wie sie es von ihm gewöhnt war.

«Ach, Kommissarin, du kannst so schlecht lügen. Aber es ist lieb, dass du lieber mit mir als mit deiner Katze zusammenleben möchtest.»

Als hätte sie verstanden, was da gerade besprochen wurde, presste Miss Marple ihren Kopf an Andreas Oberschenkel und schnurrte noch etwas lauter. Ohne mich geht's doch gar nicht, schien sie ihr sagen zu wollen.

«Ich könnte sie ja bei meinen Eltern besuchen. Und du würdest viel mehr verlieren. Deine Schwester und ihre Familie, deine Freunde, dein Land.»

«Eben. Es ist keine leichte Entscheidung. Natürlich käme ich gerne zu dir, aber es tut mir sehr weh, dass Piet mich loswerden will. Es ist …», er suchte das passende Wort. «Es ist eine Demütigung und ich bin von Piet enttäuscht.»

«Bestimmt setzt ihn die Verwandtschaft unter Druck.» Andrea, die Wims Chef mehrmals getroffen hatte, konnte sich denken, dass der liebenswürdige Mann es gerne allen recht machen würde. «Sind es die Söhne seines Bruders?»

«Seiner Schwester. Sie ist Witwe und er hat die beiden sehr gern. Wie eigene Kinder, sagt er.» Wim seufzte tief. «Ach, Kommissarin. Ich sehe es ein. Ich werde gehen müssen. Aber es ärgert mich. Verstehst du das?»

«Natürlich! Ich finde es auch gemein. Aber du musst es als Chance sehen. Als Zeichen, dass es Zeit für eine Veränderung ist.» Unwillkürlich musste sie lachen und hörte gleichzeitig, wie Wim ebenfalls in den Hörer prustete. «Oh nein, entschuldige! Ich höre mich an wie …»

«Wie eine Psychologin», lachte Wim. «Nein, wie die Antwort auf einen Leserbrief in einer Zeitschrift.»

Irritiert von so viel Gelächter setzte sich Miss Marple auf und musterte Andrea misstrauisch. Als diese daraufhin gleich nochmals losprustete, sprang die Katze empört vom Sofa und verschwand durch die Katzenklappe in die Nacht hinaus.

«Sie hat einfach keinen Humor», kommentierte Andrea das Verhalten ihrer Katze, als sich die beiden wieder beruhigt hatten. «Aber du hast recht, ich würde sie sehr vermissen. Am besten wäre, wir könnten alle drei zusammenwohnen.»

«Wir finden eine Lösung», versprach ihr Wim, der schon viel besser klang als am Anfang des Gesprächs. «Wir müssen noch ein paarmal darüber schlafen. Aber jetzt bist du dran, Kommissarin. Du hast mich angerufen. Was wolltest du mir erzählen? Habt ihr die Frau gefunden, die von ihrem Freund geschlagen wurde?»

«Nein, leider nicht.» Andrea stöhnte frustriert. «Und alle wollen aufhören, nach ihr zu suchen. Sie sagen, sie hat nichts mit dem Mord an ihrem Partner zu tun. Und vielleicht stimmt das ja auch. Alles spricht dagegen. Sie ist seit Monaten aus seinem Leben verschwunden. Aber ich habe so ein Gefühl, dass sie der Schlüssel ist. Verstehst du?»

«Ja, natürlich. Und du musst aufhören, nach ihr zu suchen? Wirklich?»

«Ja, sieht so aus. Nur Stefan darf sich noch einen Tag lang mit dieser Spur befassen.» Sie gähnte herzhaft. «Ach, entschuldige. Ich sollte wohl besser ins Bett gehen. Wie du gesagt hast, drüber schlafen.»

«Ja, das machen wir. Slap lekker. Morgen wird alles besser

aussehen. Ich werde mit Piet einen Kaffee trinken und du wirst vielleicht sogar deinen Fall lösen.»

«Das wäre schön! Schlaf auch gut.» Es dauerte noch ein paar Sätze, bis sie sich trennen konnten, dann legte Andrea getröstet ihr Telefon weg, öffnete die Terrassentüre und rief nach ihrer Katze.

Endlich kam er voran! Am Donnerstagmorgen hatte Stefan Blaser ein gutes Gefühl, während er sich immer tiefer ins Leben von Edi Balsberger vorarbeitete. Der Tierpfleger hatte ein ereignisreiches Leben hinter sich, und es schien dem Fahnder immer wahrscheinlicher, dass er Lena Gyser auch aktiv bei der Flucht unterstützt hatte. Blaser trug Fakten zusammen und holte telefonisch Erkundigungen ein.

Auch Andrea war beschäftigt. Gleich am Morgen hatte ihr Heinz ein Papier in die Hand gedrückt. «Das ist eine Liste von Holmbachs zufriedenen Kunden, die ich bereits kontaktiert habe. Frag trotzdem nochmals nach. Es geht ja nicht nur um die Geschäftsleitung, wie wir gestern gesagt haben. Erkundige dich, wie die Mitarbeiter reagiert haben, ob es zu unpopulären Veränderungen im Betrieb kam oder zu Streitigkeiten.»

Seither hatte sie etliche Gespräche geführt und wirkte müde.

«Kommst du weiter?», erkundigte sich Blaser, als sie wieder einmal den Hörer weglegte.

«Na ja, wie man's nimmt.» Andrea zuckte die Schultern. «Ich rede natürlich mit den Inhabern der Firmen und die sind, wie Heinz schon sagte, zufrieden. Wenn ich nachfrage, ob es zu Unstimmigkeiten kam, will natürlich keiner zugeben, dass nicht alles reibungslos verlaufen ist.» Sie grinste.

«Nur der Besitzer einer Schreinerei hat meine Frage sehr passend mit einem Sprichwort beantwortet: Wo gehobelt wird, da fallen Späne.»

«Späne in der Form von Mitarbeitern?», vermutete Blaser.

«Ja. Bei ihm wurde die Buchhaltung ausgelagert und ein Arbeitsplatz konnte auf diese Weise eingespart werden. Es sei effektiv und alles laufe wie am Schnürchen, hat mir der Mann versichert.»

«Und die Person, die ihre Arbeitsstelle verloren hat?»

«Er hat ihr ein sehr gutes Zeugnis ausgestellt und sie konnte aus zwei Jobangeboten auswählen. Er hat sie letzthin getroffen und sie sei total happy, wie er es ausgedrückt hat. Ich könne mich gerne bei ihr erkundigen. Die Nummer hat er mir auch gleich gegeben.»

«Klingt nicht nach einer potenziellen Täterin. Und sonst?»

«Ein Betrieb hat sein Lager verkleinert. Aber der Vermieter der Lagerhalle hat keinen Kunden verloren, sondern vermietet jetzt lediglich einen kleineren Raum. Wahrscheinlich auch kein Drama.» Sie schob ihren Stuhl zurück und begann, in einer Schublade zu wühlen. «Das viele Reden macht mich hungrig.» Sie förderte einen Müesliriegel zutage.

«Guten Appetit.»

«Danke. Leider kann ich dir keinen anbieten. Ich muss mir wieder einen Vorrat anlegen.» Sie kaute zufrieden. «Und wie läuft's bei dir? Hast du was zu Balsberger gefunden?»

«Ja, allerdings. Ein abwechslungsreiches Leben hat er geführt.»

«Ach ja? Inwiefern?»

«Ursprünglich hat er im Luzernischen auf dem väterlichen Hof die Ausbildung als Landwirt angefangen und die landwirtschaftliche Schule besucht. Aber dann hat er abgebrochen und eine Lehre als Gärtner gemacht. Die hat er erfolgreich abgeschlossen und anschliessend in zwei Betrieben in der Region gearbeitet. Während dieser Zeit hat er geheiratet. Seine Frau ist aber vor acht Jahren an Krebs gestorben.»

«Hatten sie Kinder?»

«Nein. Aber Balsberger hat der Verlust den Boden unter den Füssen weggezogen. Er fing an zu trinken und drohte im Rausch, sich umzubringen.»

«Wow! Dabei macht er so einen ruhigen, ausgeglichenen Eindruck.»

«Ja, nicht wahr. Anscheinend stand er eines Abends in seinem Stammlokal betrunken vom Tisch auf und kündigte an, er fahre jetzt in einen Baum. Der Wirt hat zum Glück sofort reagiert, ihm den Zündschlüssel abgenommen und den Pfarrer angerufen.»

Andrea lächelte. «Ist doch mal was Anderes. Was ist danach passiert?»

«Der Pfarrer hat dafür gesorgt, dass Balsberger eine Therapie machen konnte. Die war offenbar erfolgreich, denn danach ist er nach Bern gezogen und hat bei einem Liegenschaftsdienst gearbeitet. Also Hauswart- und Gartenarbeiten.»

«Und warum ist er jetzt Tierpfleger?», fragte Schaffer erstaunt.

«Er hat umgesattelt. Finde ich cool, mit über fünfzig nochmals was Neues anzufangen.»

«Ja, stimmt. Landwirt, Gärtner, Hauswart, Tierpfleger – der Mann ist flexibel und hat sich offenbar nach dieser Krise wieder gefangen. Das glückt nicht jedem.» Ihr Telefon läutete und sie nahm ab. «Herr Leupi, vielen Dank für Ihren Rückruf.»

Blaser wendete sich wieder seiner Arbeit zu. Mal sehen,

was er noch über Edi Balsberger herausfinden konnte.

Im gegenüberliegenden Büro kämpfte sich Gygax ebenfalls durch eine Liste von Firmen, die sich von Holmbach hatten beraten lassen. Besonders die Leute, die er zum zweiten Mal anrief, waren irritiert. Nein, man habe noch immer nur Gutes über die Arbeit des Unternehmensberaters zu sagen. Nein, es sei nicht zu irgendwelchen Streitigkeiten gekommen. Ja, der eine oder andere Arbeitsplatz sei weggefallen, aber alles war selbstverständlich sozial abgefedert worden. Ja, natürlich könne man die betroffenen Mitarbeiter anrufen, alles kein Problem. Wieder einmal bedankte Gygax sich für die Auskunft und bat um einen Anruf, sollte jemandem doch noch ein Detail zur Zusammenarbeit mit Holmbach einfallen. Dann warf er das Telefon auf den Schreibtisch, nahm die Brille ab und massierte den Nasenrücken. Wenn er jetzt keine Pause machte, waren Kopfschmerzen unvermeidbar. Er stand auf und ging zur Tür.

«Auch einen Kaffee, Christian?»

«Gerne! Eine Pause könnte ich jetzt wirklich brauchen», antwortete Fischer. «Aber ich sehe gerade, dass Tobias Holmbach vorhin versucht hat, mich zu erreichen. Ich rufe ihn noch kurz zurück.»

Gygax nickte und setzte sich wieder. «Das will ich hören. Stell bitte auf laut.»

«Kleintierpraxis Holmbach. Mein Name ist Lutz. Wie kann ich Ihnen helfen?», klang eine freundliche Frauenstimme aus dem Lautsprecher.

«Kantonspolizei Bern, Fischer. Ich würde gerne mit Herrn Holmbach sprechen.»

«Ach ja, er sagte, Sie würden vielleicht anrufen.» Im Hintergrund erklang lautes Bellen. «Einen Moment bitte.» Frau

Lutz beruhigte den Patienten und dessen Eigentümer und war gleich wieder zurück. «Herr Holmbach dankt für den Rückruf. Wenn Sie sich noch zwei Minuten gedulden würden? Er impft gerade eine etwas schwierige Katze.»

Aus dem Hörer klang jetzt klassische Musik, die wahrscheinlich beruhigend auf besorgte Tierbesitzer wirken sollte. Gygax zog eine Grimasse und Fischer grinste. Katzen, das wusste er, waren für den Kollegen ein schwieriges Thema. Schon nach kurzer Zeit knackte es in der Leitung und Tobias Holmbach meldete sich.

«Herr Fischer. Danke für Ihre Geduld. Ich hatte versprochen, mich zu melden, sollte mir noch etwas einfallen.»

«Und das war der Fall?», fragte Fischer hoffnungsvoll.

«Ja, ich habe mich erinnert, dass die Sache auf dem Tennisplatz noch ein Nachspiel hatte. Die Frau, die damals mit meinem Bruder aneinandergeriet, wurde später überfallen und ausgeraubt.»

Fischer unterdrücke einen enttäuschten Seufzer. «Ja, das haben unsere Ermittlungen bereits ergeben. Aber vielen Dank, dass Sie es auch noch erwähnen. Die Anklage wurde damals fallengelassen.»

«Ja.» Holmbach zögerte.

«Sie wollten noch etwas hinzufügen?»

«Nun ja. Mein Vater hat meinem Bruder damals die Hölle heiss gemacht hat. Meine Mutter und ich wurden nicht ins Gespräch einbezogen, aber ich hatte den Eindruck, als gehe mein Vater davon aus, dass Marius schuldig war. Er sagte so etwas wie, die Sache müsse jetzt endgültig ein Ende haben und so ein Vorfall dürfe sich nie mehr wiederholen. Schliesslich wolle Marius doch Karriere machen.»

«Ja, das klingt tatsächlich, als sei Ihr Bruder damals davongekommen, weil man ihm nichts hat nachweisen können», bestätigte Fischer. «Danke, dass Sie uns davon erzählen.»

Tobias Holmbachs Stimme klang bedrückt. «Ich fühle mich nicht wohl dabei. Nicht umsonst heisst es, man dürfe nicht schlecht über die Toten reden. Aber vielleicht hilft Ihnen das ja bei Ihren Ermittlungen.»

«Das ist durchaus möglich», versicherte ihm Fischer. «Es ist richtig, wenn Sie uns alle Informationen geben. Schliesslich wollen wir doch alle wissen, warum Ihr Bruder sterben musste.»

«Ja. Unbedingt.» Eine Gesprächspause entstand.

«Hat sich die Rechtsmedizin schon mit Ihnen in Verbindung gesetzt?», fragte Fischer schliesslich. «Die Leiche ist jetzt freigegeben.»

«Ja, danke. Ich habe Bescheid bekommen. Meine Frau und ich haben beschlossen, Marius neben unseren Eltern zu beerdigen. Er hatte ja in Bern noch keine Wurzeln geschlagen. Oder hat sich die Frau gemeldet, mit der er zusammengelebt haben soll?»

«Leider nicht. Wusste Ihre Frau auch nichts von dieser Lebenspartnerin?»

«Nein. Wie gesagt, seit dem Tod meiner Mutter war der Kontakt abgebrochen. Sie war die Einzige, die bis zum Schluss an das Gute in Marius geglaubt hat. Aber da sie herzkrank war, hat mein Vater schon immer alles Unerfreuliche von ihr ferngehalten.» Er räusperte sich verlegen. «Sie müssen einen schrecklichen Eindruck von unserer Familie haben.»

«Keineswegs», versicherte ihm Fischer. «Ist das Datum der Beisetzung schon bekannt?»

«Wir sprechen heute Nachmittag mit dem Pfarrer. Soll ich Ihnen Bescheid geben?»

«Gerne. Wenn möglich wird jemand von uns teilnehmen.»

«Gut. Ich schreibe oder rufe nochmals an.» Holmbach klang erleichtert, das Gespräch hinter sich zu haben. «Und jetzt muss ich wieder zu meinen Patienten. Ein verletztes Meerschweinchen braucht meine Aufmerksamkeit.»

«Dann will ich Sie nicht länger aufhalten.» Fischer lächelte, als er auflegte. «Du solltest sehen, wie ähnlich er seinem Bruder äusserlich ist», sagte er zu seinem Kollegen. «Sie könnten Zwillinge sein. Aber sonst ist er wohl das pure Gegenteil.»

«Ach ja? Nun, ich brauche jetzt einfach einen Kaffee. Das oder eine Schmerztablette.» Gygax stand auf und ging zur Tür, die aber in diesem Augenblick von aussen aufgerissen wurde. Blaser stürmte herein und stiess fast mit dem Kollegen zusammen.

«Geht's noch?», fuhr ihn Gygax an.

«Sorry, aber es ist wirklich wichtig. Ich glaube, ich habe was gefunden. Erinnert ihr euch an den Fall von Fahrerflucht im Frühling?»

«Der Mann, der nachts überfahren wurde? Irgendwo in Ostermundigen?», fragte Fischer. «Ja, das war Anfang Mai, nicht wahr?»

«Genau. Und jetzt ratet mal, wer damals als Zeuge befragt wurde.» Als die beiden Kollegen ihn nur abwartend anschauten, gab er die Antwort gleich selbst. «Eduard Balsberger! Er war mit dem Opfer befreundet. Und wisst ihr was?» Er machte eine wirkungsvolle Pause. «Ich bin sicher, dass er es war, der eigentlich hätte sterben sollen.»

«Einfach unglaublich, wie viele Blätter so früh im Herbst schon zusammenkommen.» Robert Hofer legte den grossen Laubrechen ins Gras und öffnete den Reissverschluss seiner Jacke.

«Mir wird richtig warm bei der Arbeit.»

«Ja, der Sommer war sehr trocken. Da werfen die Bäume ihre Blätter eben früher ab. Der Regen in den letzten Tagen konnte das auch nicht mehr ausgleichen. Dazu kommt der starke Wind von letzter Nacht. Er hat uns allerhand beschert.» Lisa Zünd lehnte ihren Rechen in einen Fliederbusch und griff in den beachtlichen Laubhaufen, der in der letzten halben Stunde zwischen ihnen entstanden war. «Schau. Die sind von der Platane, diese stammen von der Rosskastanie nebenan, das sind Nussbaumblätter von gegenüber und die hier hat der Wind vom grossen Ahorn vorne an der Strasse hergetragen.»

«Stimmt. Eigentlich schön, auch wenn sie nicht so bunt sind wie in anderen Jahren. Es ist noch nicht lange her, da war ich im Herbst mit Lino und Meret unterwegs, um farbige Blätter für eine Bastelarbeit zu suchen.»

«Ja. Kastanien und Haselnüsse haben sie auch immer für ihre Kunstwerke gebraucht.» Lisa begann wieder zu rechen. «Holst du bitte mal den Grüncontainer, Robert? Nicht dass uns der Wind wieder alles verbläst. Für heute Abend ist Regen angesagt.»

Als die beiden später bei einer Tasse Tee in Lisas Küche sassen, läutete ihr Telefon.

«Antoinette, schön, dass du dich wieder meldest. Geht es um die Reiseplanung?» Sie lauschte in den Hörer und nickte immer wieder. «Ja, natürlich habe ich Lust auf einen

Spaziergang. Und Zeit habe ich heute auch. Nein, das ist gar nicht aufdringlich. Ja, sicher. Heute Nachmittag? Wo treffen wir uns? Ja, so machen wir das. Natürlich. Ich freue mich auch. Bis später.»

Mit einem Lächeln legte sie auf.

«Ach, das freut mich jetzt», sagte sie und trank einen Schluck Tee. «Antoinette wiederzutreffen, ist wirklich ein Glücksfall. Sie hat mir vorgeschlagen, öfters etwas zu unternehmen. Und heute Nachmittag machen wir einen Spaziergang vom Bärenpark in Richtung Elfenau.»

«Schön, dass du eine neue Freundin gefunden hast.» Hofer trank seine Tasse aus und stand auf.

«Schaut aber, dass ihr beizeiten zurückkommt. Du hast es vorher selbst gesagt, es wird gegen Abend regnen.»

«Wir können jederzeit unterbrechen. Beim Tierpark oder in der Elfenau können wir den Bus nehmen. Oder wir gehen weiter bis zum Fähribeizli. Wir passen uns dem Wetter und Antoinettes Gesundheit an. Ich habe dir doch erzählt, dass sie seit einem Unfall in Tunesien nicht mehr so gut zu Fuss ist.»

«Ja, stimmt. Vielleicht gehe ich heute auch noch mit Ruedi und Erika nach dem Mittagessen spazieren. Du weisst ja, er hat wieder einen Hund.»

«Ja, stimmt. Wieder einen etwas älteren Mischling aus dem Tierheim, hast du erzählt. Sag den beiden einen lieben Gruss.»

«Mach ich.» Er stand auf und legte ihr kurz den Arm um die Schulter. «Bis heute Abend also. Häb Sorg!»

«Stefan, warum bist du plötzlich rausgerannt?» Auch Andrea Schaffer betrat nun das Büro der Kollegen. «Was ist los?»

«Ja, das wüsste ich auch gerne.» Gygax liess sich wieder auf seinen Stuhl fallen. «Setzt euch, ihr beiden. Dann kann uns Stefan in Ruhe erklären, was es mit der Fahrerflucht auf sich hat.»

«Welche Fahrerflucht?» Schaffer nahm sich einen der Besucherstühle. «Habe ich was verpasst?»

«Offenbar wir alle», sagte Fischer mit gerunzelter Stirn. «Aber wir wissen sicher gleich mehr.»

«Okay, hört zu.» Blaser warf einen Blick auf seine Notizen, bevor er begann: «Ich habe mir heute alles angeschaut, was mit Eduard Balsberger in Zusammenhang steht und bin dabei auf eine Zeugenbefragung gestossen, die Anfang Mai stattfand. Balsberger wurde zu einem Unfall mit Fahrerflucht befragt. Er kannte das Opfer, einen Adrian Murer, und war bis kurz vor dem Unfall mit ihm zusammen gewesen.»

«Der Unfall des Freundes, von dem er gestern gesprochen hat», unterbrach ihn Schaffer.

«Ja, das ist mir auch wieder eingefallen.»

«Und weiter?», fragte Gygax ungeduldig.

«Wegen der Verbindung zu Balsberger habe ich mir den Fall natürlich genau angeschaut», fuhr Blaser fort. «Murer, Balsberger und ein dritter Mann namens Bäschi waren an der Mittelholzstrasse bei Ducroix zum Nachtessen eingeladen. Offenbar handelte es sich um eine feste Gewohnheit. Die vier Freunde trafen sich regelmässig bei einem aus der Gruppe zum Essen und spielten danach noch Karten. So auch an diesem Tag. Es hatte am Nachmittag zwar schon mehrmals geregnet, aber als sie sich gegen halb sieben abends trafen, war es trocken. Daher trug Murer nur eine Strickjacke. Kurz vor Mitternacht löste sich die Gesellschaft auf. Als die drei Männer vor dem Haus standen, brach ein Gewitter los und es schüttete wie aus Kübeln. Balsberger, der unter seiner Regenjacke ein Hoodie trug, überliess Murer seine Jacke. Die war dem zwar viel zu gross, schützte aber vor dem Regen. Bäschi hatte einen robusten Schirm dabei, aber seine linke Hand war bandagiert, da er sich tags zuvor geschnitten hatte. Bei dem starken Wind brauchte man aber zwei Hände, um den Schirm festzuhalten. Also begleitete Balsberger den Mann bis vor dessen Haustür ...» Blaser konsultiere seine Notizen.

«... an der Spelterinistrasse. Das liegt offenbar auf halbem Weg zu Balsbergers Haus. Jedenfalls wollte Bäschi ihm noch den Schirm mitgeben, aber Balsberger fand, er renne lieber schnell nach Hause, das sei einfacher.»

«Und Murer war schon vorausgegangen?», vergewisserte sich Fischer.

«Ja. Bis zur Abzweigung zu Bäschis Haus waren sie gemeinsam unterwegs, aber dann ging Murer weiter. Balsberger in seinem Hoodie und jetzt auch ohne Schirm, war natürlich nicht optimal gegen den Regen geschützt und beeilte sich. Da er aber noch mit Bäschi geredet hatte, war der Abstand zu Murer schon sehr gross und er konnte den Freund nicht mehr einholen. Auf der Höhe der Gsellstrasse hörte er einen Motor aufheulen. Als er den Breiteweg erreichte, lag Murer bewegungslos am Strassenrand, vom Unfallwagen war nichts zu sehen. Ein Anwohner kam auf die Strasse gerannt und die beiden leisteten sofort erste Hilfe. Nur ein paar Minuten später traf der Rettungswagen ein, den eine Zeugin gerufen hatte. Murer wurde ins Spital gebracht, lag dort noch drei Tage im Koma und verstarb schliesslich, ohne das Bewusstsein wiedererlangt zu haben.»

«Oh nein! Kein Wunder, dass Balsberger danach angeschlagen war. Er muss sich schreckliche Vorwürfe gemacht haben.» Schaffer runzelte die Stirn. «Und der Fahrer konnte bis heute nicht ermittelt werden?»

«Nein. Der Fall ist ungelöst.»

«Du sprachst von einer Zeugin, die den Notruf gewählt hatte. Was hat die gesehen?», fragte Fischer.

«Leider war sie genau in dem Moment, als Murer angefahren wurde, abgelenkt. Sie hatte ihn auf die Strasse zugehen sehen und sagte aus, er habe nach rechts und links geschaut. Dann drehte sie sich vom Fenster weg, und hörte Sekunden später einen aufheulenden Motor. Sie stürzte ans Fenster und sah, wie Murer durch die Luft geschleudert wurde.»

«Und das Auto?»

«Ein dunkler Personenwagen.» Blaser zuckte die Achseln. «Es war dunkel und regnete. Die Strassenbeleuchtung hilft in so einem Schreckmoment auch nicht weiter.»

Gygax, der sich alles schweigend angehört hatte, räusperte sich.

«Das ist ja alles gut und recht, Stefan. Aber warum hast du vorhin behauptet, Balsberger hätte das Opfer sein sollen?»

«Wegen der Jacke natürlich.» Blaser sah vorwurfsvoll in die Runde. «Habt ihr das nicht mitbekommen? Balsberger hat Murer seine Jacke gegeben. Also musste es für die Person im Auto so aussehen, als ob Balsberger auf die Strasse trat.»

«Aber du sagtest doch, dass die Jacke diesem Murer zu gross war», warf Schaffer ein. «Man erkennt doch eine Person nicht nur an den Kleidern, sondern auch an der Statur.

Und Balsberger ist sehr gross und breitschultrig. Den verwechselt man nicht so schnell.»

«Stimmt. Aber es war dunkel und wenn man auf jemanden in einer bestimmten Jacke wartet und diese Jacke taucht aus der Dunkelheit auf, dann schaut man nicht noch lange, ob die Person die richtige Grösse hat.»

«Du gehst also davon aus, dass es sich um einen Mordanschlag handelt. Aber es könnte auch ein Unfall gewesen sein», gab Fischer zu bedenken. «Der Fahrer übersieht den Fussgänger und fährt nach dem Zusammenstoss in Panik einfach weiter. Zum Beispiel weil er Alkohol getrunken hat oder weil er von einem Rendezvous kommt, von dem niemand wissen darf. Das gibt es doch immer wieder.»

Blaser und Schaffer wechselten einen Blick. «Ja, aber wir sehen das natürlich etwas anders», erklärte Schaffer schliesslich. «Als wir gestern mit Balsberger gesprochen haben, erzählte er uns, Holmbach habe ihn und Lena Gyser im April zusammen aus dem Tierpark kommen sehen. Das hat eine Krise bei Holmbach ausgelöst. Erinnert ihr euch nicht? Wir haben vermutet, dass er sie zur Strafe in den Keller gesperrt hat. Jedenfalls wollte sich Lena Gyser von dem Tag an nur noch innerhalb des Hauses mit Balsberger treffen.»

Jetzt war auch Gygax klar, auf was die beiden hinauswollten. «Ihr meint, Holmbach wollte Balsberger umbringen, weil er ein paar freundliche Worte mit seiner Partnerin gewechselt hat?» Er wirkte nicht überzeugt.

«Denk daran, was uns Iris Dahinden erzählt hat», erinnerte ihn Blaser. «Nur weil Frau Gyser zwanzig Minuten später nach Hause kam, hat Holmbach bei der Masseurin angerufen und sich bestätigen lassen, wann seine Partnerin dort losgegangen ist. Der Mann war krankhaft eifersüchtig.»

«Da könnte was dran sein.» Fischer erwärmte sich langsam für die Theorie. «Fragt sich nun, ob Balsberger klar war, dass er das Opfer sein sollte. Oder ob er die Zusammenhänge gar nicht gesehen hat.»

«Wenn ja, hatte er das ultimative Motiv, sich an Holmbach zu rächen», spann Gygax den Gedanken des Kollegen weiter. «Okay, ihr habt mich überzeugt. Stefan, wir gehen dem nach. Nimm Kontakt mit den Kollegen auf, die in dem Fall ermittelt haben.»

Gerne hätte Andrea Schaffer gemeinsam mit Blaser den alten Fall von Fahrerflucht aufgearbeitet, aber das wollte Gygax nicht. «Stefan redet mit den Kollegen. Allenfalls könnt ihr später zusammen weitermachen.»

So hatte Blaser sich nach einem kurzen Telefongespräch zu einem Treffen mit den beiden Fahndern begeben, die im Frühling ermittelt hatten und sie musste zähneknirschend die drei restlichen Firmen auf ihrer Liste abarbeiten.

Beim aktuellen Gespräch hatte sie nicht den Inhaber der Firma im Oberaargau, sondern eine langjährige Angestellte am Draht. Frau Vögeli war ganz begeistert, mit einer echten Polizeibeamtin zu sprechen und gab sich Mühe, alle Fragen ausführlich zu beantworten. So erfuhr die Fahnderin innert Kürze, dass bei den zahlreichen Veränderungen, die von Herrn Holmbach vor zwei Jahren angestossen worden waren, zwei Leute ihre Stelle verloren hatten.

«Sie waren beide über sechzig», erzählte ihr die Frau mit gedämpfter Stimme. «Wissen Sie, ich war ja selbst sehr froh, nicht in die Schusslinie dieses Mannes zu geraten. Als direkte Mitarbeiterin des Chefs war ich sicher, aber es hat weh getan zu sehen, wie er die beiden eiskalt für überflüssig erklärt hat.»

«Sie sind ersatzlos gestrichen worden?», fragte Schaffer erstaunt.

«Nein, er hat zwei Teilzeitstellen durch eine Vollzeitstelle ersetzt und dabei zwanzig Stellenprozente eingespart. Die neue Kollegin ist sehr jung und in allen Computersystemen auf dem neusten Stand.» Frau Vögeli schnaubte leise. «Ich gebe zu, der Mann hat einen guten Job gemacht. Die Firma läuft wie am Schnürchen, aber es blies damals ein kalter Wind durch diese Büros, das kann ich Ihnen sagen.»

«Wissen Sie, ob Ihre ehemaligen Kolleginnen wieder Arbeit gefunden haben?»

«Erika Schaller arbeitet jetzt in der Firma ihres Schwagers und ist ausserdem letztes Jahr Grossmutter geworden. Ich habe sie vor ein paar Tagen beim Einkaufen getroffen. Der geht es gut. Aber von Ruth Strobel habe ich nie mehr etwas gehört.» Schaffer erbat sich die Kontaktdaten beider Frauen und bedankte sich bei Frau Vögeli. «Ich habe zu danken», wehrte die fröhlich ab. «Der Polizei bei Ermittlungen zu helfen, war das Highlight des Tages!» Schmunzelnd legte Schaffer auf und überlegte, ob sie sich gleich auf die Suche nach Ruth Strobel machen sollte. Sie schien eine der vielversprechendsten Personen auf ihrer Excelliste zu sein. Die war mit jedem ihrer Anrufe um wenigstens eine Zeile länger geworden. Im Ganzen hatte sie schon zwölf Namen von Menschen notiert, die durch Holmbach ihre Arbeit oder einen guten Kunden verloren hatten. Allerdings waren auch Leute aus der Inner- oder der Ostschweiz dabei. Wie wahrscheinlich war es, dass jemand aus dem Thurgau Holmbachs Gewohnheiten ausspionierte und ihm dann auflauerte?

Schaffer entschloss sich, die letzte Nummer auf der Firmenliste anzurufen und danach mit der Recherche zu den einzelnen Personen zu beginnen.

«Schluchter Elektro. Astrid Schluchter am Apparat. Wie kann ich helfen?»

Die Frau reagierte etwas irritiert, als die Fahnderin ihr Anliegen vorbrachte. «Ja, also, ich weiss jetzt nicht … Ihr Kollege, der Herr Gygax hat schon mehrfach mit uns telefoniert. Zuerst mit mir und dann mit meinem Mann. Vielleicht läuft da etwas doppelt bei Ihnen?»

Schaffer erklärte, dass es Gygax war, der sie beauftragt hatte nochmals anzurufen. «Wir haben bis jetzt nur überprüft, ob die Arbeit von Herrn Holmbach zufriedenstellend war. Nun geht es um Details. Laut den Notizen meines Kollegen, gehören Sie zu den zufriedenen Kunden.»

«Allerdings. Wir haben das mehrfach gesagt.»

«Was genau hat er denn für Änderungen angestossen? Ging es um die Arbeitsabläufe, die Grösse des Lagers, um die Lieferanten oder die Anzahl der Mitarbeiter?» Schaffer hatte mit der Zeit gelernt, nach was sie fragen musste.

«Bei den Lieferanten und beim Lager kam es zu Änderungen», bestätigte Astrid Schluchter.

«Mein Mann ist damit sehr zufrieden. Auch weil wir bei den neuen Lieferanten bessere Konditionen haben.»

«Und wie steht es mit personellen Veränderungen?»

«Oh ja, da gab es etwas.» Frau Schluchter klang jetzt sehr fröhlich. «In jungen Jahren hatten mein Mann und ich die Firma gemeinsam geführt. Aber dann kam unsere Simona mit einem Herzfehler zur Welt und alles war plötzlich anders. Sie können sich vorstellen, dass ich mit der Betreuung voll ausgelastet war. Drei Jahre später wurde Matthias geboren und zwei Jahre danach unser Jüngster. Beide Buben waren zum Glück gesund und Simona ging es nach zwei Operationen auch gut. Trotzdem war ich als Vollzeitmutter sehr gefordert.»

«Ich verstehe. Aber jetzt nehmen Sie das Telefon ab, arbeiten also wieder in der Firma.»

«Genau! Es ist schon unglaublich, dass wir nicht selbst auf die Idee gekommen sind. Natürlich war mir nicht langweilig. Die beiden Söhne wohnen noch daheim und ausserdem bin ich in mehreren Vereinen aktiv.»

«Holmbach hat also angeregt, dass Sie wieder in die Firma einsteigen?»

«Ja. Natürlich ging das nicht von jetzt auf gleich. Ich habe mir zuerst in einem Wiedereinsteigerkurs das nötige Wissen aneignen müssen. Gerade zu der Zeit kündigte unser langjähriger Büroangestellter und so konnte ich mein neues Wissen gleich einsetzen.»

«Sie haben ihn also nahtlos ersetzt?»

Astrid Schluchter lachte. «Nein, so leicht ging das nicht. Wir haben uns von extern eine Hilfe geholt und ich habe drei Monate mit ihr zusammengearbeitet. So kamen wir über die Runden. Für mich war es ein Sprung ins kalte Wasser, aber das hat mir auch gutgetan. Und die temporäre Hilfe war super. Es hat mir schon leidgetan, dass sie nicht bei uns bleiben konnte. Aber sie hat sicher gleich wieder etwas Neues vermittelt bekommen. Sie wirkte sehr zufrieden, als sie bei uns aufhörte. Wahrscheinlich kannte sie ihren nächsten Arbeitsplatz bereits.»

«Würden Sie mir trotzdem Namen und Adresse der Frau geben?», bat Schaffer. Ihre Hände schwebten schon über der Tastatur.

«Den Namen schon, aber eine Adresse habe ich nicht. Wissen Sie, das lief ja alles über die Stellenvermittlung. Moment, ich suche nur schnell … ach ja … das war die Tempo-Bern.» Sie gab Schaffer die Telefonnummer der Firma. «Die werden Ihnen sicher sagen können, wie Sie Lena erreichen. Lena Gyser hiess sie. Eine fleissige, zuverlässige Person. Ich würde sie jederzeit wieder einstellen. Sollten Sie mit ihr sprechen, sagen Sie ihr bitte einen Gruss von mir.»

Wäre das alles passiert, wenn es damals nicht geregnet hätte? Wie oft hatte sie sich seither diese Frage gestellt. Was heisst geregnet – gegossen hatte es …

Der Weg von der Firma zum Bahnhof dauerte nur eine Viertelstunde, aber heute kam sie kaum vorwärts. Der Wind riss ihr die Kapuze immer wieder vom Kopf und ihre alten Turnschuhe boten bei den vielen Pfützen keinen Schutz. Schon bald waren die Socken feucht und die Jeans klebten an den Beinen.

Anfangs merkte sie gar nicht, dass ein Auto neben ihr langsamer fuhr. Erst ein Hupen liess sie aufschauen. Es war der Mann, der in der Firma alles optimieren sollte. Herr Holmbach. Astrid hatte sich mehrmals mit ihm im Büro unterhalten und auch mit dem Chef hatte sie ihn immer wieder gesehen. Er hatte Zugang zu allen Räumen und Daten. Ein wichtiger Mann.

Jetzt hielt er ganz an und liess sein Fenster ein wenig herunter. Sie trat näher.

«Steigen Sie ein. Ich nehme Sie mit», rief er ihr zu. «Schnell, die Beifahrertüre ist offen.» Instinktiv gehorchte sie. Erst als sie sich auf den Sitz fallen liess und die Tür zuschlug wurde ihr klar, dass sie ihm gerade das edle Polster ruinierte. «Oh

Gott, das tut mir so leid. Soll ich lieber wieder aussteigen?»

«Unsinn. Wohin wollen Sie?»

«Zum Bahnhof.»

«Ja, das ist mir schon klar. Aber wohin wollen Sie heute fahren?»

«Ach so. Entschuldigung. Wie dumm von mir. Ich wohne in Köniz.»

«Dann nehme ich Sie mit. Ich bin auf den Weg nach Bern. Geben Sie mir Ihre Adresse.»

«Ich … Wieso?»

Er schnaubte amüsiert. «Damit ich die ins GPS eingeben kann. Wenn es Ihnen recht ist, bringe ich Sie bis vor die Haustüre.»

Sie schämte sich für ihre dumme Frage, nannte ihm Strasse und Hausnummer und bedankte sich nochmals.

Der Regen prasselte während der ganzen Fahrt auf die Windschutzscheibe. Zum Glück sprach er nicht weiter mit ihr. Bestimmt hätte sie wieder etwas Dummes gesagt oder gefragt. Als er sie dann wie angekündigt vor dem Haus absetzte, entschuldigte sie sich nochmals für die Wasserflecken auf dem Polster. «Wie kann ich Ihnen danken?»

Nach einem kurzen Moment der Stille kam seine Antwort. «Wir gehen am Samstag zusammen essen. Ich hole Sie um sieben Uhr hier ab. Einverstanden?»

Sie hatte nur genickt. Wie hätte sie ablehnen können?

«Ich hole Sie um neunzehn Uhr hier ab. Aber kein Wort in der Firma. Arbeit und Privatleben bleiben streng getrennt.»

«Ja, natürlich. Danke!», hatte sie gestammelt, war ausgestiegen und die wenigen Schritte bis zur Haustüre durch den Regen gerannt. Erst als sie im Hausgang stand, wurde ihr bewusst, dass er wahrscheinlich in ein gutes Restaurant gehen wollte. Was, um Himmels Willen, sollte sie nur anziehen?

«Dann hat er sie also während seinem Einsatz bei Schluchter Elektro kennengelernt. Wusste Frau Schluchter Details?», fragte Gygax.

Schaffer, die mit den Neuigkeiten ins Büro der Kollegen geplatzt war, verneinte. «Sie wollte zuerst gar nicht glauben, dass Lena Gyser die Lebenspartnerin von Holmbach geworden war. Während der Arbeitszeit gab es keine Anzeichen dafür. Aber da Frau Schluchter zu der Zeit noch ihren Wiedereinsteigerkurs besuchte und Frau Gyser oft allein im Büro war, ist das auch nicht verwunderlich. Holmbach wird nicht offen um die Frau geworben haben. Es kann gut sein, dass es keiner mitbekommen hat.»

«Jedenfalls ist das ein Steinchen mehr in diesem Mosaik, das wir da gerade zusammenfügen», meinte Fischer. «Ist es nicht absurd, dass sie sich in ihn verliebt hat, obwohl sie seinetwegen die Stelle verloren hat?»

«Hat sie eben nicht», korrigierte ihn die Kollegin. «Sie war temporär angestellt. Sobald Frau Schluchter bereit war, die Stelle ganz zu besetzen, wäre sie ohnehin gegangen. Also war Holmbach für sie keine Bedrohung. Im Gegenteil, Frau Schluchter hat bestimmt immer gut von ihm geredet. Der Anstoss für sie, wieder aktiv in der Firma mitzuarbeiten, kam ja von ihm.»

«Stimmt. Sie ist Holmbach unter anderen Vorzeichen begegnet als die Leute, die um ihre Stelle fürchten mussten.»

«Hast du schon abgeklärt, wo sie anschliessend gearbeitet hat?», fragte Gygax.

«Ja. Sie hat sich bei Tempo-Bern abgemeldet. Und das war wohl der grosse Fehler. Sie hatte kein eigenes Einkommen mehr, ist bald darauf bei Holmbach eingezogen und hat sich von ihm mit allerhand schönen Sachen einwickeln lassen.»

«Genau so hat es auch die Masseurin beschrieben», fiel es Gygax ein. «Frau Dahinden sagte, es sei ihr vorgekommen, als sei Frau Gyser in einem Spinnennetz gefangen gewesen.»

«Vielleicht hat sie ihre Flucht schon länger geplant», mutmasste Fischer. «Die Stelle im Tierpark und das eigene Einkommen waren wohl der erste Schritt raus aus der Abhängigkeit.» Es klopfte und Blaser trat ein, eine Sichtmappe in der Hand.

«Ach, hier bist du, Andrea. Gibt's was Neues bei euch?», fragte er und setzte sich auf den freien Besucherstuhl. «Haben die Telefonate was gebracht?»

Die Kollegin brachte ihn auf den neuesten Stand.

«Okay, cool. Dann wissen wir das jetzt», meinte er. «Auch ich bin einen Schritt weitergekommen. Ich denke, meine Theorie stimmt.»

«Dass Holmbach es auf Balsberger abgesehen hatte?», fragte Gygax. «Erzähl!»

«Was am wichtigsten ist: Es gab keine Bremsspuren. Das Auto ist damals einfach weitergefahren. Wäre es ein Unfall gewesen, hätte der Fahrer doch wenigstens im ersten Schreck abgebremst.»

«Stimmt», meinte Fischer. «Das wäre die normale Reaktion gewesen. Anhalten und erst im zweiten Schritt wieder anfahren und in Panik flüchten, weil einem bewusst wird, dass man zu viel Alkohol im Blut hat, das kommt häufig vor.»

«Darum haben die Kollegen auch versucht herauszufinden, ob Murer sich mit irgendjemandem angelegt hatte. Aber der Mann war schon seit zehn Jahren pensioniert. Die Kollegen haben sich mit seinem ehemaligen Arbeitgeber und Arbeitskollegen unterhalten. Adrian Murer war Bauführer und wurde von allen geschätzt und respektiert. Niemand hatte ein schlechtes Wort über ihn zu sagen. Seit der Pensionierung und vor allem seit dem Tod seiner Frau vor fünf Jahren führte er ein ruhiges Leben. Dass er sich regelmässig mit Freunden traf, war vielen bekannt. Die Gruppe nannte sich wohl das Kleeblatt vom Burgfeld. Aber es gab niemanden, der einen Grund gehabt hätte, ihm am Abend aufzulauern. Er war im Quartier sehr beliebt.»

«Dann war es doch die Jacke?», fragte Schaffer betroffen. «Ein netter, alter Mann stirbt, weil er sich von einem Freund eine Regenjacke ausgeliehen hat? Das ist ja tragisch!»

«Allerdings.» Blaser blätterte in seinen Unterlagen. «Die Aussage der Zeugin, die ihn von ihrem Fenster aus gesehen hat, weist auch darauf hin. Sie sagte aus, er sei am Strassenrand stehengeblieben und habe die grosse Kapuze zurechtgezogen. Das Ding hat wahrscheinlich seine Sicht behindert. Aber er habe nach rechts und links geschaut, da war sie sicher.»

«Und sie hat ihn erkannt, trotz der falschen Jacke?», fragte Gygax.

«Ja. Sie hat ihn am Gang erkannt. Murer hat leicht gehinkt und ging etwas krumm. Für die, die ihn kannten, hatte er einen unverkennbaren Schritt.»

«Aber der Fahrer hat nur die Jacke erkannt. Was hatte die eigentlich für eine Farbe?», fragte Schaffer.

«Ein helles Grün mit silbernen Reflexstreifen an den Ärmeln. Wäre sie schwarz gewesen, hätte man sagen können, Murer sei in der Dunkelheit schwer zu erkennen gewesen. Aber die Zeugin sagt aus, die Strassenlampe habe ihn gut beleuchtet.»

Nun war auch Gygax überzeugt. «Okay, ich schliesse mich deiner Theorie an, Stefan. Gute Arbeit. Hast du Namen und Adressen der beiden Freunde, die mit Murer und Balsberger gemeinsam den Abend verbracht haben? Gut, dann redet ihr beide noch heute Nachmittag mit ihnen. Ich will wissen, ob ihnen bewusst war, dass ihr Freund absichtlich überfahren wurde.»

«Vor allem müssen wir herausfinden, ob Balsberger wusste, dass er gemeint war», sagte Schaffer und stand auf. «Wenn ja, dann haben wir endlich einen Tatverdächtigen für den Mord an Marius Holmbach.»

«Das ist also der Mann, den Balsberger damals nach Hause begleitet hat?», fragte Andrea Schaffer, als sie sich am Nachmittag dem Mehrfamilienhaus an der Spelterinistrasse näherten.

«Ja, Max Bäschi heisst er», bestätigte Blaser. «Bäschi, Balsberger und Murer waren bei Ducroix eingeladen.»

Sie hatten die Türe erreicht und fanden Bäschis Namen auf dem Klingelbrett. Schaffer läutete.

«Ja? Was?», schnarrte es nach kurzem Warten aus der Gegensprechanlage.

«Herr Bäschi, wir sind von der Polizei und müssten mit Ihnen reden. Würden Sie bitte öffnen?» Es vergingen einige Sekunden, bis der Türöffner summte.

Im ersten Stock stand ein älterer, untersetzter Mann in hellen Jeans und kariertem Hemd auf dem Treppenabsatz.

«Polizei?», fragte er. «Habe ich das richtig verstanden?»

Die beiden grüssten, stellten sich vor und reichten ihm ihre Ausweise, die er sich genau anschaute.

«Und warum sind Sie hier?», wollte er schliesslich wissen.

«Das würden wir gerne in Ihrer Wohnung besprechen», sagte Blaser.

«Ach so, ja. Kommen Sie.» Er drehte sich um und ging voran.

Vorbei an einer Garderobe und der offenen Küchentüre erreichten sie das Wohnzimmer. Der Raum wurde von einem wuchtigen Ölgemälde dominiert. Es zeigte ein Segelschiff auf dem Ozean. Direkt darunter stand ein dunkelgrünes Sofa, auf das Bäschi jetzt zeigte.

«Bitte. Nehmen Sie Platz. Möchten Sie etwas trinken?»

Sie lehnten ab und er liess sich ihnen gegenüber auf einen braunen Sessel sinken.

«Wir kommen wegen des Unfalls mit Fahrerflucht, der sich Anfang Mai ereignet hat», erklärte Blaser. «Sie wurden damals schon von unseren Kollegen befragt.»

«Ja. Ich habe gesagt, was ich wusste. Dass Adi schlecht gehört, aber ganz sicher gut geschaut hat, bevor er die Strasse überqueren musste. Gerade weil er schlecht hörte, hat er immer zweimal geschaut.» Bäschis Stimme zitterte ein wenig. Es fiel ihm nicht leicht, an den Freund zurückzudenken. «Er war sicher nicht schuld an dem Unfall!»

«Könnten Sie uns bitte nochmals schildern, was sich an dem Abend zugetragen hat?», bat ihn Schaffer. «Sie waren gemeinsam eingeladen gewesen?»

«Ja. Wir treffen uns meistens am Mittwochabend. Immer bei einem anderen und der kocht dann. An dem Abend waren wir bei Toni an der Mittelholzerstrasse.» Er machte eine Handbewegung, um anzuzeigen, in welcher Richtung diese lag. «Es ist nicht weit. Wir wohnen alle im Quartier. Gerade als wir drei, also Adi, unser Freund Edi und ich vor die Tür traten, brach ein Gewitter los. Adi trug eine alte Wolljacke und darum gab ihm Edi seine Regenjacke. Mich hat Edi mit dem Schirm hierhergebracht, weil ich so einen dummen Schnitt in der Hand hatte und den Schirm nicht gut halten konnte. Es hat gestürmt, wissen Sie.» Er fuhr sich mit der Hand übers Gesicht und stöhnte leise. «Wenn ich den Schnitt nicht gehabt hätte, dann wäre ich allein gegangen und die beiden zusammen.»

«Es gibt immer ein Wenn, Herr Bäschi», versuchte Schaffer ihn zu trösten.

«Ja, eben. Und diesmal ganz viele.» Er seufzte. «Item … Edi hat mich begleitet und ist dann Adi nachgegangen. Ich bin in die Wohnung und bald darauf hörte ich die Sirene. Die Sanität, habe ich gedacht. Was ist wohl passiert? Aber dass es Adi war, den sie ins Spital bringen mussten, das wäre mir nie in den Sinn gekommen. Ich dachte doch, die beiden seien längst daheim. Aber dann hat Edi angerufen.» Abrupt stand er auf und ging hinaus. Sie hörten, wie er sich schnäuzte. Bald darauf kam er mit einem Glas Wasser in der Hand zurück.

«Haben Sie eine Vermutung, wer das Auto gefahren hat?», fragte Blaser.

«Nein, keine Ahnung.» Bäschi schüttelte ratlos den Kopf. «Ihre Kollegen haben das auch schon gefragt. Wir denken, es wird einer gewesen sein, der durchs Quartier abkürzen wollte. Ein Fremder halt. Aus dem Quartier war es sicher keiner. Das wäre aufgefallen, wenn einer einen Schaden am Auto gehabt hätte.»

«Der Fall ist bis heute nicht gelöst. Wir reden daher nochmals mit allen Zeugen», erklärte Schaffer.

Bäschi nickte und trank noch einen Schluck Wasser. «Gerade gestern Abend haben wir wieder von Adi geredet und auf ihn angestossen. Und auf die Wahrheit, die ans Licht kommen muss. Irgendwann.»

«Haben Ihre Freunde eine Vermutung geäussert?»

«Gestern? Nein. Wir sprechen kaum über den Unfall, auch wenn wir alle immer daran denken. Für Edi ist es am schlimmsten. Er macht sich Vorwürfe, weil er Adi nicht mehr eingeholt hat. Aber ich bin ja genauso schuld. Wegen meiner Hand.»

«Die beiden wohnten im selben Haus, habe ich das richtig verstanden?», fragte Blaser.

«Ja. Sie hatten den gleichen Weg. Darum hat Edi ihm einfach die Jacke gegeben. Er hätte sie daheim sofort wieder zurückbekommen. Er selbst hatte so einen Pullover mit Kapuze an und er ist auch noch jung. Dem macht es nicht so viel aus, wenn er nass wird. Aber Adi hatte gerade eine Erkältung hinter sich und brauchte einen Regenschutz.» Bäschi liess sich in seinen Sessel zurücksinken und schüttelte den Kopf. «Es ist halt alles schiefgelaufen an diesem Abend.» Blaser und Schaffer wechselten einen Blick. Hier waren keine weiteren Informationen zu holen. Sie standen auf und verabschiedeten sich.

«Es ist gut, dass Sie noch nicht aufgegeben haben.» Bäschi stemmte sich aus seinem Sessel hoch. «Wissen Sie, es lässt mir keine Ruhe. Jeden Tag denke ich daran. Ich möchte einfach wissen, was passiert ist.»

«Wir auch, Herr Bäschi», versicherte ihm die Fahnderin.

Er begleitete sie zur Wohnungstür und sah ihnen nach, als sie die Treppe hinunter gingen. Erst als sie unten angelangt waren, hörten sie, wie oben die Tür ins Schloss fiel.

Zurück auf der Strasse atmete Schaffer tief durch. «Puh, der arme Kerl! Aber er vermutet bestimmt nicht, dass es sich um einen Anschlag auf Balsberger gehandelt hat.»

«Nein. Ich würde auch sagen, er ist ahnungslos. Schauen wir mal, was wir sonst noch für Aussagen zu hören bekommen. Komm, die Mittelholzerstrasse ist gleich dahinten.»

«Ach, Lisa, ist das schön, hier zu sitzen und die Herbstsonne zu geniessen.»

«Ja, es ist ein prachtvoller Tag. Was für ein Glück, dass du mich angerufen hast. Ich war schon ewig nicht mehr im Fähribeizli.»

Es war warm genug, um draussen zu sitzen. Die Sonne hatte viele Leute an die Aare gelockt, und die Tische waren heiss begehrt, aber Lisa Zünd und ihrer Freundin Antoinette war es gelungen, einen freien Tisch zu ergattern. Sie bestellten eine Flasche Mineralwasser mit zwei Gläsern, denn der lange Spaziergang hatte sie durstig gemacht.

«Wie konnte ich vergessen, eine Wasserflasche mitzunehmen», ärgerte sich Antoinette. «So etwas wäre mir früher nie passiert. Nie ohne Wasser losgehen, das ist eine eiserne Regel.»

«Ich habe normalerweise auch etwas zu trinken dabei. Vielleicht sind wir nachlässig geworden, weil es in den letzten Tagen kühler war und oft geregnet hat», meinte Lisa.

«Ja, mag sein.» In Antoinettes Rucksack, den sie an die Stuhllehne gehängt hatte, klingelte es.

«Ist das nicht dein Handy?», fragte Lisa, als die Freundin nicht reagierte. «Ich glaube, es ist schon das zweite Mal, dass ich es höre.»

Antoinette öffnete ihren Rucksack. «Ach war das schön, als man noch unerreichbar war, wenn man das Haus verliess», seufzte sie. «Weisst du noch?»

«Allerdings!» Lisa lachte. «Man konnte dem Alltag viel leichter entfliehen. Aber dafür auch weniger schnell Hilfe herbeirufen.»

«Wer auch immer es war, seine Nummer ist bei mir nicht gespeichert.» Antoinette hatte einen Blick auf die verpassten Anrufe geworfen. «Ich werde ganz bestimmt nicht zurückrufen. Erst letzthin hat mich einer mit irgendwelchen Angeboten für günstigen Wein belästigt. Mehrmals! Keine Ahnung, woher er meine Nummer hatte.» Sie verstaute ihr Smartphone wieder und dankte dem jungen Mann, der ihnen das Mineralwasser brachte und einschenkte.

«Du hast deinen Stock kaum gebraucht», sagte Lisa und zeigte auf den Walkingstock, der an Antoinettes Stuhl lehnte.

«Ja, nicht wahr?» Antoinette lächelte zufrieden. «Auch wenn ich nie mehr eine Wanderreise leiten werde, wenigstens privat kann ich wieder unterwegs sein. Das ist eine grosse Erleichterung.»

«Ja, das kann ich mir vorstellen. Für eine so unternehmungslustige Frau wie dich war es bestimmt schwer, das Wandern aufzugeben.»

«Allerdings. Zwei Jahre lang konnte ich kaum mehr spazieren gehen. Dazu kam die Scheidung, der Umzug … es war hart.» Wieder meldete sich ihr Handy. Sie ignorierte es und sprach weiter.

«Zum Glück habe ich am neuen Ort bald Anschluss gefunden.»

«Für dich wird das kein Problem gewesen sein», sagte Lisa. «Du gehst immer so offen auf die Leute zu. Mir fällt es schwerer, Kontakte zu knüpfen.»

«Aber trotzdem hast du nach dem Tod deines Mannes

gleich Robert kennengelernt. Oder habe ich das falsch verstanden?»

«Ach, das ist eine lange Geschichte. Weisst du, Robert kannte ich schon, bevor ich Walter heiratete. Und als Walter ums Leben kam, mietete Robert bereits die Wohnung im ersten Stock. Das war damals gar nicht so einfach, denn, nun ja, Walter starb nicht an einer Krankheit, sondern er war das Opfer einer Gewalttat.»

Antoinette machte grosse Augen. «Das Opfer einer …? Soll das heissen, er wurde umgebracht?» Als Lisa nickte, schwieg sie einen Moment, dann senkte sie ihre Stimme zu einem Flüstern und fragte: «Kannst du mir davon erzählen? Aber nur, wenn es dir nicht zu unangenehm ist.»

Sie kamen überein, erst auf dem Rückweg über den Mord an Walter Zünd und dessen Aufklärung zu sprechen. Obwohl die Tische in angenehmem Abstand angeordnet waren, wollte Lisa nicht das Risiko eingehen, von Fremden belauscht zu werden. Nachdem sie ausgetrunken und bezahlt hatten, brachen sie auf. Der Weg entlang der Aare war ruhig und friedlich und die schöne Natur stand im krassen Gegensatz zu Lisas Bericht. Auch wenn der Tod ihres Mannes schon mehrere Jahre zurücklag, machte es ihr zu schaffen, über diese traurige Zeit zu reden. Mehrmals hielt sie inne, beobachtete einen Vogel oder liess ihren Blick über das Wasser gleiten, bevor sie weiterredete.

Als sie geendet hatte, schwiegen beide eine Weile. Dann räusperte sich Antoinette. «Danke, dass du mir das alles erzählt hast. Das war wirklich eine verrückte Geschichte. Und trotzdem ist es der Polizei geglückt, den Fall aufzuklären.»

«Ja. Dafür bin ich sehr dankbar. Nicht auszudenken, wenn mein Sohn und ich nie erfahren hätten, warum Walter sterben musste. Ich wäre heute ein anderer Mensch, hätte vielleicht nie mehr zu meiner positiven Lebenseinstellung zurückgefunden.»

«Ja, das kann ich sehr gut nachvollziehen. Sag, wie war das damals mit der Polizei? Haben sie dich ernst genommen?»

«Wie meinst du das?» Erstaunt sah Lisa die Freundin an. «Ja, sicher haben sie das. Ich wurde mehrmals befragt. Erst dachte ich, das sei übertrieben. Aber weil dieser Moser immer wieder nachgefragt hat, ist mir dann doch noch etwas eingefallen, an das ich sonst nie gedacht hätte.»

«Dann waren die Polizisten nicht unangenehm, herablassend oder so?»

«Aber nein, gar nicht.» Lisa lächelte. «Einer davon hat später auch meine damalige Mieterin geheiratet. Die beiden sind ein nettes Paar, auch wenn er manchmal etwas unnahbar scheint. Sie wohnen noch immer in unserer Nachbarschaft. Wenn ich sie sehe, denke ich immer, dass aus dieser schrecklichen Geschichte doch noch etwas Gutes entstanden ist.»

«Wie schön!» Antoinette hakte sich bei der Freundin unter. «Ja, so muss man es wohl anschauen. Dass sich aus allem, was geschieht, wieder Neues und Gutes entwickeln kann. Wäre ich damals nicht durch diesen Unfall früher nach Hause gekommen, wäre ich vielleicht immer noch verheiratet und würde von meinem Mann betrogen. So bin ich frei, habe ein neues Kapitel in meinem Leben aufgeschlagen und neue Freunde gefunden.» Schweigend gingen sie ein Stück. Dann atmete Antoinette tief durch und sagte: «So, und jetzt muss ich dir etwas erzählen. Hör mir bitte einfach zu und sag mir am Ende, was du von der Sache hältst.»

«Eigentlich ist es absurd.» Fischer unterbrach seine Recherche, stand auf, ging zum Fenster und blickte hinaus. «Auf der Suche nach Holmbachs Mörder finden wir Hinweise darauf, dass er selbst ein Mörder war. Langsam bringe ich Verständnis für jeden auf, der die Tat begangen haben könnte.»

«Mir macht das auch zu schaffen», gestand Gygax. «Aber egal, ob es eine Frau war, die von Holmbach gedemütigt und verletzt wurde oder ob jemand seinen Freund rächen wollte, wir müssen die Person finden.»

Fischer nickte, wendete sich vom Fenster ab und ging zurück an seinen Schreibtisch. «Du hast recht. Wir suchen den Täter, die Rechtsprechung können wir anderen überlassen.»

Eine Weile herrschte Ruhe im Büro, dann gab Fischer ein befriedigtes Brummen von sich. «Ich glaube, ich bin da auf etwas gestossen.» Er zeigte auf seinen Bildschirm. «Komm, schau dir das mal an. Das ist Holmbachs digitale Agenda vom Mai.»

«Und?» Gygax rollte seinen Stuhl neben den des Kollegen und sah ebenfalls auf dessen Bildschirm.

«Am Tag des Unfalls, also am Mittwoch, hatte er keine Termine. An solchen Tagen hat er jeweils HO, ich nehme an für Homeoffice eingetragen.»

«Okay, er konnte sich also frei bewegen. Aber andererseits hätte er kein Alibi gehabt, wäre er danach gefragt worden.»

«Ja. Aber nach allem, was wir über die Beziehung wissen, können wir davon ausgehen, dass ihm Frau Gyser für diesen Abend eines gegeben hätte.»

Gygax nickte grimmig. «Wahrscheinlich hätte sie es sogar unter Eid bezeugt.»

«Am nächsten Tag, dem Donnerstag, hatte Holmbach dann einen Termin im Kanton Solothurn, und zwar bereits um neun Uhr morgens. Er muss also früh aufgebrochen sein. Und wenn ich das 'EZ Krone' am Abend korrekt als Einzelzimmer interpretiere, hat er dort im Hotel Krone übernachtet.»

«Interessant.» Gygax sah sich den Eintrag an. «Dabei ist die Distanz doch problemlos noch am selben Tag zu schaffen. Oder hatte er am Freitagmorgen nochmals einen Termin bei dieser Firma oder wenigstens in der Region?»

«Soweit ich sehe, nicht.» Fischer griff zu seinem Telefon. «Ich rufe dort an. Vielleicht kann sich noch jemand an den Termin mit Holmbach erinnern.»

Drei Tage war es her, dass Marius gesehen hatte, wie sie mit Edi sprach und seither war ihr Leben die Hölle. Nicht nur, weil er sie gleich an diesem Abend beschimpft und schrecklich bestraft hatte, sondern weil sie spürte, dass die Sache für ihn noch nicht erledigt war. Sie musste darauf achten, dass sie wirklich nie mehr zusammen mit Edi gesehen werden konnte. Nicht von Marius und auch nicht von jemandem, der es ihm erzählen könnte.

Mit zitternder Hand schloss sie den obersten Knopf ihrer Bluse und ging vorsichtig die Treppe hinunter. In dem Moment kam er aus seinem Arbeitszimmer und warf ihr einen scharfen Blick zu. Sie zog die Schuhe an und schlüpfte in ihren Regenmantel. Entgegen seinen Gewohnheiten half Marius ihr nicht in den Mantel; ein klares Zeichen, dass er sie noch immer strafte. Keine Fürsorge mehr. Nur kalte Blicke und strenge Anweisungen, wenn er überhaupt noch das Wort an sie richtete.

Endlich war sie bereit und ging mit gesenktem Kopf an ihm vorbei ins Treppenhaus. Zum Glück verliess im selben Augenblick Frau Ackermann ihre Wohnung, wünschte fröhlich einen guten Morgen und hielt ihr die Lifttür auf. Während der Fahrt machte die freundliche Frau eine Bemerkung über das Wetter und stieg im Erdgeschoss aus.

«Unerträglich, dieses dumme Weib», zischte er, als sie weiter in die Tiefgargage fuhren. Sie wusste es besser, als ihm zu widersprechen und nickte. «Du hast doch keinen Kontakt mit ihr?», vergewisserte er sich und sie schüttelte vehement den Kopf.

«Selbstverständlich nicht. Mit niemandem im Haus. Ich grüsse nur, damit ich nicht unhöflich erscheine», versicherte sie ihm. Sie wusste, dass das in seinem Sinne war. Zurückhaltend und höflich, so war er ihr damals begegnet, bei ihrem ersten gemeinsamen Abendessen im Restaurant. Und dann hatte er sie plötzlich umworben, war aufmerksam und fürsorglich gewesen. Fast wäre ihr bei der Erinnerung ein Seufzer entschlüpft, aber sie konnte ihn im letzten Augenblick durch ein Hüsteln kaschieren. Keine Gefühle zeigen, höchstens Interesse und Bewunderung, sonst würde diese Kälte nie enden.

Während der kurzen Fahrt wurde die Stille nur vom leichten Quietschen der Scheibenwischer unterbrochen, aber bevor sie aussteigen konnte, packte er ihr Kinn und zwang sie, ihm in die Augen zu sehen. «Kein Wort zu diesem Kerl! Nie mehr! Du weisst, was dich sonst erwartet!»

«Nie mehr ein Wort», versprach sie mit bebender Stimme.

Er liess sie los. Sie stieg aus, schlug die Kapuze ihres Regenmantels hoch und ging mit schnellen Schritten davon. Erst als sie den Spielplatz schon fast erreicht hatte, hörte sie seinen Wagen wegfahren.

Therese Marti hatte allen Grund zur Freude. Im Zuge der Ermittlungen zum Mord an Holmbach war es scheinbar gelungen, einen Fall von Fahrerflucht aufzuklären. Blaser hatte ihr seine Erkenntnisse dargelegt und nun war es Fischer und Gygax gelungen, den Verdacht zu erhärten.

«Ich habe den Mann erreicht, mit dem Holmbach am folgenden Morgen einen Termin hatte», berichtete Fischer gerade. «Herr Lanz erinnert sich so genau, weil Marius Holmbach etwas zu spät eintraf und gestresst wirkte. Er hatte bei der Einfahrt zum Firmengelände das Tor touchiert. Die Folge war ein Schaden am Kotflügel. Lanz hat ihm die örtliche Garage empfohlen, wo er selbst Kunde ist.»

«Und der Garagist hat den Kotflügel danach perfekt ausgebessert», vermutete Blaser.

«Genau. Ich habe mich gleich anschliessend dort erkundigt. Der Auftrag wurde noch am selben Abend ausgeführt. Holmbach hat den Wagen am nächsten Morgen abgeholt und bar bezahlt.»

«Hat er weiterhin für Lanz gearbeitet?», fragte Schaffer.

«Nein. Herr Lanz und sein Geschäftspartner hatten keinen guten Eindruck von Holmbach. Er schien ihnen unkonzentriert und sehr kurz angebunden.»

«Er wird sich Sorgen gemacht haben, erwischt zu werden», kommentierte Gygax. «Aber mit dem zusätzlich herbeigeführten Kratzer am Wagen und der Barzahlung in der Garage hat er natürlich seine Spur gut verwischt.»

«Auch im Hotel hat er bar bezahlt», berichtete Fischer. «Er hatte nicht im Voraus gebucht, sondern erwähnte, er müsse spontan übernachten, weil sein Auto erst am nächsten Tag wieder fahrbereit sei. Die Rezeptionistin hat sich an ihn erinnert, weil er zwei Zimmer gründlich inspizierte, bevor er sich entschied. Hygiene sei dem Herrn sehr wichtig gewesen.»

«Jetzt müssten wir nur noch jemanden finden, dem am Mittwochabend ein Schaden an Holmbachs Wagen aufgefallen ist», meinte Schaffer. «Dann haben wir ihn überführt.»

«Da er tot ist, brauchen wir ihn nicht mehr zu überführen», kam der trockene Kommentar von Gygax. «Aber trotzdem wäre Lena Gyser als Zeugin jetzt von Nutzen. Sie könnte Licht in die Sache bringen.»

«Das sehe ich auch so.» Therese Marti nickte ihrer Nichte zu. «Du hattest recht, als du die Suche nach der Frau noch nicht aufgeben wolltest. Was können wir noch tun, um sie zu finden? Was denkst du?»

«Sie hat Angst», antwortete Schaffer. «Ob sie nur ahnte, dass Holmbach hinter dem Tod von Adrian Murer steckte, oder es wusste, jedenfalls ist ihr klar geworden, dass Holmbach gefährlich war. Daher versteckt sie sich bis heute und weiss wahrscheinlich nicht, dass er tot ist.»

«Und er hat nicht aus Liebe so intensiv nach ihr gesucht, sondern weil ihm klar war, dass sie gegen ihn aussagen könnte», vermutete Fischer. «Sie stellte ein Risiko für ihn dar.»

«Wissen die befragten Zeugen von Holmbachs Tod?», erkundigte sich die Staatsanwältin. Blaser und Schaffer verständigten sich mit einem Blick. «Nicht von uns», antwortete Blaser.

«Wir haben sie nur wissen lassen, dass wir Frau Gyser im Zusammenhang mit einem Fall suchen, in den ihr ehemaliger Partner verwickelt ist. Von seinem Tod war nicht die Rede.»

«Hat der Bruder eigentlich eine Todesanzeige aufgegeben?», fragte Gygax, an Fischer gewandt.

«Soweit ich weiss, nicht. Jedenfalls nicht hier in Bern. Er lässt den Leichnam in den Kanton Zug überführen. Wenn, dann wird dort eine Todesanzeige in der lokalen Presse erscheinen. Soll ich nachfragen?»

«Gerne. Am besten gleich», bat die Staatsanwältin. «Wenn wir davon ausgehen, dass Frau Gyser nach wie vor in der Schweiz ist, vielleicht sogar in Bern, sind die 'Berner Zeitung' und 'Der Bund' ein Weg, sie zu erreichen.»

Fischer griff zu seinem Handy und fand in seinen Kontakten Tobias Holmbachs Nummer. Als dieser abnahm, aktivierte Fischer den Lautsprecher und informierte seinen Gesprächspartner darüber.

«Natürlich, kein Problem. Wie kann ich helfen?», fragte der Tierarzt.

«Wir befinden uns in einer Besprechung und sind zum Schluss gekommen, dass wir die ehemalige Lebenspartnerin Ihres Bruders als Zeugin vernehmen sollten», erklärte Fischer.

«Leider ist die Frau bis jetzt nicht wieder aufgetaucht. Vielleicht meldet sie sich bei uns, wenn sie vom Tod Ihres Bruders erfährt.»

Es war einen Moment still, dann seufzte Holmbach. «Ich verstehe. Sie gehen davon aus, dass sie sich vor ihm versteckt. Weil er sie … schlecht behandelt hat.»

«Das ist möglich. Ja.»

«Grauenhaft.» Tobias Holmbach atmete tief durch. «Gut. Was kann ich tun? Dass wir die Frau nie gesehen haben, wissen Sie ja schon.»

«Ja. Wir möchten Sie bitten, in der Presse eine Todesanzeige zu veröffentlichen. Oder haben Sie das bereits getan?»

«Noch nicht. Wir wissen erst seit heute, dass die Abdankung am Mittwoch stattfindet. Am Samstag wird in der regionalen Zeitung eine Anzeige erscheinen. Wir gehen davon aus, dass Freunde und Bekannte meiner Eltern und vielleicht auch Studienkollegen von Marius kommen werden; sei es auch nur aus reiner Neugierde.» Er lachte verlegen. «Verzeihen Sie den Sarkasmus. Die ganze Situation ist sehr belastend.»

«Das verstehen wir», versicherte ihm Fischer. «Da wir nicht wissen, wo sich die Frau aufhält, wären wir froh, wenn die Anzeige auch im Kanton Bern erscheinen könnte.»

«Das lässt sich bestimmt machen. Moment, ich schreibe es mir auf. Welche Zeitungen sind für Bern relevant?» Er notierte es sich. «Wie ist es mit der NZZ?», fragte er dann. «Soll ich da auch eine schalten?»

«Das wäre ideal. Was die Kosten betrifft …»

«Ich bitte Sie», fiel ihm Holmbach ins Wort. «Ich will mir gar nicht ausmalen, wie die Frau unter meinem Bruder gelitten hat, dass sie sich jetzt versteckt. Selbstverständlich tue ich alles, um ihr zu helfen. Das ist das doch wohl das Mindeste. Ist es Ihnen recht, wenn die Anzeigen am Samstag erscheinen?»

«Ja, natürlich. Darf ich fragen, wie der Wortlaut ist? Haben sie die Art des Todes erwähnt?»

«Um Himmels Willen nein! Wenn ich schreibe, dass er ermordet wurde, füllt sich die Kirche erst recht mit vielen sensationslüsternen Leuten. Wir haben uns für die Formulierung 'unerwartet aus dem Leben gerissen' entschieden. Da denkt man gleich an einen Verkehrsunfall.»

«Ideal. Danke, Herr Holmbach.» Fischer beendete das Gespräch und legte das Handy weg.

«Gut. Das ist geregelt», sagte Therese Marti. «Nun können

wir nur hoffen, dass Frau Gyser die Zeitung liest.»

«Oder die Person, bei der sie untergekommen ist», meinte Schaffer. «Ich kann mir nicht vorstellen, dass sie monatelang ganz allein in einem Hotelzimmer oder einer Wohnung sitzt.»

«Wir werden sehen. Wie ist es mit den Zeugen, die heute Nachmittag befragt wurden?»

«Wir haben nur mit dreien reden können», antwortete Blaser. «Max Bäschi, Tanja Huber und Hugo Neuhaus. Bäschi gehörte zum sogenannten Kleeblatt, das sich regelmässig traf. Frau Huber ist die Augenzeugin und Neuhaus war als Fussgänger auf dem Heimweg und sah das Auto nach dem Unfall an sich vorbeirasen. Aber beide konnten keine weiteren Aussagen machen. Mit Ducroix und Balsberger haben wir noch nicht gesprochen.»

«Balsberger wird morgen um neun Uhr hier sein», kündigte Schaffer an. «Er hat heute frei und besucht seine Schwester. Die feiert ihren sechzigsten Geburtstag. Er wird dort übernachten, aber morgen sehr früh aufbrechen. Im Tierpark wird er Bescheid geben, dass er später kommt.»

«Wie klang er?», wollte Fischer wissen.

«Ernst, aber ganz entspannt.» Schaffer hob die Schultern. «Stefan und ich haben ihn ja kennengelernt. Er macht den Eindruck, als könne ihn nichts aus der Ruhe bringen. Ob er geahnt hat, was hinter Murers Unfall steckt, ist die zentrale Frage. Max Bäschi sieht nicht aus wie einer, der einen Mord plant und ausführt und Toni Ducroix ist wohl auch schon etwas älter, aber bei Balsberger könnte ich es mir schon vorstellen. Er konnte es körperlich mit Holmbach aufnehmen und ausserdem wusste er, wie sehr Frau Gyser unter Holmbach gelitten hat. Er war wütend auf den Mann.»

«Er hätte die Tat begehen und dann in aller Ruhe der Aare entlang zum Tierpark spazieren und mit der Arbeit anfangen können», ergänzte Blaser.

«Gut, dann wird das ein interessantes Gespräch», meinte Gygax. «Ich werde auch dabei sein. Und was ist mit Ducroix?»

«Ich habe eine Nachricht hinterlassen und erwarte einen Rückruf», erklärte Schaffer.

«Was ist eigentlich bei den Anrufen herausgekommen, die du heute Morgen geführt hast?», wollte Blaser wissen. «Du hattest doch eine ganze Liste von Leuten, die durch Holmbachs Arbeit ihre Stelle verloren haben.»

«Stimmt.» Seine Kollegin war nicht erfreut, an die Liste erinnert zu werden. «Die habe ich noch nicht abgearbeitet. Aber es war nur eine Person dabei, von der man nichts mehr gehört hatte.»

«Dann fang mit der an», forderte sie Gygax auf. «Am besten gleich morgen früh.» Schaffer nickte. «Noch bevor Balsberger kommt», versprach sie.

«Dann ist alles gesagt?», fragte die Staatsanwältin und sah in die Runde. «Gut. Falls die Befragung von Eduard Balsberger etwas ergibt, möchte ich sofort informiert werden.» Sie verabschiedete sich und verliess den Raum.

Wenig später fuhr Blaser im Büro seinen Rechner herunter und lächelte der Kollegin aufmunternd zu. «Ich unterstütze dich morgen bei der Recherche zu deiner Namensliste. Sind es viele?»

«Zwölf. Aber nur wenige leben in der Nähe.»

«Dann fangen wir mit denen an. Schick mir die Liste doch schon mal auf mein Mail. Also, bis morgen.»

Schaffer kam seiner Bitte mit ein paar Klicks nach und

machte dann ebenfalls Feierabend. Als sie eine Stunde später mit einer Tasse Tee auf dem Sofa sass, fragte sie sich, wie Lena Gyser den Abend verbringen mochte.

«Hoffen wir, dass es ihr gut geht, Miss M», murmelte sie leise und streichelte die Katze, die neben ihr lag. «Und dass sie jemanden hat, dem sie vertrauen kann.»

Es war erst viertel nach Acht, als vom Empfang telefonisch die Ankunft von Eduard Balsberger gemeldet wurde.

Andrea machte sich auf den Weg, um ihn abzuholen, und informierte im Vorübergehen Heinz Gygax. Im Warteraum fand sie Balsberger in eine Tageszeitung vertieft. Neben ihm stand eine kleine Reisetasche. Er wirkte in schwarzen Jeans und weissem Hemd ganz anders als in seiner Arbeitskleidung. Als sie ihn ansprach, stand er sofort auf und reichte ihr die Hand.

«Sie kommen also direkt aus Luzern?», erkundigte sich die Fahnderin auf dem Weg zurück ins Büro. «Da mussten Sie früh aufstehen.»

«Ja, aber das hätte ich auch getan, wenn ich zur Arbeit gegangen wäre. Mein Schwager hat mich zum Bahnhof gefahren, so dass ich problemlos den 7-Uhr-Zug ab Luzern nehmen konnte. Er ist Bauer. Ihm macht das Frühaufstehen keine Mühe.»

«Dann wurde es gestern Abend auch nicht allzu spät?»

Balsberger lachte. «Nein, die Gäste haben sich noch vor Mitternacht verabschiedet. Aber es war schön, alte Freunde und Nachbarn wieder einmal zu treffen.»

«Ihre Schwester wohnt noch dort, wo Sie aufgewachsen sind?»

«Ja. Nicht auf dem Hof der Eltern, der wurde verkauft.

Aber sie hat im Dorf geheiratet und war nie länger fort.»

«Schön, wenn man so starke Wurzeln hat», meinte Andrea und öffnete die Bürotür. «So, da sind wir.»

Der Tierpfleger wirkte erstaunt, als sie nicht nur von Blaser, sondern auch von Heinz Gygax erwartet wurden. Er nahm auf dem angebotenen Stuhl Platz, erklärte sich einverstanden, dass das Gespräch aufgenommen wurde und gab seine Personalien an.

«Herr Balsberger, Sie wissen ja schon, dass wir im Zusammenhang mit einem anderen Delikt auf der Suche nach Lena Gyser sind», begann Schaffer die Vernehmung.

«Ja, das sagten Sie am Dienstag. Ich weiss aber immer noch nicht, wo sie zurzeit wohnt. Sie hat sich nicht gemeldet, falls Sie mich das fragen wollten.»

«Ich gehe davon aus, dass Sie ihr von unserem Besuch erzählt und ihr geraten hätten, sich bei uns zu melden», kam es von Blaser.

«Ja, klar.»

Balsberger schwieg und wartete ab. Er wirkte weiterhin völlig gelassen. Auch Gygax, der sich im Hintergrund hielt und ihn fixierte, schien ihn nicht aus der Ruhe zu bringen.

«Schade, dass Sie nichts von ihr gehört haben. Aber vielleicht wird es bald so weit sein. Jedenfalls, wenn Frau Gyser die Tageszeitungen liest. Wissen Sie, ob sie das regelmässig tut?», erkundigte sich Schaffer.

Balsberger hob die Schultern. «Ich gehe davon aus, dass ein Geschäftsmann wie Holmbach mehrere Zeitungen abonniert hat. So einer muss sich doch laufend über die Wirtschaft, die Börse und solche Sachen informieren. Aber vielleicht liest man das ja alles nur noch auf dem Handy oder dem Tablet. Keine Ahnung.» Er zögerte. «Aber warum fragen Sie mich das? Das könnte Ihnen Holmbach doch sicher selbst sagen.»

Schaffer hatte ihren nächsten Satz mit den Kollegen abgesprochen. «Leider ist das nicht mehr möglich. Herr Holmbach ist am Montag verstorben.»

Balsbergers Schreck war entweder echt oder gut einstudiert. «Wieso? Der war doch noch jung. Vierzig oder so. Hatte er einen Unfall oder … ach so … jetzt verstehe ich; er wurde umgebracht, nicht wahr? Darum suchen Sie Lena. Sie denken, sie könnte etwas damit zu tun haben.»

«Wir ermitteln in alle Richtungen», versicherte ihm Blaser.

«Also Lena hat ihn sicher nicht umgebracht», sagte Balsberger. «Sie hat sich nie wehren können. Schon die Idee, dass sie Gewalt anwenden könnte, ist absurd. Das können Sie gleich vergessen.»

«Wie mein Kollege gesagt hat, wir ermitteln in alle Richtungen. Dazu gehört das private Umfeld genauso wie das geschäftliche. Und weil Sie eine der wenigen Personen sind, die privaten Kontakt mit Frau Gyser hatten, haben wir auch Ihr Leben etwas näher angeschaut.» Balsberger nickte. Ein trauriges Lächeln umspielte seine Lippen. «Ach so. Und da haben Sie gesehen, dass ich nach dem Tod meiner Frau abgestürzt bin, zu viel getrunken habe und schliesslich in der Psychi gelandet bin. Und jetzt denken Sie, so einer könnte auch einen Mord begehen. Ernsthaft, Frau Schaffer?»

Die Fahnderin ertappte sich dabei, wie sie sich einen Moment in den Mann hineinversetzte und sich für ihren Verdacht schämte. Blaser musste es gespürt haben, denn er übernahm das Gespräch.

«Sie haben Frau Gyser sehr geschätzt. Ist es da so abwegig, sich zu überlegen, ob Sie in den Mord verwickelt sein könnten?»

«Ja, ist es.» Balsberger sah ihm gerade in die Augen. «Aber Sie sind Polizisten und darum verstehe ich, dass Sie so denken. Mit zwanzig oder dreissig, da wäre mir vielleicht die Sicherung durchgebrannt und ich hätte Holmbach verprügelt. Aber ich bin älter geworden und habe viel erlebt. Sie haben mein Leben durchleuchtet, wissen also, von was ich rede. Ich bin stärker aus dieser Krise herausgekommen. Ich bin nicht der Typ, der zuschlägt, sondern bewahre die Ruhe und suche Lösungen.»

Blaser nickte. «Dann haben Sie also auch Anfang Mai, als Ihr Freund Adrian Murer angefahren wurde, die Ruhe bewahrt?»

«Ach, das haben Sie auch gefunden, als Sie in meinem Leben gewühlt haben?» Es war Balsberger anzusehen, wie sehr ihn die Erinnerung schmerzte. «Nein, ruhig bin ich damals nicht geblieben. Ich habe geweint, wenn Sie es genau wissen wollen. Am Unfallort und auch, als er im Spital gestorben ist. Noch heute träume ich von dieser schrecklichen Nacht. Dass ich nicht da war, um ihm zu helfen, das werde ich mir nie verzeihen.»

«Und was ist mit dem Fahrer?», fragte Blaser.

«Dem Fahrer?» Balsberger sah ihn irritiert an. «Soviel ich weiss, haben Ihre Kollegen ihn noch nicht gefunden.»

«Stimmt. Der Fall ist noch nicht aufgeklärt.»

«Am Mittwoch habe ich mit meinen Freunden darüber gesprochen. Wir hoffen immer noch, dass die Wahrheit an den Tag kommt. Anfangs dachten wir, dass diesen Menschen das Gewissen plagen müsse und er sich stellen würde. Aber das ist nicht geschehen. Persönlich habe ich nicht mehr viel Hoffnung, aber man weiss ja nie.»

«Stimmt. Es gibt immer wieder neue Erkenntnisse», sagte Blaser. «Haben Sie sich Gedanken gemacht, wie es zu diesem Unfall kommen konnte?»

«Machen Sie Witze?» Der Tierpfleger schüttelte ungläubig den Kopf. «Ich habe mir nächtelang den Kopf zerbrochen, warum ich Idiot nicht schneller gelaufen bin. Warum ich nicht darauf bestanden habe, dass wir beide Max begleitet haben und dann gemeinsam nach Hause gegangen sind. Warum wir drei Trottel nicht schon vor der Haustüre, als das Gewitter losbrach, umgekehrt sind und bei Toni gewartet haben, bis das Schlimmste vorbei war. Oder bei Toni einen weiteren Schirm oder eine Jacke ausgeliehen haben. Warum, warum?» Er hob hilflos die Schultern. «Wenn man anfängt, dann kommt man nicht mehr aus dieser grausamen Spirale heraus. Die Antwort ist also ja, Herr Blaser, ich habe mir Gedanken gemacht und am Ende komme ich immer wieder zum Schluss, dass ich der bin, der hätte aufpassen müssen. Wind und Regen waren laut, Adi war über siebzig und schwerhörig. Ich hätte ihn begleiten sollen. Punkt.» Er hatte immer lauter und schneller gesprochen. Jetzt atmete er tief durch und schloss kurz die Augen. Als er sie wieder öffnete, schien er ruhiger. «Und jetzt wüsste ich eigentlich gerne, warum Sie mich das Fragen. Was hat der Unfall mit Holmbach und Lena zu tun?»

Die drei wechselten Blicke. Keinen hatte der offensichtliche Schmerz des Mannes unberührt gelassen. Wollten Sie ihm die Wahrheit sagen? Gygax nickte leicht und Blaser räusperte sich.

«Ich bin auf diesen Fall gestossen, weil Ihr Name erwähnt wurde», erklärte er. «Ich hatte andere Vorkenntnisse als meine Kollegen und sah das Ganze aus einem anderen Winkel. Herr Balsberger, für mich war entscheidend, dass Adrian Murer Ihre Jacke trug und diese auch bei Regen im Licht der Strassenbeleuchtung zu sehen war. Das hat die Zeugin ausgesagt, auch gestern, als ich nochmals mit ihr gesprochen habe.»

Balsberger nickte. «Sie war leuchtend grün mit Reflektoren», sagte er leise.

«Eben. Die Augenzeugin war sich in Bezug auf die Scheinwerfer nicht sicher, aber ein anderer Zeuge, der das Auto davonrasen sah, sagte aus, dass sie nicht brannten. Natürlich kann der Fahrer auf der Flucht geistesgegenwärtig die Scheinwerfer ausgeschaltet haben, aber wahrscheinlicher ist, dass sie gar nie brannten.» Blaser gab Edi Balsberger Zeit, die ganzen Informationen zu verdauen. «Verstehen Sie, was ich damit sagen will?»

«Sie meinen, es war Absicht?» Ungläubig schüttelte Edi den Kopf. «Nein, das kann nicht sein. Ihre Kollegen haben damals auch gefragt, ob Adi Feinde hatte. Aber da war niemand, der ihm etwas hätte antun wollen.»

«Wie gesagt, ich bin anders vorgegangen als die Kollegen. Erinnern Sie sich, wie Sie Frau Schaffer und mir am Mittwoch von Ihrem Zusammentreffen mit Marius Holmbach erzählt haben? Von der Szene, als er Sie im April gemeinsam mit Frau Gyser angetroffen hat?»

«Daraufhin hat Lena sich nur noch drinnen mit Ihnen getroffen», rief ihm nun Schaffer in Erinnerung. «Sie sagten, sie habe sich verändert. Sie sprachen von einer Art Wende bei ihrem Verhalten.»

Balsberger nickte. Langsam schien auch er zu begreifen, auf was die beiden hinauswollten.

«Und dann hat Holmbach Sie im Juni, also nach dem Verschwinden von Frau Gyser bei Ihrem Auto abgepasst und gesagt …»

«Denk nicht, dass du nochmals davonkommst», ergänzte

Balsberger leise. Entsetzt schaute er die beiden an. Ihm fehlten die Worte.

«Unsere Vermutung ist, dass Marius Holmbach Ihnen nachgestellt hat», fasste Blaser zusammen. «Dass er Sie anfahren wollte, ob mit Tötungsabsicht oder nicht.»

«Aber Adi trug meine Jacke.» Balsberger löste sich aus seiner Erstarrung. «Darum musste er also sterben? Weil ich ihm diese verdammte Jacke ausgeliehen hatte? Wirklich?»

«Es sieht so aus. Wir haben weiterermittelt und die Wahrscheinlichkeit ist gross, dass Holmbach der Fahrer war.»

Balsberger hatte sichtlich Mühe, die Neuigkeiten zu verdauen. Mehrmals räusperte er sich, bis er wieder sprechen konnte.

«Das ist jetzt gerade zu viel für mich. Sie denken sicher, ich hätte selbst auf die Idee kommen sollen. Aber ich habe das einfach nicht gesehen. Lena und Holmbach, die hatten für mich nichts zu tun mit Adi, Max und Toni. Das waren getrennte Welten. Verstehen Sie?»

«Sehr gut sogar», versicherte ihm Andrea Schaffer. «Wir denken, dass Frau Gyser die Zusammenhänge gesehen hat und darum geflüchtet ist.»

«Lena.» Balsbergers Stimme zitterte leicht. «Warum hat sie mir denn nichts gesagt?»

Ein Lob für das schmackhafte Abendessen, ein Lächeln und am nächsten Tag sogar ein Kompliment für ihr Gewicht, das sie seit Wochen dank eiserner Disziplin halten konnte. Anfang Mai schöpfte sie Hoffnung, dass sich alles wieder einrenken würde.

Mit Edi hatte sie sich nur noch in seinem winzigen Büro hinter den Aquarien getroffen, mit ihm geplaudert und die

Ruhe und Wärme genossen, die er ausstrahlte. Manchmal erzählte er von seinen Freunden, die ihn ganz spontan in ihre Runde aufgenommen hatten, dann wieder aus seiner Vergangenheit. Wie er abgestürzt war und erst mit Hilfe einer Therapie wieder auf die Füsse gekommen war. Man muss sich Hilfe holen, wenn es nicht mehr geht, war seine stille Botschaft. Aber sie zögerte. Jetzt, da Marius wieder gut zu ihr war, hatte sie eigentlich keinen Grund mehr, sich zu beklagen.

Aber dann änderte sich alles.

Am Mittwochabend bestand Marius darauf, einen schweren Rotwein zum Essen zu trinken. Normalerweise blieb sie, der Kalorien wegen, bei solchen Gelegenheiten beim Mineralwasser, oder nippte höchstens am Wein. Aber heute war Marius in Feierlaune. Er schenkte ihr nach und bestand darauf, dass sie ihr Glas leerte. Auch von den Macarons sollte sie unbedingt essen, und als sie abräumte, schlug er vor, das Aufräumen auf morgen zu verschieben und früh zu Bett zu gehen. In jener Nacht war er so liebevoll zu ihr wie seit Monaten nicht mehr. Erschöpft schlief sie schliesslich ein und wachte erst am nächsten Morgen um halb acht mit schwerem Kopf auf. Marius stand nach seiner Joggingrunde bereits unter der Dusche und sie merkte mit Schrecken, dass sie seinen Anruf von unterwegs überhört haben musste. Sie stürzte in die Küche und kümmerte sich um sein Frühstück. Kaum stand der Kaffee auf dem Tisch, kam er bester Laune herunter, tätschelte ihr die Wange und spottete ein wenig, weil sie noch so zerzaust aussah.

«Jetzt aber schnell unter die Dusche und schön gemacht», verlangte er dann ein wenig strenger.

«So ein Glas Wein kann dich doch nicht völlig aus der Bahn werfen. In zwanzig Minuten bist du bereit.»

An ein Frühstück für sie selbst war nicht zu denken. Eine Kopfwehtablette und später ein Kaffee im Büro mussten reichen. Mit noch immer dumpfem Pochen hinter der Stirn ging sie während der Mittagspause an der frischen Luft spazieren und ass so wenig wie möglich von den mitgebrachten Früchten. In der Eile war sie heute Morgen nicht auf die Waage gestanden, war aber sicher, dass sich Dessert und Wein bereits auf ihr Gewicht ausgewirkt hatten.

Im Laufe des Nachmittags rief Marius sie auf dem Handy an, um sie wissen zu lassen, dass er wegen eines Defekts am Auto auswärts übernachten musste.

«Du wirst also allein nach Hause gehen», sagte er und klang dabei sehr besorgt. «Ich rufe dich später an, um sicher zu sein, dass du gut angekommen bist.»

Was das bedeutete, war ihr klar: Höchstens dreissig Minuten nach Arbeitsende musste sie daheim den Anruf auf dem Festnetzapparat entgegennehmen. Zum Glück gelang es ihr, eine Viertelstunde früher Schluss zu machen. So konnte sie sich auf dem Heimweg Zeit lassen und war schon einige Minuten daheim, als das Telefon klingelte.

Später kümmerte sie sich um ihren kleinen Gartenanteil und wechselte ein paar Worte mit Krähenbühls aus dem ersten Stock, die ebenfalls im Garten waren. Den Rest des Abends verbrachte sie mit Kräutertee, einem Apfel und ihrem Lieblingsknäckebrot vor dem Fernseher. Als Marius um zehn Uhr nochmals anrief, um ihr eine gute Nacht zu wünschen, lag sie schon im Bett. Er klang gut gelaunt. Das Zimmer sei einfach, aber sauber und sehr ruhig. Gleich morgen könne er seinen Wagen in der Werkstatt abholen und komme dann auf direktem Weg nach Hause. Sie solle auf dem Weg zur Arbeit vorsichtig sein oder sich ein Taxi rufen. Wie üblich werde er sie nach der Arbeit abholen. Sie dankte ihm für seine Fürsorge und schlief schon bald ein.

Am Freitag warf sie während des Frühstücks einen Blick in die Zeitung. Der Auslandteil interessierte sie nicht, aber im Regionalteil blieb ihr Blick an einer Meldung hängen. In der Nacht vom Mittwoch zum Donnerstag war in der Nähe des Bahnhofs Ostermundigen ein Mann beim Überqueren einer Quartierstrasse von einem Wagen erfasst und schwer verletzt worden. Er befand sich in kritischem Zustand im Spital. Der Fahrzeuglenker hatte nicht angehalten und wurde nun gesucht. Zeugen wurden gebeten, sich bei der Polizei zu melden.

Sie liess die Zeitung sinken. Ein Unfall, ähnlich wie der, den ihr Vater damals verursacht hatte. Damals war sie zu klein gewesen, um zu verstehen, warum er sich kurz darauf das Leben genommen hatte. Heute verstand sie, dass er die Schuld nicht hatte ertragen können. Wie es jetzt wohl dem Fahrzeuglenker ging? Machte er sich Vorwürfe oder war er einfach froh, unerkannt davongekommen zu sein? Sie blätterte weiter, überflog den Kulturteil und die vermischten Meldungen auf der letzten Seite und ging schliesslich zur Arbeit.

Edi, den sie in der Mittagspause traf, sah schlecht aus. Blass war er und man sah ihm an, dass er kaum geschlafen hatte. Er erzählte stockend, dass sein Nachbar und Freund Adi am Mittwoch einen Unfall gehabt hatte. Ob er überleben werde, sei nicht klar.

«Und ich bin schuld», sagte er immer wieder. «Ich hätte mit ihm gehen müssen. Stattdessen habe ich ihm nur meine Jacke geliehen. Wahrscheinlich konnte er mit der grossen Kapuze nicht gut sehen und ist direkt vor das Auto gelaufen.»

Erst mit der Zeit brachte sie die Zeitungsmeldung und

Edis Geschichte zusammen. Dass der Fahrer nicht angehalten hatte, machte alles noch viel schlimmer für ihn und seine Freunde. Gerade noch hatten sie einen gemütlichen Abend zusammen verbracht, nun schwebte einer aus der Runde in Lebensgefahr.

Sie drückte seine Hand. «Er wird bestimmt wieder gesund», versuchte sie ihm Mut zuzusprechen. Er schüttelte nur traurig den Kopf. Edi hoffnungslos zu sehen, erschütterte sie mehr als der Unfall selbst und für den Rest des Nachmittags konnte sie kaum an etwas anderes denken.

Erst nach der Arbeit gelang es ihr, die düstere Stimmung abzuschütteln. Marius hielt ihr die Wagentür auf, erkundigte sich während der Fahrt, ob sie ohne ihn gut zurechtgekommen war und war so lieb und fürsorglich, dass sie den Unfall völlig vergass. Fürs Nachtessen hatte er einen Tisch im Bellevue reserviert; Kleider und Schmuck, die sie tragen sollte, lagen schon bereit. Es wurde ein wunderbarer Abend. Sie ass von allen Speisen, die er für sie bestellte und hörte zu, wie er amüsant von seiner Nacht in dem einfachen Landgasthof erzählte. Er war plötzlich wieder der Mann, in den sie sich verliebt hatte. Der Zauber hielt das ganze Wochenende über an.

Erst als Marius am Montagmorgen während des Frühstücks die Zeitung las, bemerkte sie eine Veränderung an ihm. Wie versteinert blieb er minutenlang an derselben Seite hängen. Sie wusste, dass er mit Aktien handelte und vermutete, dass eine Meldung auf der Wirtschaftsseite ihm Sorgen bereitete. Möglichst lautlos knabberte sie an ihrem Knäckebrot und achtete darauf, dass ihre Tasse nicht auf der Untertasse klapperte. Erschrocken fuhr sie zusammen, als er das Wort an sie richtete.

«Hast du noch Kontakt mit diesem Tierpfleger?»

«Aber nein, natürlich nicht», log sie sehr überzeugend. «Ich sehe ihn nur selten.»

«Ihr sprecht nicht miteinander?»

«Höchstens, dass wir uns kurz grüssen, wenn wir uns zufällig auf dem Gang begegnen.»

«Wann zum letzten Mal?»

Sie tat so, als müsse sie nachdenken. «Ich glaube, es war am Donnerstag, aber es kann auch Freitag gewesen sein. Er ging ins Büro der Personalchefin.»

Er nickte und las weiter. Als er in sein Arbeitszimmer ging, wagte sie es, die Zeitung durchzublättern. Im Regionalteil war die Meldung zum Unfall mit Fahrerflucht diesmal gross aufgemacht. Das Opfer, ein Rentner, war seinen Verletzungen erlegen. Der Fahrer weiterhin flüchtig. Die Polizei bat um Mithilfe.

Ihr Herz zog sich aus Mitleid mit Edi zusammen. Er würde sich weiterhin schreckliche Vorwürfe machen. Besonders, weil er dem Freund seine Jacke ausgeliehen hatte. Die Jacke, die dem alten Mann viel zu gross gewesen war.

Sie räumte das Geschirr in die Spülmaschine und überlegte, wie sie Edi heute trösten könnte. Würde er überhaupt zur Arbeit kommen? Meine Güte, wenn er den Freund begleitet hätte, hätte auch er dem Raser vors Auto laufen können. Er wäre … Sie stockte. Ein schrecklicher Gedanke zuckte durch ihren Kopf. Sie verdrängte ihn sofort wieder, aber als sie Marius kurz darauf durch den Türspalt in seinem Büro beobachtete, wurde der Verdacht zur Gewissheit. Seine enttäuschte, wütende Miene konnte nur eines bedeuten: Er hatte sein Ziel noch nicht erreicht.

Sie liessen Edi Balsberger ein wenig Zeit, um den Schock zu verarbeiten. Er trank vom angebotenen Wasser und langsam bekam sein Gesicht wieder Farbe. Schliesslich setzte Blaser die Befragung fort.

«Hat Ihnen Frau Gyser nie einen Hinweis darauf gegeben, dass sie plante, ihren Partner zu verlassen? Hat sie keinerlei Andeutungen gemacht, wohin sie gehen wollte?»

«Nein, wirklich nicht.» Balsberger schüttelte ratlos den Kopf. «Ich hatte ihr immer wieder gesagt, sie solle weggehen und irgendwo neu anfangen. Aber sie hatte zu viel Angst vor diesem Macho. Als sie verschwand, war ich positiv überrascht und überzeugt, dass ihr der Neustart gelingen würde. Aber dass sie jetzt, nach mehreren Monaten, noch immer nichts von sich hören lässt, macht mir schon etwas Sorgen. Sie denken doch nicht, dass ihr Holmbach etwas angetan hat?»

«Dafür gibt es keine Hinweise», beruhigte ihn Schaffer. «Ein Zeuge hat sie mit gepacktem Koffer ins Taxi steigen sehen. Aber sobald ihr klar wurde, dass Holmbach buchstäblich zu einem Mord fähig ist, muss sie in grosser Angst gelebt haben.»

«Ich hätte ihr doch geholfen!»

«Sie müssen sich in Frau Gysers Lage versetzen: Ihr war klar geworden, dass Holmbachs Anschlag Ihnen gegolten hatte. Sie durfte Sie nicht noch mehr in Gefahr bringen. Vielleicht hat sie sich auch schuldig gefühlt am Tod von Herrn Murer.»

Balsberger nickte nachdenklich. «Ja, sie hat damals immer wieder gesagt, wie leid ihr das alles tue. Ich habe das für Anteilnahme gehalten, aber man kann 'Es tut mir leid' natürlich auch als Entschuldigung sagen.»

«War sie Herrn Murer je begegnet?»

«Nein, aber ich habe ihr oft von meinen Freunden erzählt. Lena liebte es, wenn ich ihr vom Kleeblatt erzählt habe oder Episoden aus meiner Kindheit.»

«Und was hat sie selbst erzählt?», wollte Schaffer wissen.

«Gar nichts.» Balsberger seufzte. «Einmal, als sie mir Fragen zu meiner Schwester und unserem Leben auf dem Bauernhof stellte, da habe ich mich nach schönen Erinnerungen aus ihrer Kindheit erkundigt. Ich wusste, dass sie keine Geschwister hat, aber ich dachte, sie erzählt etwas aus der Schule. Irgendwas.»

«Aber das wollte sie nicht?»

«Nein. Sie hat eine Weile nachgedacht und dann geantwortet: Da war nichts.» Balsberger sah die Fahnderin anklagend an. «Wie kann das sein? Dass jemand heutzutage keine einzige gute Erinnerung an seine Kindheit hat? Ich meine, sie ist Ende Zwanzig und hat rein gar nichts Schönes, an das sie sich erinnern kann?»

«Ja, das ist ungewöhnlich», stimmte ihm Schaffer zu. «Frau Gyser hat ihren Vater früh verloren. Hat sie das mal erwähnt?»

«Ja. Und die Mutter hat bald wieder geheiratet. Aber mehr weiss ich nicht über die Familie.»

«Als Sie versucht haben, Frau Gyser zum Gehen zu überreden, haben Sie ihr da irgendwelche Adressen gegeben?»

«Nun ja, ich habe sie natürlich auf Frauenhäuser hingewiesen. Aber darauf hat sie gar nicht reagiert. Also habe ich ihr andere Vorschläge gemacht. Bei meiner Schwester auf dem Hof zu leben zum Beispiel. Da wäre sie in Sicherheit gewesen.»

«Aber da ist sie nicht aufgetaucht?»

«Nein. Nachdem Lena verschwunden war, habe ich bei meiner Schwester angerufen und gefragt, ob sie von ihr gehört hat. Aber sie hat sich dort bis heute nicht gemeldet.»

«Wie gesagt, als sie ging, war ihr bewusst, dass Holmbach Sie im Visier hat», erinnerte ihn Schaffer. «Sie würde wahrscheinlich nicht zu jemandem gehen, der leicht mit Ihnen in Verbindung gebracht werden kann.»

Balsberger runzelte die Stirn. «Stimmt. Ich habe mich noch nicht an den Gedanken gewöhnt, dass Lena mich schützen will.»

«Hat sie wirklich nie irgendeine Freundin erwähnt?», fragte Schaffer. «Bitte denken Sie nach.» Balsberger kratze sich am Kinn. «Einmal ist sie bei den Flamingos zufällig jemandem begegnet, den sie von früher her kannte. Sie haben dann mittags zusammen einen Kaffee getrunken. Das hat sie mir am nächsten Tag erzählt.»

Blaser und Gygax tauschten einen Blick. War das dieselbe Person, von der Lena Gyser auch ihrer Masseurin berichtet hatte?

«Mann oder Frau?», wollte Blaser wissen.

Balsberger zuckte die Schultern. «Keine Ahnung. Einen Namen hat sie nicht genannt. Aber es war jemand, mit dem sie bei einem ihrer vielen Temporär-Jobs kurz zusammengearbeitet hatte.» Er überlegte. «Sie sagte, sie hätten zur Aufmunterung zusammen einen Kaffee getrunken. Also ging es dieser Person nicht gut. Oder sie haben sich gegenseitig aufgemuntert. Keine Ahnung.»

«Wissen Sie noch, wann das war?»

«Im Frühling. April, würde ich sagen. Jedenfalls vor dem Unfall. Aber was haben Sie eigentlich vorhin mit den Zeitungen gemeint? Sie sagten, Lena werde sich bald melden, sofern sie Zeitung liest.»

Blaser erklärte es ihm. «Wenn sie also durch die Todesanzeige von Holmbachs Tod erfährt, wird sie sich hoffentlich bei Ihnen oder vielleicht auch bei uns melden.»

«Ja, das ist möglich.» Plötzlich huschte ein Lächeln über Balsbergers Gesicht. «Übrigens hat sie mir damals gesagt, dass sie in der Zeitung von der Fahrerflucht gelesen hat.»

Andrea Schaffer atmete auf. «Also liest sie die Tagespresse. Jetzt können wir nur hoffen, dass sie Zugang dazu hat.»

Sie schlossen die Befragung ab und Schaffer begleitete den Tierpfleger zum Ausgang. «Sie melden sich, falls Frau Gyser mit Ihnen Kontakt aufnimmt», vergewisserte sie sich, als sie die Tür erreicht hatten.

«Versprochen.» Balsberger zögerte einen Moment. «Das klingt jetzt vielleicht frech, aber könnten Sie mich anrufen, falls …»

Die Fahnderin schüttelte bedauernd den Kopf. «Tut mir leid. Aber sollte ich Frau Gyser am Telefon haben, sage ich ihr, dass Sie sich Sorgen machen.»

«Danke. Mehr kann ich nicht verlangen.»

Als Andrea zurück ins Büro kam, hörte sie Gygax sagen: «Ich wäre froh gewesen, endlich einen Verdächtigen im Fall Holmbach zu haben, aber Balsberger scheint mir nicht unser Mann zu sein.»

«Ich bin froh, dass du das so siehst, Heinz.» Sie liess sich auf ihren Stuhl sinken. «Auch ich bin davon überzeugt, dass er die Wahrheit sagt. Er scheint einer der Menschen zu sein, die gar nicht lügen können.»

«Genau das mag der Grund sein, warum ihn Lena Gyser nicht in ihre Pläne eingeweiht hat», vermutete Blaser. «Sie hat geahnt, dass Holmbach nach ihrem Verschwinden zu Balsberger kommen würde und musste sicher sein, dass der nichts verraten konnte.»

«Okay, dann stehen wir da, wo wir gestern schon waren.» Gygax stand auf. «Wir haben keine Ahnung, wo sich Frau Gyser aufhält und müssen hoffen, dass sie die Todesanzeige liest oder sich Holmbachs Tod bis zu ihr herumspricht. Bis dahin», er sah Schaffer vielsagend an, «gilt es nach weiteren möglichen Tätern zu suchen. Die Liste, die du gestern erstellt hast, muss abgearbeitet werden. Ich selbst habe auch durch Nachfragen fünf Namen erhalten, die in Frage kommen. Da mache ich mich jetzt dran. Melde dich, falls du auf etwas Auffälliges stösst.» Als die Türe hinter ihm ins Schloss fiel, stöhnte Schaffer auf. «Okay, okay. Ich mach mich an die Arbeit. Gilt das Angebot von gestern noch? Hilfst du mir, Stefan?»

«Ja, klar.» Blaser rief die Namensliste auf seinem Bildschirm auf. «Wen soll ich mir vornehmen?»

«Wenn du Luc Demeuron und Marie-Anne Grand übernehmen könntest? Du sprichst viel besser Französisch als ich.»

Blaser grinste. «Okay. Mach ich. Und du suchst nach dieser Ruth Strobel?»

«Ja, sie ist eine Knacknuss. Als ich heute Morgen nicht weiterkam, habe ich nochmals bei ihrer ehemaligen Arbeitskollegin angerufen. Frau Vögeli wird sich heute im Betrieb umhören, ob jemand noch Kontakt mit Frau Strobl hat. Übrigens schreibt man den Familiennamen mit bl am Schluss. Kaum hatte ich das herausgefunden, kam Balsberger. Aber jetzt geht's weiter. Es wäre doch gelacht, wenn Ruth Strobl nicht zu finden wäre.»

«Gell, Robert, du hast nicht vergessen, dass ich für heute Abend Antonia und Heinz eingeladen habe?» Lisa, die sich nach dem gemeinsamen Frühstück schon verabschiedet hatte, stand plötzlich wieder in Hofers Küche. «Sie kommen um sieben Uhr.»

Hofer warf einen Blick auf seinen Küchenkalender. «Tatsächlich. Ich hätte es nicht mehr lesen können. Ich muss den Bleistift unbedingt mal spitzen.»

Lisa lachte, als sie sein schuldbewusstes Gesicht sah. «Du kannst die Termine zusätzlich in die Agenda auf dem Handy eintragen. Ich mache das, seit ich Anfang Jahr eine wichtige Verabredung verpasst habe. Zusätzlich programmiere ich eine Erinnerungsmeldung einen Tag und zwei Stunden vor dem Ereignis ein. Das funktioniert bei mir prima.»

«Wenn ich etwas mehrere Wochen oder Monate im Voraus abmache, tue ich das auch. Aber etwas so Kurzfristiges konnte ich mir bisher immer merken.»

«Mach dir nichts draus. Mir geht es auch so.» Lisa drückte tröstend seine Hand. «Was meinst du, soll ich heute Abend lieber Fondue oder Raclette machen?»

«Da brauche ich nicht lange zu überlegen. Du kennst doch Heinz und seine unsicheren Arbeitszeiten. Wenn er zu spät kommt, kann er beim Raclette einfach dazusitzen. Bei einem Fondue müssten wir auf ihn warten.»

«Stimmt. Bei ihm weiss man wirklich nie. Hoffentlich kann er überhaupt kommen. Antonia war sich nicht sicher. Aber ich muss ihm unbedingt etwas erzählen.»

«Ach ja? Was denn?»

«Sei nicht so neugierig.» Lisa lächelte verschmitzt und eilte mit einem «Bis heute Abend also», aus der Wohnung.

Hofer räumte das Frühstücksgeschirr in die Maschine, griff dann nach dem Bleistift auf dem Küchentisch und ging damit ins Wohnzimmer. Auf dem Schreibtisch stand der grosse, metallene Spitzer, den er seit seiner Zeit als Lehrer besass. Als er den Stift einspannend wollte, musste er feststellen, dass der Stummel zu klein geworden war. Kopfschüttelnd warf er ihn in den Papierkorb und nahm einen neuen aus dem Stifthalter. Grün mit roten Katzen drauf; den hatte ihm Meret im Sommer zum Geburtstag geschenkt. Von Lino hatte er dazu einen Radiergummi mit Schachbrettmuster erhalten. Mit einem Lächeln auf den Lippen trug er beides in die Küche und platzierte die Sachen gut sichtbar auf dem Küchentisch. Von jetzt an würde er sich beim Eintragen der Termine wieder mehr Mühe geben. Und ja, Lisa hatte recht, die Agenda im Handy musste er auch vermehrt nutzen. Seine Papieragenda lag auf dem Nachtkästchen und diente als Tagebuch, aber auch da trug er immer weniger ein, weil er abends zu müde dazu war. Es war schon ein Kreuz mit dem Älterwerden. Dass ihm seine Töchter nun noch diese grosse Reise schenken wollten, passte ihm gar nicht in den Kram. Wann fand eigentlich das Treffen mit der Reiseleiterin nächste Woche statt? Am Mittwochvormittag oder doch am Donnerstag? Verflixt, Lisa hatte es ihm doch gestern Abend gesagt, aber auf dem Kalender stand natürlich nichts! Und wann hatte er mit Ruedi den gemeinsamen Kinobesuch verabredet? Montag, ja, das war ganz sicher am Montag. Aber welche Vorstellung wollten sie besuchen? Es half alles nichts, er würde den Freund anrufen müssen.

Unzufrieden mit sich selbst ging Hofer ins Wohnzimmer, wo Rossini mit vorwurfsvollem Blick auf der Terrasse sass.

Er beeilte sich, die Türe zu öffnen. «Komm nur rein», sagte er und streichelte das Tier, das um seine Beine strich. «Wir machen es uns gemütlich, wir zwei alten Knacker.»

Edi Balsberger rief im Tierpark an, um zu melden, dass er sich nun endlich auf dem Weg zur Arbeit befand. Er hatte zwar angekündigt, dass es später werden könne, aber dass er erst um zehn Uhr aufkreuzen würde, war natürlich nicht geplant gewesen. Zum Glück hatte er nicht lange auf den Bus in Richtung Elfenau warten müssen und konnte sich während der Fahrt das Gespräch mit den Polizeibeamten durch den Kopf gehen lassen.

Dass Holmbach ihn hatte umbringen wollen und stattdessen Adi erwischt hatte, war für ihn kaum fassbar. Wie krank musste dieser Mensch gewesen sein, wenn er es nicht ertragen konnte, dass Lena einen Arbeitskollegen kurz angelächelt hatte? Er stöhnte leise auf. Adi Murer könnte noch leben, hätte Holmbach wie immer im Wagen auf Lena gewartet und wäre ihr nicht entgegengekommen. Nein, er durfte sich nicht in dieser Gedankenspirale verlieren. Das hatte ihm nach dem Unfall nächtelang den Schlaf geraubt.

Er zwang sich, seinen Gedanken eine andere Richtung zu geben. Lena. Nicht genug damit, dass sie diesem miesen Typ in die Falle gegangen war; sie hatte herausgefunden, dass er vor einem Mord nicht zurückschreckte! Wie lange hatte sie es wohl gewusst, bevor ihr die Flucht gelungen war? Und wohin hatte sie sich gewandt? Hatte sie überhaupt genug eigenes Geld für einen Neustart? Sass sie in einer billigen Absteige oder hatte sie doch bei einer Freundin unterkommen können? Wenn er ihr nur besser zugehört hätte, als sie ihm damals von diesem zufälligen Zusammentreffen bei den

Flamingos erzählt hatte. Jemand von früher … Mann oder Frau? Alt oder jung? Und was für ein Job war es gewesen, von dem her sie sich kannten? Hatte diese Person sie bei sich aufgenommen und half ihr, sich vor Holmbach zu verstecken? Bei seiner Schwester war Lena jedenfalls nicht aufgetaucht, das hatte ihm Christine gestern nochmals versichert.

Der Bus näherte sich der Haltestelle Tierpark. Edi stand auf und nahm seine Reisetasche. Gemeinsam mit einer Gruppe Mütter und Kinder stieg er aus und beeilte sich, aus der schnatternden Kinderschar herauszukommen. Mit langen Schritten ging er in Richtung Vivarium. Erst jetzt fiel ihm ein, dass er während der Vernehmung sein Handy auf lautlos gestellt hatte. Er zog es aus der Tasche und warf im Gehen einen Blick darauf. Meine Güte, seinen Nebenjob hatte er ganz vergessen. Er würde in der Mittagspause zurückrufen.

Die Suche nach den Personen, die durch Holmbachs Beratungstätigkeit ihre Arbeitsstelle verloren hatten, erwies sich als mühsam. Einige hatten sich frühzeitig pensionieren lassen, andere waren nach einer Weiterbildung wieder im Arbeitsleben integriert und wieder andere hatten ohne Probleme eine Stelle gefunden. Im Laufe des Tages gelang es dem Team, beinahe alle Leute zu kontaktieren. Beinahe, denn nachmittags um halb vier gab es noch immer einen Namen, hinter den kein Häkchen gesetzt werden konnte: Ruth Strobl. Die zweiundsechzigjährige Sachbearbeiterin, deren Stelle von Holmbach vor etwas mehr als zwei Jahren weggekürzt worden war, war nirgendwo gemeldet.

«Also wenn wir sie nicht bald finden, dann frage ich mich wirklich …» Schaffers Satz blieb unvollendet, denn in diesem Moment läutete ihr Telefon. Sie warf einen Blick auf das Display und ihre Miene hellte sich auf. «Hoffentlich!», murmelte sie und nahm ab.

«Frau Vögeli, wie schön, dass Sie zurückrufen. Ja, genau. Toll, dass Sie sich die Zeit genommen haben. Konnten Sie mit allen reden? Ach so, ja, natürlich. Aber Frau Zeller? Tatsächlich? Wusste sie auch eine Adresse? Das nicht. Okay, aber auf jeden Fall lebt sie nicht mehr in der Schweiz. Ja, das habe ich mir notiert. Ganz herzlichen Dank, Frau Vögeli! Ihnen auch einen schönen Feierabend und ein schönes Wochenende. Adieu.»

«Und?», fragte Blaser. «Wo ist Frau Strobl?»

«In Österreich.» Die Fahnderin lächelte zufrieden. «Frau Vögeli hat in der Firma die Runde gemacht und ist auf eine Kollegin namens Zeller gestossen, die das Ehepaar Strobl im Frühling zufällig getroffen hat. Seit der Ehemann pensioniert ist, leben sie irgendwo in der Nähe von Graz und waren damals zu Besuch in der Schweiz. Näheres wusste Frau Zeller nicht, aber das ist eigentlich auch egal, denn den Strobls geht es gut.»

«Prima.» Blaser warf einen Blick auf die Liste. «Dann können wir also auch noch den letzten Namen streichen. Nicht alle sind absolut glücklich mit der neuen Arbeitsstelle oder sie hätten gerne noch bis zum offiziellen Rentenalter gearbeitet, aber keiner ist durch Holmbach in Not geraten. Die, mit denen ich geredet habe, konnten sich teilweise kaum mehr an seinen Namen erinnern.»

«Ja, das war bei mir auch so.» Schaffer öffnete eine Schublade und holte einen Müesliriegel heraus. «Auch einen?»

Blaser lehnte ab. «Ich spare mir meinen Hunger für heute Abend auf. Wir sind bei den Schwiegereltern zum Essen eingeladen.»

«Mit den Kindern?»

«Nein. Meine Schwiegermutter hütet die beiden oft genug. Sie wollte uns gerne mal ohne Kinder am Tisch haben. Pia hat eine Babysitterin engagiert, die schon öfters da war. Jonas und Luna mögen sie sehr.»

«Klingt gut.» Schaffer knabberte an ihrem Riegel. «Was meinst du? Ob sich Frau Gyser wohl bei uns melden wird, wenn sie von Holmbachs Tod erfährt?»

Blaser zuckte die Schultern. «Keine Ahnung. Ich kann mir nicht vorstellen, dass sie gleich als erstes auf die Idee kommt, die Polizei zu kontaktieren. An ihrer Stelle würde ich eher eine Freundin oder einen Freund anrufen.»

«Ja, da hast du recht. In dem Fall wäre das am ehesten Balsberger.»

«Ja, oder die Masseurin, Frau Dahinden. Wir müssen einfach abwarten.» Blaser begann, seinen Schreibtisch aufzuräumen, stiess auf eine Notiz und runzelte die Stirn. «Sag mal, hat dich Toni Ducroix eigentlich zurückgerufen?»

«Nein. Meine Güte, das habe ich völlig vergessen», ärgerte sich Schaffer und suchte die Nummer heraus. Wieder landete sie beim Anrufbeantworter und hinterliess eine Nachricht mit der dringenden Bitte um Rückruf.

Es klopfte und Fischer streckte den Kopf zur Türe herein. «Kommt ihr zur Besprechung in unser Büro? Frau Marti lässt sich entschuldigen und Glauser hat keine neuen Erkenntnisse. Wir sind also nur zu viert.»

Die beiden rafften ihre Unterlagen zusammen und folgten Fischer über den Gang, wo Gygax schon wartete.

«Hat sich bei deiner Liste etwas ergeben, Andrea?», fragte er, kaum hatten sie sich gesetzt. «Ist jemand durch Holmbach ins Unglück gestürzt worden?»

Schaffer schob ihm den Ausdruck ihrer ausgefüllten Excel-Liste über den Tisch. «Keiner dabei, der oder die sich an Holmbach rächen müsste», sagte sie mit Bedauern. «Ich habe bei allen den vorherigen Arbeitsplatz, die Übergangszeit mit dazugehörigen Massnahmen und die neue Tätigkeit aufgelistet. Allen geht es gut. Und bei dir?»

«Das gleiche Resultat», seufzte Gygax. «Auch dieser Ermittlungsansatz scheint im Sand zu verlaufen. Was wir nach Balsbergers Befragung aber weiterverfolgen sollten, ist die Person, die einerseits von Balsberger und andererseits von der Masseurin erwähnt wurde. Jemand, mit der oder dem Lena Gyser früher zusammengearbeitet hat. Sollte die Todesanzeige nicht die gewünschte Wirkung zeigen, wäre das eine Spur, der wir nachgehen sollten.»

«Bitte nicht!» Andrea stöhnte auf. «Ich hatte ja schon Kontakt zu dieser Tempo-Bern und habe eine Liste von Frau Gysers Einsätzen erhalten. Die Frau hatte in den letzten Jahren sehr viele Jobs, denn länger als ein paar Monate ist sie nie geblieben. Ich will mir gar nicht vorstellen, mit wie vielen Menschen sie zusammengearbeitet hat.»

Gygax nickte. «Wie gesagt, nur wenn wir in den nächsten Tagen nichts von ihr hören. Hat jemand neue Erkenntnisse?»

Fischer meldete sich. «Ich habe heute mit einem Kollegen telefoniert, der die Tür-zu-Tür Befragungen durchgeführt hat. Zwei weitere Personen haben Holmbach regelmässig morgens joggen sehen. Die beiden wohnen an der Aarstrasse und der Schifflaube. Aufgefallen ist er offenbar besonders durch das grellgrüne Handytäschchen am Oberarm.»

«Okay. Dann war es also relativ einfach, ihm aufzulauern», meinte Blaser. «Immer dieselbe Strecke im Zeitraum zwischen sechs und sieben Uhr. Da braucht es einfach Geduld.»

«Ja. Wer ihn regelmässig gesehen hat und einen Konflikt mit ihm auszutragen hatte, konnte jederzeit zuschlagen. Dass es jetzt am Morgen etwas später hell wird und es durch den Wetterwechsel frühmorgens kaum Schwimmer in der Aare hat, war günstig für den Täter», stimmte Gygax zu. «Chrigu, du hattest doch noch eine Bemerkung zu Balsberger. Was war das genau?»

«Ja. Stimmt.» Fischer nahm einen Notizzettel zur Hand. «Andrea, ich habe mir die Aufnahme von Balsbergers Vernehmung angehört und dabei ist mir etwas aufgefallen. Auf deine Frage, ob er Frau Gyser irgendwelche Adressen gegeben hat, antwortete er – ich zitiere: Ich habe sie natürlich auf Frauenhäuser hingewiesen. Aber darauf hat sie gar nicht reagiert. Also habe ich ihr andere Vorschläge gemacht. Bei meiner Schwester auf dem Hof zu leben, zum Beispiel.» Fischer schwieg und die Fahnderin sah ihn fragend an. «Ja. Und?»

«Nun ja, er sagte, er habe ihr andere Vorschläge gemacht, aber genannt hat er dann nur den Hof seiner Schwester. Du hast nicht nachgefragt, was das für andere Vorschläge waren.»

«Tatsächlich.» Schaffer schüttelte unzufrieden mit sich selbst den Kopf. «Das war ein Fehler. Ich rufe ihn gleich an.» Sie suchte Balsbergers Nummer in ihren Kontakten.

«Wir haben es ja auch nicht gemerkt», tröstete sie Blaser. «Wenn er die anderen Vorschläge nicht erwähnenswert fand, sind sie wahrscheinlich auch nicht wichtig.»

Schaffer horchte in ihr Telefon und rollte genervt die Augen. Offenbar war sie einmal mehr gebeten worden, eine Nachricht zu hinterlassen. Sie bat den Tierpfleger um sofortigen Rückruf und legte auf.

Blaser grinste. «Es scheint dein Schicksal zu sein, dass niemand deine Anrufe entgegennimmt.» Als die beiden Kollegen sie fragend ansahen, erklärte Schaffer, dass sie noch auf einen anderen Rückruf wartete. «Es scheint Leute zu geben, die ihre Nachrichten gar nicht abhören.»

«Meine Tante zum Beispiel», sagte Blaser achselzuckend. «Sie steht auf dem Standpunkt, dass man ja einfach nochmals anrufen kann. Und einen Anruf von einer Nummer, die sie nicht in ihren Kontakten gespeichert hat, würde sie ohnehin nie annehmen. Am besten wird sein, wir fahren nochmals an die Mittelholzerstrasse.»

Bevor sie antworten konnte, läutete Schaffers Telefon. «Wenigstens auf Balsberger ist Verlass», sagte sie und nahm den Anruf entgegen.

«Andere Vorschläge?», fragte der Tierpfleger, nachdem sie ihm erklärt hatte, um was es ging.

«Nun ja, ich habe ihr noch die Nummer einer Cousine meiner verstorbenen Frau gegeben. Sie ist Sozialarbeiterin in Schaffhausen. Aber da hat sie sich nicht gemeldet. Und dann habe ich ihr geraten, sich eine Arbeitsstelle zu suchen, wo sie auch gleich im Haus wohnen kann. Zum Beispiel als Kindermädchen oder Haushalthilfe. Ich kenne jemanden, der eine Zeitlang eine Hilfe im Haus hatte und das wäre ideal für jemanden, der sich verstecken möchte. Aber auch da hat sie nicht angerufen. Das hätte ich erfahren.» Balsberger seufzte. «Es tut mir leid, dass ich nicht weiterhelfen kann.»

«Kein Problem», versicherte ihm Schaffer. «Könnten Sie mir zur Sicherheit noch Adressen und Telefonnummern der Leute geben, die Sie Frau Gyser genannt haben?»

«Ja. Natürlich. Reicht es, wenn ich das mache, sobald ich nach Hause komme? Die der Cousine habe ich nur dort notiert. Und ich sollte hier jetzt weitermachen. Da ich heute erst so spät angefangen habe, bin ich mit der Arbeit etwas im Rückstand.»

«So bald wie möglich», bat ihn die Fahnderin und liess ihn dann an die Arbeit zurückgehen.

«Apropos Telefon», sagte Fischer und zog eine Liste aus seinen Unterlagen hervor. «Ich habe endlich die Anrufliste von Lena Gysers Handy erhalten. Es sind die beiden Monate, bevor sie es abgemeldet hat, also April und Mai.»

«Und? Irgendwelche Auffälligkeiten?», fragte Gygax.

«Sie hat wenig telefoniert. Holmbachs Nummer taucht natürlich immer wieder auf. Dann die Nummern der Coiffeuse und der Masseurin. Einmal hat sie morgens im Tierpark angerufen. Vielleicht wollte sie melden, dass sie sich verspätet. Ansonsten taucht hin und wieder die Nummer eines Prepaid-Handys auf.»

«Das könnte die Bekanntschaft sein, der sie damals begegnet ist!», sagte Andrea hoffnungsvoll.

«Hast du dort mal angerufen?»

«Ja, mehrfach. Auf dem Anrufbeantworter ist nur ein Satz. Es ist die Stimme einer Frau, die sagt, sie rufe zurück.»

«Kein Name?»

Fischer seufzte. «Omi Müller oder so ähnlich. Moment, das haben wir gleich. Er wählte die Nummer und alle konnten mithören, wie sich nach dem dritten Klingeln der Anrufbeantworter einschaltete. «Lomi Meier. Ich rufe zurück.» Ein Klicken, dann das Freizeichen.

«Siehst du, man kann nicht mal eine Nachricht hinterlassen», sagte Fischer. «Was schaust du so komisch, Andrea?»

«Lomi Meier!» Die Fahnderin sah die Kollegen vorwurfsvoll an. «He, Leute, sagt euch das nichts? Lomi Meier. Das muss Salome Meier sein. Lenas Mutter!»

«Ach, das ist doch Lena, nicht wahr? Erinnerst du dich noch an mich? Wir haben damals nur kurz zusammengearbeitet.»

Erstaunt drehte sie sich um und wusste im ersten Moment wirklich nicht, wer sie da so unvermittelt angesprochen hatte. Der Hinweis auf die Arbeit half ihr weiter und dann war auch sein Name wieder da.

«Ja, natürlich. Armin, nicht wahr? Wie geht es dir?»

Ein Schulterzucken, ein blasses Lächeln. «Ach, man schlägt sich so durch. Und du? Immer noch am selben Ort?»

«Aber nein. Ich war doch temporär angestellt und arbeite zurzeit hier, im Tierpark in der Administration.»

«Oh, das ist sicher interessant!»

Sie sah ihm an, dass er gerne noch ein wenig geplaudert hätte und warf einen demonstrativen Blick auf die Uhr. «Ja, das ist es wirklich. Und ich muss auch gleich anfangen. Aber es war schön, dich hier zu treffen.»

«Hast du denn mal Zeit für einen Kaffee? Zum Beispiel heute über Mittag?» Sein Blick hatte etwas Flehendes. Sie konnte ihm den Wunsch nicht abschlagen und sie verabredeten sich für halb eins im Restaurant Dählhölzli.

Als sie dort pünktlich eintraf, wartete er schon, stand auf und reichte ihr die Hand. Er ass eine Kleinigkeit, sie begnügte sich mit einem Cappuccino. Armin erzählte, dass bei ihm nicht alles so gelaufen sei, wie er es sich vorgestellt hatte. Er kam ein wenig ins Jammern, fing sich dann wieder und sagte, er habe Pläne und das sei doch das Wichtigste.

An ihrem Leben schien er ehrlich interessiert, und so kam sie ins Erzählen. Ihm gegenüber konnte sie das Gute in den Vordergrund stellen. Er sah nicht in sie hinein, wie Edi es tat. Armin freute sich über ihr Glück, einen wohlhabenden, sportlichen Partner gefunden zu haben, mit dem sie nun an bester Lage wohnte. Erst als ihr Marius' Name entschlüpfte, versteifte sich ihr Gegenüber sichtlich.

«Ach, ich hätte nicht gedacht, dass so ein cooler Business-Typ sich ausgerechnet für dich interessiert.» Und als ihm bewusst wurde, wie abfällig das klingen musste, schob er schnell nach: «Aber er hat natürlich eine Prinzessin aus dir gemacht. Wie schön für dich. Man sieht dir an, dass du nicht mehr sparen musst. Alles vom Feinsten.»

Verlegen hatte sie versucht, die Rede wieder auf sein Leben zu bringen, aber er hatte es plötzlich eilig und verabschiedete sich. Lächeln und Händedruck erschienen ihr weniger herzlich als zu Beginn ihres Treffens.

Sie war froh, dass Marius sie an diesem Abend nicht fragte, wie sie ihre Pause verbracht hatte. Ein spontaner Kaffee mit einem ehemaligen Arbeitskollegen schien ihr gerade noch akzeptabel. Aber bei Marius wusste man nie, und lügen kam nicht in Frage. Nur einmal hatte sie mit einer Notlüge versucht, von einem ihrer Fehler abzulenken und die Strafe dafür war hart gewesen. Seither tat sie nur noch, was er gutheissen konnte. Absolute Transparenz war zwingend für ein reibungsloses Zusammenleben mit ihm, das hatte ihr Marius damals klargemacht.

Sie hatte nicht erwartet, Armin je wiederzusehen, doch in den nächsten Wochen tauchte er mehrmals in ihrer Nähe auf. Einmal stand er am Strassenrand, als sie am Abend nach Hause kamen. Es gelang ihr, eine auffällige Reaktion zu verbergen. So etwas hätte nur Fragen von Marius nach sich gezogen.

An einem der folgenden Tage sah sie ihn beim Tierpark

für eine Sekunde im Rückspiegel, als Marius den Wagen aus dem Parkplatz heraussteuerte. Was will er, dachte sie verwirrt, wagte aber nicht, Marius auf den Mann aufmerksam zu machen. Erst neulich war ihr eifersüchtiger Partner fast auf ein paar Teenager losgegangen, die ihr frech hinterher gepfiffen hatten. Zum Glück hatte er sich dann aber auf einen vernichtenden Blick in Richtung der pickeligen Jugendlichen beschränkt.

Hätte sie jetzt erwähnt, dass Armin ihr nachstellte, wäre zur Sprache gekommen, dass sie sich einmal mit ihm getroffen hatte. Schlussendlich war das Ganze ihre Schuld und sie wusste, was das bedeutete. Also schwieg sie, auch wenn dieser Schatten aus der Vergangenheit in den nächsten Wochen immer wieder irgendwo auftauchte und verschwand.

«Wer nimmt noch eines?», erkundigte sich Lisa Zünd und wies auf den geschnittenen Raclette- Käse.

Die beiden Paare sassen an Lisas grossem Esstisch um den Raclette-Ofen. Der Duft von geschmolzenem Käse erfüllte den Raum. Cornichons, Silberzwiebeln, eingelegte Maiskolben und natürlich ein Korb mit gekochten Kartoffeln standen auf dem Tisch. Dazu gab es Wein, den Lisa aus dem Wallis mitgebracht hatte.

«Nein, danke», lehnte Antonia ab. «Es war ausgezeichnet. Aber wenn ich das hier aufgegessen habe, bin ich satt.»

«Mir geht es gleich», seufzte ihre Gastgeberin. «Beim Raclette muss man rechtzeitig aufhören. Wie ist es mit euch Männern?»

Tatsächlich legten sich beide noch ein letztes Stück auf ihre Pfännchen und stellten sie in den Ofen.

«Eines zum Abschluss», lächelte Robert und reichte Heinz

die Schale mit den Cornichons über den Tisch. «Kartoffeln hast du noch?»

«Ja, danke.» Heinz nahm sich von den Gürkchen und verschob seinen Käse ein wenig im Ofen, damit er gleichmässig schmelzen konnte. «Das erste Raclette im Herbst ist immer etwas Besonderes. Danke nochmals für die Einladung.»

«Es ist schön, dass ihr beide kommen konntet», erwiderte Lisa. «Ich weiss, es ist nicht selbstverständlich bei dir. Antonia hat gestern erwähnt, dass du mitten in einer Ermittlung steckst und es später werden könne.»

«Ja, es hätte knapp werden können.» Gygax zuckte die Achseln. «Am späteren Nachmittag haben wir festgestellt, dass jemand regelmässig eine Frau anruft, die eigentlich verstorben ist.»

«Das ist ja unheimlich!» Antonia runzelte die Stirn. «Habt ihr klären können, wie das möglich ist?»

«Noch nicht. Aber da wir am Freitagabend niemanden mehr telefonisch erreichen konnten, haben wir beschlossen, uns morgen um die Sache zu kümmern.»

«Wurden lange Gespräche geführt?», erkundigte sich Hofer.

«Nein, bei dem Anschluss meldet sich nur der Anrufbeantworter.»

Robert und Lisa wechselten einen Blick. «Ich hätte da eine Erklärung», sagte Lisa. «Falls du sie hören magst, Heinz?»

«Natürlich, gerne.» Gygax klang amüsiert. Wieder einmal spielten seine Nachbarn Detektiv.

«Ich bin dankbar für jeden Tipp. Schiess los!»

«Es könnte doch sein, dass jemand die Nummer wählt, um die Stimme der Verstorbenen zu hören.»

«Das war auch mein erster Gedanke», kam ihr Hofer zu Hilfe, als er Gygax' ungläubigen Blick sah. «Als meine Frau starb, habe ich es lange nicht geschafft, ihre Ansage auf dem Anrufbeantworter zu überspielen.» Er lächelte verlegen. «Weisst du, Heinz, wir zwei sentimentalen, alten Leute können so etwas gut nachvollziehen.»

«Klingt logisch», meinte jetzt auch Antonia. «Oder, HG, das ist doch eine gute Erklärung?» Zähneknirschend musste der Fahnder zugeben, dass die Idee gar nicht so dumm war. «Wir werden das morgen bei den Ermittlungen in Betracht ziehen», versprach er und erntete von Antonia einen dankbaren Blick. Ihr war ein gutes Verhältnis zwischen ihm und ihren Freunden wichtig.

«Sehr gut.» Lisa zögerte ein wenig, bevor sie weitersprach. «Heinz, ich möchte dir noch etwas erzählen. Es hat aber auch mit deiner Arbeit als Polizist zu tun. Ich hoffe, es ist in Ordnung für dich?»

Der Fahnder unterdrückte einen Seufzer, schabte sein Raclette auf den Teller und nickte.

«Erzähl nur, Lisa.»

«Ja, ich bin auch gespannt», sagte Hofer. «Sie hat schon heute Morgen Andeutungen gemacht.»

«Es geht um eine Freundin», begann Lisa. «Wir lernen uns nach einigen Jahren wieder neu kennen und waren gestern zusammen spazieren. Wir haben über viele Themen geredet und irgendwie kam zur Sprache, wie Walter damals ums Leben gekommen ist.»

Ihre drei Zuhörer nickten schweigend. Ihrer aller Leben hatte durch den Mord an Walter Zünd eine Wendung genommen.

Lisa räusperte sich. «Antoinette, meine Freundin, hat mich gefragt, wie ich von der Polizei behandelt worden sei. Ob man Verständnis für mich gehabt habe, ob ich ernst genommen worden sei. Ich habe ihr versichert, obwohl es mir damals natürlich nicht gut ging, hätte ich die Arbeit der Fahnder als sehr positiv wahrgenommen.»

Gygax nickte. «Bruno Moser war ein sehr guter Ermittler.»

«Ihr alle», versicherte ihm Hofer. «Auch du, Fischer und der junge Blaser.»

«Stimmt. Andrea Schaffer war damals noch nicht bei uns.»

Wieder war es einen Moment ruhig am Tisch. Die beiden Männer assen ihre Teller leer, dann richteten sich wieder alle Augen auf Lisa Zünd, die weitersprach.

«Antoinette hat mir erzählt, dass sie vor längerer Zeit auch mit der Polizei in Berührung gekommen ist. Sie wurde als Zeugin befragt, nachdem ein Bekannter bei einem Verkehrsunfall ums Leben gekommen war.»

«War sie in den Unfall involviert?», fragte Gygax.

«Nein. Der Mann hatte sie kurz vorher besucht und war auf dem Heimweg. Sie musste eigentlich nur aussagen, wann und in welchem Zustand er aufgebrochen war. Ob er viel Alkohol getrunken hatte, ob er sehr müde oder gar krank gewesen war.»

Gygax nickte. «Ja, das ist natürlich wichtig in so einem Fall. Wenn sich jemand betrunken ans Steuer setzt …»

«Nein, der Mann war zu Fuss unterwegs. Aber das ist eigentlich gar nicht der Punkt. Was meine Freundin seither beschäftigt, ist etwas ganz anderes. Sie hat ihre eigene Theorie zu diesem Unfall. Sie vermutet sogar, dass es gar kein richtiger Unfall war. Aber sie hat Angst, wenn sie sich an die Polizei wendet, werde sie abgewimmelt. Sie möchte sich nicht lächerlich machen. Auch, weil das Ganze schon länger her ist.»

«Und da hat sie dich gefragt, ob sie mit der Polizei Kontakt aufnehmen soll?», folgerte Antonia.

«Ja, genau. Ich habe ihr geraten, sich auf jeden Fall zu melden. Jedes Detail ist wichtig, das weiss ich noch von damals. Nicht wahr, Heinz, sie könnte auf den Polizeiposten kommen und sagen, sie möchte eine Aussage machen. Man würde sie doch sicher anhören und ernstnehmen.»

«Selbstverständlich.» Gygax öffnete die Notizfunktion auf seinem Handy. «Am besten sagst du mir den Namen deiner Freundin und um welchen Unfall es geht. Dann finde ich heraus, wer ermittelt hat und kontaktiere die Kollegen.»

«Ach, das ginge?» Lisa strahlte. «Das wäre so eine Erleichterung für sie. Die Geschichte beschäftigt sie sehr.»

«Die Kollegen werden ihren Hinweisen nachgehen», versicherte ihr Gygax. «Also, wie heisst die Frau? Und weisst du, wann und wo der Unfall geschehen ist oder den Namen des Opfers?»

«Das war wohl irgendwann im Frühling oder Sommer. Ein Datum hat sie nicht genannt und den Namen des Freundes weiss ich auch nicht. Aber meine Freundin heisst Antoinette Ducroix und wohnt im Burgfeld. An der Mitholzstrasse oder so ähnlich. Moment, ich hole dir Telefonnummer und Adresse.»

Gygax stöhnte leise auf und legte sein Handy beiseite. «Nicht nötig, Lisa», sagte er und griff nach seinem Weinglas. «Es ist die Mittelholzerstrasse. Und es wäre schön, wenn deine Freundin hin und wieder ihre Sprachnachrichten abhören würde. Andrea Schaffer wartet seit gestern Nachmittag auf einen Rückruf von Toni Ducroix.»

«Unglaublich, dieser Zufall», sagte Andrea Schaffer und versteckte ihr breites Grinsen hinter der Berner Zeitung. «Dabei habe ich wirklich gedacht, dass uns deine Nachbarn bei diesem Fall nicht dazwischenfunken können.»

«Es ist wie verhext», brummte Gygax. «Aber immerhin ist uns Lisa Zünd nicht zuvorgekommen. Wir wussten bereits, dass mehr hinter dem Unfall von Adrian Murer steckt.»

«Ja, genau. Aber was sie zu diesen Anrufen auf das Prepaid-Handy sagt, finde ich interessant.» Sie blätterte weiter in der Zeitung. «Ah, hier. Die Todesanzeigte für Marius Holmbach ist drin.»

«Das habe ich dir doch gesagt. Was im Bund steht, findest du auch in der BZ», brummte Gygax und warf einen Blick auf sein Handy. «Antonia wird mir gleich melden, ob es mit der NZZ geklappt hat.»

«Wieso? Habt ihr die abonniert?»

«Nein. Aber sie arbeitet heute. Und im Stauffacher liegt im Café Littéraire die NZZ auf. Antonia hat mir versprochen, einen Blick hineinzuwerfen, sobald sie dazu kommt.» Noch während er sprach, meldete sein Smartphone den Eingang einer Nachricht. Er zog es zu sich heran und lächelte. «Die Todesanzeige ist drin. Ich bin gespannt, ob sich im Umfeld von Lena Gyser etwas tut.»

«Ich erwarte jetzt erstmal Antoinette Ducroix zu einem Gespräch», sagte Andrea. «Ihr Anruf gestern Abend war eine echte Überraschung für mich.»

Gygax lachte. «Ich habe darauf bestanden, dass Lisa ihre Freundin sofort kontaktiert. Kannst du dir vorstellen, dass die beiden Damen gemütlich einen Spaziergang gemacht haben, während du immer wieder angerufen und eine

Nachricht hinterlassen hast? Diese Ducroix hat absichtlich nicht abgenommen! Es ist einfach …»

«Es ist einfach nur menschlich», beschwichtigte ihn seine Kollegin, bevor er sich in Rage reden konnte. «Hinter unbekannten Nummern verbergen sich meistens Werbeanrufe oder Umfragen. Je mehr solche Anrufe reinkommen, desto grösser ist die Gefahr, dass sie ignoriert werden. Aber die Nachrichten abzuhören muss sie sich schon angewöhnen.» Sie warf einen Blick auf die Uhr. «Jedenfalls hat sich Frau Ducroix gestern gleich gemeldet und wird in ein paar Minuten hier eintreffen. Ich gehe schonmal runter zum Empfang, damit sie nicht zu warten braucht.»

Tatsächlich traf die Fahnderin in dem Moment unten ein, als eine ältere Frau mit einem auffälligen, roten Brillengestell und gleichfarbigem Schal das Gebäude betrat. Sie sah sich etwas unsicher um.

«Frau Ducroix?», fragte Andrea und ging auf sie zu.

«Ja, die bin ich.» Die Frau strich sich nervös die grauen Haare aus der Stirn. «Frau Schaffer, nicht wahr? Es tut mir so leid, dass Sie jetzt wegen mir am Wochenende noch arbeiten müssen.»

«Ach was. Ich wäre auch sonst hier», versicherte ihr die Fahnderin. «Wir stecken mitten in einem Fall. Bitte, kommen Sie in mein Büro. Dann können Sie mir in Ruhe erzählen, was sie zu diesem Unfall mit Fahrerflucht zu sagen haben.»

«Ja, das hätte ich schon lange tun sollen, statt nur immer darüber nachdenken. Ich wollte einfach niemanden beunruhigen; schon gar nicht meine Freunde. Wir leiden doch alle so sehr unter dieser unseligen Geschichte.»

Die beiden Frauen hatten das Büro erreicht und Andrea liess der Zeugin den Vortritt.

«Sie waren nicht bei den Leuten, die mich am Tag nach dem Unfall befragt haben. Wie kommt das?», fragte Antoinette Ducroix, als sie sich gegenübersassen und alle Formalitäten erledigt waren. «Das waren damals zwei Männer.»

«Stimmt. Aber meine Kollegen und ich sind durch einen anderen Fall auf diesen Unfall gestossen. Daher haben wir ihn jetzt übernommen», erklärte ihr Schaffer. «Wir haben am Donnerstag nochmals alle Zeugen aufgesucht.»

«Ach, auch Max Bäschi und Edi Balsberger? Die haben mir gar nichts davon gesagt.»

«Hatten Sie denn gestern Kontakt mit den beiden?»

Antoinette Ducroix musste zugeben, dass das nicht der Fall gewesen war, und die Fahnderin wertete das als gutes Zeichen. Bäschi hatte es nicht für nötig befunden, seine Freunde vorzuwarnen; das Kleeblatt hatte offensichtlich nichts zu verbergen.

«Sie wissen ja Bescheid über diesen furchtbaren Abend, nicht wahr, Frau Schaffer? Ich erzähle Ihnen jetzt nicht alles noch einmal. Am Anfang habe ich mich Tag und Nacht gefragt, warum ich nicht gleich, als der Regen einsetzte, mit einem grossen Schirm hinter meinen Gästen hergelaufen bin. Sie waren ja gerade erst gegangen! Ich war überzeugt, dass ich damit das Unglück hätte verhindern können. Max und Edi ging es genau gleich. Wir sassen im Spital und später daheim zusammen und jeder wurde von Selbstvorwürfen fast aufgefressen. Schliesslich haben wir uns gegenseitig versprochen, damit aufzuhören. Wenn wir zusammenkamen, wurde nicht mehr über diese Nacht gesprochen.» Sie lachte verlegen. «Das Resultat war, dass wir anfangs gar nicht mehr miteinander gesprochen haben. Aber jetzt können wir wieder an Adi denken und auf ihn anstossen.»

Antoinette Ducroix holte ein Papiertaschentuch aus ihrer Handtasche und wischte sich verstohlen eine Träne aus dem Augenwinkel.

«Entschuldigung.» Sie räusperte sich. «Trotzdem habe ich natürlich weiter über den Unfall gegrübelt und als Edi an einem Regentag mit einer neuen Jacke kam, da hatte ich eine Art Erleuchtung.»

«Inwiefern?»

«Es war die Jacke! Adi hatte sich Edi Balsbergers Jacke ausgeliehen. Jedenfalls haben mir das Max und Edi erzählt. Und ich habe mich plötzlich gefragt, was, wenn ihn jemand mit Edi verwechselt hat? Was, wenn jemand Edi anfahren oder gar überfahren wollte? Verstehen Sie?»

«Ja, Frau Ducroix.» Schaffer lächelte die Frau beruhigend an. «Tatsächlich müssen wir davon ausgehen, dass genau das der Fall war. Leider wissen wir das erst seit zwei Tagen.»

«Nein, wirklich!» Die Zeugin strahlte einen Moment, aber dann erstarb ihr Lächeln. «Oh nein, ich hätte mich viel früher melden müssen, nicht wahr? Schon damals, als mir die Idee gekommen ist.»

«Ja, das wäre ideal gewesen. Haben Sie nicht mit ihren Freunden darüber gesprochen?»

«Nein, natürlich nicht! Ich wollte doch Edi nicht beunruhigen. Und er hätte sich ja dann noch mehr Vorwürfe gemacht. Und mit Max konnte ich nicht reden, denn der hätte es nicht für sich behalten können. Ich habe versucht, mir den Gedanken aus dem Kopf zu schlagen. Aber es ist mir nicht geglückt.»

«Und sie wollten Herrn Balsberger auch nicht warnen?»

Die Augen hinter den Brillengläsern weiteten sich. «Sie meinen …? Das ist mir gar nicht in den Sinn gekommen!

Wenn nochmals etwas passiert wäre, dann wäre das ja meine Schuld gewesen!» Sie schwieg einen Moment und sah dann Andrea entsetzt an. «Ist Edi etwas zugestossen? Sind Sie darum draufgekommen? Ich habe ihn am Mittwochabend zum letzten Mal gesehen.»

«Herrn Balsberger geht es gut», versicherte ihr die Fahnderin schnell. «Haben Sie denn eine Vermutung, wer damals hinter dem Steuer gesessen haben könnte?»

«Nein. Darum habe ich mich auch nicht gemeldet. Ich hatte nur diese Ahnung, aber keinen konkreten Verdacht. Edi ist ein durch und durch guter Kerl. Ich kann mir nicht vorstellen, dass ihn jemand umbringen will. Aber wir kennen uns natürlich noch nicht lange. Vielleicht jemand aus seiner Vergangenheit? Er spricht nur selten von früher.»

«Erzählt er auch nicht von der Arbeit?»

«Nur hin und wieder. Und dort ist alles in Ordnung. Die Arbeit mit den Tieren macht ihm Freude. Wenn ich Tierpflegerin wäre, würde ich viel lieber mit Säugetieren arbeiten, aber Edi hat einen Narren an den Fischen gefressen. Er ist sehr zufrieden im Tierpark. Und bei seinem Nebenjob als Gärtner hat er auch keine Probleme.»

«Ach, Herr Balsberger hat einen zweiten Arbeitsplatz?», fragte die Fahnderin überrascht. «Das hat er gar nicht erwähnt.»

Antoinette Ducroix wurde rot. «Oh je, vielleicht hätte ich das nicht sagen sollen. Ich weiss gar nicht, ob das offiziell ist.» Sie schwieg verlegen.

«Wir sind nicht von der Steuerfahndung», versicherte ihr Schaffer. «Aber es ist für uns interessant zu wissen, was für Verbindungen Herr Balsberger hat. Gerade weil auch wir annehmen, dass der Unfall ein Anschlag auf ihn war. Können Sie mir mehr über diesen Job sagen?»

«Eigentlich nicht.» Die Zeugin fuhr sich ratlos durch die Haare. «Er geht zu einer älteren Frau, der ihr Garten zu viel geworden ist. Ich glaube, sie wohnt in Muri. Oder ist es Ittigen? Ach, Sie müssen ihn schon selbst fragen. Jedenfalls geht er nicht regelmässig hin. Nur, wenn er an seinem freien Tag Zeit hat. Er ruft dann vorher an und verbringt fast den ganzen Tag dort.»

«Ich werde ihn darauf ansprechen», versprach ihr die Fahnderin. «Ist Ihnen in der Zeit vor dem Unfall, sagen wir in den zwei Wochen davor, vielleicht jemand aufgefallen, den sie sonst nicht im Quartier sehen?»

«Nein, tut mir leid. Aber ich habe natürlich auch nicht darauf geachtet.»

«Und sagen Ihnen die Namen Gyser oder Holmbach etwas?»

«Noch nie gehört.» Antoinette Ducroix hob die Schultern. «Es tut mir wirklich leid, dass ich mich nicht früher bei Ihren Kollegen gemeldet habe. Jetzt war ich zu spät, nicht wahr?»

«Sie haben unsere Theorie bestätigt und das hilft uns auch», tröstete sie Andrea. «Wenn das alles ist, mache ich jetzt das Protokoll fertig, und Sie können es gleich unterschreiben.»

Sie hatte keine Ahnung, ob ihm bewusst war, dass sie ihn durchschaut hatte. Sein Plan, Edi zu töten, war schiefgelaufen und ein Unbeteiligter war gestorben. Hätte sie ihn anzeigen sollen? Aber mit welchen Beweisen? Bestimmt hätte ihr die Polizei nicht geglaubt und sie nach Hause geschickt. Schlimmstenfalls hätten die Beamten Marius ein paar Fragen gestellt, ihm nichts nachweisen können und er …nein, darüber wagte sie gar nicht nachzudenken!

Edi ins Vertrauen zu ziehen, kam nicht in Frage. Er litt schrecklich unter dem Tod des Freundes. Wie konnte sie ihm erklären, dass eigentlich er gemeint gewesen war? Das Ganze klang sogar für sie selbst völlig verrückt. Manchmal fragte sie sich, ob sie sich das alles einbildete, aber dann sah sie wieder Marius vor sich, wie er ihr an jenem Abend Wein nachschenkte und dafür sorgte, dass sie tief und traumlos schlief, während er wegfahren und seinen Plan ausführen konnte.

Weiterhin mit ihm zusammenzuleben, kam für sie nicht in Frage, aber ihr war klar, dass er sie nie gehenlassen würde. Sie musste vorsichtig sein, musste unsichtbar werden, bis er sie vergessen und eine andere Partnerin gefunden hatte.

Nach und nach hob sie ihr Geld ab und bunkerte es in einer Schublade im Büro. Sie würde möglichst lange ohne Kreditkarten und Smartphone leben müssen. Heimlich begann sie zu packen. Mehr als ein Koffer, eine Tasche und ein kleiner Rucksack lagen nicht drin. Ihre Wahl fiel auf praktische und unauffällige Kleidung, die teuren Designerstücke liess sie zurück. Marius sollte ihr nicht vorwerfen können, ihn bestohlen zu haben. Ein zweites Paar Schuhe, Jeans, T-Shirts, Pullover, Unterwäsche und eine wärmere Jacke, mehr hatte nicht Platz im Koffer. Auch von den Kosmetika kam nur wenig ins Necessaire – den Rest würde Marius entsorgen müssen. Sie konnte sich vorstellen, wie er wutentbrannt alles in einen Kehrichtsack stopfte und sie aus seinem Leben löschte. Oder würde er alles behalten und sie suchen, um sie später wieder in ihr altes Leben zurückzwingen zu können? Diese Vorstellung machte ihr solche Angst, dass sie ihren Fluchtplan fast aufgegeben hätte.

Tag für Tag lebte sie mit einem Mörder, kochte, räumte

auf und tat alles, damit er mit ihr zufrieden war. Aber wenn er sie jetzt lobte, klopfte ihr Herz nicht mehr vor Glück. Sie erschauderte innerlich und musste sich zwingen, ihn dankbar anzulächeln.

Es dauerte Wochen, bis sie bereit war, ein Taxi zu rufen und in ihr neues Leben zu starten. Absichtlich erwähnte sie dem Taxichauffeur gegenüber einen Flug, den sie keinesfalls verpassen durfte und stieg auch in einen Zug zum Flughafen. Dort warf sie den Brief an Irene Schöpfer ein und entsorgte ihr Handy in einem öffentlichen Abfallbehälter. Ein Leben ohne Smartphone würde eine echte Herausforderung darstellen, aber sie hatte Angst, im Netz irgendwo eine Spur zu hinterlassen.

Wenn sie heute an die erste Zeit nach ihrer Abreise zurückdachte, staunte sie, wie reibungslos alles abgelaufen war. Mehrere Tage hatte sie sich im Raum Winterthur aufgehalten, war dann eine Woche in der Innerschweiz unterwegs gewesen, hatte in Lausanne in der Jugendherberge gewohnt und war anschliessend weiter in ein kleines Hotel im Kanton Baselland gezogen. Dort war ihr klargeworden, dass sie nicht der Typ für dieses Nomadenleben war. Schon jetzt sehnte sie sich nach einem Ort, an dem sie sich zuhause fühlen konnte. Irgendwo ein kleines Zimmer, in dem sie ihren Koffer auspacken und bleiben konnte. Eines Abends hatte sie sich ein Herz gefasst und eine der Nummern angerufen, die sie für Notfälle aufgeschrieben hatte.

Am Nachmittag des nächsten Tages war sie in Bern aus dem Zug gestiegen und hatte dem Himmel für den Regen gedankt. Nicht nur, weil in diesem trockenen Sommer jeder Regentag ein Geschenk war, sondern weil sie jetzt problemlos die Kapuze hochschlagen konnte. Sie hatte die schäbige Jacke in einem Secondhandladen in Lausanne für zehn Franken erstanden, genau wie die schmuddeligen Jeans und die Espadrilles, die sich an ihren Füssen gerade langsam auflösten. Selbst wenn Marius zufällig ihren Weg kreuzte, würde er sie nicht erkennen.

Trotzdem atmete sie erst auf, als sie an der Endstation ihr Gepäck aus dem Bus hievte und sich auf den ihr am Telefon beschriebenen Weg machte. Wo bei schönem Wetter Dutzende von Spaziergängern unterwegs gewesen wären, war sie heute fast allein. Eine Frau mit einem schwarzweissen Zwergpudel kam ihr entgegen und ein Jogger überholte sie und liess sie für einen Moment zusammenschrecken. Mit klopfendem Herzen erreichte sie nach einer Viertelstunde endlich ihr Ziel, zog den Koffer über den Plattenweg zur Haustür und wollte gerade läuten, als die Tür geöffnet wurde.

«Wie schön, dass Sie da sind, meine Liebe», sagte eine freundliche Stimme. «Herzlich willkommen. Ich bin sicher, wir werden uns gut verstehen.»

«Es ist zum Verrücktwerden», schimpfte Gygax, als Andrea den Kollegen später vom Gespräch mit Antoinette Ducroix berichtet hatte. «Wenn sie sich gleich gemeldet hätte, wären die Kollegen Holmbach vielleicht auf die Spur gekommen.»

«Das kann man nicht wissen.» Fischer nahm die Sache ruhiger. «Es ist zweifelhaft, ob Balsberger überhaupt eingefallen wäre, dass Holmbach ihn als Feind sehen könnte. Eher hätte man in seiner Vergangenheit nach einem Motiv gesucht.»

«Stimmt. Die Einzige, die Licht in die Sache hätte bringen können, war Lena Gyser.» Blaser trommelte mit den Fingern auf den Tisch. «Aber du hast schon recht, Heinz, der Fall macht mich auch nervös. Wir hinken mit unseren Ermittlungen immer hinterher. Eigentlich hat sich alles schon im Frühling zugetragen. Im April sieht Holmbach, wie Lena und Edi miteinander sprechen und ist so eifersüchtig, dass er sich an Balsberger rächen will. Wahrscheinlich beobachtet er ihn über mehrere Wochen hinweg und merkt, dass er am Mittwochabend oft aus dem Haus geht. Er lauert ihm auf und hat Anfang Mai Glück: Es bietet sich die Gelegenheit, Balsberger anzufahren.»

«Er ist wütend, als sich herausstellt, dass er den falschen Mann erwischt hat», spann Fischer den Faden weiter. «Seine Partnerin erkennt die Zusammenhänge. Sie hat zu viel Angst vor ihm, um sich bei uns zu melden, bereitet aber ihre Flucht vor.»

«Anfang Juni reist sie ab», übernahm Schaffer. «Sie versteckt sich irgendwo in der Schweiz, denn ihre ID ist abgelaufen und einen Pass besitzt sie nicht. Sie verwischt alle Spuren, meldet ihr Handy ab und benutzt nur noch Bargeld. Unglaublich, dass ihr das bis jetzt so gut gelungen ist. Immerhin ist sie jetzt schon vier Monate unterwegs.»

«Wenn sie wirklich unterwegs ist», schaltete sich Gygax wieder ein. «Vielleicht sitzt sie auch irgendwo fest. Dadurch, dass sie sich verstecken muss, ist sie auch sehr verletzlich.»

«Ich weiss, was du meinst.» Andrea seufzte. «Ich hoffe, sie ist nicht einem anderen Mistkerl in die Arme gelaufen.»

«Wie sie ihr Verschwinden geplant hat, spricht dafür, dass sie recht clever ist», meinte Blaser.

«Es würde mich wundern, wenn sie in eine neue Falle getappt wäre. Ich vermute eher, dass sie sich möglichst lange still verhält und hofft, dass Holmbach sie vergisst.»

«Aber dann müsste sie noch in Bern sein und ihn beobachten. Wie sonst will sie herausfinden, ob er eine neue Frau gefunden hat? Und wenn nicht, ...» Schaffer hielt inne und biss sich auf die Lippen.

«In diesem Fall wird sie unsere Verdächtige Nummer eins», sagte Gygax. «Sie beobachtet ihn, sieht, dass er keine neue Partnerin hat und verzweifelt mit der Zeit. Ewig kann und will sie sich nicht verstecken. Sie muss mit ihm reden und ihn dazu bringen, sie freizugeben. Weil sie nicht in die Wohnung zurück möchte, wo er sie einschliessen könnte, passt sie ihn auf seiner Joggingrunde ab. Als er kommt, spricht sie ihn an. Er folgt ihr die Stufen hinunter, sie reden, vielleicht macht er ihr wieder Angst. Als er gehen will, bückt er sich vorher noch, um die Schuhe zu binden. Sie hebt spontan einen dicken Ast vom Boden auf und schlägt ihn nieder.» Eine Weile war es still im Raum. Schliesslich brach Andrea das Schweigen. «Heinz, ich hasse deine Theorie, aber ich gebe zu, dass es so gewesen sein könnte.»

«Die Anwohner der Matte, die Holmbach beinahe täglich joggen sahen, haben jedenfalls kein Motiv», sagte Fischer. «Es bleibt Lena Gyser und alle, denen sie von Holmbachs Joggingrunde erzählt hat.»

«Womit wir wieder bei der ehemaligen Arbeitskollegin gelandet sind», brummte Gygax.

«Es kann auch ein Mann gewesen sein», warf Schaffer ein. «Andererseits wusste sie, dass Holmbach eifersüchtig war und wäre wahrscheinlich nicht mit einem Mann etwas trinken gegangen. Ausser er käme für Holmbach als Konkurrenz nicht in Frage. Vielleicht ist er alt oder hässlich. Ach, keine Ahnung.»

Blaser lachte. «Hässlich und alt sind relative Begriffe. Über fünfundsechzig war er jedenfalls nicht, sonst hätte er nicht mehr gearbeitet. Aber wenn wir nicht wissen, wo sie mit der Person zusammengearbeitet hat, ist es die Suche nach der Nadel im Heuhaufen. Wir müssen mit Frau Gyser sprechen. Wenn sie nicht selbst die Täterin ist, wird sie wenigstens wissen, wem sie von Holmbachs Gewohnheiten erzählt hat.»

Und dann war er wieder da. Ausgerechnet an dem Morgen im August, an dem sie endlich das Gefühl hatte, ihr altes Leben hinter sich gelassen zu haben. Am Ufer des Mettlenweihers war sie gestanden, völlig versunken in die verschiedenen Grüntöne und fasziniert von den vielen Insekten und dem Quaken der Frösche. Da schob sich plötzlich sein Spiegelbild auf die Wasserfläche und ein gekünsteltes Lachen liess sie herumfahren.

«Wir zwei sind wohl füreinander bestimmt», hatte er gewitzelt. «Sonst würde uns das Schicksal nicht immer wieder zusammenführen. Was für ein Zufall! Wohnt ihr jetzt hier, du und dein Marius?»

Sie wusste nicht, was sie sagen sollte. Marius durfte nicht erfahren, dass sie hier lebte. Was, wenn …»

Ihre Angst musste offensichtlich gewesen sein, denn er hatte die Situation schnell erfasst. «Ach, bist du ihm davongelaufen? War wohl doch nicht so toll im goldenen Käfig?»

Richtig gehässig hatte das geklungen und sie wusste bis heute nicht, wie sie davongekommen war. Irgendetwas hatte sie gestammelt von Trennung und Neuanfang und war dann schnell nach Hause gelaufen. Erst später hatte sie begriffen, dass sie in die andere Richtung hätte gehen sollen. Zum Bus und erst auf einem Umweg heim.

Wahrscheinlich war er ihr an diesem Tag gefolgt oder er

hatte sich vermehrt in der Gegend aufgehalten, so wie damals am Dalmazirain. Jedenfalls hatte sie eines Morgens einen Blick aus dem Küchenfenster geworfen und gesehen, wie Armin am Haus vorbeischlenderte. Warum verfolgte er sie? Er war nicht gewalttätig, wie Marius, aber sie wollte auch keinen weiteren Kontakt mit diesem Mann. Ausser den paar gemeinsamen Arbeitstagen verband sie nichts miteinander.

Lasst mich in Ruhe, wollte sie plötzlich schreien. Lasst mich doch alle einfach in Ruhe! Ich will mein Leben zurück. Ich will mich ohne Angst bewegen können. Ich will nicht jede Nacht mit Herzklopfen aus dem Schlaf hochschrecken und ich will nicht jedes Mal zusammenzucken, wenn ich in der Entfernung einen grossen, schlanken Jogger sehe. Ich will wieder frei sein!

Aber vorerst war er noch da, dieser lästige Schatten aus der Vergangenheit und es gelang ihr nicht, ihn abzuschütteln.

«Die Frau ist tot.» Fischer schob seinen Stuhl zurück und lockerte die Schultern.

Andrea Schaffer, die gerade zur Tür hereinkam, blieb erschrocken stehen. «Wer? Lena?»

«Aber nein. Ich rede von Salome Meier.» Fischer zeigte auf seinen Bildschirm. «Ich habe nicht nur eine Todesanzeige gefunden, sondern auch eine Zeitungsnotiz, die zu dieser Geschichte vom Unfall passt.»

«Ach so. Ja, Lenas Stiefvater hat von einem Wanderunfall gesprochen, bei dem seine Frau ums Leben kam.»

«Eben. Und genau diesen Bericht habe ich gefunden. Eine Wandrerin ist damals im Weissensteingebiet abgestürzt. Sie war allein und begegnete wenige Minuten vorher noch einem Paar, das in der Gegenrichtung unterwegs war. Kurz darauf hörten die beiden einen Schrei und Steine poltern. Sie kehrten um und mussten feststellen, dass die Frau einen Abhang hinuntergestürzt war. Sie erlitt einen Genickbruch. Offenbar ein unglücklicher Fehltritt.» Fischer hob die Schultern. «Am Montag können wir noch in Solothurn nachfragen, aber für mich sieht es so aus, als sei Salome Meier tot. Da kann keine Verwechslung vorliegen. Die Frau ist bestimmt von ihrem Mann identifiziert worden.»

«Irgendwie schade. Ich hatte mir schon vorgestellt, dass sie sich auch davongemacht hat, wie ihre Tochter.» Schaffer lachte. «Das wäre doch cool gewesen. Mutter und Tochter entkommen ihren gewalttätigen Partnern und treffen sich später wieder.»

«Das ist kein Hollywood Film», schnaubte Gygax abschätzig. «Mir scheint, Lisa Zünd hat mit ihrer Vermutung recht. Frau Gyser hat das alte Handy ihrer Mutter mitgenommen und ruft es hin und wieder an, um ihre Stimme zu hören.»

«Dann hat sie es all die Jahre immer wieder benutzt und neu aufgeladen», meinte Fischer.

«Bemerkenswert.»

«Ja, sie muss schrecklich einsam gewesen sein.» Schaffer schauderte. «Wenn das jemand ein Jahr lang macht, verstehe ich es noch. Aber zehn Jahre … Wahnsinn!»

«Sie hatte scheinbar keine andere Familie.» Fischer reichte der Kollegin einen Ausdruck der Todesanzeige. «Hier ist nur der Ehemann, also Gysers Stiefvater aufgeführt. Und dann noch ein Adrian Schibli in Alberta, Kanada. Schibli ist der Mädchenname von Salome Meier, es wird sich also um einen Bruder oder Onkel von ihr handeln.»

«Wenn sie damals zu diesem Onkel gezogen wäre, ginge es Lena heute besser», seufzte Schaffer.

«Das kann man nie wissen.» Gygax runzelte die Stirn. «Warum bist du eigentlich herüber gekommen Andrea?»

«Ach ja. Fast hätte ich es vergessen. Balsberger hat die Kontakte geschickt, die er Lena Gyser gegeben hat. Aufgefallen ist mir die Telefonnummer einer Frau Sträubi. Irgendwie sagt mir der Name was. Das ist der Nebenjob als Gärtner, den auch Antoinette Ducroix erwähnt hat.» Fischer und Gygax reagierten beide sofort.

«Frau Sträubi! Dann war es doch Holmbach, der bei der alten Dame versucht hat, ins Küchenfenster zu schauen!», rief Fischer. «Dachte ich es mir doch, dass da was dahintersteckt.»

«Er ist also Balsberger zu diesem Haus gefolgt, als er auf der Suche nach seiner Partnerin war», sagte Gygax. «Okay. Wieder ein Rätsel gelöst. Aber Lena Gyser ist nicht bei Frau Sträubi aufgetaucht, Andrea? Ist sich Balsberger da sicher?»

«Es klang gestern jedenfalls so. Aber ich kann nachfragen. Jetzt, da wir wissen, dass Holmbach diese Spur gefunden hatte, kann das nicht schaden. Moment.»

Balsberger nahm gleich ab.

«Nein, bei Frau Sträubi ist Lena nicht aufgetaucht», versicherte er ihr. «Ich war im Juni und Juli fast wöchentlich bei ihr. Sie hatte sich Anfang Jahr bei einem Sturz die Schulter gebrochen. Daher konnte sie im Garten gar nichts selbst machen. Im Frühling wohnte für drei Monate eine junge Frau bei ihr, und hat ihr im Haus viel abgenommen. Aber als die wieder weg war, wurde es schwierig. Frau Sträubi ist schon über achtzig und auf eine Leiter steigen oder ähnliches sollte sie nicht mehr. Ich habe ihr gezeigt, wie man online Lebensmittel bestellen kann und bin ihr auch im Haus ein wenig zur Hand gegangen. Ausserdem hat sie sich eine Putzhilfe gesucht. Zur Bewässerung des Gartens habe ich ihr einen Sprenger und einen Rieselschlauch installiert, so dass sie nur den Hahn aufzudrehen braucht.»

«Wann waren sie das letzte Mal bei ihr?»

«Vor zwei Wochen. Da wirkte sie wieder sehr kräftig. Die Physiotherapie schlage gut an, hat sie mir erzählt. Gestern Abend habe ich mit ihr telefoniert und mich für nächsten Donnerstag angemeldet. Der Herbstschnitt steht an und der grosse Kastanienbaum wirft immer Unmengen von Blättern ab.»

«Und bei den anderen Kontakten, die Sie ihr gegeben haben, hat sich Frau Gyser also auch nicht gemeldet?», erkundigte sich Schaffer zur Sicherheit. «Ihre Schwester, Ihre Schwägerin und dann waren noch ein Pfarrer und ein Schulfreund.»

«Genau. Auch bei denen ist sie nicht. Ich habe im Juni bei allen angerufen. Im Brief hat Lena geschrieben, sie sei ins Ausland gegangen, aber das muss ja nicht stimmen. Der Schulfreund hat einen Hof im Bündnerland. Sehr abgelegen. Bei ihm und seiner Frau wäre sie in Sicherheit gewesen. Aber auch bei dem ist sie nicht aufgetaucht.» Balsberger seufzte. «Ich hoffe, sie erfährt bald, dass Holmbach tot ist und kommt wieder zum Vorschein.»

«Ja, das hoffen wir auch!» Die Fahnderin bedankte sich und wünschte ihm ein schönes Wochenende.

«Jedenfalls kennen wir jetzt die Verbindung zwischen Frau Sträubi und Holmbach», brummte Gygax, nachdem seine Kollegin das Gespräch beendet hatte. «Aber wirklich weitergebracht hat uns das nicht.»

«Wahrscheinlich nicht.» Schaffer zuckte die Schultern. «Übrigens ist mir vorhin eingefallen, dass die Familie Schluchter eine Tochter hat, die nur wenig jünger ist als Lena Gyser.»

«Stimmt. Das Kind, das mit einem Herzfehler geboren wurde», erinnerte sich Gygax. «Was ist mit ihr?»

«Na ja, ich frage mich, ob die beiden jungen Frauen sich angefreundet haben könnten und ob sie es sein könnte, der Lena im Tierpark begegnet ist.»

«Das wäre möglich.» Gygax warf einen Blick auf die Uhr. «Es ist Mittag. Ruf doch bei Schluchters an. Vielleicht wird das Firmentelefon am Wochenende auf den privaten Anschluss umgeleitet.»

Andrea nickte und schickte sich an, das Büro zu verlassen, als Gygax' Telefon läutete. Er nahm ab, lauschte und nickte dann. «Ja, da bist du bei mir richtig. Den Anruf kannst du mir durchstellen. Ich möchte sehr gerne mit Frau Gyser sprechen.»

Als Marie-Louise Sträubi an diesem Sonntagmorgen aufwachte, konnte sie ihr Glück kaum fassen; ihr tat nichts weh! Nicht die rechte Schulter, die sie sich bei diesem unseligen Sturz Anfang des Jahres gebrochen hatte, nicht die geprellten Rippen, und auch nicht die Hüfte, die ebenfalls Schaden genommen hatte. Vorsichtig reckte und streckte sie sich und seufzte dann wohlig. Dass sie das mit zweiundachtzig nochmals erleben durfte: ein Morgen ohne Schmerzen.

Mit geschlossenen Augen lag sie noch eine Weile im Bett und kostete den Moment aus. Im Haus war es vollkommen ruhig, aber im grossen Kastanienbaum vor ihrem Fenster zwitscherten die Vögel. Sie öffnete die Augen. Sonnenlicht drang durch den Vorhang ins Zimmer. Sie wendete den Kopf und sah zu ihrem Erstaunen, dass der Wecker bereits neun Uhr anzeigte. Unglaublich! So gut und vor allem so lange hatte sie seit Langem nicht mehr geschlafen. Jetzt aber los: Einen sonnigen Sonntag durfte sie nicht verschlafen.

Sie setzte sich auf, tastete mit den Füssen nach ihren Hausschuhen und ging durch die schmale Verbindungstüre ins Badezimmer. Zwanzig Minuten später trat sie gekleidet in Jeans, rosa Pullover und dunkelblaue Strickjacke auf den Gang hinaus und ging die Treppe hinunter ins Entrée. Alles war ruhig. Offenbar war Lena schon unterwegs. Es war der jungen Frau nicht zu verdenken, dass sie ihre neue Freiheit ausnutzen wollte. Diese Erleichterung gestern, als sie die Todesanzeige in der Zeitung entdeckt hatte! Lena hatte es kaum glauben können, als sie ihr den Bund unter die Nase gehalten hatte. «Aber warum?», hatte sie ganz verwirrt gestammelt. «Er war doch nicht krank. Er hat doch so viel Sport gemacht.»

«Die Formulierung, 'plötzlich aus dem Leben gerissen' deutet auf einen Unfall hin», hatte sie ihr erklärt. «Wie auch immer er gestorben ist, du bist jetzt frei und wir können mit dieser Heimlichtuerei aufhören.»

Persönlich hatte sie Marius Holmbach nicht gekannt, aber zu sehen, was er der jungen Frau angetan hatte, reichte ihr aus, um seinen Charakter zu beurteilen. Als Lena sie Anfang Juli angerufen hatte, ihre Geschichte erzählt und gefragt hatte, ob sie eine Haushalthilfe brauchen könne, hatte sie sofort zugesagt. Einerseits hatte die Frau Edi als Referenz angegeben, andererseits war ihr eine Hilfe sehr willkommen. Erst tags zuvor hatte ihr die Physiotherapeutin klargemacht, dass Schulter und Hüfte nur dann besser würden, wenn sie sich konsequent schonte. Der Anruf kam also im richtigen Moment. Leere Zimmer gab es im Haus genug und als sie Lena dann in dieser scheusslichen Regenjacke und den aufgeweichten Espadrilles vor der Türe stehen sah, war eh klar gewesen, dass sie ihr ein Zuhause geben würde.

Von Anfang an hatten sie sich gut verstanden. Lena war beim Putzen und Aufräumen kaum zu bremsen gewesen. Auch im Garten hatte sie sich engagiert; das Gemüsebeet unter ihre Fittiche genommen und Kräuter angepflanzt, die sie später in der Küche verwendete. Weiter als bis in den Garten war sie anfangs nicht gegangen. Marie-Louise hatte weiterhin online eingekauft und alles ins Haus liefern lassen. Es wäre ihr lieber gewesen, sie hätten zusammen auf den Markt oder in einen Laden gehen können, aber andererseits sah und verstand sie die Angst der jungen Frau, durch einen dummen Zufall ihrem Peiniger zu begegnen. Nur zu einer Tageszeit hatte Lena regelmässig das Haus verlassen: morgens zwischen sechs und acht Uhr. «Da weiss ich, wo er ist», hatte sie erklärt. «Er ändert seine Joggingroute nie.»

Wenn Besuch kam, verschwand Lena. Sie zog sich in ihr Zimmer zurück und kam nicht zum Vorschein, bevor Marie-Louise an ihre Türe klopfte. «Aber warum willst du denn auch Edi nicht sehen?», hatte sie kopfschüttelnd gefragt. «Warum darf er nicht erfahren, dass du hier bist? Er macht sich doch bestimmt Sorgen um dich.»

Aber Lena war unerbittlich gewesen. Ganz besonders Edi durfte nicht wissen, wo sie sich versteckte. Denn, so hatte sie erklärt, es war sehr gut möglich, dass Holmbach auch noch Monate nach ihrer Flucht Edi folgte, um sie zu finden.

Das war Marie-Louise wieder eingefallen, als am Mittwoch diese beiden Polizisten bei ihr aufgetaucht waren.

Konnte es sein, dass damals dieser Holmbach versucht hatte, in ihr Küchenfenster zu schauen? War er Edi zu ihrem Haus gefolgt? Zum Glück war Lena erst einen Monat später bei ihr eingezogen.

Vielleicht hätte sie den beiden Männern von ihrem Verdacht erzählen sollen? Aber sie hatte Lena versprochen, niemandem ein Wort über ihre Anwesenheit zu verraten. Und jetzt? Holmbach war tot, Lena konnte sich wieder frei bewegen, die Sache war ausgestanden. Sie nahm die Karte mit der Telefonnummer des Polizisten von der Pinnwand und wollte sie schon wegwerfen, zögerte aber dann doch. Man konnte nie wissen, ob man so einen Kontakt einmal brauchen konnte.

Marie-Louise machte Kaffee und holte einen Joghurt aus dem Kühlschrank. Einerseits freute sie sich, dass der Albtraum für die junge Frau vorüber war. Andererseits hatte sie sich an die Hausgenossin gewöhnt und würde sie schrecklich vermissen.

Nach ihrem Unfall hatte sie auf Anraten einer Freundin das Projekt 'Wohnen für Hilfe' der Universität genutzt und für einige Monate eine Studentin bei sich aufgenommen. Die schweigsame junge Frau hatte eingekauft, staubgesaugt und einen Grossteil der Küchenarbeit übernommen, sich aber abends meistens in ihr Zimmer zurückgezogen und gelernt. So beruhigend es gewesen war, in dieser Situation nicht allein zu leben, so hatte sich Marie-Louise doch ihr Privatleben zurückgewünscht. Weil man ihr gesagt hatte, der Heilungsprozess sei nach drei Monaten abgeschlossen, war das Zimmer nur befristet ausgeschrieben gewesen und tatsächlich hatte sie sich nach dieser Zeit auch stark genug gefühlt, das Zepter wieder selbst in die Hand zu nehmen. Aber sie hatte ihre Kräfte gleich zu Beginn überschätzt und war sehr froh gewesen, als ihr Edi damals ganz spontan gezeigt hatte, wie man online Nahrungsmittel einkaufen und liefern lassen konnte. Ja, ohne ihn wäre sie verloren gewesen. Er hatte ihr ohne viel Aufhebens ein Konto beim Grossverteiler eingerichtet und auch im Haus das eine oder andere erledigt. Lena ihre Telefonnummer zu geben, war eine ganz wunderbare Idee gewesen. Wie schade, dass sie ihm nie dafür hatte danken können.

Marie-Louise schmunzelte. Was würde Edi für Augen machen, wenn ihm am nächsten Donnerstag Lena den Kaffee in den Garten brachte! Sie freute sich schon heute auf diesen Moment.

Ein Geräusch an der Eingangstür schreckte sie aus ihren Gedanken auf. Jemand machte sich am Schloss zu schaffen, rüttelte an der Türe. Als sie nach vorne eilte, hörte sie Lenas Stimme.

«Ich sag doch, das Schloss klemmt! Man muss ganz fest schütteln, damit sich der Schlüssel drehen lässt.»

Was für einen Unsinn erzählte das Mädchen da? Und warum sprach sie so laut? Marie-Louise bleib verwirrt stehen. War etwas mit Lena nicht in Ordnung? War dieses Geschrei eine Warnung? Ihr Mobiltelefon war noch oben, aber das Festnetz im Wohnzimmer …

Die Eingangstür wurde mit einem Ruck geöffnet und Lena stolperte herein. Mit weit aufgerissenen Augen sah sie Marie-Louise an. Ihre Unterlippe zitterte, Tränen standen ihr in den Augen. Hinter ihr wurde mit lautem Knall die Türe ins Schloss geworfen.

«Lena, was ist denn?»

«Es tut mir so leid», flüsterte die junge Frau mit heiserer Stimme. «Ich konnte nichts machen.» Hinter ihr erschien die Gestalt eines Mannes. In der Hand hielt er eine Waffe.

Edi Balsbergers Wohnung war mit einem Wohn- und einem Schlafzimmer, sowie Küche und Bad in der Grösse genau richtig für ihn. Aber sie war auch so klein, dass er es sich nicht leisten konnte, unordentlich zu sein. Daher hatte er jeden Sonntagmorgen vor dem Frühstück eine Stunde konsequentes Aufräumen und Putzen eingeplant. Damit war er gerade fertig, als sein Mobiltelefon auf dem Küchentisch vibrierte. Er stellte fest, dass er schon einen Anruf verpasst hatte. Schnell nahm er ab.

«Edi, guten Morgen. Es tut mir leid, wenn ich störe.» Tonis Stimme klang unsicher.

«Du störst mich höchstens beim Aufräumen», antwortete er. «Und damit bin ich gerade fertig geworden. Also, was hast du auf dem Herzen?»

Toni lachte verlegen. «Hört man sogar am Telefon, dass ich etwas loswerden muss? Du bist halt ein guter Menschenkenner. Ich wollte fragen, ob wir uns auf einen Kaffee treffen könnten.» Edi warf einen Blick in seinen Kühlschrank. «Klar. Magst du zu mir zum Frühstück kommen? Ich habe Gipfeli zum Aufbacken und Toastbrot da. Dazu Honig und Brombeergelee vom Biohof meiner Schwester. Wie klingt das?»

«Perfekt! Ich kann frisches Dinkelbrot beisteuern. Wann soll ich kommen?»

«Wie wäre es mit jetzt gleich? Ist es eine Kleeblatt-Sache? Soll ich Max auch einladen?»

Es war einen Moment still in der Leitung. Dann kam ein tiefer Seufzer. «Ja, vielleicht wäre das wirklich sinnvoll. Es geht um den Unfall.»

«Gut, dann rufe ich ihn an. Und Toni – ich hatte ein Gespräch mit der Polizei. Ich bin vorbereitet. Aber mit Max müssen wir vorsichtig umgehen, gell.»

«Schon klar.» Tonis Stimme verriet Erleichterung. «Hauptsache, wir sind dann mal alle auf dem gleichen Wissensstand. Bis nachher.»

Max nahm schon beim zweiten Klingeln ab und freute sich über die Einladung.

«Ein Brunch mit dem Kleeblatt, das ist doch eine schöne Idee», freute er sich. «Auch weil wir sonst nie bei dir sind.»

Tatsächlich hatten sie Edis Wohnung im Turnus jeweils übersprungen, denn als Berufstätiger hatte er keine Zeit, am Abend für die Freunde zu kochen. Höchstens eine Flasche Wein oder ein Dessert hatte man von ihm erwartet. «Stimmt, das könnten wir einführen», sagte er. «Das können wir nachher besprechen. Bis bald.»

Obwohl er ahnte, was für ein trauriges Gespräch auf ihn zukam, freute er sich darauf, die Freunde bewirten zu können. Schnell schob er die Frischback-Gipfeli in den Ofen und deckte den Tisch im Wohnzimmer. Er hörte, wie sein Handy den Eingang einer SMS meldete, aber dann klingelte es bereits und er kam gerade noch dazu, den Ofen rechtzeitig abzustellen, bevor er den Freunden die Tür öffnete.

Zwei Stunden später sassen die drei noch immer am Tisch. Sowohl den süssen Sachen als auch dem von Max mitgebrachten Käse hatten alle tüchtig zugesprochen und nur noch eine einsame Scheibe Toastbrot lag im Korb. Gerade hatte Edi eine weitere Runde Kaffee aus der Küche gebracht.

«Ohne Koffein für Toni und mit für Max», sagte er und stellte den Freunden die Tassen hin.

«Ich hole noch mehr Milch.» Kurz darauf kam er mit seinem eigenen Kaffee und dem gefüllten Milchkrug zurück und setzte sich.

«Ich hoffe, ihr seid mir wirklich nicht böse, dass ich euch

nichts von meinem Verdacht erzählt habe», sagte Toni in die Stille hinein.

«Absolut nicht. Wäre mir der Gedanke gekommen, dass ich das Ziel dieses Spinners gewesen wäre, ich hätte wahrscheinlich auch geschwiegen. Wer hätte mir geglaubt?»

«Die Polizei wahrscheinlich schon», meinte Max. «Aber ich verstehe, dass du nicht darauf gekommen bist. Dieser Mann hatte doch keinen Grund, eifersüchtig zu sein. Oder?»

«Nein, natürlich nicht.» Edi kratzte sich am Kinn. «Hätte ich eine Affäre mit ihr gehabt, dann wäre es natürlich eine andere Situation gewesen. Aber so …» Er hob die Schultern. «Einfach nur verrückt.»

«Und Lena hat sich nie mehr bei dir gemeldet?», vergewisserte sich Toni.

«Nein. Ich weiss nicht mehr als das, was in dem Brief an den Tierpark stand. Aber gestern hat mich diese Fahnderin schon wieder angerufen. Ich habe den Eindruck, die Polizei geht davon aus, dass Lena gar nicht im Ausland ist.»

«Aber jetzt, da ihr ehemaliger Partner gestorben ist, könnte sie doch wieder zum Vorschein kommen», meinte Max. «Jetzt braucht sie keine Angst mehr zu haben.»

«Eben darum hoffe ich, bald von ihr zu hören», sagte Edi. «Aber je nachdem, wo sie wohnt, weiss sie gar nicht, dass er gestorben ist. Vielleicht hat sie den Sommer auf einer Alp verbracht.»

«Jedenfalls war es richtig von ihr, diesen Mann zu verlassen. Ich hoffe, es geht ihr gut.» Toni trank ihre Tasse aus. «Also, wie wollen wir es von jetzt an machen? Sollen wir den Sonntagsbrunch bei Edi jede dritte Woche einplanen? Wäre das für dich okay, Edi?»

«Natürlich. Ich weiss gar nicht, warum wir nicht schon

früher darauf gekommen sind. Es muss ja nicht immer der Mittwochabend sein.»

«Ich fände es auch gemütlich», stimmte Max zu. «Es gäbe dann einfach zwischen dem zweiten Mittwoch und dem Brunch bei Edi eine zehntägige Pause.»

Alle erklärten sich mit dem neuen Turnus einverstanden und die beiden Gäste machten sich auf den Heimweg. Toni wollte noch beim Abräumen helfen, aber Edi scheuchte sie weg.

«Unsinn. Ich schaffe das problemlos selbst.»

Er begleitete die beiden zur Wohnungstür und entdeckte dabei sein Handy, das er beim Eintreffen der Gäste auf dem Schuhkästchen abgelegt hatte. Es zeigte eine eingegangene Nachricht an. Während die anderen ihre Jacken anzogen, warf er einen Blick auf die SMS und zog scharf die Luft ein.

«Was ist denn? Eine schlechte Nachricht?», fragte Max besorgt.

«Eher eine gute», antworte Edi nachdenklich. «Sie kommt von einer unbekannten Nummer, aber ich denke, sie könnte von Lena sein.»

«Lou! Lou, wach doch bitte auf!»

Wer rief da nach ihr? Mühsam kämpfte sich Marie-Louise Sträubi zurück in ihr Bewusstsein. Hatte sie tief geschlafen oder war sie etwa wieder gestürzt? Sie fühlte sich ähnlich wie damals, als sie im Januar auf der Treppe gestolpert war.

Sie lag weich und ihre Hände berührten eine Decke. War sie etwa im Spital gelandet? Aber nein, es roch gut hier. Es roch nach daheim, nach ihrem eigenen Bett. Endlich schaffte sie es, die Augen zu öffnen und sah in das blasse Gesicht von Lena.

«Was ist denn?», wollte sie fragen, brachte aber nur ein Krächzen heraus.

Schnell hielt ihr Lena ein Glas an die Lippen. Das Wasser tat gut. Sie räusperte sich. «Hatte ich einen Unfall?»

«Er hat mich unten in mein Zimmer eingeschlossen und du warst mit ihm allein», versuchte Lena zu erklären. «Ich glaube, ihr seid die Treppe hinauf. Ich habe gehört, wie du ihn beschimpft hast», sie lachte wider Willen. «Ehrlich, Lou, du warst so tapfer. Aber er hat dich dann wohl gestossen und du bist nach vorne gestürzt. Jedenfalls hast du eine grosse Beule an der Stirn und das rechte Knie ist geschwollen.»

«Er? Wer?» Langsam kamen die Erinnerungen zurück. «Dieser Mann mit der Waffe, der hinter dir ins Haus gekommen ist! Jetzt weiss ich es wieder! Ja, den habe ich allerdings beschimpft. Was wollte er von dir? Hat er uns ausgeraubt? Hast du die Polizei schon angerufen?» Erst jetzt realisierte sie, dass es im Zimmer beinahe dunkel war. Der Rollladen war heruntergekurbelt und nur die kleine Nachttischlampe brannte. «Ist es schon Nacht?»

«Psst, sprich bitte leise!», bat Lena, die selbst flüsterte. «Wenn es so einfach wäre. Nein, es ist Sonntagnachmittag. Draussen scheint bestimmt noch die Sonne. Aber als wir dich aufs Bett gelegt hatten, hat er mich mit vorgehaltener Waffe gezwungen, den Laden herunterzukurbeln. Dann hat er die Kurbel so vermurkst, dass sie jetzt nicht mehr funktioniert. Ich musste auch die Birne aus der Deckenlampe schrauben. Nur das kleine Lämpchen ist uns geblieben und zum Glück das Licht im Badezimmer. Die Verbindungstür ist offen, so dass wir wenigstens Wasser und eine Toilette haben.»

Fassungslos hörte sich Marie-Louise das alles an. Konnte es sein, dass sie noch schlief und einen Albtraum hatte? Aber nein, Lenas Hand auf ihrem Arm war warm, alles war real.

«Ich verstehe das alles nicht», sagte sie schliesslich. «Aber als Erstes gehe ich zur Toilette und wasche mir das Gesicht mit kaltem Wasser. Komm, hilf mir auf.»

Mit dem lädierten Knie war es allerdings gar nicht so einfach, ins Badezimmer zu gelangen. Schliesslich war es geschafft und als sie sich ihr Gesicht im Spiegel anschaute, war sie endgültig davon überzeugt, dass sie sich nicht in einem schlechten Traum befand. Zu ihrer Freude befand sich im Spiegelschrank noch alles an Ort und Stelle. Sie nahm gleich zwei Schmerztabletten und liess sich dann zurück ins Zimmer helfen. Aufrecht auf dem Bett sitzend fühlte sie sich schon viel besser.

Auch der Erste-Hilfe-Kasten war noch da und Lena konnte ihr das Knie mit einer kühlenden Salbe einschmieren und bandagieren.

«Und jetzt erklär mir doch bitte, was hier eigentlich los ist, Lena. Wer ist dieser Mann und was will er von uns? Räumt er unten das ganze Haus aus?»

Lena, die auf der Bettkante sass, schüttelte den Kopf. «Nein, das ist leider kein Einbrecher. Er heisst Armin und ich habe ihn bei meinem vorletzten Job kennengelernt. Wir haben wenige Tage im gleichen Büro gearbeitet. Vor ein paar Monaten bin ich ihm im Tierpark zufällig begegnet und habe einen Kaffee mit ihm getrunken. Danach tauchte er immer wieder irgendwo in der Nähe unseres Hauses auf. Seit ich von Marius weg bin, habe ich nicht mehr an ihn gedacht, bis ich ihm auf einem Morgenspaziergang Anfang August wieder begegnet bin. Weil ich fürchtete, er könne Marius erzählen, wo ich jetzt wohne, bin ich davongelaufen. Aber er hat mich wieder aufgespürt. Keine Ahnung, warum.»

«Hat er dich irgendwie belästigt?»

«Nein. Das nicht. Aber er wurde mir immer unheimlicher. Und gestern, weisst du noch, als du die Todesanzeige von Marius in der Zeitung entdeckt hattest, da bin ich doch spazieren gegangen.»

«Ja, du sagtest, du willst den Kopf freibekommen und dir überlegen, was du jetzt machen willst.»

«Genau. Ich habe also eine Runde durch die Elfenau gedreht und mich dann entschlossen, die Polizei anzurufen. Es gibt etwas, von dem ich dir noch gar nicht erzählt habe. Etwas, das Marius getan hat und von dem die Polizei endlich erfahren muss.»

«Ach, noch mehr Schlimmes!»

«Ja. Es hat mich die ganze Zeit bedrückt und ich muss es endlich loswerden. Ich habe also die Polizei angerufen und gesagt, ich wolle eine Aussage zu einem Unfall mit Fahrerflucht machen, der Anfang Mai geschehen ist. Ich musste ziemlich lange warten, aber dann haben sie mich mit dem zuständigen Mann verbunden. Ich redete noch mit ihm, da merkte ich, dass jemand direkt hinter mir stand. Als ich mich umdrehte, war es Armin. Ich habe das Gespräch sofort unterbrochen und nach einem kurzen Gruss bin ich auf und davon. Nicht direkt heim, sondern auf einem Umweg und ich dachte, ich hätte ihn abgehängt.»

«Und heute Morgen war er wieder da?»

Lenas Stimme zitterte. «Ja. Ich war so dumm! Warum bin ich nicht daheim geblieben und habe die Polizei nochmals angerufen? Sie erwarten mich morgen um acht auf dem Posten, aber vorher vermisst mich keiner. Und die wissen ja nicht, wo ich wohne. Ich habe das Gespräch abgebrochen, bevor der Polizist mich danach fragen konnte.»

Marie-Louise schüttelte den Kopf. «Ich verstehe nach wie vor nicht, was dieser Armin von dir will.»

«Ich doch auch nicht! Er hat mir die Pistole in den Rücken gedrückt und gesagt, wenn ich denke, ich könne zur Polizei, dann hätte ich mich getäuscht. Ich müsse schweigen; freiwillig oder für immer.»

«Jesses! Das klingt ja, als ob …»

«Als ob er mich erschiessen will!» Lena unterdrückte ein Schluchzen. «Lou, es tut mir so leid. Wegen mir ist dieser Verrückte in deinem Haus und bedroht uns. Und ich verstehe gar nicht, warum. Er kann unmöglich etwas mit dem Unfall im Mai zu tun haben. Es macht alles keinen Sinn.»

«Wann solltest du bei der Polizei sein?»

«Am Montag um acht Uhr.»

«Und ich werde am Montagnachmittag bei Kaspar Muntwiler zum Geburtstagskaffee erwartet.» Marie-Louise rieb sich die schmerzende Stirn. «Wir können doch nicht einfach warten, bis uns jemand vermisst. Wir müssen …»

Es waren Schritte auf der Treppe zu hören. Schnell löschte Lena das Licht im Badezimmer und knipste auch die Nachttischlampe aus. Dann stellte sie sich zwischen Bett und Tür. Marie- Louise versuchte, sie wegzuschieben – aus der Schusslinie, wie ihr plötzlich bewusst wurde – aber die junge Frau schüttelte sie ab.

«He, Lena», kam es von draussen. «Geh von der Tür weg, hörst du?»

«Ich bin nicht bei der Tür», rief sie. «Was willst du?»

«Geh einfach weg! Zurück zum Fenster. Die Alte auch.»

Sie wechselten einen Blick, dann half ihr Lena auf und sie gingen an die hintere Wand, möglichst weit weg von der Tür.

«Okay?»

«Ja. Wir sind weg.»

Der Schlüssel drehte sich im Schloss und durch die geöffnete Tür wurden schnell nacheinander einige Gegenstände geworfen. Wie Geschosse landeten sie auf dem Boden oder dem Bett. Dann knallte die Tür wieder zu und wurde abgeschlossen.»

Mit angehaltenem Atem blieben die beiden Frauen stehen. Würde etwas explodieren? Aber draussen knarrten nur die Stufen der Treppe und sonst blieb alles ruhig. Vorsichtig näherte sich Lena den Sachen auf dem Boden und betastete sie.

«Brot», flüsterte sie dann. «Das ist eine Packung Toastbrot.»

Sie knipste die kleine Lampe wieder an und half Marie-Louise zurück aufs Bett, bevor sie anfing, die Sachen aufzusammeln. Neben dem Brot hatte Armin noch einen Beutel mit getrockneten Aprikosen, ein Stück Hartkäse und einen Sack Äpfel ins Zimmer geworfen. Der Sack hatte sich geöffnet und Lena musste unter das Bett kriechen, um auch die letzten Früchte zu erreichen.

«Verhungern werden wir jedenfalls nicht.» Marie-Louise sah sich die Ausbeute an. «Aber eigentlich macht das keinen Sinn. Wenn er uns umbringen will, warum gibt er uns dann zu essen?»

Lena hob ratlos die Schultern. «Ich denke nicht, dass er es schafft, uns kaltblütig zu erschiessen. Er ist mir nie gewalttätig vorgekommen. Keine Ahnung, woher er die Waffe hat.» Sie schaute auf Brot und Käse, die auf der Bettdecke lagen. «Wollen wir etwas essen?»

«Ja, das ist sicher vernünftig. Wir müssen bei Kräften bleiben.» Marie-Louise deutete auf den Kleiderschrank «Holst du bitte den kleinen Karton ganz oben links hinter den warmen Unterhemden hervor? Da sind die Sachen von Fritz drin, von denen ich mich nicht trennen konnte. Unter anderem sein Taschenmesser. Das können wir jetzt brauchen. Notfalls nicht nur, um den Käse zu schneiden. Lena, wir brauchen einen Plan.»

«Ist sie immer noch nicht da?»

«Nein.» Gygax und Fischer wirkten genauso besorgt wie Andrea Schaffer, die an der Tür stehengeblieben war.

«Wo bleibt sie nur? Sie wollte doch um acht Uhr hier sein. Habt ihr schon auf das Prepaid- Handy angerufen?»

«Ja. Wie immer nur der Anrufbeantworter.»

Blaser kam dazu und Gygax winkte die beiden herein.

«Setzt euch. Wir wollten gerade die Aufnahme des Gesprächs vom Samstag nochmals anhören.»

Eine Minute später hörten sie Lena Gysers Stimme.

«Ja, hallo. Mein Name ist Gyser. Ich bin zu Ihnen verbunden worden. Ich möchte eine Aussage machen.»

«Frau Gyser, danke, dass Sie sich melden», antwortete Gygax. «Können Sie jetzt gleich zu uns kommen?»

«Jetzt?» Sie klang überrascht. «Also eigentlich wollte ich noch einkaufen gehen und einen Kuchen backen.»

«Wie wäre es dann mit Montagmorgen? Morgens um acht Uhr?»

«Ja. Da kann ich eine Aussage machen. Und bis dahin schreibe ich auch noch alles genau auf.»

«Gut.» Gygax sagte ihr, wo sie sich einzufinden hatte. «Können Sie mir jetzt schon sagen, wo Sie wohnen und um was es genau geht?»

«Oh», kam es von Lena Gyser. «Hallo. Ich… Also, Adieu.»

Dann wurde es still. Gygax stellte das Gerät ab und schaute in die Runde. «Was meint ihr?»

«Es klingt so, als sei sie jemandem begegnet», meinte Fischer.

«Die Kinderstimmen im Hintergrund deuten darauf hin, dass sie unterwegs war», kam es von Blaser.

«Ein zufälliges Zusammentreffen», interpretierte Andrea. «Und es war ihr unangenehm. Dieses Hallo klingt gar nicht erfreut. Dass sie gleich das Gespräch unterbrochen hat, deutet darauf hin, dass sie dieser Person nicht vertraut. Sonst hätte sie weitergesprochen.»

«Fassen wir zusammen.» Gygax sah auf seine Notizen. «Lena Gyser sieht am Samstag in der Zeitung die Todesanzeige oder wird von jemandem darauf aufmerksam gemacht. Sie geht spazieren, vielleicht, um die Nachricht in Ruhe zu verarbeiten, und entscheidet sich, die Polizei zu kontaktieren. Sie möchte wegen der Fahrerflucht eine Aussage machen. Sie wird mit mir verbunden und während sie mit mir spricht, nähert sich eine Person, der sie nicht vertraut. Sie erschrickt und bricht das Gespräch ab.»

«Die Frage ist, ob diese Person sie davon abgebracht hat, eine Aussage zu machen», sagte Blaser. «Und ob sie darum nicht gekommen ist.»

«Aber wer sollte das sein?» Schaffer sah wieder auf die Uhr. «Es ist schon viertel vor neun. Nur Marius Holmbach hätte ein Interesse, sie von der Polizei fernzuhalten. Und der ist tot.» Eine Weile schwiegen alle ratlos.

«Jedenfalls können wir annehmen, dass Frau Gyser nicht allein wohnt», meinte Blaser schliesslich. «Sie wollte einen Kuchen backen. Und das tut man nicht für sich allein. Vielleicht hat jemand Geburtstag.»

«Stimmt.» Andrea atmete auf. «Das klingt nach einem aktiven Sozialleben. Wenn ihr in der Zwischenzeit etwas passiert wäre, würde sie vermisst. Aber von wem? Die Frage bleibt: Wo ist Lena?»

Nur Sekunden später klingelte ihr Handy. «Das ist Balsberger», sagte sie und nahm ab.

«Darf ich auf laut stellen, damit die Kollegen mithören können?», fragte sie, nachdem sie dem Tierpfleger kurz zugehört hatte. «Danke. Und könnten Sie jetzt bitte nochmals wiederholen, was Sie mir gerade erzählt haben?»

«Also, guten Morgen miteinander», klang die tiefe Stimme von Edi Balsberger durch den Raum. «Ich hatte versprochen, dass ich mich melde, sobald ich von Lena höre. Und gestern Vormittag war das der Fall. Sie hat mir eine SMS geschrieben. Soll ich sie vorlesen?»

«Ja, gerne.»

«Also sie schreibt: Hallo Edi. Bin wieder in BE. Alles gut. Treffen uns bald. Wirst staunen. LGL.» Balsberger seufzte. «Sie sagt nicht, wo sie ist. Da sie nicht Bern schreibt, sondern BE in Grossbuchstaben, könnte auch einfach der Kanton gemeint sein, habe ich mir überlegt. Zwischen LG für lieber Gruss und dem nächsten L ist kein Abstand, aber ich nehme an, das zweite steht für Lena.»

«Hat sie Ihnen schon früher Nachrichten geschickt?», fragte die Fahnderin.

«Nein. Sie hatte zwar meine Nummer, aber weil sie wusste, dass Holmbach ihr Handy kontrolliert, hat sie sich die nur auf einen Zettel geschrieben und nicht bei den Kontakten gespeichert. Als ich ihr damals die Liste mit Nummern gegeben habe, die sie anrufen könnte, hat sie sich zur Sicherheit meine auch nochmals notiert.»

«Und die Nummer, von der diese Nachricht kommt, war

Ihnen bisher unbekannt?»

«Ja, genau. Moment, ich gebe sie Ihnen.»

Während Balsberger diktierte, kontrollierte Fischer die Zahlen und nickte dann. Es war das Prepaid-Handy von Salome Meier.

«Haben Sie die Nummer schon angerufen?»

«Nein, ich wollte sie nicht bedrängen. Wenn sie schreibt, dass wir uns bald sehen, wird sie wahrscheinlich in den nächsten Tagen im Tierpark vorbeikommen», meinte Balsberger. «Wo sonst sollten wir uns begegnen?»

«Und wie interpretieren Sie den Teil, dass Sie staunen werden?»

Balsberger musste überlegen. «Nun, vielleicht hat sie sich sehr verändert. Hat sich die Haare sehr kurz geschnitten oder rot gefärbt. Und hoffentlich hat sie auch zugenommen.»

«Ja, das kann natürlich sein. Sie sagten, die Nachricht kam gestern Vormittag. Wann genau?»

«Geschickt hat sie sie um neun Uhr. Aber da waren meine Freunde zum Sonntagsbrunch bei mir und ich habe erst gegen Mittag wieder aufs Handy geschaut, als sie gingen.» Balsberger zögerte. «Und Sie?», fragte er dann. «Haben Sie etwas von Lena gehört?»

Schaffer wechselte einen Blick mit Gygax, bevor sie antwortete. «Ja, sie hat am Samstag bei uns angerufen und wollte heute morgen um acht bei uns sein, um eine Aussage zu machen.»

«Wollte?»

«Ja. Sie scheint sich zu verspäten.»

«Nein, das tut sie nicht.» Balsberger klang alarmiert. «Lena ist immer pünktlich. Da ist etwas passiert.»

Kaspar Muntwiler legte immer Wert auf seine Kleidung, aber heute hatte er sich besonders Mühe gegeben. Immerhin war heute sein siebenundsiebzigster Geburtstag; eine Schnapszahl, die er gebührend feiern wollte. Am Abend würde er mit seinem Sohn und dessen Familie essen gehen, aber für den Nachmittag hatte er einige Nachbarn und Freunde zu Kaffee und Kuchen eingeladen.

Gerade eben hatte seine bevorzugte Konfiserie eine Torte und mehrere glutenfreie und vegane Gebäckstücke geliefert. Er konnte sich nie merken, wer unter welchen Allergien litt, aber um auf der sicheren Seite zu sein, hatte er ausreichend von allem bestellt. Ausserdem hatte ihm Marie-Louise versprochen, ihren legendären Nusskuchen mitzubringen. Vor Jahren hatte sie seiner Frau das Rezept gegeben. Aber Vreni war nie dazu gekommen, einen zu backen, und so hatte er sich über das Angebot sehr gefreut.

Der grosse Tisch im Wohnzimmer war für zwölf Leute mit Vrenis Lieblingsgeschirr gedeckt. Sie hatte es nur zu besonderen Gelegenheiten aus dem Schrank genommen. Sanft strich er mit der Hand über den Rand einer der filigranen Untertassen. An Tagen wie diesen fehlte ihm seine Frau mehr als sonst.

Es dauerte zwar noch lange, bis die Gäste eintreffen würden, aber er holte die Kuchenplatten schon jetzt aus dem Schrank und überlegte sich, wie er alles platzierte. Die Torte kam auf die grosse runde Platte, das kleinere Gebäck auf die Etagere. Am besten würde er die veganen und glutenfreien Teilchen mit einem Zettel markieren. Nun galt es, etwas Passendes für den versprochenen Nusskuchen zu finden. Kaspar Muntwiler runzelte die Stirn. War der Kuchen rund oder lang? Für einen runden hatte er noch eine Platte, aber die rechteckigen waren beide aus Keramik. Sehr hübsch, aber zum feinen Geschirr passten sie überhaupt nicht. Muntwiler seufzte. Er musste Marie-Louise anrufen.

Eine halbe Stunde später hatte er es schon dreimal probiert, aber seine Nachbarin nahm einfach nicht ab; weder auf dem Festnetz noch auf dem Mobiltelefon. Nun, vielleicht war sie im Garten und kämpfte mit dem Herbstlaub, wie er es selbst am Samstag getan hatte.

Er zog Schuhe und Jacke an und überquerte die Strasse. Schon als er durch das Gartentor trat, fiel ihm auf, dass in der Küche der Fensterladen zur Hälfte heruntergelassen worden war. Ausgerechnet in der Küche, wo sie heute den Kuchen gebacken hatte? Seltsam. Er ging weiter zur Haustüre und läutete. Weder beim ersten noch beim zweiten Mal rührte sich etwas im Haus. Dann also doch der Garten. Am Schuppen vorbei erreichte er die grosse Rasenfläche. Niemand zu sehen. Erstaunt sah er, dass auch auf dieser Seite des Hauses die Fensterläden geschlossen waren. War sie spontan in die Ferien abgereist? Aber dann hätte sie doch Bescheid gegeben.

Kopfschüttelnd ging er über die Steinstufen auf die grosse Terrasse, klopfte an den Fensterladen und rief nach Marie-Louise. Keine Reaktion. Muntwiler holte sein Handy aus der Tasche und wählte die Festnetznummer. Drinnen schrillte die Klingel durchs Haus, aber nichts rührte sich. Nach dem dritten Läuten gab er auf, steckte sein Handy wieder ein und ging langsam zurück nach Hause.

«Kommst du voran?»

Es war mittlerweile Montagvormittag, und die beiden Frauen sassen noch immer im Schlafzimmer fest. In den Tiefen des alten Wandschranks hatte Lena nach Marie-Louises Anweisungen eine alte Glühbirne gefunden und sie in die Deckenlampe eingeschraubt.

«Dachte ich mir doch, dass man die eines Tags noch brauchen kann», hatte die alte Dame gemeint und trotz der misslichen Lage gelächelt. «Ich bin eben dazu erzogen worden, nicht einfach alles wegzuwerfen.»

«Meine Mutter hat auch immer gespart», hatte Lena ihr versichert. «Alles geflickt und alle Reste wiederverwertet.»

Seit gestern Nachmittag traktierte Lena den Fensterladen. Nachdem sie sich zwei Fingernägel abgebrochen hatte, war es ihr endlich gelungen, in Fritz Sträubis riesigem Taschenmesser die Klinge mit dem Schraubenzieher zu entdecken. Damit hatte sie auf einem Stuhl stehend die verbogene Kurbel abgeschraubt. Sie wieder geradezubiegen hatte sich als unmöglich erwiesen. Dazu hätte es Werkzeug und mehr Kraft gebraucht, als sie aufbringen konnte.

«Aber immerhin haben wir eine Waffe, um uns zu verteidigen», hatte sie gesagt und die Metallstange einige Male durch die Luft sausen lassen. «Wenn er reinkommt, ziehe ich sie ihm über den Schädel. Ich lass mich nicht einfach erschiessen.»

Als nächstes hatte sie versucht, die Schrauben in der Wand zu lösen, aber auch dies war ihr nicht möglich. Erschöpft und frustriert war sie gegen Abend schliesslich in Tränen ausgebrochen. Es hatte Marie-Louise einige Überredungskunst gekostet, die junge Frau zu einer Pause zu überreden.

Gegen neun Uhr waren noch Geräusche aus dem unteren Stock zu hören gewesen, dann nur noch Stille. Lag Armin in Lenas Zimmer und schlief oder hatte er das Haus gar verlassen? Was plante der Mann?

Marie-Louise, der das geschwollene Knie mehr Schmerzen bereitete, als sie zugeben mochte, hatte die halbe Nacht wachgelegen, während Lena schliesslich eingeschlafen war. Aber kaum war sie aufgewacht, hatte sie sich schon wieder an die Arbeit machen wollen.

«Ich werde diesen Laden aufbrechen», hatte sie entschlossen verkündet, nachdem sie, von Marie-Louise gedrängt, wenigstens ein wenig Brot und Käse gegessen hatte. «Wir brauchen auch mehr Luft!»

Das war allerdings wahr. Sogar bei offenem Fenster wurde es im Raum immer stickiger. Bei der Erneuerung der Fensterläden vor zwanzig Jahren war nicht gespart worden. Fritz hatte sich für ein hochwertiges, dichtes Produkt entschieden. Einbruch- und sturmsicher hatte es damals geheissen und, wie sich gerade herausstelle, auch ausbruchsicher.

Die Ventilation im Badezimmer lief jetzt durchgehend, denn sie hatten festgestellt, dass hier etwas Sauerstoff hereingepumpt wurde. Trotzdem waren beide Frauen müde und Lena kämpfte mit Schwindel und Übelkeit, während sie wie besessen versuchte, wenigstens eine Lamelle zu verbiegen und so ein erstes Loch zu schaffen.

Marie-Louise, die immer wieder auf und ab humpelte, um ihren Kreislauf in Schwung zu halten, verbot sich jeden Kommentar. Ihr erschien die Sache aussichtslos, aber etwas Besseres war ihr noch nicht eingefallen. Auch die alten Türen waren damals bei der Sanierung durch neue, dichte ersetzt worden. Früher hätte man vielleicht die Türe aufbrechen oder, weniger laut, das Schloss herausschrauben können. Jetzt war auch das nicht mehr möglich. So sehr sie ihren Fritz damals für die ganzen Verbesserungen gelobt hatte, heute verfluchte sie ihn dafür. Das Haus war bestens isoliert, aber dieses Zimmer schien sich für sie und Lena als Todesfalle zu erweisen. Sie selbst hatte ein schönes und langes Leben hinter sich, aber Lena musste gerettet werden. Ob es nützen konnte, mit diesem Mann zu reden? Sie könnten ihm versprechen, über die ganze Sache kein Wort zu verlieren, wenn er nur endlich das Haus verlassen und sie in Ruhe lassen würde. Sie wäre auch dazu bereit, einen Vertag aufzusetzen und diesen zu unterschreiben.

Marie-Louise wollte gerade Lena den Vorschlag machen, nach Armin zu rufen und ihn in ein Gespräch zu verwickeln, als das Telefon unten im Haus läutete.

Sie lauschten mit angehaltenem Atem. Nach dem sechsten Läuten wurde es still.

«Das könnte Kaspar sein», flüsterte Marie-Louise. «Vielleicht will er sich erkundigen, ob ich den Kuchen heute Nachmittag wirklich mitbringe. Das sähe ihm ähnlich.»

Von unten waren Schritte zu hören. Dann polterte etwas. Sie wechselten einen Blick.

«Er wird nervös», murmelte Lena.

Wieder läutete das Telefon mehrmals und sie hörten, wie Armin laut fluchte. Zehn Minuten später dasselbe.

«Kaspar gibt nicht auf», flüsterte Marie-Louise. «Der Gute!»

Die Anrufe hatten Armin offenbar aus seiner Lethargie aufgeschreckt. Sie hörten Schritte auf der Treppe und vor ihrer Tür, dann entfernten sie sich wieder. Die Minuten vergingen unglaublich langsam. Lena wagte nicht, weiter am Laden zu arbeiten. Dann läutete die Türglocke. Marie-Louise schlug erschrocken die Hand vor den Mund.

«Wenn er ihn jetzt mit der Waffe ins Haus zwingt!», flüsterte sie verzweifelt.

Lena presste ein Ohr gegen die Tür. «Dazu ist er zu feige», murmelte sie. «Alles ruhig.»

Wieder hörten sie, wie Armin die Treppe heraufkam.

«Ruhig da drin! Hört ihr! Keinen Ton! Ich komm sonst rein und erschiesse euch!»

Lena packte die Kurbel fester und ging hinter der Tür in Stellung. Aus dem Garten hörten sie, wie jemand nach Marie-Louise rief.

«Kaspar», flüsterte sie beschwörend. «Geh einfach weg. Ruf die Polizei.» Noch ein letztes Mal klingelte das Telefon. Dann wurde es still.

Zu den Aufgaben eines Aquarianers gehörte es, die Innenseite der Aquariumsscheiben regelmässig zu reinigen. Heute war es wieder so weit. Es war eine Arbeit, die Edi besonders gerne machte. Sich zwischen seinen Schützlingen zu bewegen, Teil ihrer kleinen Welt zu werden, liess etwas von ihrer Ruhe auf ihn übergehen. Wenn er danach wieder auftauchte, fühlte er sich gestärkt.

Amüsant war es jeweils, die Reaktionen der Menschen auf der anderen Seite des Glases zu beobachten. Heute hatte er eine ganze Kita-Gruppe vor dem Fenster und die waren vor Aufregung kaum zu bändigen. Ein Mann im Aquarium! Die Kleinsten staunten, die Grösseren hopsten herum und winkten wie wild. Als ein besonders aufgeregter Bub an die Scheibe klopfen wollte, zog ihn eine der Betreuerinnen mit einem entschuldigenden Lächeln in Edis Richtung zurück.

Der Bub zappelte weiter herum, lächelte ihn breit an und verdrehte den Kopf in alle Richtungen. Plötzlich ging er in den Handstand und sah Edi von unten herauf an.

Bei diesem Anblick durchfuhr Edi eine Erinnerung wie ein Blitz. Die Emojis! Die kleinen Symbole, die Lena in ihrer Nachricht verteilt hatte. Der umgekehrte Kopf, das Zwinkern und dann waren da doch noch… Obwohl er noch nicht fertig war, tauchte Edi auf und verliess das Becken so schnell er konnte. Noch im Neoprenanzug holte er sein Handy aus seinem Spind und rief Lenas Nachricht auf. Da! Hinter 'wirst staunen' standen ein zwinkerndes Smilie, eines auf dem Kopf und darauf folgten zwei Herbstblätter. Wie hatte er das übersehen können! Am Donnerstag würde er bei Marie-Louise Sträubi im Garten arbeiten und die vielen Herbstblätter zusammenrechen. Und dort … konnte es sein, dass er dort Lena treffen würde? War sie doch bei Marie-Louise untergekommen und die hatte ihm nichts davon gesagt? Weil Lena ihn schützen wollte, wie es ihm die Polizistin erklärt hatte?

Edi atmete tief durch. Er musste jetzt ruhig überlegen. Wenn Lena am Samstag bei der Polizei angerufen und ihm am Sonntagmorgen eine Nachricht geschickt hatte, dann war alles in Ordnung gewesen. Aber heute Morgen war sie nicht auf dem Polizeiposten erschienen und das bedeutete, dass bei Marie-Louise etwas nicht stimmte. Lena und vielleicht auch die alte Dame waren in Gefahr. Er hatte keine Ahnung, wer die beiden bedrohte, denn Holmbach konnte es nicht mehr sein, aber das war im Moment nicht von Bedeutung. Auf jeden Fall musste er jetzt sofort an die Mannenriedstrasse.

Zehn Minuten später stürmte Edi aus dem Gebäude. Er

hatte seinem verdutzten Kollegen zugerufen, er müsse wegen eines Notfalls in der Familie weg und rannte jetzt auf dem Tierparkweg hinauf zur Haltestelle des 19ers in Richtung Elfenau. Wenn er den nächsten Bus erwischte, konnte er in ein paar Minuten bei der Endhaltestelle aussteigen und von dort aus über die Wiese, am Weiher vorbei zu Frau Sträubis Haus gelangen.

Er schaffte es. Zwar hatte der Bus seine Türen schon geschlossen, aber der Fahrer sah ihn im Rückspiegel winken und öffnete die hinterste Tür wieder. Mit einem gekeuchten Merci liess sich Edi auf einen Sitz fallen. Als er wieder zu Atem gekommen war, zog er sein Mobiltelefon aus der Tasche und wählte Andrea Schaffers Nummer.

Unentschlossen stand Kaspar Muntwiler neben seiner Garderobe. Er hatte die Jacke ausgezogen, war aber noch in den Strassenschuhen.

War Marie-Louise in die Ferien gefahren? Aber am Freitag hatte er sie doch noch auf der Strasse angetroffen und sich mit einem 'bis Montag' von ihr verabschiedet. Während er noch überlegte, läutete sein Telefon. Er ging ins Wohnzimmer und sah zu seiner Überraschung den Namen seiner Nachbarin auf dem Display.

«Muntwiler.»

«Kaspar, gut, dass du gleich abnimmst.» Sie wirkte atemlos. War sie gerannt?

«Marie-Louise. Geht es dir gut? Ich habe vorhin bei dir angerufen und nachher auch geläutet.» Sie lachte schrill. «Ja, es tut mir leid. Ich habe die verpassten Anrufe gesehen. Weisst du, meine Haushalthilfe Lena Gyser und ich räumen gerade den Keller auf. Das muss halt auch mal sein. Und da haben wir das Telefon nicht gehört. Aber ich muss dir sagen, dass ich heute Nachmittag nicht zu deinem Achtzigsten kommen kann.»

Muntwiler runzelte die Stirn. Sein Achtzigster? Was redete die Frau da? Bevor er antworten konnte, sprach sie schon weiter.

«Weisst du, ich bin im Keller auf eine Leiter gestiegen und habe mir dabei das Knie gestossen. Und jetzt kann ich mit dem blauen Auge wirklich nicht aus dem Haus.» Wieder ein unnatürliches Lachen. «Ich sehe furchtbar aus. Deine Gäste würden erschrecken. Aber gell, du sagst Herrn Fischer einen Gruss. Ich habe ihn ja am Mittwoch kurz getroffen und hätte unser Gespräch heute gerne fortgesetzt. Aber wir sehen uns sicher ein anderes Mal wieder. Sag ihm das bitte. Und einen Gruss von mir und natürlich auch von Lena.»

«Einen Gruss an Herrn Fischer», wiederholte Muntwiler und versuchte verzweifelt, einen Sinn in ihrem Geplapper zu finden. «Ja, sicher.»

«Danke. Und wegen der Rüeblitorte tut es mir leid. Aber du hast ja bestimmt auch noch andere Sachen vorbereitet für deine Gäste. Ich verspreche dir, sobald ich wieder normal aussehe, bringe ich dir deine geliebte Rüeblitorte vorbei.»

Muntwiler schluckte leer. «Rüeblitorte», wiederholte er. «Ja, klar.»

«Gut, dann also alles Gute, lieber Kaspar. Alles Gute zum Geburtstag. Und bis bald, gell. Bis bald.» Es klang, als kippe ihre Stimme.

«Danke, Marie-Louise. Ich hoffe, es geht dir bald besser.»

Auf der anderen Seite wurde abrupt aufgehängt. Muntwiler blieb noch einen Moment mitten im Raum stehen, dann setzte er sich an den Tisch und nahm sein Notizbuch zur Hand.

«Achtzigster Geburtstag», murmelte er fassungslos. «Und dann stösst sie sich das Knie und hat davon ein blaues Auge. Und seit wann hat sie eigentlich eine Haushalthilfe? Ich dachte, sie wohne jetzt allein im Haus. Lena Ryser hat sie gesagt. Oder vielleicht Gyser. Und warum eine Rüeblitorte? Nusskuchen, das ist ihre Spezialität! Und dann redet sie noch von einem Herrn Fischer. Wer soll jetzt das wieder sein? Ich habe doch niemanden eingeladen, der so heisst. Aber sie hat ihn am Mittwoch gesehen.»

In Gedanken liess er die letzte Woche an sich vorbeiziehen. Am Mittwoch ...waren da nicht die beiden Fahnder bei ihm gewesen? Schnell stand er auf und ging in die Küche, wo an seiner Pinnwand die Karte des einen Polizisten hing. Er könne jederzeit anrufen, falls er wieder etwas Auffälliges bemerke, hatte der nette Mann gesagt. Muntwiler nahm die Karte ab und las den Namen darauf. Christian Fischer. Und die beiden waren anschliessend noch in der Nachbarschaft unterwegs gewesen. Vielleicht auch bei Marie-Louise.

Muntwiler schauderte. Marie-Louise hatte nicht etwa den Verstand verloren. Nein, das war ein Hilferuf gewesen! Er ging zurück ins Wohnzimmer, sammelte seine Gedanken, damit er klar sagen konnte, warum er anrief, und wählte schliesslich die Nummer auf der Karte.

Es war zum Verrücktwerden! Lena Gyser hielt den verabredeten Termin nicht ein, aber es gab auch keinen Hinweis darauf, wo sie sich aufhielt. Tatsächlich konnte das BE in der SMS an Balsberger genauso gut den Kanton wie die Stadt Bern meinen. Andrea Schaffer hasste Situationen wie diese, bei der es einfach abzuwarten galt.

Um doch etwas zu tun, rief die Fahnderin bei Elektro

Schluchter an. Am Samstag hatte sich herausgestellt, dass die Firmennummer nicht auf die Privatnummer umgeleitet wurde, sondern sich lediglich ein Anrufbeantworter einschaltete, der bat, man möge es am Montag nochmals versuchen. Genau das tat sie jetzt und hatte, wie üblich, Astrid Schluchter am Apparat. Die Frage, ob ihre Tochter sich mit Lena Gyser angefreundet hatte, konnte die Frau ganz klar verneinen.

«Simona war damals zu einem mehrmonatigen Sprachaufenthalt in England», erklärte sie. «Sie kam wieder heim, als ich das Büro vollständig übernommen hatte. Sie und Lena sind sich nie begegnet.» Schaffer wollte sich schon verabschieden, da fiel der Frau noch etwas ein. «Die einzige Person ausser mir, mit der Lena kurz zusammengearbeitet hat, war Herr Bächteler. Der hatte damals schon gekündigt, kam aber netterweise noch ein paar Tage, bevor er sich dann ganz verabschiedete.»

Das 'netterweise' hatte etwas sarkastisch geklungen und Schaffer wurde hellhörig. «Ach, Sie hatten den Mann gar nie erwähnt. Musste er wegen der Umstrukturierungen, angestossen durch Herrn Holmbach, gehen?»

Astrid Schluchter seufzte tief. «Höchstens indirekt. Sehen Sie, Herr Bächteler hat einige Jahre unsere Büroarbeit gemacht. Er kam, als unsere langjährige Sekretärin pensioniert wurde. Er war drei bis vier Tage die Woche da und arbeitete ausserdem als Steuerberater. Man hatte manchmal den Eindruck, als sei die andere Arbeitsstelle wichtiger und zu uns komme er nur, um uns einen Gefallen zu tun. Wie auch immer.» Astrid Schluchter holte tief Luft. «Als Herr Holmbach anregte, dass ich das Büro wieder vollständig übernehmen könne, fanden mein Mann und ich das eine gute Idee. Weil Herr Bächteler schon recht lange bei uns war, beschlossen wir, ihn nicht einfach zu entlassen. Wir redeten mit ihm und erklärten die Lage. Wir schlugen vor, dass er schrittweise bei seinem anderen Arbeitgeber mehr und bei uns immer weniger arbeiten solle. Also ein langsamer Übergang, bis er bei uns aufhören konnte.»

«Was für eine Kündigungsfrist hätte er denn gehabt?», erkundigte sich die Fahnderin.

«Nur drei Monate. Aber wenn er ein halbes Jahr oder gar ein Jahr gebraucht hätte, um sich völlig umzuorientieren, hätten wir das auch akzeptiert. Er ist Mitte fünfzig und es ist klar, dass man da im Arbeitsmarkt nicht mehr so grosse Chancen hat. Aber da er ja schon für den Steuerberater arbeitete, dachten wir, für ihn sei es kein Problem.»

«Aber es war eines?»

«Wenn Sie mich fragen, hat er es zu einem gemacht. Er, der sonst immer eher zurückhaltend wirkte, fuhr richtiggehend aus der Haut. Mein Mann und ich waren völlig überrascht. Er liess uns zwar ausreden, lachte dann aber höhnisch und meinte, ob wir ihn für dumm verkaufen wollten. Er sei doch kein alter Trottel, der keine Stelle mehr fände. Er bleibe keinen Tag länger bei uns, als er müsse. Wir würden schon sehen, wie es dann ohne ihn laufe. Damit stand er auf und ging. Es war ein Freitag. Am Montag meldete er sich krank und am Dienstag hatten wir seine Kündigung in der Post.»

«Aber die drei Monate Kündigungsfrist hat er noch eingehalten?»

«Wie man's nimmt. Er war tatsächlich krank. Eine Bypassoperation wurde nötig und danach natürlich Reha. Daher haben wir uns damals eine temporäre Bürokraft vermitteln lassen. Wie gesagt, Herr Bächteler kam schlussendlich noch zwei oder drei Tage zur Arbeit und während denen hat er mit Lena zusammengearbeitet. Zu ihr war er sehr freundlich, mit mir und meinem Mann hat er kaum mehr gesprochen. Ehrlich gesagt hätte es uns auch nicht gestört, wenn er gar nicht mehr aufgetaucht wäre. Seine Reaktion damals war so heftig und irgendwie auch absurd, dass er uns etwas unheimlich war. Er wirkte auf uns sehr labil und unberechenbar.»

«Hat sich Herr Bächteler je mit Herrn Holmbach gestritten?»

«Nein. Er hat Herrn Holmbach damals Auskunft über seine Arbeit gegeben und sich dabei völlig korrekt verhalten. Soviel ich weiss, gab es keinen weiteren Kontakt zwischen den beiden.»

«Haben Sie seit seinem letzten Arbeitstag nochmal von ihm gehört?»

«Nein. Er hatte rechtskräftig gekündigt, wir hatten seinen Lohn bezahlt und es gab daher keine Berührungspunkte mehr. Ich nehme an, er ist jetzt als Steuerberater tätig.»

«Wenn Sie mir vielleicht trotzdem noch seine Kontaktdaten geben könnten?», bat die Fahnderin und notierte sich alles Nötige, bevor sie sich verabschiedete.

Ihre Recherche ergab, dass der Mann alleinstehend war, im Marziliquartier wohnte und auf privater Basis Steuerberatung und das Ausfüllen der Steuererklärung anbot.

«Was meinst du?», fragte sie Blaser, nachdem sie ihm den Hintergrund erklärt hatte. «Könnte das die Person sein, mit der Frau Gyser einen Kaffee getrunken hat? Jemand, den sie von einer ehemaligen Arbeitsstelle kennt und dem sie zufällig im Tierpark begegnet ist. Das Marzili ist in der Nähe des Tierparks. Und Frau Schluchter meinte, der Mann sei während der wenigen Tage freundlich zu Lena gewesen.»

«Klingt logisch.» Blaser rief auf seinem Bildschirm den Stadtplan auf und gab Bächtelers Adresse ein. Als sie angezeigt wurde, wechselten sie einen alarmierten Blick.

«Das könnte er sein», sagte Blaser leise. «Nicht weit von Holmbachs täglicher Runde entfernt. Vielleicht macht Bächteler ja auch einen Morgenspaziergang. Da wäre es denkbar, dass er ihn regelmässig gesehen und erkannt hat. Und wenn wir davon ausgehen, dass sich sein Leben während des letzten Jahres negativ verändert hat ...»

«...und Frau Schluchter recht damit hat, dass er labil und unberechenbar ist, dann sollten wir das schleunigst mit Gygax und Fischer besprechen», vollendete Schaffer seinen Satz.

Kaum waren sie im Büro der beiden Kollegen und hatten die Zusammenhänge erklärt, läutete Schaffers Handy.

«Das ist wieder Balsberger», sagte sie nach einem Blick auf ihr Display. «Vielleicht hat sich Lena bei ihm gemeldet.» Sie nahm den Anruf entgegen und schaltete schon nach den ersten Sätzen des Tierpflegers auf laut, damit die Kollegen mithören konnten.

«Und darum denke ich, dass sie mit diesen Symbolen auf meine Arbeit im Garten bei Frau Sträubi anspielt», erklärte Balsberger gerade. «Vielleicht ist sie ja doch dort. Und wenn sie sich noch immer nicht bei Ihnen gemeldet hat, dann ist da etwas faul. Ich bin auf dem Weg und ...»

«Keine Alleingänge, Herr Balsberger!», fiel ihm die Fahnderin ins Wort. «Wir kennen die Adresse und kommen auch dorthin. Warten Sie unbedingt auf uns! Versprechen Sie mir das.» Es knackte in der Leitung. Balsberger hatte das Gespräch abgebrochen.

«Verdammt!», fluchte Gygax. «Wir müssen sofort ...» Er

wurde von Christian Fischers Telefon unterbrochen.

«Herr Muntwiler. Ja, sicher erinnere ich mich an Sie. Wie kann ich Ihnen helfen?» Auch Fischer aktivierte sofort den Lautsprecher und alle hörten, wie der alte Herr erklärte, warum er sich um seine Nachbarin Sorgen machte. «Verstehen Sie», fasste er schliesslich zusammen. «Die heruntergelassenen Läden, die vielen Fehler, die sie am Telefon machte und dass sie mich bat, Ihnen einen Gruss auszurichten, das ist doch besorgniserregend. Ach ja, und dann erwähnte sie zweimal eine Haushalthilfe, von der sie noch nie gesprochen hatte.»

«Tatsächlich. Hat sie einen Namen genannt?»

«Ja. Genau das fand ich so auffällig. Lena Ryser oder Gyser heisst die Frau. Ich hoffe, Sie verstehen, dass ich Sie anrufen musste.»

Fischer versicherte, dass er genau richtig gehandelt hatte und bat ihn, daheim zu bleiben. «Herr Muntwiler, nähern Sie sich auf keinen Fall nochmals Frau Sträubis Haus», beschwor er ihn.

«Wir sind schon auf dem Weg.»

Als der Bus an der Endhaltestelle eintraf, stand Balsberger bereits an der Tür bereit. Er sprang als Erster aus dem Fahrzeug, musste sich kurz orientieren und rannte dann auf der Mannenriedstrasse, die hier noch wie ein Feldweg wirkte, in Richtung Muri. Einige Spaziergänger sahen ihm irritiert nach, ein grosser, schwarzer Hund begleitete ihn ein Stück, bis sein Herr ihn zurückpfiff.

Beim Mettlenweiher verringerte er das Tempo und als er auf die geteerte Strasse kam, blieb er einen Moment ganz stehen, zog seine Kleider zurecht und ging dann wie ein Anwohner auf dem Heimweg die Strasse entlang.

Als Frau Sträubis Haus in Sichtweite kam, war ihm sofort klar, dass etwas nicht stimmen konnte. Nie hätte die alte Dame die Rollläden heruntergekurbelt. Selbst wenn sie in die Ferien reiste, blieben die Läden oben, denn die Zimmerpflanzen benötigten Licht. Und sie verfügte, das hatte sie ihm einmal gezeigt, über eine Zeitschaltuhr, die bei ihrer Abwesenheit in verschiedenen Räumen die Lampen ein- und auch wieder ausschaltete. «Es sieht dann aus, als sei ich zuhause», hatte sie ihm erklärt. «Das wirkt viel abschreckender auf Einbrecher als heruntergelassene Fensterläden, die anzeigen, dass keiner daheim ist.»

Edi ging langsam am Haus vorbei und blieb bei der Garage stehen. Selbst wenn jemand durch die Jalousien auf die Strasse blickte, konnte er ihn hier nicht sehen. Zwischen der Garage und dem Gartenzaun gab es eine schmale Lücke. Edi vergewisserte sich, dass sein Handy auf lautlos gestellt war, und schlüpfte in den Garten. Mit einigen grossen Schritten erreichte er die Mauer der Gartenhalle und duckte sich in deren Schatten. Jetzt waren es nur noch ein paar Meter bis zur Kellertür. Das Problem war, dass der Fensterladen oberhalb des Kellerabgangs als einziger nicht vollständig gesenkt worden war. Wer auch immer im Haus war, brauchte in der Küche noch Licht, hielt sich also wahrscheinlich dort auf.

Er versuchte, sich die Küche in Erinnerung zu rufen. Direkt vor dem Fenster stand ein schmaler Holztisch, auf dem immer allerhand Sachen abgelegt wurden. Wer aus dem Fenster schaute, sah zwar den Zaun und die Strasse, aber den Grünstreifen direkt vor dem Haus konnte er nur sehen, wenn er den Tisch abräumte und sich weit hinauslehnte.

Zum wiederholten Mal tastete Edi nach dem Schlüsselbund in seiner Hosentasche. Vor einigen Monaten hatte ihm Marie-Louise den Schlüssel zur äusseren Kellertür anvertraut. Es war der Tag gewesen, als sie ihm das Du angeboten hatte. Der Tag, an dem er ihr erklärt hatte, wie sie online einkaufen und so ihre Schulter entlasten konnte.

«Man kann nie wissen, für was es mal gut ist», hatte sie erklärt. «Sollte ich dir einmal nicht die Haustüre öffnen können, kommst du einfach durch den Keller herein. Die Tür zwischen Entrée und Kellertreppe ist immer offen.»

Bis jetzt hatte er den Schlüssel noch nie benutzt, kannte die Kellerräume aber trotzdem, weil er immer wieder kleinere Sachen hinunter-, beziehungsweise hinaufgetragen hatte. Er wusste also, dass die Tür sich in einen kleinen Abstellraum öffnete und er von dort aus durch einen langen Gang zur Treppe und hinauf ins Haus gelangen konnte.

Vorsichtig schob sich Edi dicht an der Mauer entlang zum Kellerabgang und stand eine Minute später vor der massiven Holztür. Als er den Schlüssel ins Schloss schob, hörte er in seinem Kopf die Stimme der Fahnderin. «Keine Alleingänge, Herr Balsberger!»

Manchmal ging es eben nicht anders. Wie sagten die Polizisten in den Krimis immer? Gefahr im Verzug. Manchmal musste man einfach handeln.

Obwohl sie den Gedanken hasste, gleich wieder in ihr Schlafzimmer eingesperrt zu werden, war Marie-Louise Sträubi froh, als dieser schreckliche Mann die Tür aufschloss und sie mehr oder weniger hineinschubste. Es war tatsächlich eine Erleichterung, Lenas Arme um sich zu spüren und nicht mehr in der Angst zu leben, gleich erschossen zu werden.

Während des Anrufs bei Kaspar hatte der Mann die ganze Zeit die Waffe auf sie gerichtet. Zwar hatte sie den Eindruck, dass er damit etwas ungeschickt umging, aber das war auch nicht beruhigend. Was, wenn das Ding unabsichtlich losging?

«Endlich!» Lena half ihr, sich wieder aufs Bett zu setzen. Sie lauschten, bis sie hörten, wie sich Armins Schritte entfernten. «Hat es geklappt?»

Marie-Louise nickte. «Ich habe mich bemüht, Kaspar möglichst viele Hinweise zu geben. Schliesslich durfte ich nur ein paar Sätze sagen. Erklären, warum ich nicht geöffnet und das Telefon abgenommen hatte und mich für den Nachmittag entschuldigen.» Sie kicherte.

«Hoffentlich habe ich es nicht übertrieben und Kaspar denkt, ich sei nach dem Sturz von der Leiter geistig verwirrt.»

«In dem Fall würde er vielleicht die Sanität alarmieren», meinte Lena. «Aber hoffen wir, dass er die Polizei anruft. Du hast doch den Namen des Polizisten erwähnt?»

«Ja. Und deinen auch. Wie wir es besprochen hatten.» Sie drückte die Hand der jungen Frau.

«Ach, es muss einfach funktionieren!»

«Hast du gesehen, was er dort unten macht?», fragte Lena. «Ist dir irgendetwas aufgefallen?»

«Er hat alles verdunkelt. Nur die Fenster, die keinen Laden haben, lassen noch etwas Licht herein. Im Entrée sind allerlei Sachen aufgestapelt. Ordner aus dem Büro, Zeitschriften und eine Kiste mit Trockenblumen aus dem Keller habe ich gesehen.» Sie schüttelte den Kopf. «Im Wohnzimmer hat er Bücher aus den Regalen genommen und auf den Boden gelegt. Er scheint völlig wirr im Kopf zu sein. Er schwitzt auch übermässig und wirkt sehr nervös. Ich musste mich aufs Sofa setzen und telefonieren. Dann hat er mich wieder die Treppe hinaufgescheucht.» Sie stöhnte leise. «Übrigens habe ich ihn gebeten, dass er uns etwas Heisses zu trinken bringt. Kaffee oder Tee. Reagiert hat er leider nicht. Meine Güte, was gäbe ich jetzt für einen Espresso!»

Lena nickte geistesabwesend. Sie verarbeitete die Informationen, die sie gerade erhalten hatte. Papier und Trockenblumen. Ihr Magen krampfte sich zusammen und sie eilte zur Toilette. Als sie wieder aus dem Badezimmer zurückkam, hatte sie sich etwas gefangen und lächelte. «Sorry, mein Magen reagiert immer stark auf Stress.»

Schritte auf der Treppe liessen sie zusammenfahren. «Lena», kam es von der Tür. «Geht wieder weg. Ich schiesse, wenn ich auch nur den Schatten von einer von euch sehe.»

Sie löschten das Licht und zogen sich in die Ecke beim Kleiderschrank zurück. Diesmal warf er nichts in den Raum, sondern schob eine Kiste ins Zimmer, bevor er die Tür wieder zuschlug und abschloss. Sie warteten und hörten, wie er im Gang etwas über den Teppich schob.

Marie-Louise erkannte als Erste, was vor sich ging. «Er schiebt die Kommode vor die Tür», flüsterte sie.

Lena nickte, knipste das Licht wieder an und öffnete vorsichtig den Karton. Er enthielt eine Thermoskanne mit heissem Wasser, Instantkaffee, zwei Tassen, einen kleinen Löffel und eine Tafel Schokolade.

«Ich wusste gar nicht, dass wir Instantkaffee im Haus haben», sagte Lena erstaunt.

«Er steht im Keller, beim Notvorrat», erklärte Marie-Louise. «Dieser Mensch muss wirklich alles durchsucht haben. «Komm, jetzt trinken wir einen Kaffee. Das wird uns guttun.»

Sie fühlte sich schon viel besser nach dem geglückten Telefongespräch und mit einer Tasse Kaffee in der Hand. Lena hingegen konnte auch mit Schokolade nicht aufgemuntert werden. Die junge Frau sah eher noch besorgter aus als vor dem Telefonat mit Kaspar Muntwiler.

«Lena, mein Liebes. Jetzt nicht den Mut verlieren. Sicher kommt gleich Hilfe», sagte Marie-Louise und legte ihr die Hand auf den Arm. «Kaspar ist ein kluger Mensch. Er hat meine Hinweise bestimmt verstanden und gehandelt.»

Lenas Lächeln wirkte gequält. «Ja», sagte sie leise. «Hoffentlich kommt die Polizei noch rechtzeitig.»

«Wo zum Teufel steckt dieser Balsberger?», fragte Gygax und sah vorsichtig die Strasse hinunter.

Die beiden Dienstwagen der Fahnder standen in Kaspar Muntwilers Einfahrt. Fischer war gleich ins Haus gegangen und hatte mit dem alten Herrn gesprochen. Jetzt stiess er wieder zum Team.

«Er sagt, es habe sich dort drüben nichts getan. Ein Anwohner mit seinem Hund, ein ihm unbekannter Fussgänger und kurz darauf das Auto eines Nachbarn sind vorbeigekommen, aber sonst war alles ruhig.»

«Der Fussgänger könnte Balsberger gewesen sein», vermutete Andrea. «Er hat mich aus dem Bus angerufen, ist also zu Fuss unterwegs. Hoffentlich hat er noch nichts unternommen.» Sie zückte ihr Handy.

«Du darfst ihn nicht anrufen», warnte Blaser. «Was, wenn er drüben im Garten ist und sein Handy klingelt?»

«Er wird es doch hoffentlich auf stumm geschaltet haben! Aber du hast recht, er kann wahrscheinlich nicht mit mir sprechen. Wenigstens eine Nachricht muss ich ihm schicken. Wir müssen wissen, wo er sich aufhält.»

Sie tippte einen kurzen Text und schickte ihn ab. Ein Häkchen erschien unter der Nachricht, dann wurde es blau. Sie atmete auf. Aber ihre Erleichterung war von kurzer Dauer. «Verdammt, er schreibt, er ist im Haus.»

«Was! Zeig her!»

Die Antwort auf die Frage «Wo sind Sie?» war kurz: «Im Haus. Kellertür ist offen.»

«Die Kellertür liegt direkt unter dem Küchenfenster», erinnerte sich Gygax. «Entweder war sie offen, oder er hat einen Schlüssel.»

«Ich gehe ihm nach», sagte Blaser entschlossen. «Wir dürfen nicht zulassen, dass er allein ins Haus vordringt. Er hat keine Waffe und wir wissen nicht, was oder wer ihn dort erwartet.»

«Ich begleite dich», sagte Fischer. «Heinz und ich waren schon im Haus und kennen wenigstens die unteren Räume ein wenig.» Er sah Gygax an. «Ist das okay für dich?»

Der Kollege nickte. «Ja, aber seid vorsichtig. Und schickt Balsberger raus, sobald ihr drin seid.»

«Falls es dieser Bächteler ist, klingt er nach einem Einzelgänger», sagte Andrea. «Ich schlage vor, Stefan und Christian schicken eine Nachricht, wenn sie im Keller sind und eine Möglichkeit sehen, in die Wohnräume zu gelangen. Dann gehe ich an die Haustür und läute.»

«Er wird nicht öffnen», meinte Gygax.

«Nein, aber er wird wenigstens für eine Minute abgelenkt sein. Ich nehme ein Klemmbrett und einen Stift mit. Dann sehe ich aus, als ob ich Unterschriften für eine Initiative sammle.»

«Klingt gut», sagte Blaser.

«Es wäre sogar besser, wenn Andrea zuerst geht», meinte Fischer. «Falls er in der Küche ist, könnte er sehen, wie wir uns der Kellertreppe nähern. Wenn er die Türglocke hört, wird er bestimmt in Richtung der Haustür gehen.»

Die anderen gaben ihm recht und so machte sich Schaffer, ausgerüstet mit einem alten Klemmbrett und einem Kugelschreiber, auf den Weg. Scheinbar unbekümmert öffnete sie das kleine Gartentor, liess es offenstehen und ging zur Haustür. Sie klingelte, wartete eine Minute und klingelte erneut. Niemand öffnete, aber es schien ihr, als habe sich hinter der Tür etwas bewegt.

«Dann eben nicht», sagte sie laut, zuckte die Schultern und ging zurück zur Strasse. Sie bog in Muntwilers Einfahrt ein, wo Gygax auf sie wartete.

«Und?», fragte sie leise.

Gygax zeigte ihr sein Handy. Blaser hatte ein okay geschickt. «Sie sind im Keller.»

Edi Balsberger biss sich auf die Lippen. Frau Schaffer hatte ihm ein klares «Unbedingt warten!» geschickt. Er nahm an, dass sie oder einer ihrer Kollegen schon bald bei ihm sein würde. «Macht vorwärts», murmelte er ungeduldig. «Der da oben bereitet was vor.»

Seit einigen Minuten war er jetzt schon im Keller und hatte unablässig Lärm aus dem Erdgeschoss gehört. Es klang, als würden Dinge über den Boden gezerrt und immer wieder kam ein klatschendes Geräusch, als werde etwas Flaches auf den Boden geworfen. Plötzlich wurde die Tür zum Wohnbereich von oben geöffnet. Edi konnte gerade noch in die Waschküche zurückweichen, bevor jemand die Treppe herunterkam und im hinteren Teil des Kellers verschwand.

Sollte er handeln, hinterher gehen und die Person im Vorratskeller einschliessen? Aber was, wenn der Fremde eine Waffe hatte? Oder wenn es zwei waren und von oben ein anderer zu Hilfe kommen konnte? Edi blieb stehen und hörte, wie der Mann leise schimpfend zurückkam. Scheinbar suchte er etwas und konnte es nicht finden. Vor sich hinmurmelnd stapfte er die Treppe wieder hinauf. Kurz bevor er oben war, erklang die Türglocke und er blieb wie angewurzelt stehen. Es verging wohl eine Minute, dann wurde erneut geläutet. Balsberger schob den Kopf ein wenig weiter nach vorne und sah, wie sich die Füsse in den braunen Halbschuhen ganz langsam wieder in Bewegung setzten und der Fremde die Treppe vollends hinaufging. Mit einem leisen Quietschen wurde die Kellertüre geschlossen.

Edi atmete auf, hörte aber im selben Moment ein Geräusch hinter sich. Er fuhr herum. Zwei Männer waren während der Ablenkungsaktion an der Tür in den Keller geschlüpft und grüssten ihn mit einem Nicken. Den einen, Blaser, kannte er. Seinen Kollegen nicht. Aber wichtig war für ihn in dem Moment nur, dass beide eine Waffe trugen. Oben hatten die seltsamen Geräusche wieder eingesetzt. Der Mann machte mit seiner Arbeit, was auch immer sie beinhaltete, weiter. Blaser ging vorsichtig die Treppe hinauf und schaute oben durch den Türspalt. Der andere Polizist flüsterte Edi zu, er solle das Haus wieder verlassen.

Als Antwort schüttelte Edi nur den Kopf. Er hatte nicht die Absicht, Lena und Marie-Louise im Stich zu lassen.

«Dann bleiben Sie im Keller», befahl ihm der Fahnder leise und folgte seinem Kollegen die Treppe hinauf. Edi zögerte, bleib aber doch unten stehen und lauschte.

Durch die leicht geöffnete Tür hörte man den Mann etwas rufen. Es klang weit entfernt. Wahrscheinlich stand er im oberen Stock vor einer der Zimmertüren. Balsberger verstand nur einzelne Wortfetzen: «Tut mir leid, Lena». Und etwas später: «… war halt einfach Pech.»

Balsberger ballte die Fäuste. Lena war also tatsächlich im Haus und dort oben irgendwo eingeschlossen. Im kleinen Zimmer am Kopf der grossen Treppe, im Eckzimmer oder im grossen Schlafzimmer, das Marie-Louise benutzte. Am liebsten wäre er einfach nach oben gerannt, doch der ältere Fahnder bedeutete ihm abermals, zurückzubleiben. Aber jetzt liess sich Edi nicht mehr abwimmeln und bleib dicht hinter den beiden.

Die Schritte des Fremden entfernten sich nach rechts, in Richtung des Wohnzimmers. Offenbar war er aus dem Blickfeld der Polizisten verschwunden, denn Blaser schob die Türe etwas weiter auf. Auch Edi konnte jetzt sehen, in welchem Zustand sich das Entrée befand. Überall türmte sich Papier. Meistens in grösseren Haufen, aber es lagen auch einzelne Blätter auf dem Boden. Der Mann musste alle Ordner aus dem Büro geleert und die Papiere, sowie alle Zeitungen und Zeitschriften, die er hatte finden können, hier verteilt haben. Die beiden Polizisten wechselten alarmierte Blicke und auch Edi war klar, was das zu bedeuten hatte: Dieser Mistkerl wollte Feuer legen und die beiden Frauen elendiglich ersticken lassen!

Er tippte dem Mann vor sich auf die Schulter. «Er ist im Wohnzimmer. In der Metallbox beim Kamin hat es Zündhölzer und Anzündpaste!», zischte er. «Ihr müsst ihn stoppen!»

Die beiden nickten, verständigten sich mit Blicken und folgten dem Fremden ins Wohnzimmer. Edi hörte sie rufen.

«Polizei! Lassen Sie die Waffe fallen! Die Hände über den Kopf!»

Dort drinnen kam es offenbar zu einem Handgemenge, aber das war für Edi unwichtig. Er eilte so schnell wie möglich durch den Eingangsbereich zur Treppe. Sogar auf den Stufen lagen noch Zeitschriften und alte Kartons. Oben stiess er die erste Zimmertür auf. Der Raum war leer.

«Lena! Marie-Louise!»

Von ganz hinten hörte er Stimmen. «Hier sind wir! Hallo! Hier!»

Entsetzt sah er, dass die alte Kommode vor die Schlafzimmertür geschoben worden war und der Fremde auch hier einen Berg mit brennbaren Materialien aufgeschichtet hatte. Obenauf lag ein Strauss mit Trockenblumen.

Während unten noch Geschrei ertönte, stemmte sich Edi gegen das massive Holzmöbel und schob es zur Seite. Zum Glück steckte der Schlüssel. Drinnen war es still geworden.

Als er die Tür vorsichtig öffnete, sah er zuerst Lena. Mit einer Metallstange in der Hand stand sie da und starrte ihn ungläubig an. Im Licht der Deckenlampe wirkte ihr Gesicht leichenblass.

«Lena», sagte er nur leise und streckte ihr die Hand entgegen.

Mit einem leisen Jammerlaut liess sie die Stange fallen, machte einen Schritt nach vorne und wäre gestürzt, hätte er sie nicht aufgefangen. Schweigend hielt er sie fest.

Nach einigen Sekunden hörte er ein Räuspern. Er hob den Kopf und erkannte Marie-Louise, die versuchte, vom Bett aufzustehen. Ihre rechte Gesichtshälfte war geschwollen, und sie musste sich am Bettpfosten festhalten, um nicht umzufallen. Aber die alte Dame lächelte und das gesunde Auge leuchtete vor Freude.

«Edi, mein Lieber! Gut, dass du da bist», sagte sie mit zitternder Stimme. «Ich hatte schon Angst, wir müssen bis Donnerstag hier ausharren.»

Nur wenige Minuten nachdem Bächteler überwältigt worden war, schloss Blaser die Eingangstür auf und liess Gygax und Schaffer herein.

«Er hat sich sofort ergeben», informierte er die beiden. «Wir haben ihn über seine Rechte belehrt und ihn darauf aufmerksam gemacht, dass er nichts zu sagen braucht, aber er redet wie ein Wasserfall. Er wirkt völlig verstört. Behauptet, er sei gezwungen gewesen, Lena Gyser und die alte Dame umzubringen.»

«Er hat sie umgebracht?» Andrea starrte den Kollegen entsetzt an.

«Nein, den beiden geht es verhältnismässig gut. Sie sind oben, brauchen aber sicher auch einen Sanitäter.»

«Die Rettungsdienste sind angefordert», sagte Gygax. «Wo ist Balsberger?»

«Oben bei den beiden Frauen. Sie waren eingeschlossen.»

Sie standen jetzt im Entrée und die beiden Neuankömmlinge sahen sich erstaunt um.

«Das ist ja unglaublich», sagte Schaffer leise. «Er wollte Feuer legen, nicht wahr?»

«Ja. Wir konnten ihn in dem Moment stoppen, als er beim Kamin die Zündhölzer gefunden hat. Balsberger wusste, wo sie sind, und hat die Gefahr sofort erkannt.»

Aus dem Wohnzimmer klang hysterisches Schluchzen. «Ist das Bächteler?», fragte Gygax.

«Ja. Jetzt scheint er völlig zusammenzubrechen. Komm, wir müssen Christan unterstützen.»

«Ich sehe nach den Frauen.» Schaffer ging zur Treppe.

Sie bahnte sich einen Weg durch das herumliegende Papier. Die Stimmen aus dem oberen Stock wiesen ihr den Weg.

«Als Erstes muss dieser Rollladen repariert werden», hörte sie eine resolute Frauenstimme sagen. «Du kümmerst dich doch darum, Edi, nicht wahr?»

«Ja klar, das schau ich mir nachher an», kam es gelassen von Balsberger. «Aber jetzt müssen wir erst dafür sorgen, dass ihr zwei versorgt werdet. Sicher haben die Polizisten schon einen Rettungswagen gerufen.»

«Ja, das haben wir. Die Sanitäter sind bald da», sagte Andrea und betrat das Zimmer. «Guten Tag zusammen. Ich bin Andrea Schaffer von der Kantonspolizei. Herr Balsberger kennt mich schon. Ich bin sehr froh, dass wir Sie gefunden haben.»

Auf dem Bett an der linken Wand sass eine zierliche alte Frau mit kurzen, weissen Haaren. Trotz einer grossen Beule an der Stirn und eines geschwollenen Auges wirkte sie wach und aktiv. Das also war Frau Sträubi. Die junge Frau mit der braunen Kurzhaarfrisur, die zusammengesunken in einem Lehnstuhl sass, musste Lena Gyser sein. Balsberger stand neben ihr, eine Hand auf ihrer Schulter.

«Ja, es war wirklich höchste Zeit», antwortete ihr die alte Dame. «Hat Kaspar Muntwiler bei Herrn Fischer angerufen?»

«Ja, das hat er. Frau Sträubi, es war sehr clever von Ihnen, ihn mit den vielen Fehlern auf ihre Notsituation aufmerksam zu machen», lobte Andrea und drückte die ausgestreckte Hand der alten Dame.

«Sobald ich wieder dazu in der Lage bin, backe ich ihm den versprochenen Kuchen.» Marie-Louise Sträubi lächelte erschöpft. «Meine Güte, bin ich müde. Ich glaube, ich muss jetzt einfach nur schlafen.» Sie schaute sich um. «Aber nicht hier! Können wir in einen Raum gehen, wo man Luft und Licht hat, bitte?»

«Ich bring dich hinüber in das andere Zimmer, Marie-Louise», sagte Balsberger und kam zu ihr, um ihr aufzuhelfen. «Er hat ja wohl nicht alle Rollläden ruiniert. Lena, kommst du auch mit? Es geht dir bestimmt gleich besser, wenn du frische Luft hast.»

«Ja, kommen Sie.» Andrea berührte die junge Frau leicht am Arm. «Brauchen Sie Hilfe? Sind Sie verletzt, Frau Gyser?»

«Nein, es geht schon.» Lena Gyser hob den Kopf und schaute der Fahnderin zum ersten Mal in die Augen. «Ich bin nur so kaputt. Ich habe versucht, mit dem Taschenmesser ein Loch in den Laden zu hacken.» Sie öffnete ihre rechte Hand, die sie bis jetzt zur Faust geballt dicht an den Körper gedrückt hatte. Sie war geschwollen und blutete aus mehreren Schnitten.

«Das wird nachher gleich desinfiziert und verbunden», versicherte ihr Andrea und half ihr auf.

«Kommen Sie, wir gehen hier raus.»

Auf dem Gang blieb Lena wie vom Donner gerührt stehen. «Also doch», flüsterte sie. «Marie-Louise hat mir gesagt, es liege Papier herum. Da dachte ich sofort, er will Feuer legen. Ich habe Panik bekommen, aber ich wollte nicht, dass sie es merkt. Darum habe ich nichts gesagt und nur wie verrückt auf den Laden eingehackt.» Sie schwankte leicht.

«Meine Kollegen haben ihn rechtzeitig gestoppt.» Andrea legte ihr den Arm um die Schulter.

«Es ist vorbei, Frau Gyser. Sie brauchen keine Angst mehr zu haben. Vor niemandem.»

«Er hat also gestanden?», fragte Gygax die Staatsanwältin, die am Dienstagmorgen Armin Bächteler in Anwesenheit eines Arztes hatte vernehmen können und das Ermittlerteam jetzt informierte.

«Wie man es nimmt. Er hat das zugegeben, was offensichtlich ist. Dass er Lena Gyser gezwungen hat, ihn ins Haus von Marie-Louise Sträubi einzulassen und dass er die beiden Frauen vom Sonntagmittag bis zu ihrer Befreiung ungefähr vierundzwanzig Stunden später, eingeschlossen hat.»

«Und die versuchte Brandstiftung?», fragte Fischer.

«Auch das kann er nicht bestreiten. Immerhin haben Sie ihn mit einer Schachtel Zündhölzer in der Hand gestellt. Aber er behauptet, er könne sich nicht erinnern, warum er das alles getan hat.»

«Wie jetzt? Er will das Gedächtnis verloren haben?»

«Genau. Eine seiner Vermutungen ist, er sei von jemandem hypnotisiert worden und somit zu all dem gezwungen worden.»

«Er macht also auf unzurechnungsfähig?» Gygax klang so frustriert, wie sich alle fühlten.

«Wir werden ihn jedenfalls psychologisch abklären müssen und die Sache wird sich hinziehen.»

«Aber es ist doch ganz offensichtlich, wie alles zusammenhängt», rief Schaffer wütend. «Er hat zwar selbst bei Schluchter Elektro gekündigt, aber im Grund gibt er Holmbach die Schuld daran. Es gelingt ihm nicht, beruflich wieder fusszufassen, kommt durch die Begegnung mit Frau Gyser wieder in Kontakt mit Holmbach und spioniert ihn aus. Frau Gyser hat ausgesagt, sie habe ihn im August am Mettlenweiher getroffen und da sei er ihr schon sehr seltsam vorgekommen.

Jedenfalls weiss er seitdem, dass Holmbach allein lebt und lauert ihm auf der Joggingrunde auf. Vielleicht hat er das über mehrere Tage oder Wochen getan. Er wohnt im Marzili, da ist es für ihn ein Leichtes, die Strecke am Morgen immer zur selben Zeit im Auge zu haben.»

«Ob er Holmbach umbringen, oder nur mit ihm reden wollte, ist nicht klar», nahm Blaser den Faden auf. «Jedenfalls führt er eine Begegnung herbei und die beiden streiten. Holmbach sagt etwas sehr Verletzendes und wendet sich zum Gehen. Als er sich bückt, um die Schuhe zu binden, schlägt Bächteler spontan mit einem herumliegenden Ast zu. Holmbach könnte gerettet werden, weil er aber nicht rechtzeitig gefunden wird, stirbt er.»

«Und dann kommt Lena Gyser wieder ins Spiel», übernahm Andrea. «Sie hat gestern ausgesagt, dass Bächteler am Samstag, als sie mit Heinz telefoniert hat, plötzlich hinter ihr stand. Er hat die zweite Hälfte des Gesprächs mitgehört. Nämlich, dass sie eine Aussage machen will. Er muss gedacht haben, dass sie gegen ihn aussagen will. Dass sie ihm von Holmbachs Joggingrunde erzählt hat und sie daher annimmt, dass er ihn ermordet hat.»

«Und warum hat er sie nicht schon am Samstag überfallen?», fragte Fischer.

«Sie erinnert sich, dass viele Leute in der Nähe waren, und ausserdem ist sie gleich davongelaufen. Er habe sie so seltsam angeschaut und daher sei sie möglichst schnell weg von ihm. Dass er am Sonntag dann mit einer Pistole in der Hand auftauchen würde, konnte sie ja nicht ahnen.»

«Wurde schon ermittelt, woher er die Waffe hat?», fragte die Staatsanwältin.

«Ja, das konnten wir abklären», berichtete Gygax. «Sie hat

Bächtelers Vater gehört. Der war Mitglied in einem Schützenverein und hat sie vor vierzig Jahren als gestohlen gemeldet.»

«Vierzig?», wiederholte Schaffer ungläubig. «Da war Armin ja noch ein Teenager!»

«Ja. Entweder hat er die Waffe dem Vater absichtlich entwendet oder dieser hat sie damals verlegt. Jedenfalls hat niemand gemeldet, dass sie wieder aufgetaucht ist.»

«Wir haben also alle Verbindungen herstellen können», fasste die Staatsanwältin zusammen.

«Was uns noch fehlt, ist ein Beweis, dass es Bächteler war, der Marius Holmbach an der Wasserwerkgasse aufgelauert und ihn niedergeschlagen hat. Es gibt keine Zeugen und die Tatwaffe hat er mit grosser Wahrscheinlichkeit in die Aare geworfen.»

Simon Glauser, der bis jetzt ruhig zugehört hatte, räusperte sich. «In dieser Beziehung habe ich gute Neuigkeiten. Ich kann beweisen, dass Bächteler am Tatort war. Wir haben seine DNA an drei Gegenständen gefunden, die wir am Montag sichergestellt haben.»

«Das ist allerdings eine gute Nachricht», freute sich Therese Marti. «Wo hat er Spuren hinterlassen?»

«An zwei Getränkedosen. Wir haben Fingerabdrücke und DNA im Trinkbereich gefunden. Ausserdem konnten wir einen ausgespuckten Kaugummi ebenfalls eindeutig dem Verdächtigen zuordnen. Dass er dort längere Zeit verbracht hat, ist also klar bewiesen.»

Die Gesichter aller Anwesenden hellten sich auf.

«Sehr gute Arbeit», lobte die Staatsanwältin. «Auch wenn wir die Tatwaffe nicht finden, haben wir damit etwas in der Hand.» Sie blickte in die Runde. «Sie haben alle sehr gute Arbeit geleistet. Neben dem Mordfall Holmbach ist nun auch die Fahrerflucht von Anfang Mai aufgeklärt.»

«Dass wir einem Opfer postum einen Mord nachweisen können, kommt allerdings nicht oft vor», meinte Gygax ernst. «Wir können den Täter nicht mehr zur Rechenschaft ziehen, aber wenigstens wissen die Freunde von Adrian Murer jetzt, warum er ums Leben gekommen ist. Vielleicht hilft ihnen das, die Sache zu verarbeiten.»

«Das ist ja unglaublich!» Toni sah Edi kopfschüttelnd an. «Wie in einem Fernseh-Krimi und du mittendrin!»

«Wenn mir ein anderer mit so einer Geschichte käme, würde ich ihn für einen Lügner halten», stimmte ihr Max zu.

Die beiden hatten Edi so gespannt zugehört, dass darüber Max' Steinpilzrisotto kalt geworden war.

«Und wo sind die beiden Frauen jetzt? Wie geht es ihnen?», erkundigte sich Toni. «Mussten sie ins Spital?»

«Nein, das war nicht nötig. Frau Sträubis Knie ist zum Glück nur geprellt und die Beule am Kopf wird auch heilen. Lenas Schnittwunden an den Händen haben die Sanitäter verarztet. Heute Mittag sagte sie mir am Telefon, man habe ihr eine Psychotherapie empfohlen. Sie müsse die ganzen Ereignisse irgendwie verarbeiten.»

«Und, wird sie eine machen?»

«Ich denke schon. Sie hat jedenfalls begriffen, dass sie Hilfe braucht.» Edi grinste. «Ehrlich gesagt, habe ich das Gefühl, dass Frau Sträubi mit ihrer positiven, zupackenden Art auch so etwas wie eine Therapeutin ist. Lena hat erzählt, dass Marie-Louise von Anfang an Klarheit über die Situation wollte. Sie hat sich alles erzählen lassen und mit ihrer Meinung nicht hinter dem Berg gehalten. Mir nicht zu verraten, dass Lena im Haus ist, während ich im Garten gearbeitet habe, muss ihr sehr schwergefallen sein.»

«Und du hast wirklich nichts gemerkt?», fragte Max.

«Ich hätte es merken sollen», gab Edi zu. «Das Gemüsebeet war plötzlich neu angepflanzt und gut gepflegt. Und Marie-Louise fragte mich kaum noch, ob ich ihr im Haus oder im Keller etwas helfen könne. Aber ich nahm das als Zeichen für ihre Genesung. Die Schulter war geheilt und sie konnte sich wieder besser bewegen.» Er seufzte. «Im Nachhinein ist man immer schlauer.»

«Wohnen die beiden weiterhin in diesem Haus? Es muss dort doch schrecklich aussehen und diese Erinnerungen…» Toni schauderte.

«Für die nächsten Tage sind sie bei dem Nachbarn untergekommen, der die Polizei alarmiert hat. Auch er wohnt allein in einem grossen Haus und hat genügend Platz für zwei Gäste. Aber Marie-Louise will zurück, sobald bei ihr daheim aufgeräumt und alles repariert ist. Lena kann bei ihr wohnen, solange sie möchte.»

«Sehr gut! Dann hat diese furchtbare Geschichte doch noch so was wie ein Happy End.» Toni lächelte. «Übrigens fände ich es schön, wenn Lena irgendwann an einem unserer Treffen teilnehmen könnte. Es muss natürlich nicht sofort sein. Aber wenn sie sich erholt hat, könntest du sie vielleicht zu einem Sonntagsbrunch bei dir einladen.»

«Gute Idee», meinte Max. «Das wäre auch in Adis Sinn.» Er schenkte Wein nach und sie stiessen auf den verstorbenen Freund an.

«Und jetzt möchte ich euch noch etwas erzählen», sagte Toni und lächelte verschmitzt. «Es ist natürlich nicht halb so spannend wie Edis Erlebnisse, aber auch wichtig.»

Sie machte eine Kunstpause und nippte an ihrem Glas

«Also?», fragte Edi ungeduldig. «Raus damit!»

«Ich möchte wieder beruflich aktiv werden», liess Toni die Bombe platzen und genoss die erstaunten Ausrufe der Freunde. «Zurzeit darf ich für eine Freundin und ihren Partner eine Reise zusammenstellen. Das macht mir so viel Spass, dass ich überlege, eine Reiseberatung für Seniorinnen und Senioren anzubieten. Was meint ihr?»

Nachwort

An einem Donnerstagabend, als die Läden in der Berner Innenstadt noch bis 21 Uhr geöffnet waren und der Abendverkauf gut besucht war, fiel mir in der Buchhandlung Stauffacher eine Kundin auf, die trotz des regnerischen Wetters eine Sonnenbrille trug und im Laden ihre Kapuze nicht zurückschlug. Sie fragte mich nach Büchern zum Thema Lebenshilfe und obwohl ich ihr nur ganz kurz Auskunft gab, hatte ich den Eindruck, als stimme etwas mit ihrem Gesicht nicht. Zurück blieb ein ungutes Gefühl, aber ich hatte zu tun und dachte nicht mehr an sie, bis ich sie ungefähr eine Stunde später wieder im Erdgeschoss sah.

Sie sass auf dem Sofa, hatte die Kapuze abgestreift, trug aber weiterhin die Sonnenbrille. Neben ihr lag einer unserer Plastiksäcke; sie hatte also gefunden, was sie suchte. Weil sie ratlos wirkte, erkundigte ich mich, ob ich ihr noch etwas helfen könne. Sie sah auf, sah mich kurz an und sagte mit entschlossener Stimme: «Nein. Es ist gut. Es wird jetzt gut.» Während sie noch sprach, stand sie auf und verliess mit festen Schritten den Laden. Ich war mir sicher: Ihr Gesicht war geschwollen und wahrscheinlich verbarg sich hinter der Brille ein blaues Auge. «Die wird geschlagen», ging es mir durch den Kopf und ich empfand Mitleid und Wut. Aber was mir vor allem Eindruck machte, war der Ton, in dem sie gesprochen hatte. «Es wird jetzt gut.» Es klang, als habe sie in dem Moment einen Entschluss gefasst. Was für einen? Ging sie auf direktem Weg zur Polizei? Wollte sie sich für die Schläge rächen oder daheim einfach ihre Koffer packen und ausziehen?

So fing die Geschichte einer Frau an, die beschlossen hatte, ein neues Leben zu beginnen. Wenn in den Medien das Thema häusliche Gewalt erwähnt wurde, dachte ich an sie und ich fragte mich, was wohl aus ihr geworden war. Ende 2022 entschied ich mich dann, den Faden weiterzuspinnen. Die Frau bekam einen Namen, eine Vergangenheit und langsam wurde aus einer Idee ein Buch.

Dass ich vor vielen Jahren auf einem Langstreckenflug nach Toronto neben einer Frau gesessen hatte, die mir und der dritten Frau in der Sitzreihe spontan von ihrer Flucht vor einem gewalttätigen Partner berichtete, fiel mir erst ein, als ich schon an dieser Geschichte arbeitete. Ihren Namen weiss ich nicht mehr, aber auch diese smarte Geschäftsfrau, die in eine schreckliche Sache hineingerutscht war, hatte ich immer wieder vor Augen, als ich «Ein neues Leben» schrieb.

Als Tatort hatte ich mir das Ländtetor in der Matte vorgestellt. Ein atmosphärischer Ort und von der Strasse aus nicht vollständig einsehbar. Hier sollte das Opfer jeden Morgen beim Joggen eine Pause einlegen und an einem verhängnisvollen Tag sein Ende finden. Um die Szene der Auffindung der Leiche und der Sicherung der Spuren glaubwürdig schildern zu können, wollte ich mich mit Hans Steinmann, ehemaliger Ermittler beim Kriminaltechnischen Dienst, am Tatort treffen. Leider hatte er den ganzen Sommer über keine Zeit und es wurde September, bis wir endlich gemeinsam am Ländtetor sitzen und alles besprechen konnten. Beim Gehen fiel ihm ein Gittertor auf, welches ich zwar einmal gesehen, aber nicht wirklich registriert hatte. Er fragte sich, ob es vielleicht nachts geschlossen sei. Da ich nur tagsüber in der Matte war, wusste ich keine Antwort und beschloss, mich zu erkundigen. Ein Mann, der oberhalb des Tors wohnt, gab mir freundlich Auskunft. Tatsächlich wird das Ländtetor abends geschlossen und erst am späteren Morgen wieder geöffnet. Es war also nicht möglich, meinen Plan auszuführen! Es blieb mir nichts anderes übrig, als einen neuen Tatort zu finden. Er durfte nicht zu weit entfernt sein und dauernd zugänglich. Zum Glück wurde ich an der Wasserwerkgasse fündig und machte mich ans Umschreiben der Szenen.

Wie die Legalinspektion bei so beengten Verhältnissen, wie es mein neuer Tatort mit sich brachte, durchgeführt werden kann, konnte mir zum Glück Rechtsmedizinerin und Krimiautorin Saskia Gauthier sagen. Zuvor hatte sie mich schon bei den Verletzungen und deren Folgen kompetent beraten.

Barbara Schmitter, eine Freundin und Leserin meiner Bücher, hatte mich bereits mehrmals darauf hingewiesen, dass der Tierpark Bern in einer meiner Geschichten eine Rolle spielen könnte. Da auch ich gerne im Dählhölzli bin und früher mit meinem Sohn dort viele schöne Stunden verbracht habe, ging ich auf ihren Vorschlag ein. Eine der Spuren sollte in den Tierpark führen. Ich nahm Kontakt auf und nach einigen Mails konnte ich mich mit Cornelia Mainini treffen. Sie nahm sich Zeit, meine Fragen zu beantworten und liess mich einen Blick hinter die Kulissen des Tierparks werfen. Dank ihr habe ich einiges über die Arbeit der Tierpflegerinnen und Tierpfleger gelernt und konnte die Szenen schreiben, die in den Büros und hinter dem Aquarium des Tierparks spielen.

Als ich Barbara Schmitter erzählte, dass ein grosses Haus mit Garten in einem ruhigen Quartier in der Geschichte eine Rolle spielen sollte, bot sie mir spontan ihr eigenes an. Ich durfte nicht nur Haus und Garten anschauen, sondern bekam auch noch Tee und Erdbeertörtchen vorgesetzt. So angenehm kann Recherche sein! Ich hoffe, Barbara ist zufrieden mit Frau Sträubi und ihrem Haus in Muri. Auch beim Wohnort des Opfers, einem modernen, mehrstöckigen Haus am Dalmaziquai, konnte sie mir helfen. Eine leerstehende Wohnung und ein Blick in den Keller setzten meine Fantasie in Gang.

Meine Schulfreundin Marie-Therese Gattlen erzählte mir während eines unserer leider seltenen gemeinsamen Mittagessen im Wallis von einer regelmässigen Runde von Freunden, die sich abwechslungsweise gegenseitig bekochen. «Spaghetti-und-Härpfelstock» heisst der Abend, wenn ich mich richtig entsinne. Aus dieser schönen Idee ist das Kleeblatt vom Burgfeld entstanden.

Obwohl auch «meine» Staatsanwältin in der Zwischenzeit ein neues Leben angefangen und dem Beruf den Rücken gekehrt hat, konnte ich mich auch bei diesem Buch mit juristischen Fragen wieder an sie wenden.

Mein Testleser Jürgen Volmer half mir schon zu Beginn des Schreibprozesses weiter. Er las die ersten Kapitel und seinen Reaktionen entnahm ich, dass ich die Geschichte geradliniger erzählen musste, als ich es geplant hatte. Bei keinem anderen meiner Bücher habe ich so oft ganze Kapitel umgeschrieben, verschoben oder gleich ganz gelöscht! Zum Glück setzte mich meine Verlegerin Rosmarie Bernasconi nicht unter Druck. Sie hatte mir zugesichert, das Buch zu veröffentlichen, so lange ich das Manuskript im Jahr 2024 abgeben würde.

Als ich Mitte Dezember 2023 das Wort ENDE getippt hatte, stellte sich mein Mann Stephan als Erstleser zur Verfügung. Zu meinem Erstaunen las er die ganze Geschichte während drei Abenden durch. Von einem Leser, der vor allem Fachliteratur liest, ist das ein grosses Kompliment!

Nun machte sich Doris von Wurstemberger daran, das Manuskript zu lektorieren. Wie bei den beiden letzten Büchern hat es mir Freude gemacht, mit ihr über einzelne Sätze und Details zu diskutieren und den Text dadurch noch besser zu machen.

Danach machte sich die Korrektorin Beatrice Müller ans Werk. Dank ihrer sorgfältigen Arbeit ging es auch den letzten Fehlern noch an den Kragen.

Während wir noch am Manuskript arbeiteten, kümmerte sich Rosmarie Bernasconi bereits um den Eintrag ins VLB, den Kontakt mit der Druckerei, die Organisation der Buchpremiere und alles, was dazu gehört, wenn ein Buch entsteht. Nachdem die Korrekturen vorgenommen waren, setzte sie den Text ins Layout.

Dass «Ein neues Leben» sich auch optisch perfekt in die Reihe meiner Kriminalromane einfügt, ist Jürg Gilgens Verdienst. Ich lieferte ihm ein Foto und in kürzester Zeit machte er daraus ein wunderbares Titelbild. Schon der zweite Entwurf war perfekt!

Wer mich kennt, weiss, dass ich Buchzeichen liebe. Borys Liechti gelang auch diesmal das Kunststück eines zu entwerfen, auf dem alle meine Bücher abgebildet sind.

Bidu Mosimann von der Firma Printgraphic AG übernahm wieder den Druck. Er und Rosmarie Bernasconi sind ein eingespieltes Team und haben schon manches Buch auf den Weg gebracht.

Möge auch «Ein neues Leben» seinen Weg in die Hände vieler Leserinnen und Leser finden! Den Anfang machten wir mit der Buchpremiere in der Bibliothek am Vereinsweg, wo wir bei Marianne Aeschbach und ihrem Team zu Gast waren.

Danke euch allen, die ihr mir dabei geholfen habt, dies möglich zu machen!

Bern, im Mai 2024, Regine Frei

Weitere Bücher von Regine Frei

2005 Gerechtigkeit für Veronika, ISBN 978-3-8334-3854-7,

Als eine Auslandschweizerin in England tot aufgefunden wird, steht die Polizei vor einem Rätsel. Auf der Suche nach einem Motiv reist Detective Sergeant Snyder nach Bern, der Heimat der Verstorbenen.

2010 Im Schatten des Flieders, ISBN 978-3-906140-87-2,

Im idyllischen Länggasse-Quartier wird ein unbescholtener Bürger in seinem Garten überfallen. Liegt der Grund dafür in der Gegenwart oder in der Vergangenheit des Opfers? Ein Team der Berner Kantonspolizei ermittelt.

2013 Alte Freunde, ISBN 978-3-906124-01-8,

Der pensionierte Lehrer Robert Hofer ist mit einem Freund in Bern auf dem Heimweg, als sie bei der Nydeggtreppe einen Toten entdecken.

2015 Finale im Nebel, ISBN 978-3-906124-13-1,

Ende November in Bern. Am traditionellen Zibelemärit wird neben dem Bernabrunnen ein Toter gefunden.

2017 Gute Nachbarn, ISBN 978-3-906124-18-6,

Im Botanischen Garten von Bern wird ein Toter gefunden. Die Spur führt in die Länggasse …

2019 Frau im Schatten, ISBN 978-3-906124-27-8,

In der Nähe des Burgernziels wird ein Hauswart tot aufgefunden. Wer war die Frau, die früher bei ihm wohnte und wohin ist sie verschwunden?

2020 Letzte Nachricht, ISBN 978-3-906860-36-7,

Als die Besitzerin eines kleinen B&B am Berner Egelsee tot zusammenbricht, gibt es Anzeichen für eine Vergiftung.

2022 Verlorenes Spiel, ISBN 978-3-906860-35-0,

Am Osterwochenende fordert ein Brand nahe der Berner Elfenau ein Menschenleben.

Arbeitet die Autorin bereits an einem neuen Buch?
Ist für die nächste Zeit eine Lesung geplant?

Schauen Sie rein auf Facebook bei Regine Frei – Bücher

www.reginefrei.ch